일러두기

1. 번역에 쓰인 원전은 2013년 중국 장강문예출판사에서 출간한 '이월하 문집' 제1판을 사용했다.

2. 맞춤법과 띄어쓰기는 한글맞춤법과 외래어표기법에 따랐다.

3. 한자는 우리말로 표기하고, 꼭 필요한 경우에만 괄호 속에 원음을 병기해 이해하기 쉽도록 했다.

　　예 : 다이곤多爾滾(도르곤)

4. 인명과 지명은 우리말로 표기했다. 단, 이미 굳어진 표현은 원지음을 존중했다.

　　예 : 나찰국羅刹國(러시아). 이후에는 '러시아'로 표기

5. 본문 중의 괄호 안에 뜻을 풀이한 것은 모두 옮긴이의 설명이다.

【제왕삼부곡 제2작】

시진핑 주석이 반부패개혁의 모델로 삼은 황제

옹정황제

5

얼웨허 역사소설

홍순도 옮김

더봄

小說 雍正皇帝 : 二月河

Copyright ⓒ 2013 Eryuehe

Korean Translation Copyright ⓒ 2015 by theBOM Publishing co.

Korean edition is published by arrangement with Eryuehe

小說《雍正皇帝》出刊根據與原作家二月河的約屬於theBOM出版社. 嚴禁無斷轉載複製.

소설《옹정황제》의 저작권은 원작자 얼웨허와의 독점계약에 의해 출판사 '더봄'에 있습니다.
저작권법에 의해 한국 내에서 보호를 받는 저작물이므로 무단전재와 복제를 금합니다.

옹정황제 5권

개정판 1판 1쇄 인쇄　2015년 10월 7일
개정판 1판 1쇄 발행　2015년 10월 12일

지은이　얼웨허(二月河)
옮긴이　홍순도
펴낸이　김덕문

펴낸곳　더봄
등록번호　제2015-000072호
주소　서울특별시 중구 을지로 12길 28, 207호(저동2가, 저동빌딩)
대표전화　02-2264-0148　　**팩스** 02-2264-0149
전자우편　thebom21@naver.com
블로그　blog.naver.com/thebom21

ISBN 979-11-86589-31-1 04820
ISBN 979-11-86589-26-7 04820(전12권)

책값은 뒤표지에 있습니다.

전문경田文鏡

1662~1733. 한인정황기 출신으로, 옹정제 때의 대신이다.
강희제 말년에 내각 시독학사內閣侍讀學士를 지내다가 옹정 원년에
산서 포정사山西布政使로 부임하여 이치吏治를 일신함으로써
옹정제로부터 신임을 얻었다. 옹정 2년에는 하남 순무河南巡撫로,
5년에는 하남 총독河南總督이 되었으며, 6년에는 산동 총독山東總督을
겸임하는 등 승승장구하였다. 부패 척결과 세수 증대, 치안 안정과 농지 확충에
큰 공을 세워 옹정제로부터 '모범강리'模範疆吏라는 칭송을 받았다.

손가감孫嘉淦

1683~1753. 산서山西 흥현興縣 사람. 자는 석공錫公이고, 호는 의재懿齋
또는 정헌靜軒이다. 강희제 52년(1713) 진사進士가 되어 검토檢討 벼슬로
관직에 나아간 뒤 옹정, 건륭 세 명의 황제를 모시면서 직간直諫으로
명성을 얻었다. 수많은 상소문이 전해지는데, 그중 '삼습일폐'三習一弊라는
상소문이 특히 유명하다. 특히 옹정제에게 직간을 해 총애를 받기도 하고
미움의 대상도 되어 여러 차례 파직되었다가 다시 복귀하였다. 건륭 연간에
이부 상서吏部尙書와 대학사大學士 등을 지냈으며, 시호는 문정文定이다.
산서성 제일명신으로 추앙받았으며, 사제세謝濟世, 진법陳法, 이원직李元直과
함께 '사군자'四君子로 불린다.

이불李紱

1675~1750. 강서江西 임천臨川 사람. 자는 거래巨來, 호는 목당穆堂이다.
강희 48년(1709) 진사進士가 되어 편수編修 벼슬로 관직에 진출한 뒤
내각학사內閣學士에 올랐다. 옹정 연간에 시강학사侍講學士와 광서 순무廣西巡撫,
직예 총독直隸總督 등을 지냈다. 하남 순무河南巡撫 전문경田文鏡을 탄핵하다
죄를 얻어 투옥되었지만 건륭제 초에 복권되어 호부 시랑戶部侍郎을 지냈다.

雍正皇帝

2부 조궁천랑雕弓天狼

1장
열넷째 황자 윤제의 울분

강희 61년의 겨울은 유난히도 음습하고 추웠다. 입동立冬 이후로는 폭설이 멈춘 날이 거의 없었다. 경사京師(흔히 수도를 의미함) 일대인 직예直隸를 중심으로 동쪽 봉천奉天에서 북쪽 열하熱河에 이르는 대부분의 지역이 다 그랬다. 또 남쪽 산동山東 및 하남河南에서부터 서쪽으로 산서山西와 섬감陝甘(섬서성과 감숙성) 등지에 이르는 지역도 크게 다르지 않았다.

하나같이 온통 두꺼운 눈에 뒤덮여 앞뒤를 분간하는 것이 불가능할 정도였다. 그것도 분가루처럼 얌전하게 내리는 때가 있는가 하면 미친 여자가 솜을 마구 뜯어내는 것처럼 대책 없이 퍼붓기도 했다. 게다가 삭풍까지 가세해 마치 집채 같은 눈보라가 몰아치기도 했다. 그 바람에 하늘과 땅은 한 덩어리가 된 채 흐릿하게 돌아가는 것만 같았다. 그랬으니 논두렁의 배수로와 연못, 큰길, 심지어는 우물까지도 눈 속에 파묻힌 채 형체를 찾아보기가 어려웠다.

　물론 가끔씩 거짓말처럼 눈이 멎을 때도 없지는 않았다. 그럴 때면 빈혈을 앓은 듯 창백한 태양이 걷힐 줄 모르는 잿빛 구름 사이로 쭈뼛거리면서 고개를 내밀기도 했다. 하지만 그것도 잠깐이었다. 곧이어 납덩이같이 무거운 먹구름이 사정없이 뒤통수를 내리치는데 당해낼 재간이 없었다. 세상은 또다시 진저리를 치면서 눈 속으로 말려 들어가야 했다.

　주위가 어둑해질 무렵이었다. 산서성의 낭자관娘子關에 있는 산신묘山神廟 앞에서 일단의 병력 30여 명이 말고삐를 당기면서 서성이고 있었다. 그들의 차림새는 각자 다 달랐다. 그중 10명은 왕부의 시위들이었다. 그래서인지 흰색의 머리에 유리琉璃 정자頂子를 드리우고 있을 뿐만 아니라 여덟 마리 맹수와 다섯 개의 동물 발톱이 그려진 보복補服을 입고 있었다. 그들은 4품의 무관들로, 보복 위에는 여우털외투를 껴입고 있었다. 나머지 두 명은 6품 사무관이었다. 척 봐도 내무부 관복 차림이었다. 그 뒤로는 20명의 친병親兵들이 뒤따르면서 호위를 하고 있었다.

　대열의 맨 앞에는 30세 정도 되는 청년이 대열을 이끌고 있었다. 자주색 여우털조끼를 껴입은 그는 스라소니 가죽외투를 걸친 모습이 무척이나 인상적이었다. 갸름하고 수려한 얼굴에 장검의 날처럼 예리하고 짙은 눈썹이 보통 사람은 아니라는 인상을 주었다. 다만 철문처럼 꾹 닫힌 입술 끝이 약간 처진 것이 보는 이로 하여금 다분히 차가움과 경멸을 느끼게 하는 것이 약점이라면 약점이랄까.

　얼마 후 맨앞에서 짐을 싣고 가던 부대가 갑자기 멈춰 섰다. 그러자 한 손에 말고삐를 잡은 청년이 다른 한 손으로 차가운 장검을 잡더니 말없이 옆에 있던 시위를 쳐다봤다. 그리고는 무심한 눈빛으로 숨 막힐 듯한 하늘을 쳐다보면서 길게 입김을 토해냈다. 그러자 한 시위가 입을 열었다.

"오늘 저녁은 이곳에서 묵으려 하나 봅니다. 제가 무슨 영문인지 알 아보고 오겠습니다."

시위의 말이 끝날 때였다. 갑자기 저편 산신묘 앞에 있던 시위 한 명이 성큼성큼 다가왔다. 이어 말을 탄 청년 앞에서 한쪽 무릎을 꿇 은 채 아뢰었다.

"열넷째마마, 절이라고 해봤자 오래 전에 인적이 끊긴 듯합니다. 피 폐하고 영 볼썽사납습니다. 하지만 앞으로 오륙십 리를 더 간다고 해 도 변변히 머무를 객점도 없다고 하니 오늘 저녁은 대충 여기에서 비 비면서 하룻밤을 나는 것이 어떻겠습니까?"

"그러지."

열넷째마마로 불린 청년이 시위의 말에 가볍게 턱을 끄덕였다. 그리 고는 고개를 돌려 두 명의 사무관을 향해 말했다.

"전온두錢蘊斗, 채회새蔡懷璽! 자네들은 황제 폐하의 명을 받들어 나 를 북경으로 압송하기 위해 온 사람들이니, 어느 쪽이 좋을지 알아서 해. 끌려가는 신세인 주제에 내가 감 놔라 배 놔라 할 수 있겠는가!"

열넷째의 말은 짧았으나 차가웠다. 날카로운 눈빛이 주위 사람들 의 등골을 오싹하게 만들 정도였다. 전온두가 그런 열넷째의 눈빛에 질렸는지 고개도 똑바로 들지 못한 채 황급히 한쪽 무릎을 꿇었다.

"그런 말씀이 어디 있습니까? 하늘이 두 쪽이 난다고 해도 소인은 영원히 열넷째마마의 문하입니다. 열넷째마마께서 편하신 대로, 원하 시는 대로 하셔야 합니다. 폐하께서는 소인에게 열넷째마마를 극진 히 모시고 시중을 잘 들어 무사히 북경에 돌아오시게 하라고 명하셨 습니다. 선제先帝의 장례식에 참석하실 수 있도록 하시라고 말입니다.

다만 구체적인 날짜를 정하시지는 않으셨습니다."

　전온두의 말에 열넷째가 차갑게 웃으면서 고개를 끄덕였다. 그때 눈치 빠른 시위 한 명이 미끄러지듯 다가가 말 옆에서 두 팔을 땅에 짚고 엎드렸다. 열넷째는 당연하다는 듯 그의 등을 발판삼아 말에서 내렸다. 이어 다소 굳어져 부자연스러운 팔다리를 이리저리 움직여 풀더니 빨갛게 언 두 손을 비비면서 말했다.

　"폐하께서는 나에게는 넷째 형님이자 어머니도 같은 동복同腹 형제이기도 하지. 그렇게 혈육의 정을 따지면 우리는 수족과도 같은 사이야. 하지만 엄연히 군신관계인 것도 사실이지. 자네들은 황명을 받고 내려온 사람들이야. 그런데 내가 감히 어떻게 무례하게 왈가왈부할 수 있겠나? 오는 길 내내 자네들이 가자고 하면 가고, 자자고 하면 자고…… 말 잘 들었잖아? 이번에도 자네들이 먼저 멈춰 서 놓고는 왜 그러는 거야. 그건 그렇고 이렇게 허허벌판에서 내가 모반을 감행하거나 도망을 간다면 자네들이 꽤나 곤욕을 치를 텐데?"

　전온두와 채회새가 열넷째의 직설적인 말에 난처한 웃음을 지어보이면서 연신 머리를 끄덕였다. 이어 전온두가 열넷째의 신경질적인 발작이 끝나기를 기다렸다는 듯 입을 열었다.

　"소인들은 이렇게 열넷째마마를 모실 수 있는 것만으로도 무한한 영광으로 생각하고 있습니다. 말단 사무관인 소인들과 폐하 사이에는 십팔 층의 천지가 가로막고 있다고 해도 좋습니다. 일을 잘못하면 죽음뿐입니다. 다행히 열넷째마마께서 소인들의 입장을 너그럽게 헤아려주신 덕분에 무사히 여기까지 잘 도착했습니다. 그런데 앞으로도 혹시나 본의 아니게 소인들이 무례함을 범하더라도 용서해주시기 바랍니다. 하지만 북경에만 잘 도착한다면 성심성의껏 열넷째마마를 모시겠습니다."

"이제야 말 같은 소리를 하는구먼."

열넷째가 전온두의 솔직한 말에 콧소리를 크게 내면서 말했다. 이어 고개를 돌려 지시를 내렸다.

"양천陽泉 현령이 보내온 사슴고기를 꺼내 놓게. 오늘 저녁에는 포식을 시켜줄 테니까!"

열넷째는 말을 마치자마자 사람들을 데리고 눈을 뽀드득뽀드득 밟으면서 앞으로 나아갔다. 이어 바로 산신묘로 들어갔다.

산신묘는 인적이 끊긴 지 그리 오래된 것 같지는 않았다. 그럼에도 정원은 휑했다. 발목까지 눈이 덮일 정도였다. 산세를 따라 정전正殿 양측에 나란히 별채들이 길게 늘어서 있는 것이 꽤나 특이했다. 또 처마 밑에는 길고 굵은 고드름이 대롱대롱 매달려 있었다. 허름한 방들은 문이 활짝 열려 있기는 했으나 그런대로 괜찮았다. 창호지가 아직 찢어지지 않은 곳도 있었다. 문 앞의 두 기둥의 붉은 칠도 그대로였다. 그저 조금 낡아 보일 뿐이었다. 정원 한가운데에는 유난히 눈길을 끄는 큰 세발솥이 눈을 잔뜩 뒤집어 쓴 채 세워져 있었다. 마치 눈을 뚫고 갑자기 나타난 사람들을 반기며 뭔가를 하소연하고 있는 것 같았다.

사람들은 여기저기 기웃거리면서 정전에 들어섰다. 그런데 곧 난데없이 푸드득거리는 소리에 놀라서 엉덩방아를 찧었다. 귀가 찢어지는 듯했다. 정전에 둥지를 틀고 지내던 산새들이 외부인의 갑작스런 침입에 깜짝 놀라 빠져나가려다 여기저기 부딪치면서 아우성을 친 것이다.

전온두는 앞장서서 들어서다가 놀란 나머지 도망치다 그만 저만치 눈밭에 나가떨어지고 말았다. 반면 그에 비해 꽤나 날렵하고 눈치 빠른 채회새는 어느새 양 손에 꿩 한 마리씩을 붙잡아 거머쥐고 있었다. 그가 히히 웃으면서 말했다.

"잘 됐다! 푹 고아 열넷째마마 몸보신을 시켜드려야지."

열넷째의 얼굴에 한 가닥 미소가 떠오르다 곧 사라졌다. 그가 성 큼성큼 계단으로 올라서더니 쿵쿵 발을 굴러 눈을 털었다. 그리고는 곧바로 지시를 내렸다.

"정원의 눈을 좀 쓸어내. 장작을 마련해 불도 지피고. 두 사무관 과 나는 정전, 내 시위는 서쪽 별채, 선박영의 형제들은 동쪽 별채에 서 머물도록 해."

열넷째는 말을 마치기 무섭게 바로 외투를 벗어 수행원에게 던져줬 다. 이어 홀로 정전으로 들어갔다. 불탑 위에 있는, 연기에 그을려 까 맣게 탄 산신山神을 향해서는 허리를 굽혀 절도 하고 몇 마디 중얼거 리기도 했다. 그리고는 바로 전온두를 향해 말했다.

"도사들이 한몫씩 챙겨가지고 도망이라도 갔나. 왜 이렇게 사람 이 없어?"

전온두가 웃으면서 대답했다.

"그러게 말입니다. 저도 좀 이상하다는 생각이 듭니다."

채회새가 눈치를 잠깐 살피더니 말을 이었다.

"작년에 이곳 산서성에는 큰 가뭄이 들었습니다. 풀 한 포기 못 건 졌다고 합니다. 그랬으니 인근 수십 리 안에 살던 사람들은 전부 살 길을 찾아 다른 곳으로 떠나버렸죠. 이 사당이라고 예외였겠습니까? 다들 떠나버리고 산새들이나 차지하게 되었겠죠……."

열넷째가 미처 뭐라고 대답하기도 전이었다. 갑자기 뜨락에서 "악!" 하는 비명과 함께 사람들이 수군대는 소리가 들렸다.

"죽은 사람이잖아. 깜짝이야!"

"들것 하나 만들어 갖고 와. 내다 버리게!"

"어휴, 재수 옴 붙었네!"

아마도 친병들이 청소를 하다가 얼어 죽은 시신 한 구를 발견한 모양이었다. 열넷째가 천천히 밖으로 나가면서 입을 열었다.

"왜 이렇게 난리들이야?"

그러자 친병 한 명이 황급히 달려와 아뢰었다.

"동쪽 별채에 얼어 죽은 시신이 하나 있습니다. 여자입니다……."

열넷째는 친병을 따라 서둘러 문제의 장소로 향했다. 과연 그의 말대로 열네댓 살가량 돼 보이는 여자가 산발을 하고 방 구석에 웅크린 채 앉아 있었다. 누가 봐도 살아있다고 하기 어려운 그녀의 시퍼런 맨발은 딱딱하게 얼어 있었다. 게다가 얼굴은 타다 남은 재처럼 흉해 보였다.

선박영의 병사들은 뭐가 그렇게 기분이 나쁜지 이승을 하직한 것만 해도 서러울 그 시신을 향해 마구 욕지거리를 퍼붓고 있었다. 아마도 일진이 사나울 징조라고 생각하는 듯했다. 그러면서도 누구 하나 선뜻 나서서 시신을 거둘 엄두는 내지 못하고 있었다. 열넷째가 그들을 꾸짖었다.

"자네들, 그러고도 팔기병의 자제라고 할 수 있나? 내가 대장군왕으로 서부 전선에 가서 책망 아랍포탄을 정벌할 때는 한 번 전투가 붙고 나면 시체가 산더미였어. 피가 발밑에서 냇물처럼 흘러서 질척거렸다고! 자네들은 내가 거느리는 병사들의 발뒤꿈치에도 못 따라가는군! 이것 봐, 우리 사람 어디 있나?"

"예, 열넷째마마! 신 대령하였습니다."

"시신을 사당 밖으로 들어내!"

"예, 알겠습니다."

열넷째를 수행하는 시위가 대답과 함께 황급히 앞으로 달려나왔다. 이어 다짜고짜 시신의 겨드랑이에 두 손을 집어넣고는 문가로 끌어냈다. 그러던 그가 갑자기 흠칫하면서 말했다.

"열넷째마마, 겨드랑이에 아직 온기가 남아 있는 것 같습니다!"

"뭐야?"

열넷째가 깜짝 놀라 앞으로 다가갔다. 이어 여자아이의 손목을 끌어당겨 한참 동안 맥을 짚어보더니 천천히 입을 열었다.

"아직 숨이 붙어 있어! 어서 화롯가에 데려가 불 좀 쬐어 주도록 해. 잘하면 살아날지도 몰라."

병사들은 열넷째의 명령이 떨어지기 무섭게 허둥대면서 여자아이를 화롯가로 옮겨놓았다. 이어 황주黃酒를 데워온다, 담요를 가져온다는 둥 한바탕 야단법석을 떨었다. 여자아이는 죽음의 고통을 참아내려고 입술을 꼭 다물고 있었던 듯 병사들이 황주를 넣어주기 위해 입을 벌려도 처음에는 요지부동이었다. 그러나 곧 살겠다는 의지가 있었는지 겨우 조금 벌렸다.

병사들은 그 기회를 놓치지 않고 여자아이의 입에 황주를 조금씩 부어넣었다. 그런 다음 조용히 기다리자 얼마 후 아이의 맥박이 불규칙하게나마 뛰기 시작하는 것 같았다. 콧방울 역시 벌름거렸다. 그러더니 얼굴에 조금씩 화색이 돌기 시작했다. 끊길 듯 이어지는 목숨임에 틀림없었다.

그 와중에도 장작불은 타닥타닥 소리를 내면서 신나게 타오르고 있었다. 사슴고기도 빠르게 익어가고 있었다. 고기의 향긋한 냄새는 병사들로 하여금 입 안 가득 군침을 돌도록 만들었다. 열넷째는 고기에는 전혀 관심이 없는 듯 그저 복잡 미묘한 표정만 지은 채 묵묵히 어둠 속을 내다보고 있었다. 이어 길게 한숨을 내쉬면서 전온두에게 말했다.

"나는 배고픈 줄도 모르겠어. 자네와 채회새나 실컷 먹게. 나하고 있는 것이 부담스러우면 저쪽 별채에 건너가 같이 어울리라고. 내가 도망갈까 봐 겁을 내는 건 아니겠지? 걱정하지 마, 등을 떠밀어도 갈 데가 없으니! 혹시 자살하지는 않을까 하는 그런 걱정도 붙들어 매게!"

"너무 괴로워하지 마십시오, 열넷째마마! 선제께서는 육십일 년 동안 재위하셨습니다. 거의 칠십의 춘추를 살아오신 분입니다. 저희 일반인들이 볼 때는 호상好喪이 아닐 수 없습니다. 사람이 죽는 것은 등불이 꺼지는 것과 같다고 하지 않았습니까! 열넷째마마께서 너무 괴로워하셔서 귀하디귀하신 몸을 상하지나 않을까 걱정이 됩니다."

전온두가 열넷째의 말에 애써 웃음을 지으면서 말했다. 열넷째는 계속 한숨을 내쉬었다.

"본의 아니게 오는 길 내내 착한 자네들을 괴롭혀서 미안하게 됐네. 선제의 붕어에 너무 충격을 입은 나머지 감정을 주체할 수가 없어서 그러는 것이니, 내가 지나치게 무섭다고 욕하지는 말게. 선제께서는 강희 오십칠 년에 나에게 대장군왕大將軍王이라는 칭호를 내리고 청해青海로 출병시키셨지. 그때 건청문까지 배웅을 나오셔서 내 손을 잡아주시면서 이렇게 말씀하셨어. '짐이 이제는 몸도 마음도 예전 같지가 않아. 먼 길 떠나기 싫어하는 자네를 억지로 내보내는 짐의 마음도 편치가 않아. 하지만 황자들 가운데 군사 방면에서 믿고 맡길 수 있는 사람은 자네뿐이야. 그러니 자네가 짐의 우려를 덜어주고 짐의 어깨를 홀가분하게 해줘야지 누가 하겠어?'라고 말이야. 내 손을 잡고 그렇게 간곡하게 부탁하시던 것이 마치 어제 같은데, 건청문에서의 그 짤막한 독대가 영원한 이별이 돼버리다니……."

열넷째의 얼굴에서는 어느새 눈물이 주르륵 흘러내렸다. 그러자 채회새가 황급히 말리고 나섰다.

"지금 폐하께서는 선제의 장례를 대단히 성대하게 치르고 계십니다. 준화遵化에 선제의 능도 훌륭하게 잘 만들었습니다. 소인이 배견拜見하러 가보니 경건한 마음이 절로 우러나올 정도로 장관이었습니다. 풍수도 그 이상 더 좋을 수가 없었습니다. 폐하께서는 열넷째마마께서 크게 괴로워하실 줄 아시고 서둘러 소인을 서북으로 보내신 겁니다. 장례식장에서 하셔야 할 일이 한두 가지가 아니니 옥체를 상하지 않도록 너무 비감에 잠기시지 말았으면 합니다. 건강을 잃으면 다 잃는 거나 마찬가지입니다."

열넷째는 채회새의 말에 아무런 대답도 하지 않았다. 그저 부지깽이로 장작을 툭툭 헤집으면서 옆에서 잠들어 있는 여자아이를 힐끗 쳐다볼 뿐이었다. 이어 천천히 입을 열었다.

"넷째 형님은 후계자로서 타의 추종을 불허하는 사람이지. 그러니 그 형님이 대권을 승계한다고 해도 누가 이의를 제기하겠어? 내 솔직히 말하지. 주위가 탁 트이고 이야기하기 좋은 이런 한적한 자리에서 오늘 내가 자네들에게 묻고 싶은 것이 있어. 물론 자네들 스스로 자신은 정황기正黃旗의 일원이라고 생각할 경우 서슴없이 물을 것이나 그게 아니고 그저 임무 수행차 나온 사람이라고만 생각한다면 지금부터 입을 다물어버리고 벙어리가 되는 수밖에 없겠지!"

전온두가 열넷째의 뼈 있는 말을 듣고는 채회새를 힐끗 쳐다봤다. 이어 어색한 웃음을 지으면서 말했다.

"열넷째마마께서 무슨 오해가 계신 것 같습니다. 폐하께서 열넷째마마를 믿지 못하신다면 어찌 허깨비 같은 소인을 포함해 친병을 스무 명밖에 파견하시지 않으셨겠습니까? 그런 의구심은 떨쳐버리시고 궁금하신 것이 있으시면 말씀하십시오. 아는 대로 추호의 거짓 없이 성실히 말씀을 올리겠습니다."

열넷째가 전온두의 말에 잠시 어리둥절한 표정을 지어보였다. 그리고는 갑자기 뒤로 넘어갈세라 고개를 한껏 젖힌 채 크게 웃음을 터트렸다. 순간 전온두와 채회새는 안색이 새파랗게 질린 채 비실비실 뒷걸음쳤다. 그러자 열넷째가 부지깽이를 내던지면서 자리에서 일어섰다.

"나를 놀리려는 거야? 아니면 뭘 몰라서 하는 소리야? 자네들 말대로 폐하께서 진정 나를 '믿는다'면 왜 성지聖旨를 직접 나에게 보내시지 않았는가? 굳이 섬감 총독(섬서성과 감숙성을 총괄하는 총독인 연갱요)을 통해 전하느냐고! 또 연갱요에게 철저한 계엄을 실시하도록 한 것은 무슨 의미야? 게다가 사천 순무인 채정蔡珽에게는 이만 병마를 거느리고 우리가 통과하는 노하구老河口에서 대기하라고 했잖아. 그런 것만 봐도 뻔할 뻔자 아니겠어? 누가 봐도 말이야."

"소인이 알기로는 이렇습니다."

전온두가 갑작스럽게 발작을 해대는 열넷째를 바라보면서 침착하게 입을 열었다. 이어 바로 설명을 곁들였다.

"그것은 선제께서 워낙 갑작스럽게 붕어하셨기 때문이라고 해야 합니다. 만에 하나 있을지도 모르는 불온 세력들의 봉기를 미연에 방지하기 위한 조치로 해석됩니다. 섬서와 감숙을 포함한 서부 지역뿐만이 아닙니다. 직예도 마찬가지입니다. 북경에서도 아홉 개 성문을 다 봉했습니다."

열넷째가 조금 전과는 달리 껄껄 웃으면서 말을 받았다.

"좋아, 그건 그렇다고 치지. 그러면 섬서성 포정사로 있는 이위李衛 그 자식은 왜 그러는 거야? 서부 전선의 군량미 공급을 책임지고 있잖아. 원래는 분기마다 얼마씩 제공하기로 했었지. 그런데 왜 갑자기 군량미를 하루 단위로 주는 거냐고!"

"글쎄요……."

전온두가 대답을 얼버무렸다. 열넷째의 공세에 말문이 막혀버린 듯했다. 그러자 채회새가 거들고 나섰다.

"자세히는 모르겠습니다. 그러나 연일 퍼부은 폭설 때문에 도로 사정이 좋지 않아 군량미를 제때에 공급받지 못했을 수도 있지 않겠습니까?"

열넷째가 채회새의 변명에 화가 나는지 냉소를 터트렸다.

"채회새, 나는 엄연히 선제의 친아들이야. 그리고 방계도 아닌 직계 황족이야! 어린아이 다루듯 하지 말라고. 황자가 황명을 받고 선제의 장례식에 참석하러 가는 길이야. 그런데 고작 시위 열 명을 붙여 보내는 것이 말이나 돼? 지부知府의 의전도 이것보다는 낫겠네. 자네들, 내 비위를 맞추려고 수작 부리는 것 내가 모르는 줄 알아? 오는 길 내내 자네 삼십여 명은 한데 어우러져 나를 감시해왔어. 이제 마지막 삼십 리부터는 삼천의 녹영병들이 감시의 눈을 번득이면서 뒤따르겠지. 도착하는 역마다 '무사'하다는 소식을 북경에 전해가면서 말이야. 왜 내가 너무 족집게라서 섬뜩해? 오늘 저녁 여기에 머무르는 바람에 앞에서 우리를 기다리던 자들은 불에 달궈진 솥에 들어간 것처럼 쩔쩔 매겠지? 지금쯤 와야 하는데 왜 오지 않나……, 하고 말이야. 두고 보라고. 날이 밝기도 전에 또 나를 '영접'하러 오는 사람들이 있을 테니!"

열넷째는 얼굴까지 시뻘게지면서 갈수록 흥분했다. 나중에는 광기를 부리면서 방 안을 왔다 갔다 했다. 먹을 것을 구하러 산에서 내려왔다 덫에 걸린 맹수가 따로 없었다. 얼마 후 그가 갑자기 창가로 다가가더니 거침없이 창호지를 찢어버렸다. 그리고는 칠흑 같은 어둠을 산산조각 내려는 듯 씩씩거리면서 창밖을 내다봤다. 한동안 무거운 침묵이 흘렀다.

곧이어 열넷째가 다시 몸을 돌렸다. 어느덧 그의 눈에서는 눈물이 흘러내렸다. 그의 얼굴은 순식간에 눈물범벅이 돼버렸다. 그가 다시 화롯가에 허물어지듯 쭈그려 앉으면서 머리를 다리 사이에 파묻고는 중얼거리듯 말했다.

"신이시여……, 왜 저에게 이런 불행을 주십니까? 여덟째, 아홉째, 열째 형님……. 그리고 그 빌어먹을 놈의 악륜대, 그동안 뭘 하고 자빠져 있었을까? 바보, 천치, 등신, 머저리 같은 인간들!"

열넷째의 흥분은 좀처럼 가라앉을 기미가 보이지 않았다. 그는 강희의 24명의 아들 중 열넷째로, 가진 것에 비해 베풀기 좋아하는 성격을 가진 인물이었다. 정의롭고 협객다운 기질이 다분한 인물이기도 했다. 무예에도 조예가 깊었다. 어떻게 보면 강희 연간에 군사軍事에 대한 상식과 능력이 뛰어난 유명한 '협왕'侠王이라고 해도 좋았다. 정국이 안정됐더라면 그도 그럭저럭 괜찮은 인생을 보낼 수 있었을 터였다. 하지만 세상은 그를 편하게 놔두지 않았다. 강희 말년에 정국이 갑자기 혼란스러워지며 법이 물렁해졌다. 그 와중에 무능하고 나약한 태자 윤잉이 강희 47년과 51년에 두 번씩이나 폐위를 당하는 이변까지 겹쳤다.

당연히 황자들 사이에 황위를 노리는 야심적인 움직임이 점차 표면화되고 가속화되었다. 모두의 행보가 예사롭지 않았다. 저마다 자신들의 문호門戶를 세웠을 뿐만 아니라 결당結黨을 하고 파벌을 만들어 조정을 혼란으로 몰고 갔다. 예컨대 태자가 첫 번째 폐위를 당했을 때는 장황자와 셋째 황자 성친왕誠親王 윤지와의 제위 다툼이 수면 위로 떠오른 바 있었다. 장황자는 "성친왕이 왕명王名답지 않게 불성실하다"는 소문을 퍼뜨려 셋째를 헐뜯었다. 또 셋째는 장황자가 육경궁에 '건곤지옥도乾坤地獄圖'를 몰래 숨겨둬 요술로 태자를 곤경에 빠뜨리려 했다는 비판을 서슴지 않았다.

아무려나 윤잉이 덕을 잃었던 원인이 일부 밝혀짐에 따라 강희는 대로했다. 곧바로 장황자를 감금시켰다. 이어 문무백관들에게 태자를 천거하는 권한을 줬다. 물론 그게 그의 진심은 아니었다. 윤잉을 복위시키려는 마음이 훨씬 더 강했다고 할 수 있었다. 결국 그는 태자가 덕을 잃은 것이 장황자의 비뚤어진 인간성에 기인했다는 핑계를 대고 윤잉을 복위시켰다. 그로서는 핑계를 댈 수 있도록 해준 셋째가 고맙기도 했을 터였다.

문제는 윤잉을 복위시키기 전에 육부구경六部九卿들과 18개 성省의 총독과 순무들이 새로운 태자로 하나같이 천거해 올려 보낸 사람이 여덟째 윤사였다는 사실이었다. 그는 겉으로는 정무에 무관심한 척했으나 물밑 접촉은 누구보다 활발하게 하면서 조정 모든 부서에 긴밀히 선을 대놓고 있었던 것이다. 더구나 그에게 동조하는 사람은 그 정도에 그치지 않았다. 황자들 중에서도 아홉째, 열째, 심지어 장황자와 열넷째도 그와 긴밀하게 연결돼 있었다. 강희는 그 사실을 알고 경악을 금치 못했다. 문무를 겸비한 사람들이 그처럼 여덟째에게 다닥다닥 매달려 있었으니 그가 발을 한 번만 구르면 북경의 구성九城이 울릴 판이었던 것이다.

물론 강희도 처음에는 여덟째를 저울에 올려놓고 고민해 보기도 했다. 하지만 파죽지세로 밀려오는 그 세력 앞에서 생각을 달리할 수밖에 없었다. 아무런 실권이 없는 것 같았던 여덟째에게 비와 바람을 수시로 불러올 괴력이 있다는 사실이 바로 강희 자신에 대한 거대한 위협으로 다가온 탓이었다.

급기야 강희는 윤잉을 복위시켰다. 이어 옹친왕雍親王인 넷째 윤진에게 그를 보좌해 정무를 거들도록 했다. 더불어 오색찬란한 거품이 일순 사그라진 뒤의 허망함을 달랠 길 없어 하는 여덟째를 위로하는 차원에서 그를 염친왕廉親王으로 봉하고, 윤당과 윤아를 패륵으로 봉하기도 했다. 강희는 그 이후 구제불능의 태자를 또다시 폐위시키는 아픔을 겪으면서 결국 영원히 태자를 세우지 않겠다는 의지를 굳혔다.

강희는 준갈이 부족의 책망 아랍포탄이 강희 57년에 청해성을 침범해오자 토벌을 결심하기에 이르렀다. 그러나 이때는 열넷째와 함께 황자들 중의 '쌍웅'雙雄이라 불리던 열셋째가 태자 폐위의 불똥을 뒤집어쓰고 감금을 당한 상태였다. 강희로서는 선택의 여지가 없었다. 열넷째에게 '대장군왕'이라는 칭호를 부여해 서정西征길에 오르도록 했다.

열넷째는 화롯불을 쬐면서 과거를 회상하다 말고 두 다리를 움직였다. 오래도록 쭈그리고 앉아 있었던 탓에 다리가 저렸던 것이다. 이어 다시 생각에 잠겼다.

그가 대장군왕의 칭호를 받고 여덟째 윤사를 찾아갔을 때였다. 당시 여덟째는 머리에 검은 띠를 두른 채 병상에 누워 있었다. 그래서였는지 널뛰는 촛불 아래에서 더욱 초라해보였다. 열넷째의 두 손을 부여잡고는 하염없이 울었다.

"아우! 자네가 그 먼 곳으로 떠난다니, 나는 왜 이렇게 두렵고 자신이 없어지는지 모르겠어. 큰 공훈을 세워 개선하는 그날을 미리 생각하면 기쁘기도 하지만 말이야……. 내가 전생에 무슨 죄를 지었기에 하늘이 나에게 이런 벌을 내리는지 모르겠어. 나는 그저 평생 어질고 현명한 왕으로 남아 약자를 보살피면서 좋은 일만 하며 살고 싶었어. 인간성이 좋아 주변에 사람이 많은 것도 죄가 되는가? 꽃이라고 심어났더니⋯⋯, 하루아침에 가시밭이 돼 앞을 가로막는 격이야. 이제 가면 언제 만날 수 있을까? 그러나 어찌 보면 자네한테는 잘된 일이기도 해. 폐하의 건강 상태는 하루하루 악화되기만 하고 태자 인선 문제는 아직 실마리도 풀리지 않고 있어. 게다가 그 자리를 노리는 자들은 피비린내까지 풍기고 있어. 북경은 이제 끔찍한 살육의 현장이될지도 몰라. 잘 빠져나가는 거야! 여기는 내가 버티고 있을 테니 자네는 가서 자네 앞가림이나 충실하게 해둬. 유사시 자네는 십만 팔기 정예부대를 이끌고 쳐들어오라고. 나하고 안팎으로 손뼉을 맞추면 옥좌에 앉는 것은 시간문제야.”

열넷째가 여덟째의 말을 뇌리에 되새기고 있을 때였다. 갑자기 장작이 타들어가는 소리가 유난히 크게 들렸다. 그는 정신이 번쩍 들었다. 그리고는 이 시각 낡은 사당에서 결박 아닌 결박을 당해 있는 현실 속의 자신을 다시금 떠올렸다. 그의 눈빛은 다시 암담해질 수밖에 없었다.

“세상에는 변수가 너무 많아. 뜻대로 되지 않는 것이 인생이지.”

열넷째는 서부로 떠나오기 전 자신과 여덟째와의 이별 장면을 떠올리면서 조용히 중얼거렸다. 하기야 그 순간에도 그와 여덟째는 서로의 이해득실을 따졌을 뿐만 아니라 각자의 속셈에 여념이 없었으니 그의 말은 정곡을 찌르는 것이라고 할 수 있었다.

열넷째는 북경에서 품었던 자신의 생각을 서부에 도착하자마자 바로 실행에 옮겼다. 우선 여덟째가 자신의 곁에 간첩으로 심어놓은 일등시위 악륜대를 매수해버렸다. 이어 “넷째마마를 돕고 여덟째마마를 보살피라”는 임무를 줘서 여덟째 곁에 들러붙게 했다. 뿐만이 아니었다. 매수가 불가능한 여덟째의 내형奶兄(유모의 아들)이라는 아포제雅布濟는 아예 군법을 동원해 목을 베기까지 했다.

그러나 이런 갖은 노력에도 불구하고 강희의 부음과 더불어 전해진 유조는 대단히 충격적이었다. 자신들이 "결코 황제 그릇이 아니다"라고 비난하던 바로 그 넷째가 강희의 유조에 의해 하루아침에 구오지존九五之尊으로 자리를 굳힌 것이 아닌가!

반면 내로라하면서 큰소리 뻥뻥 치던 여덟째는 무릎을 꿇은 채 신하임을 인정하지 않을 수가 없게 되었다. 또 자신은 연갱요와 악종기에 의해 발목이 잡혀 '십만 대군을 이끌고 입관'을 하기는커녕 20명의 우림군羽林軍에 의해 등 떠밀리다시피 북경으로 압송을 당하고 있었다…….

열넷째는 한참 동안 이어진 생각을 그치고는 사슴고기를 안주 삼아 연신 술잔을 비워대는 전온두와 채회새를 힐끗 쳐다봤다. 그리고는 깊은 한숨을 토해냈다. 원망과 초조, 분노와 우려의 감정 등이 이류 모를 공포로 변한 채 그를 옥죄고 있었다.

그가 갑자기 자리에서 벌떡 일어서며 상의를 마구 움켜쥐고 잡아당겼다. 곧 단추가 후드득 떨어져 나갔다. 그러나 이내 다시 주저앉고 말았다.

"열넷째마마! 어디가 불편하십니까?"

입가에 기름이 번지르르한 전온두가 깜짝 놀란 표정으로 물었다. 열넷째가 인상을 험악하게 구긴 채 내뱉듯 말했다.

"더워서 그래! 못 참겠어!"

그러자 채회새가 황급히 말했다.

"장작 몇 개를 빼버리는 것이 어떻겠습니까? 화력이 너무 센 것 같습니다."

열넷째가 채회새의 말에 부지깽이를 들더니 장작을 마구 뒤졌다. 이어 이를 악문 채 내뱉었다.

"아니야, 장작을 더 가져다 넣어! 활활 타올라 이놈의 세상 다 태워버리게 말이야. 나도 더불어 재가 돼버렸으면 차라리 좋겠네!"

전온두와 채회새는 그제야 열넷째의 기분이 어느 정도인지를 알 것 같은 모양이었다. 뭔가 위로의 말을 하려고 했다. 그러나 이내 입을 다물어버리고 말았다. 그때였다. 꽁꽁 얼어 있던 여자아이가 몸을 가냘프게 움찔거리면서 신음소리를 토했다.

"물……, 물 좀……."

2장
북경으로 돌아온 대장군왕

여자아이의 신음소리에 정신이 번쩍 든 열넷째가 고개를 홱 돌렸다. 이어 아이를 내려다보더니 문 밖을 향해 소리를 질렀다.

"우리 시위들은 다 어디 있는가?"

열넷째의 갑작스런 고함에 그가 데리고 온 두 명의 시위가 곧바로 달려 들어왔다. 얼굴에 영문을 모르겠다는 표정이 어려 있었다. 열넷째가 미간을 찌푸리면서 지시했다.

"따뜻한 물 좀 가져와."

전온두가 열넷째의 말에 웃음 띤 얼굴로 대답했다.

"열넷째마마, 저 아이는 그저 혼미한 상태에서 한 소리일 겁니다. 진짜 목이 말라서 그러는 것은 아니라는 얘기입니다. 소인이 의술에 대해서는 어깨 너머로 배운 바 있습니다. 대충은 쓸 만하다고 생각합니다. 더운 물보다는 사슴 뼈를 우려낸 물이 원기회복에는 더 좋을 듯합니다."

열넷째는 전온두의 말에 가타부타 말이 없었다. 그러자 채회새가 다가가 아이를 일으켜 앉혔다. 이어 전온두가 먹다 남은 사슴고기 국물을 한 숟가락씩 아이의 입에 떠 넣었다. 여자아이에게 꽤나 관심을 보이던 열넷째는 전온두와 채회새가 그녀를 정성스럽게 돌보자 더 이상 눈길을 주지 않았다. 창가로 가더니 부산스럽게 서성이면서 고개를 숙인 채 뭔가를 생각하는 듯했다. 이어 다시 뭔가에 홀린 듯 창문에 매달려 정원을 뚫어지게 바라보았다. 누구도 그가 무슨 생각을 하는지 점칠 수가 없는 상황이었다.

"깼어, 깼어! 드디어 살아났습니다."

열넷째가 그렇게 계속 사색에 잠겨 있을 때였다. 갑자기 채회새와 전온두의 고함소리가 방 안에 울려 퍼졌다. 그와 함께 어느새 혈색이 많이 돌아온 여자아이가 초롱초롱한 눈을 뜨고는 주위를 두리번거리면서 살폈다. 그리고는 낯선 남자들의 얼굴을 뚫어지게 바라보면서 중얼거렸다.

"내가 지금 도대체 어디에 있는 거지? 살아있는 건가? 그러면 그대들은 사람이에요? 아니면 귀신?"

열넷째가 관심을 보이며 여자아이에게 가까이 다가갔다. 그녀는 이목구비가 단정하고 본바탕은 청순한 것 같은 아이였다. 그러나 한데 엉겨 붙은 삼단 같은 머리나 얼어서 누런 진물이 흐르는 두 발은 차라리 외면하고 싶을 정도로 비참해 보였다. 그리고 아직 어린 티가 가시지 않은 두 눈은 의구심과 공포로 가득 차 있었다. 한참 후 열넷째가 조용히 웃으면서 말했다.

"우리는 귀신이 아니야. 그러나 사람과 귀신 둘 중 사실은 사람이 더 무서운 거야. 그래 지옥문 앞까지 갔다가 온 자네는 이름이 뭔가?

어쩌다가 이 지경이 됐어?"

의식이 돌아온 여자아이는 남자들에게 둘러싸인 자신의 몰골이 쑥스러운 듯했다. 바로 발가락을 움찔거리면서 담요 밑으로 밀어 넣었다. 그러나 열넷째의 물음에는 정확하게 대답을 했다.

"저는 대현代縣사람이에요. 교가채喬家寨라는 동네에서 농부의 딸로 태어났죠. 이름은 교인제喬引娣고요. 아시다시피 농촌이라는 곳이 대부분의 농민들에게는 겨우 입에 풀칠이나 하는 곳이죠. 실제로도 그렇게 살았고요. 그런데 작년에는 홍수까지 겹치는 바람에 낟알 하나 건지지 못했어요……. 그런데도 세금 독촉은 심하더군요. 방법이 없었죠. 부모님께서도 오랜 기근에 병들어 누워버렸으니까요. 할 수 없이 제가 여섯 살밖에 안 된 남동생을 구하기 위해 걸식이라도 하려고 했어요. 마침 그때 누군가가 폐하께 올리는 공품貢品을 만드는 소주蘇州의 공장에서 사람을 구한다는 얘기를 하더라고요. 저는 그 사람의 말을 듣고 좋아서 따라 나섰어요. 먹고 자는 것을 해결해주고 삼 년이 지나 집에 오고 싶을 때는 임금도 계산해준다고 하기에 부모님을 설득해 나섰던 것이죠. 부모님과 동생을 살릴 수 있다는 생각에 팔려갔는데……."

교인제는 서럽게 울면서 하소연을 했다. 열넷째의 미간은 갈수록 구겨졌다. 소주에 공품을 만드는 공장이 있다는 것은 그도 알고 있는 사실이었다. 소주의 직조織造인 이구李苟가 주관하고 있다는 것도 모르지 않았다. 하지만 북쪽에서 일꾼을 사들였다는 말은 금시초문이었다. 나뭇잎만 떨어져도 다칠까봐 도망가는 소심한 성격의 이구가 감히 사사롭게 인신매매를 했다는 말인가? 그런 의혹이 꼬리를 물자 열넷째가 고개를 갸웃거리면서 물었다.

"그래, 서로가 원해서 합의하에 따라갔을 텐데 왜 돌아온 거야?"

교인제가 열넷째의 말에 흐느끼면서 대답했다.

"그자는 인신매매꾼이었어요! 소주에 도착하는 즉시 저를 춘향 각春香閣인가 뭔가 하는 곳에 넘겼지 뭐예요. 당연히 사부師父라는 사람은 공품 공장에서 일할 때 필요한 바느질 따위는 가르쳐주지 않더군요. 대신 엉뚱하게 노래와 춤, 악기, 바둑, 서화 이런 것들만 가르치려고 하더라고요. 너무나 이상해서 교육을 담당하는 어멈에게 물어봤더니, 춘향각에 들어오려면 이 정도는 배워둬야 한다고 하지 뭐예요. 열다섯 살 때부터는 손님을 받아야 한다나요? 어르신, 저는 못 먹고 못 입으면서 천하게 살아왔습니다. 그러나 다른 아이들과 마찬가지로 부모의 사랑을 받고 자란 귀한 몸이라고요. 아무렇게나 몸을 굴릴 수는 없잖아요. 그래서 결국 몰래 도망쳐 나왔어요. 그것들 감시망에 걸릴 것 같아 인적이 드문 길만 찾아다녔죠. 그러다 보니 빌어먹으면서 어느새 여기까지 왔어요. 이곳 낭자관에서는 폭설을 만난 탓에 사당에라도 들어와 며칠 묵어갔으면 했었죠. 그런데 주지를 비롯한 도사들이 모두 떠나버렸더군요. 그 바람에 아무것도 못 먹고 며칠째 추위에 떨었더니 아마 저도 모르게 정신을 잃었던가 봐요……."

"꽤나 그럴싸하게 꾸며대는군. 내가 눈물이 다 나려고 하는 것을 보니!"

열넷째가 여자아이의 말에 갑자기 냉소를 터트렸다. 그리고는 다시 천천히 입을 열었다.

"목숨을 구해준 은인 앞에서는 거짓말을 하는 게 아니야. 작년에 산서성 일대가 자연재해를 입어 추수가 엉망이었던 것은 사실이야. 그래서 폐하께서 산서성, 감숙성 일대의 세금을 전부 면제해준다는 내용의 명조明詔를 발표하시기도 했고. 또 흠차대신을 파견해 산서 순무인 낙민諾敏과 함께 이재민들을 구제하도록 조치하셨지. 나는 분명히 그런 줄로 알고 있어. 그런데 오히려 세금을 독촉했다니, 말이나 되는 소리야? 솔직히 말해봐. 누구의 집에서 도망친 노예인 거야? 사실대로 말하면 내가 살려주는 김에 끝까지 책임을 질게."

교인제가 열넷째의 질책이 예상 밖이라는 듯 깜짝 놀라면서 커다란 눈을 동그랗게 떴다. 이어 그를 바라보더니 한숨을 내쉬었다.

"어르신께서 못 믿으시겠다니 저로서도 달리 드릴 말씀이 없네요. 저는 자기네들끼리 물고 물리는 관계를 잘 모르니까 말입니다. 아무튼 낙민 어른이 우리 현의 지부와 현령 어른과 함께 어디에 빚진 돈이 있나 보더라고요. 그 때문에 조정에서 내려 보낸 재해 복구비를 우리 백성들에게는 단 한 푼도 주지 않았어요. 그뿐 아니라 자신들의 빚까지 오히려 저희들에게 덮어씌운 것 같아요. 그것 때문에 산서성 백성들은 모두들 곤경에 처해있어요. 제가 어찌 감히 어르신을 속일 수가 있겠어요? 여기서 지나가는 누구라도 붙잡고 물어보시면 아실 거예요……."

사실 물어보고 말고 할 것도 없었다. 열넷째는 교인제의 설명을 듣는 순간 바로 머릿속이 훤해지는 것을 느꼈던 것이다. 교인제는 결코 거짓을 말한 것이 아니었다.

'이 모든 죄악의 근원은 바로 현재의 천자天子이자 그 옛날의 옹친왕이었던 윤진에게 있다!'

열넷째는 바로 그렇게 단정했다. 윤진은 강희 46년에 호부의 업무를 주관하면서 국채 환수 운동을 대대적으로 벌인 바 있었다. 거센 빚 독촉에 벼랑 끝까지 내몰린 관리들이 자살하기까지 하는 사건도 빈번하게 일어났다. 그러나 낙민은 죽음을 택하지 않았다. 애꿎은 백성들을 대신 볼모로 삼았던 것이다. 조정에서 빚을 갚으라고 독촉을 하니 백성들을 빨아먹는 흡혈귀가 돼 갖은 만행을 저질렀다고 할 수 있었다.

열넷째는 그렇게 판단하고는 활활 타오르는 장작불을 바라보면서 "나쁜 자식!"이라고 누구에게인지 모를 욕을 입에 올렸다. 그리고는 전온두에게 물었다.

"낙민이라면 정황기 출신이지. 내 기억이 틀림없다면 옹화궁의 문하이기도 한 것 같은데?"

전온두는 열넷째의 질문을 듣는 순간 긴장하지 않을 수 없었다. 입 한 번 잘못 벙긋할 경우 큰 화가 자신에게 몰려올 것이라는 사실을 직감한 것이다. 당연히 그는 화를 자초하고 싶지 않았다. 자신의 임무는 말썽 많고 탈 많은 열넷째를 무사히 북경에 데려다 놓는 걸로 끝나는 것이 아닌가. 그는 결국 대충 어물거리면서 정확한 대답을 피해갔다.

그러자 옆에 있던 채회새가 입을 열었다.

"폐하의 문하는 아닌 것으로 알고 있습니다. 양백기鑲白旗의 도통都統으로, 연갱요 제대制臺와 아주 절친한 사이인 것 같았습니다."

"사악한 무리들 같으니라고! 윗물이 맑아야 아랫물이 맑지. 백성들이 등을 돌리는 것이 두렵지도 않은가 봐? 내가 보기에는……."

열넷째가 이를 악물면서 입을 열었다. 흥분이 지나쳤는지 소매도 걷어붙이려 하고 있었다. 그러나 갑자기 자신의 처지를 인식한 듯 바로 뚝하고 말문을 닫아버렸다.

사실 그랬다. 그의 대장군왕이라는 호칭은 그저 허울 좋은 허깨비에 지나지 않았다. 그 역시 이제 우리에 갇혀 버린 호랑이와도 크게 다를 바가 없었다. 조정의 일도 마찬가지였다. 죽이 되든 밥이 되든 그 자신이 왈가왈부할 바는 아니라고 할 수 있었다. 더구나 길흉을 전혀 점칠 수 없는 이번 북경행은 아무래도 좋지 않은 일이 더 많을 터였다. 열넷째는 그 사실을 순간적으로 깨달았다. 얼마 후 자기 코가 석 자나 빠져 있다는 사실을 잠시 망각했던 그가 한숨을 내쉬면서 애써 웃음을 지어보였다.

"교인제야, 큰 사고를 모면하고 살아난 것을 보면 너는 뒷날에 복이 있을 것이 분명해. 나를 따라 북경에 가서 내 시중을 들겠니, 아니면 이대로 돌아가겠니?"

열넷째의 말에 교인제의 두 눈에 눈물이 가득 고였다. 그녀는 저마다 장검을 번뜩이면서 거칠게 돌아가는 사람들을 봤을 때 좋지 않은 생각을 하지 않을 수 없었다. 처음에는 말도둑이나 자객들인 줄 알았다. 하지만 시간이 흐르면서 생각이 달라졌다. 왠지 모르게 열넷째 일행이 결코 나쁜 사람들이 아니라는 확신이 들었다. 그중에서도 열넷째는 더욱더 믿음이 갔다. 어딘가 범상치 않아 보이는 인물인 것 같았다. 교인제가 잠시 생각하더니 눈물을 닦으면서 말했다.

"저는…… 집에 챙겨야 할 식구들이 너무 많아요. 우선 병상에 누워서 이제나저제나 거적문이 열리면서 먹거리를 한 짐 가득 들고 딸이 들어서는 모습만 상상하고 계실 부모님이 있어요. 또 어린 동생도 있고요……."

열넷째가 교인제의 솔직한 말에 웃으면서 화답했다.

"정말 효심이 지극한 아이로군. 부럽다, 부러워! 그렇다면 내가 노자를 챙겨줄 테니 내일 고향으로 돌아갈 채비나 하거라."

열넷째가 말을 마치자마자 옆의 시위들에게 명령을 내렸다.

"여기에서는 사람들이 들락거려 제대로 쉬지 못할 것 같아. 동쪽 별채에 방 하나가 있는 것 같던데, 그리로 데려다 줘. 먹을 것도 좀 챙겨주고."

열넷째의 명령이 떨어지기 무섭게 시위들은 교인제를 데리고 밖으로 나갔다. 열넷째는 갑자기 할 일이 없어졌다고 생각했는지 습관적으로 회중시계를 꺼내 시간을 봤다. 해시亥時 정각이었다.

밖에서는 여전히 굵은 눈발이 몰아치고 있었다. 그는 정말 똑바로 앉은 채 자신을 바라보고 있는 사무관 두 명의 존재 때문에 가슴이 답답했다. 그들은 쫓아낼 수도, 그렇다고 함께 대화를 나눌 만한 화제를 공유하는 사이도 아니니 거추장스럽고 불편하기만 했다. 급기야 그는 산등성이를 훑고 지나가는 삭풍이 자지러지면서 불어 닥치는 소리에도 놀라 소름이 돋았다.

얼마 후 그는 패검佩劍을 풀어놓고 솥에 있는 사슴고기를 한 점 집어먹고 황주도 한 대접 들이켰다. 이어 훈훈한 화롯불 옆에 비스듬히 기대고는 스르르 눈을 감았다.

"열넷째마마, 열넷째마마!"

열넷째의 귀에 누군가 목소리를 낮춰 부르는 소리가 들려왔다. 그는 자동적으로 눈을 번쩍 떴다. 조금 전까지 옆에 바짝 붙어 있던 전온두였다. 그가 벌떡 일어나 앉으면서 다급하게 물었다.

"무슨 일인가? 간 떨어지겠네!"

"앞에 정경井徑 역참驛站에서 나온 사람들이 왔습니다. 모시러 온 것 같습니다!"

"그러면 그렇지! 왜 안 오나 했어. 어제 저녁에 내가 뭐라고 했나?"

"……"

"책임자 들어오라고 해!"

"예!"

한참 후 정경의 역승驛丞이 눈사람이 된 채 흰 입김을 토해내면서 산신묘로 들어섰다. 이어 처마 밑에서 가볍게 발을 굴러 눈을 털었다. 그리고는 모자를 벗어 두어 번 흔들고 나더니 조심스럽게 보고를 올렸다.

"저, 정, 정경, 여, 역, 역…… 역승, 매, 맹, 맹……."

역승은 당황했는지 몹시 말을 더듬거렸다. 심기가 잔뜩 불편해 있던 열넷째는 역승의 그 모습에 그만 피식 웃음을 터트리지 않을 수 없었다. 이어 천천히 입을 열었다.

"맹 역승이라는 말이 그렇게도 안 나오는가? 들어와."

열넷째의 말에 키가 작고 통통한 모습이 마치 고무공을 연상케 하는 역승이 구르듯 들어왔다. 동시에 한쪽 무릎을 꿇은 채 인사를 올렸다.

"소인, 매, 맹…… 헌우가 무, 문…… 문안을 올립니다!"

8품의 말단 한직에 지나지 않는 역승 맹헌우孟憲佑는 계속 더듬거렸다. 온통 땀범벅인 얼굴을 한 채 손짓까지 동원하고 있었다. 방 안이 지나치게 더워서 그랬다기보다는 처음 보는 황자 앞에서 긴장을 한 탓에 그런 모양이었다. 당연히 열넷째는 그의 말을 전혀 알아듣지 못했다. 옹정이 자신을 맞아줄 준비를 어느 정도 했는지 여부를 은근슬쩍 알아보려고 했던 그로서는 말 한마디 변변히 못하는 맹헌우가 짜증스럽기도 하고 우스꽝스럽기도 했다. 급기야 황급히 두 손을 휘저으면서 말했다.

"됐어, 됐어. 더 하면 병이라도 나게 생겼군그래! 진북晉北(산서성 북쪽) 사투리가 심한 데다 더듬거리기까지 하니 통 무슨 말인지 못 알아듣겠어. 그건 그렇고, 팔품 관직이라도 사느라 돈을 얼마나 썼는가? 설마 자네 상사도 그런 식으로 말하는 것은 아니겠지?"

"소인은…… 명실…… 상부한…… 지, 지, 진사입니다. 이, 이, 이…… 약점…… 때문에…… 팔품밖에…… 못 된 겁니다! 이제는…… 속상하지도…… 않습니다. 열넷째마마, 소, 소인에게…… 노래를…… 하,

하게…… 허, 허락해주십시오. 그, 그러면…… 더, 더듬거리지…… 않을 겁니다."

열넷째가 맹헌우의 제안을 듣더니 천장을 쳐다보면서 크게 웃었다.

"좋아, 꽤나 재미있겠는데! 그러면 한번 해봐. 도대체 누가 자네를 보낸 거야?"

맹헌우가 얼굴을 붉힌 채 잠시 뭔가를 생각하는 듯했다. 이어 목소리를 가다듬고는 노래를 부르기 시작했다. 놀랍게도 노래를 부를 때는 발음도 대단히 정확하고 전혀 더듬지도 않았다. 주위의 친병들은 느닷없는 노랫소리에 호기심이 동하는 듯 하나둘씩 모여들기 시작했다. 내내 인상을 험악하게 구긴 채 툭툭 내뱉듯 말을 함부로 해대는 한물간 황자의 비위를 맞추느라 많이들 힘들었던지 얼굴에는 기대감이 가득했다.

황자마마 잘 들어주십시오.
소인의 노랫말을 들어주십시오.
소인은 공연히 왕가王駕를 영접 나온 것은 아닙니다.
보정부保定府의 명령을 받고 왔습니다.
열넷째마마를 모시면 괜찮으나,
잘 모시지 못하면 8품의 관직마저 빼앗기게 됩니다.

맹헌우의 노래 가사는 노랫말이라고 할 것도 없었다. 그러나 무슨 뜻인지는 알 듯했다. 열넷째는 말은 심하게 더듬으면서도 노래는 썩 괜찮게 하는 맹헌우에게 관심이 가는지 웃음을 애써 참았다.

"이제 겨우 낭자관에 도착했는데, 보정부의 귀는 어지간히 길기도 하군!"

맹헌우는 열넷째가 자신의 노래에 관심을 보이는 듯하자 읍을 해 보이면서 다시 말하듯 느릿느릿한 속도로 노래를 부르기 시작했다.

그 속의 사연은 소인도 모릅니다.
어제 저녁 관리 한 명이 다녀갔습니다.
전문경이라는 이름의 공부工部 원외랑員外郎이었습니다.
성명聖命을 받들어 군영 위로차 섬서로 떠나는 길에
정경에 들러 영을 전달하고 갔습니다.
난교暖轎를 준비해 열넷째마마를 모셔오라는 말이었습니다.
소인은 45리 길을 헐레벌떡 달려오느라⋯⋯
숨이 멎는 줄 알았습니다!

열넷째는 맹헌우의 귀염 떠는 모습에 한참이나 웃었다. 그러나 기분은 그다지 좋지 않았다. 자신이 얼마나 주도면밀하게 감시를 당하고 있는지 더 확실하게 알게 된 때문이었다. 그가 차츰 안색을 구기는가 싶더니 갑자기 자리에서 일어서면서 차갑게 말했다.

"나 때문에 완전히 생사람을 잡는구먼. 이 폭설에 그 먼 길을 달려오게 만들었으니! 아무튼 자네가 난교를 준비해왔다니, 나는 수레를 타고 호사를 누리게 생겼구먼."

맹헌우는 열넷째의 말이 떨어지기 무섭게 황급히 머리를 조아리고 밖으로 나갔다. 그러자 열넷째의 수행원들과 전온두 등은 서둘러 행낭을 챙기기 시작했다. 그때 시위 한 명이 황급히 아뢰었다.

"열넷째마마! 저 여자아이는 고향으로 돌려보내시렵니까, 아니면 데리고 가실 겁니까?"

"건강 상태가 어떤 것 같아?"

"좋아 보입니다. 잘 먹고 한숨 푹 자더니 한결 좋아진 것 같습니다."

열넷째가 시위의 말에 아랫입술을 빨면서 하늘을 쳐다봤다. 어느새 많이 가늘어진 눈발이 기운 없이 바람에 여기저기 휘날리고 있었다. 그가 그렇게 잠시 뭔가를 생각할 때였다. 동쪽 별채에서 교인제가 나오는 모습이 보였다. 열넷째는 그녀에게 자상하게 물었다.

"몸은 좀 어때?"

교인제는 두툼한 솜옷을 입고 있었다. 혈색도 그새 많이 좋아져 있었다. 그러나 얼굴에는 아쉬움이 가득했다. 떠날 채비에 바쁜 열넷째 일행을 못내 아쉬운 눈빛으로 바라보았다. 그러다 급기야 황급히 다가가서는 눈밭에 무릎을 꿇은 채 머리를 조아렸다. 이어 조용히 흐느꼈다.

"대인은 저의 은인이십니다. 이렇게 떠나가시면 저는 이 은혜를 어찌해야 합니까? 저는 하층민이고 은인께서는 귀인이십니다. 은인께서 부디 승승장구하시기를 제가 두 손 모아 간절히 기원해 드리겠습니다……."

열넷째가 교인제의 말에 씁쓸한 웃음을 지어보였다. 그러더니 안주머니에 손을 넣더니 뭔가를 꺼냈다. 해바라기씨 모양의 금 조각이었다. 연갱요가 마련한 송별연에서 어울려 술을 마시며 주령酒令(술자리에서 하는 놀이)을 해서 땄던 금이었다. 열넷째는 그 금 조각을 모조리 꺼내 교인제의 손에 쥐어주었다.

"은인이니 뭐니 그런 말은 하지 마. 처지가 처지이니 만큼 북경으로 데려가기에는 조금 무리인 것 같아. 이거라도 가지고 가서 부모님 잘 모시고 굶지는 말고 살아……."

열넷째는 말을 채 마치지를 못했다. 어느새 감상에 젖은 듯했다. 교인제가 분위기를 바로 파악했는지 고개를 번쩍 쳐든 다음 눈물이 그렁그렁한 시선으로 열넷째를 정겹게 바라봤다. 순간 열넷째는 그녀가 한없이 살갑게 느껴졌다. 얼굴에 아무것도 바르지 않아 더욱더 달빛에 씻어낸 듯 맑고 청초한 모습이었다. 헤어지고 나면 그 얼굴이 그리워질 것도 같았다. 더구나 수줍은 듯 발그레 달아오르는 양 볼의 희미한 보조개는 그녀를 이대로 떠나보내기에는 뭔가 아쉽도록 만들었다. 어디 그뿐인가. 교인제의 새카만 머루 같은 두 눈에는 나이에 어울리지 않는 성숙함과 기민함도 동시에 묻어나고 있었다.

열넷째가 그 모습을 보고는 그동안 생각을 조금 달리 했는지 한숨을 지으면서 말했다.

"북경의 왕부에 가면 시녀들이 여덟 명이나 있지. 그런데도 너에 견줄 만한 여자는 없어. 너를 데리고 가면 복진도 즐거워 할 것 같은데. 하지만 이건 어디까지나 내 과욕일 뿐이야. 내 처지가 많이 안 좋아질지도 모르거든……. 처음 얘기했던 대로 고향에 가서 부모형제와 함께 잘 사는 것이 낫겠어. 이대로는 위험하니까 남장男裝을 하고 큰길을 따라 천천히 걸어가."

"은공恩公!"

"왜?"

"그러면 은공께서는 존함이라도 가르쳐 주십시오. 집에 돌아가서 은공의 장생長生을 기원하는 위패位牌를 모시고 싶습니다!"

열넷째가 나이답지 않은 교인제의 마음 씀씀이가 기특하게 느껴졌는지 담담하게 웃었다. 그리고는 천천히 계단을 내려섰다. 이어 고개도 돌리지 않은 채 입을 열었다.

"마음 써주는 건 고마워. 그런데 세상에 진짜 장생長生을 하는 사람이 어디 있는가? 단명하지 않고 지금껏 살게 해준 것만 해도 하늘의 은총 아니겠어? 선제께서는 살아생전에 군신群臣들이 매일 같이 만세를 외쳤어. 그러나 결국에는 칠십도 못사신 것을 보라고. 하늘이 정해준 대로 살 수밖에는 없는 거야……."

열넷째는 말을 마치더니 갑자기 눈물을 흘렸다. 아마도 자신의 처지가 한심하다는 생각이 든 모양이었다. 그러나 그는 눈물을 누구에게도 보이고 싶지 않은 듯 황급히 고개를 돌리고 산신묘를 나왔다. 이어 난교에 올라 서둘러 발을 굴러 수레꾼에게 떠나도록 명했다.

열넷째의 신호에 따라 100여 명의 일행은 노란 덮개의 수레를 둘러싸고 천천히 눈 덮인 산길을 걷기 시작했다. 교인제는 산신묘 앞에서 그들의 모습이 까만 점으로 사라질 때까지 바라보며 멍하니 서 있었다.

일행은 폭설과 삭풍과 싸우면서 몇 날 며칠을 더 고생해서야 겨우 북경 근교의 노하역潞河驛에 도착할 수 있었다. 때는 11월 26일 저녁이었다. 얼마 후 누군가 먼저 북경에 들어가 소식을 전했는지 영정하永定河를 지나자 곧 대학사 윤태尹泰와 예부 원외랑 고기탁高其倬, 이번원理藩院 사관 아이송아阿爾松阿, 소노蘇奴 등이 마중을 나와 있었다. 그들은 열넷째가 수레에서 내려서자 일제히 무릎을 꿇으며 안부를 물었다.

열넷째는 윤태 등을 천천히 일별했다. 일행 중에는 전 공부상서 아매아阿買阿의 아들 아이송아, 여덟째 황자 염친왕 윤사의 문하인 소노가 눈에 보였다. 예전에 북경에 있을 때는 두 사람과 못하는 말이 없는 격의 없는 사이였다. 그러나 지금은 사방에 감시의 눈이 많았으므로 알은체 할 수가 없었다.

윤태는 그런 사실을 아는지 모르는지 형식상 간단하게 음식상을 마련해 열넷째를 대접했다. 척 봐도 그저 환영하는 시늉만 내는 듯했다. 하기야 국상國喪 기간이었으니 연회를 크게 베푸는 것은 금기였기에 그럴 만도 하기는 했다. 열넷째는 기생들의 간드러진 웃음소리나 가무도 없는 납덩이처럼 무거운 저녁상을 받자 대충 몇 젓가락 집어 먹고는 바로 수저를 내려놓았다.

"윤 대인! 아바마마의 재궁梓宮은 어디에 모셔져 있는가? 오늘 저녁에 영전靈前을 지켜드리러 갈까 하네."

열넷째가 역참의 정방으로 건너와 자리를 잡은 다음 맞은편에 앉은 윤태를 향해 입을 열었다. 윤태는 문화전 대학사로 고인이 된 상서방 대신 웅사리의 문하로 첫손 꼽히는 인물이었다. 당연히 스승을 닮아 융통성이 별로 없었다. 게다가 딱딱한 성격이 거의 거북 등껍데기 같았다. 또한 스승과 마찬가지로 도학파로 정평이 나 있었다. 강희 말년에는 도학파가 아니랄까봐 대학사인 왕섬과 함께 폐위당한 태자의 구명운동을 벌이기도 했다. 그로 인해 녹봉을 깎이고 직무해제를 당하는 치욕을 당하고도 자신의 믿음에는 한 치의 변화도 없었다. 그는 70세를 바라보는 나이답게 백발이 성성했으나 기력은 누구보다 왕성해 보였다.

그는 등을 의자에 밀착시키고 정좌한 채 열넷째의 옆에 앉아 숙연한 기색으로 경청했다. 이어 상체를 숙이면서 대답했다.

"대행大行 황제의 시호는 '성조'聖祖라고 정했습니다. 이 점 유의하시기 바랍니다. 성조께서는 십삼일 창춘원에서 붕어하셨습니다. 옹정 황제께서는 당일 영구 앞에서 즉위하셨습니다. 또 그날로 대행 황제의 재궁은 건청궁으로 옮겨졌습니다. 신은 어지를 받들고 대장군왕을 영접하러 나왔습니다. 오늘 저녁은 이곳에 머물 것입니다. 아마도 내일은 폐하께서 마마를 부르시지 않을까 싶습니다. 분명히 성명聖命이 계실 겁니다."

열넷째는 태도가 딱딱하기 이를 데 없는 사람들을 마주하고 앉자 갑자기 모든 것이 낯설어졌다. 뭔가 눈앞이 아득해지는 느낌도 받았다. 자연히 자신이 천군만마를 이끌고 보무도 당당하게 출병 의식을 거행했을 당시가 떠올랐다. 그때는 지금 황제 지위에 오른 사람이 쫄래쫄래 따라와서는 자신을 바로 이곳에서 배웅해주지 않았던가. 그런데 돌아와 보니 상황은 완전히 변해 있었다. 칼로 자른 듯 군신君臣 사이라는 명분이 큰 산처럼 가로막고 서서 사람을 숨 막히게 만들고 있는 것이다. 게다가 그 황제는 자신과는 친형제 사이임에도 자신을 성 밖에서부터 진입을 막고 들어오지도 못하게 하고 있었다. 자신도 모르게 서글픔이 밀려오고 가슴도 아려왔다. "산천은 여전한데 인생사는 예전 같지가 않다"는 말은 이럴 때 쓰는 말이 아닐까. 아무튼 지금은 그 옛날의 모습은 찾아볼 수가 없었다. 지척에 있는 자금성을 두고도 들어갈 수가 없었다. 아마도 얼음장같이 차가운 그곳 건청궁에는 세상을 떠난 늙은 황제가 말없이 누워 있을 터였다.

'이제 아바마마는 내가 아무리 말썽을 부려도 호통을 치며 나를 혼낼 수가 없어. 장검을 휘둘러대면서 재주를 뽐내는 모습도 못 본 척하면서 몰래 훔쳐보는 일도 영영 없을 거야……'

열넷째는 아버지를 생각하자 가슴이 미어졌다. 눈물이 하염없이 흘러내렸다. 생각 같아서는 머리를 쥐어박으면서 한바탕 울어버리고 싶었으나 그럴 수는 없었다. 아랫사람들 앞에서는 결코 흐트러진 모습을 보여서는 안 된다는 것이 그의 원칙이었다. 얼마 후 열넷째가 몰래 눈물을 닦으면서 말했다.

"윤태, 들어갈 수 없다면 명에 따르는 수밖에 없지. 자네는 유명한 이학理學의 대가이니 내가 가르침을 좀 받아야겠어. 나는 옹정 황제와 성조의 영위靈位 중에 누구를 먼저 배알해야 하지? 순서가 어떻게 되는가?"

"충효와 절의節義는 같은 덕목이기는 하나 순서는 엄연히 존재합니다."

윤태가 천천히 입을 열었다. 이어 보충설명을 덧붙였다.

"그중 충忠이 당연히 우선시 돼야 합니다. 새로운 군신 관계가 정립된 이상 현재의 폐하를 먼저 배알하시는 것이 순서인 것 같습니다. 그러나 폐하께서는 지금 건청궁에서 밤낮으로 영전을 지키고 계십니다. 그러니 함께 배알하는 것도 이런 경우에는 무방하다고 생각합니다."

윤태가 자신감 넘치는 어조로 대답했다. 원래 그는 황자들과는 왕래가 거의 없었다. 그럼에도 호기롭고 의로운 열넷째에게 무척이나 호감을 가지고 있었다. 사실 황제가 다른 사람이라면 누구를 먼저 배알해야 하는가와 같은 문제는 별로 문제가 되지 않을 수 있었다. 그러나 그의 눈에 비친 옹정은 워낙 성격이 까다로웠다. 게다가 모든 것을 철저하게 따지는 성격이었다. 그가 열넷째에게 군신의 예를 먼저 갖춘 다음 강희의 재궁을 배알하라고 권했던 것은 다 그만한 이유가 있었던 것이다. 그는 그처럼 서로 아귀가 잘 맞아 문제가 생기지 않기를 간절히 원하는 좋은 마음으로 열넷째에게 권고했다. 하지만 도학파의 딱딱함이 듣는 이에 따라서는 심기가 불편할 수도 있었다. 윤태를 따라온 아이송아가 그랬다. 열넷째를 대하는 윤태의 꼿꼿한 태도에 불만을 느낀 나머지 속으로 '이 구제불능 영감탱이야!'라고 욕설을 퍼부었다. 하지만 겉으로는 전혀 내색하지 않고 천천히 입을 열었다.

"충효와 절의가 일체라는 말에는 저도 공감합니다. 효는 충의 근본이 되는 것입니다. 또 불효는 바로 불충으로 이어지게 됩니다. 효자가 아닌 사람은 결코 충신으로 볼 수 없습니다. 폐하께서도 재궁에 계신다니 먼저 뵙기를 청해서 문안을 올리면 될 것 같습니다."

윤태는 두 사람을 한꺼번에 배알해도 괜찮다는 자신의 주장을 아이송아가 묘하게 부정하고 나서자 불쾌감을 느끼지 않을 수 없었다. 그러나 바로 일격을 가하지는 않았다. 그저 여전히 무표정한 얼굴로 열넷째를 향해 말했다.

"한 가지는 미리 말씀드리는 것이 좋을 듯합니다. 폐하께서 등극하신 후 여러 황자들께서 폐하의 존함을 범하는 것을 피하기로 했습니다. 황자들의 존함 중 윤胤자를 음이 비슷한 윤允으로 고치기로 한 것이죠. 열넷째마마께서 상주를 올릴 일이 있으시면 이 부분을 염두에 두시는 것이 좋을 듯합니다."

열넷째는 윤태의 말을 듣고 그가 자신의 실수를 미연에 방지하도록 도와주고 있다고 호의적으로 생각했다. 고개를 끄덕이며 고마움을 표했다.

"주도면밀하게 배려해 줘서 고맙네."

"열넷째마마!"

아이송아가 갑자기 진지한 어조로 열넷째를 불렀다. 자신에게 눈길 한 번 주지 않는 모습에 열넷째가 자신에게 뭔가 오해를 하고 있다는 생각을 한 듯했다. 사실 그는 열넷째를 만나러 오기 전 염친왕부의 태감인 하주아를 만난 바 있었다. 그로부터 단독으로 열넷째를 만나 북경의 형세를 상세하게 말해드리라는 여덟째 염친왕의 명을 전달받았다. 그러나 윤태가 주관主官이라는 사실이 문제였다. 일의 진행상 자신이 입에 올릴 말의 권위가 서지 않을 것이 너무나 뻔했던 것이다. 더구나 저마다 다른 속셈을 갖고 있는 나머지 시선이 어지럽게 교차하는 상황에서 열넷째와 독대할 기회란 그리 쉬운 것이 아니었다. 그렇다고 해서 이런 자리에서 벙어리처럼 입을 다물고 있으면 나중에도 좋을 것이 없었다. 여덟째에게 꼬투리를 잡힐 수도 있을 것 같았다. 아이송아는 그런 생각이 들자 가볍게 기침을 하면서 목소리를 가다듬고서 말했다.

"신은 여기 오기 전 셋째, 다섯째, 여덟째, 아홉째, 열셋째 마마 모두를 만나 뵀습니다. 황자마마들께서는 하나같이 상중喪中이라 직접 열넷째마마를 마중하러 나오시지 못하는 것에 대해 유감을 표명하셨습니다."

아이송아의 말은 어느 측면에서 보면 열넷째에게 황자들이 무사하다는 사실을 알리는 신호이기도 했다. 열넷째는 그제야 몰래 안도의 한숨을 내쉬었다. 그리고는 훨씬 부드러워진 표정으로 말했다.

"형님들이 다망하신 와중에도 그렇게 마음을 써주신다니 아우로서는 그저 고마울 따름이지. 너나없이 경황이 없을 텐데 그런 예의는 굳이 갖춰서 뭘 하겠어!"

그러자 소노가 내내 침묵을 지키고 있다 말고 윤태와 고기탁을 한 번 바라보고는 아이송아의 말을 이어 받았다.

"황자마마들께서는 영전을 지키느라 바쁘신 것만은 아닙니다. 새로운 군주께서 등극하시니 긴급히 처리해야 할 일들이 산재해 있는 겁니다. 폐하 역시 각지에서 올라온 상주문 처리를 선제의 영전을 지키기 위해 건청궁에 가시는 저녁에야 하실 수 있을 정도로 여유가 없으십니다. 셋째, 열셋째, 여덟째 마마께서도 크게 다르지 않죠. 남서방南書房(원래는 강희의 서재. 나중에는 소속 문인들이 황제의 조령詔令이나 유지諭旨를 대신 작성하는 역할을 하게 됨)으로 들어가셨습니다. 결과적으로 융과다와 마제가 국상 기간 중 정무를 도맡아 보게 돼버렸습니다. 결국 새 정권이 아직은 정상적인 궤도에 오르지 못했다고 할 수 있겠습니다. 그러니 이런 혼란을 틈타 간당奸黨들이 안팎으로 설치고 난을 일으키지 말라는 법이 없습니다. 때문에 이런 사태를 미연에 방지하기 위해 아홉 개 성문九門은 이미 봉쇄해버렸습니다. 오늘이 열

나흘째입니다."

열넷째로서는 소노의 말을 통해 확실한 또 하나의 소식을 접할 수 있었다. 이번 것은 사실 가장 궁금해하던 중요한 소식이었다. 아직도 '간당'奸黨을 운운하고 있다는 사실을 알게 된 것이다. 그 말은 옹정 일생일대의 3대 유감有感인 여덟째, 아홉째, 열째 등이 완전히 몰락하지 않고 있다는 사실을 확실하게 증명하는 것이라고도 할 수 있었다. 한마디로 여덟째 세력은 언제든지 바람만 불면 확 피어오를 수 있는 강한 불씨를 간직하고 있다는 것이다. 반면 옹정의 황제 자리는 그다지 단단한 반석 위에 있지 않다는 뜻이었다. 열넷째는 위기와 기회가 공존한다고 볼 수 있는 이 시점에서 긴장과 위안을 동시에 느꼈다. 얼마 후 그가 흥분에 떠는 가슴을 애써 누르면서 뭔가를 물으려고 했다. 그러나 곧 묻는 것을 포기한 채 고개를 돌려 고기탁에게 일상적인 질문을 던졌다.

"자네는 이름이 뭔가? 전에 본 적이 없는 새로운 얼굴인 것 같아서 말이야."

"열넷째마마께 아룁니다. 신 고기탁은 원래 사천성 성도에서 지부 대리로 있었습니다. 줄곧 지방에 있다가 며칠 전 예부로 발령을 받았습니다. 그러다 오늘 열넷째마마를 뵐 영광된 자리가 마련됐네요. 정말 기쁘게 생각합니다."

고기탁이 황급히 상체를 깊숙이 숙인 채 어색한 웃음을 지으면서 대답했다. 장작처럼 바싹 마른 것에 비해 어딘가 강단이 있어 보이는 인상의 인물이었다. 검은콩 같은 두 눈이 형형한 것도 특징이었다. 물론 얼굴 가득히 덮인 주근깨가 인상을 약간 흐릿하게 만들기는 했지만 누르기만 하면 튀어오를 듯 약삭빠른 느낌을 주는 것만은 사실이었다. 열넷째는 시류에 따라 이리저리 왔다 갔다 할 약삭빠른 느낌을 주는 그를 쳐다보면서 고개를 갸웃거렸다. 이어 잠깐 뭔가를 생각하더니 입을 열었다.

"아, 생각났다! 자네, 풍수에 능하지? 예전에 자네가 쓴 풍수지리에 관한 책을 유용하게 읽었던 기억이 나네."

열넷째는 갑자기 흥미로운 듯 얘기를 꺼냈다. 그러다 이상하게 곧 입을 다물어버렸다. 눈앞의 고기탁이란 자가 연갱요의 군량미 담당으로 있는 이위가 손수 키운 사람이라는 사실을 떠올린 모양이었다. 그러자 그런 열넷째의 속마음을 알 리가 없는 고기탁이 자신에 대한 긍정적인 평가에 신이 난 듯 떠들어대기 시작했다.

"풍수는 한漢나라 때부터 시작해 당唐나라에 와서 전성기를 이뤘습니다. 지리地理로 천문天文에 감응하고, 인신人神이 예측할 수 없는 오묘함이 들어 있습니다. 선제께서 전에 흠천감欽天監(천문대에 해당)의 원명圓明과 신을 데리고 봉천으로 가셔서 태조太祖(누르하치)의 복릉福陵 자리 쪽을 알아보게 하신 적이 있었습니다. 그러나 봉천에는 마땅한 자리가 없었습니다. 그래서 준화遵化로 다시 갔습니다. 다행히 그곳에서 원명이 부지 한 곳을 발견했습니다. 지세가 와안산臥雁山을 용두龍頭로 하는 곳이었습니다. 구불구불하게 뻗어 내려온 지세가 하나씩 보면 마치 거북의 등 같았으나 전체적으로는 긴 뱀 모양이었습니다. 더구나 동남쪽으로 쭉 뻗어가서는 바로 세조世祖(순치제)의 경릉景陵과도 맞닿아 있었습니다. 원명은 그곳을 태조의 복릉으로 점찍었으나 저는 '여기는 장상將相이 묻힐 곳으로는 적격이기는 하나 결코 군주의 자리는 아닙니다'라고 했습니다. 원명이 믿지 않기에 '파 보면 팔척 밑에 반드시 물이 보일 것이다'고 신이 말했습니다. 그 자리를 파 볼 것을 권유해서 원명은 반신반의하면서도 그곳을 파 보았습니다. 그 결과 역시 저의 생각이 맞았습니다. 결국 대행 황제의 경릉 터는 신이 찾아낸 것입니다. 대학사 장정옥 어른도 저에게 조상 묘의 풍수에 대해 봐달라고 한 적이 있었죠. 제가 보니 다 좋았습니다. 그런데한 가지 옥에 티라면 아들이나 아우에게 불리할 수 있는 점이 있다고 말씀드렸습니다. 불행하게도 신의 말이 적중했습니다. 마마께서도아시다시피 장 대인 댁의 둘째 도련님이 단명하시지 않았습니까? 또셋째 아우인 장정로張廷老 어른께서도 실각을 당하시지 않았습니까.내친김에 더 말씀을 드리겠습니다. 윤태 어른의 조상 묘도 제가 봐드렸습니다. '아드님께서는 이번이 아닌 다음 과거에 반드시 합격할 것입니다. 그것도 3등 안에 들 겁니다. 만약 그때 가서 제 말이 틀리면저의 눈을 도려내십시오!' 이렇게 제가 말씀을 드렸습니다."

기탁은 주위의 반응 따위에는 아랑곳하지 않은 채 침을 튕겨가면서 열을 올렸다. 아이송아가 얼마 후 겨우 틈새를 비집고 들어와서는약간 조롱 어린 어조로 말했다.

"자네가 보기와는 달리 음양을 꿰뚫는 대단한 재주가 있군. 그렇다면 지금 황제 폐하의 침릉寢陵은 풍수가 더 좋은 곳으로 찾을 수있겠군."

아이송아가 무심코 툭 던진 말은 상당히 충격적이라고 할 수 있었다. 강희가 붕어한 지 얼마 되지도 않은 시점에서, 그것도 옹정 황제의 즉위를 앞두고 말이 많은 복잡한 정국이었으니 더욱 그랬다. 물론그가 나쁜 마음을 품고 그런 말을 했다고 하기는 어려웠다. 그럼에도사람들은 너나없이 속이 뜨끔한 것 같은 눈치를 보였다.

"나는 피곤해서 쉬어야겠어. 오늘은 지의旨意에 따라 여기서 하룻밤을 보낼 수밖에 없겠군. 고기탁, 폐하께서 자네를 불러들인 것은아마도 깊은 뜻을 가지고 있을 거야. 자네는 풍수의 대가이니까 말이야. 나중에 시간이 나면 내 묏자리도 좀 봐줘. 자손 대대로 부귀영화

같은 것은 바라지 않아. 그저 두 발 쭉 뻗고 잘 수만 있다면 좋겠어. 농담이 아니니 신경 좀 써주게."

열넷째가 늘어지게 기지개를 켜면서 말하고는 곧 주위를 물리치고 잠자리에 들었다.

3장
건청궁의 통곡소리

열넷째가 노하역에서 하룻밤을 묵은 다음날이었다. 동녘 하늘이 어스름히 밝아오자마자 아니나 다를까, "대장군왕 윤제는 즉각 성조의 재궁을 배알하러 건청궁으로 들라!"는 어명이 내려왔다. 그는 심기가 불편했다. 급기야 책상도 마련하지 않고 무릎도 꿇지 않은 채 서서 성지聖旨를 받았다. 이어 한참 넋이 나간 것 같은 표정을 짓더니 순식간에 밖으로 뛰쳐나갔다. 그리고는 잽싸게 말에 오르더니 바람처럼 북경성을 향해 달려갔다. 어지를 전하러 왔던 태감과 윤태 일행이 말릴 틈도 없었고 뭐라고 권유할 사이도 없었다. 결국 그들은 당황하여 허둥지둥 열넷째를 따라 나서는 수밖에 없었다.

눈발이 아직도 간간이 이어지고 있었다. 그러나 구름은 이제 완전히 본연의 색을 찾았는지 하얀색을 띠고 있었다. 수십 년 만에 내린 폭설도 기세가 한풀 꺾일 모양이었다. 열넷째는 아무런 생각도 없이 머릿속을 텅 비운 채 그저 말을 달리기만 했다. 주변 사람들은 그런 그를 발견하자 눈 쓸던 빗자루를 내던지고는 공손히 서서 상체를 숙였다. 이어 한쪽 편에 시립을 했다. 그들의 표정은 선제의 붕어가 불러온 충격에서 아직 완전히 헤어나지 못한 듯 그다지 밝아 보이지 않았다. 그래서일까, 그들은 현 황제의 정적政敵이자 동복형제인 그가 갑자기 상경한 이유에 대해서도 별로 관심을 두는 것 같지 않아 보였다.

그러나 열넷째는 달랐다. 주변의 모든 것에서 눈길을 떼지 못하고 있었다. 무엇보다 그는 큰 명절인 동지冬至를 앞두고 시끌벅적해야 할 서직문西直門 일대가 전과는 달리 썰렁한 것이 마음이 아팠다. 또 가게의 문이 굳게 닫혀 있는 모습도 안타까웠다. 예전 이맘때 같으면 이곳의 정육점이나 비단가게, 지물포, 어물전, 약방, 수선방, 보석가게들은 사람들로 초만원을 이루고 있을 터였다. 비록 정양문 밖에 있는 기반가棋盤街의 대낭묘大廊廟와 비교하기는 어렵더라도 나름 문전성시로 발 디딜 틈이 없을 것이었다. 그러나 지금은 몇몇 연탄 파는 노인들의 기운 없는 목소리만 울려 퍼져 거리를 더욱 썰렁하게 만들고 있을 뿐이었다. 번창하던 그 옛날의 모습은 어디서도 그 자취를 찾아볼 수가 없었다. 주위의 쓸쓸함에 자신도 모르게 비감에 젖은 열넷째가 얼마 후 말고삐를 잡아당기고 속도를 늦추면서 중얼거렸다.

"친척들의 슬픔은 여전한데 마을 사람들은 어느새 노래를 부르고 있구나. 죽은 사람은 말이 없나니, 떠난 자만 불쌍하구나……."

"열넷째마마! 뭐라고 하셨습니까?"

옆에서 열넷째를 바짝 따라가던 윤태가 조용히 물었다. 열넷째는 고개를 숙인 채 잠시 생각을 하더니 한숨을 내쉬면서 입을 열었다.

"아바마마를 떠올렸네. 그분은 일생 동안 영웅적인 기개를 떨치면서 살아오셨어. 그럼에도 지금은 차가운 건청궁에 홀로 누워 계시잖

아. 그런 것을 생각하니 인생이 참으로 덧없다는 생각이 들어. 서로 티격태격하고 아옹다옹하면서 살아가기에 인생은 너무 짧아. 천하를 호령하던 효웅梟雄은 한 번도 가보지 못한 쓸쓸한 초행길을 떠났으나 동지가 오면 살아있는 사람들은 여전히 도마소리를 낼 것 아니냐고. 고기를 다져 만두를 빚을 뿐 아니라 떡을 만들어 동네방네 돌리면서 먹을 것 아닌가."

윤태가 열넷째의 비감한 말에 달리 답변거리를 찾지 못한 듯 잠시 생각하더니 입을 열었다.

"너무 상심하지 마십시오. 그리고 이곳은 그나마 과거시험을 보는 수재들이 있어 먹고 살 만합니다. 그러나 다른 곳의 웬만한 집은 입에 풀칠하기도 어렵습니다."

열넷째의 왼쪽 뺨의 근육이 윤태의 말에 가볍게 흔들렸다. 그가 바로 고개를 돌려 물었다.

"올해도 춘위春闈가 있는가? 아직은 이르지 않은가?"

윤태가 열넷째의 질문을 잠깐 곱씹더니 바로 입을 열었다.

"열넷째마마, 내내 상심에 젖어 계시다 보니 깜빡하셨나 봅니다. 새로운 황제가 등극하셨으니 당연히 은과恩科가 있어야 하지 않겠습니까? 예부에서는 저에게 주시험관을 맡아줬으면 하는 눈치입니다. 그러나 제 셋째 아들 윤계선尹繼善이 이번에 은과를 봐야 하기 때문에 저는 피하는 것이 바람직하다고 생각합니다. 그래서 주시험관을 사양하는 상주를 올렸습니다."

열넷째가 입을 열어 뭔가를 말하려고 할 때였다. 시위 한 명이 손가락으로 앞을 가리키면서 말했다.

"열넷째마마, 드디어 서화문에 도착했습니다."

열넷째는 시위의 말에 순간 흠칫했다. 서화문이 자금성의 여러 문들 중에서도 천하의 정무를 처리하는 요충지라는 생각이 불현듯 뇌리를 스쳤던 것이다. 그러나 그는 곧 비감한 표정을 거둬들이고는 천천히 말에서 내렸다. 이어 허리춤의 보검을 빼내 수행원에게 건넸다. 얼마 후 건청궁의 일등 어전시위인 덕릉태가 무거운 발걸음으로 계단을 내려왔다. 열넷째는 돌사자 옆에서 자신을 기다리고 있는 그의 모습을 바라보면서 천천히 다가갔다.

덕릉태는 강희가 몽고 출신의 용사들 중에서 직접 선발해 키운 시위였다. 여러 번 대가大駕를 수행하면서 공훈을 세웠다. 그에 힘입어 이미 관작이 2등 백작伯爵에 이르고 있었다. 몽고인 특유의 건장하고 기골이 장대한 그의 체격은 마치 철탑 같았다. 척 보기에도 용맹한 기질이 돋보였다. 그러나 그의 검붉은 기운이 감도는 얼굴에는 표정이 하나도 없었다. 금방 울고 나온 듯 눈두덩이도 빨갛게 부어 있었다.

그가 돌계단을 내려서서는 똑바로 서 있다가 열넷째가 다가오자 나지막한 목소리로 말했다.

"지의가 계십니다!"

그럼에도 열넷째는 무릎 꿇을 기미를 보이지 않았다. 그러자 덕릉태가 여전히 무표정한 얼굴을 한 채 열넷째를 바라보면서 덧붙였다.

"폐하께서 건청궁 서난각으로 부르셨습니다!"

열넷째가 차가운 목소리로 반문했다.

"지의는 한 번이면 족한 것 아닌가? 심심하지도 않은 넷째 형님이 무슨 일을 이렇게 복잡하게 만드는 것인가?"

"열넷째마마! 폐하의 뜻은 먼저 두 분께서 만나신 후에 함께 대행황제의 재궁을 다녀오자는 말씀입니다."

덕릉태가 격식을 차려 인사하면서 말했다. 그러나 열넷째는 그의 말은 듣지도 않은 채 가볍게 코웃음을 치면서 횡하니 앞으로 걸어갔다. 그러자 깨끗하게 청소한 청색 바닥벽돌을 밟는 장화발자국 소리가 갈수록 빠르게 울려 퍼지기 시작했다.

윤태가 평소 성질 같아서는 오늘 무슨 사고를 치고도 남을 법한 열넷째의 뒤를 쫓아가면서 멍하니 서 있는 덕릉태를 바라봤다. 순간 두 사람의 시선은 잠깐 스칠 듯 마주쳤다. 그러나 윤태는 더 이상 눈길을 교환하지 않은 채 부랴부랴 열넷째를 따라 달려갔다.

열넷째는 성큼성큼 서화문을 들어서서는 평소처럼 무영전武英殿과 융종문隆宗門을 거치지 않고 직접 희화문熙和門으로 들어갔다. 금수교를 지난 다음에는 태화문에 올라가서 곧바로 태화전으로 향했다. 그리고는 보화전 뒷길로 황급히 계단을 내려서서 건청문을 통과했다. 이어 그곳의 좁다란 통로를 거쳐 바로 안으로 들어갔다. 그때 열넷째가 반드시 융종문을 통과할 것이라 생각하고 대기 중이던 상서방 대신 융과다가 헐레벌떡 쫓아오면서 외쳤다.

"문안을 올리겠습니다!"

그러나 열넷째는 고개도 돌리지 않은 채 마치 달리기 경주라도 하듯 걷기만 했다. 그런 그의 모습에 마치 못에라도 박힌 듯 통로 옆에 서 있던 시위들은 저마다 눈이 휘둥그레질 수밖에 없었다.

열넷째는 얼마 후 저 멀리 건청궁 앞에 흰 물결이 출렁이는 광경과 맞닥뜨렸다. 순간 자신도 모르게 서서히 발걸음을 늦추기 시작했다. 눈앞이 흐릿흐릿해지는 모양이었다. 하기야 마음이 무너져 내리고 하늘과 땅이 한데 엉겨 붙는 것 같은 상황에서도 아무런 감흥이 없다면 그것도 정상이 아닐 터였다. 그는 경황없이 앞으로 걸어갔다. 그리고는 궁전 앞에서 두 사람에 의해 부축을 받고서야 다소 정신을 차렸다. 그 둘은 여덟째 윤사와 열셋째 윤상이었다. 보고 싶었던 사람과 그다지 반갑지 않은 얼굴이었다.

열넷째는 말없이 두 사람과 마주하고 서서는 '정대광명'正大光明이라고 쓰인 편액 밑의 흰 병풍만을 뚫어지게 바라봤다. 그때 갑자기 회오리바람이 불어왔다. 흰 병풍이 바르르 떨렸다. 열넷째가 그예 땅에 덮치듯 쓰러지면서 대성통곡을 하기 시작했다. 이어 목청이 터져라 아바마마를 부르면서 강희의 영전 앞으로 기어갔다. 그러나 눈물에 목이 메는지 말을 제대로 잇지 못했다.

"아바마마, 아바마마! 어찌하여 이 추운 날에…… 홀로 이 안에 들어가 계시는 겁니까? 눈 좀 떠보십시오……. 불효자 열넷째가 왔습니다. 정말…… 뵙고 싶었습니다……. 제가 떠나는 날에 임종 전에 꼭 한 번 아들을 불러주실 거라고 하셔 놓고는…… 이렇게 가시면 어떻게 합니까? 너무 하십니다. 이 억울함을, 이 괴로움을, 이 한스러움을 어디에 하소연해야 합니까?"

열넷째의 한바탕 오열은 연쇄작용을 일으켰다. 오른쪽에서부터 셋째 윤지를 비롯해 다섯째, 일곱째, 아홉째, 열째와 열일곱째 윤례, 그리고 갓 열 살 먹은 막내 윤기允祁까지 나란히 무릎을 꿇더니 흐느끼기 시작한 것이다. 또 왼쪽에서는 의비 곽락라씨를 시작으로 덕비 오아씨, 혜비 납란씨, 영비 마가씨, 온귀비 유호록씨, 성비 대가씨, 양비 위씨, 정비 만류합萬琉哈씨, 경민귀비敬敏貴妃 장가씨, 순의밀비順懿密妃 왕씨, 순유근비純裕勤妃 진씨…… 등 강희가 남기고 간 비빈들과 답응答應, 상재常在라 불리는 말단 후궁들까지 무려 50여 명이 여기저기서 곡을 하기 시작했다. 그러나 강희가 붕어한 날부터 벌써 보름 동안이나 매일 울다시피 한 그들은 더 이상 눈물이 나오지 않는 모양이었다. 특히 여자들은 흰 손수건을 휘저으면서 귀청이 찢어질 듯 곡을 하기는 했으나 분과 연지를 곱게 바른 얼굴에는 얼룩 하나 지지 않았다. 그래서인지 여간 고민이 아닌 듯한 모습도 보였다. 그 와중에도 일부 남자들은 고개를 잔뜩 숙인 채 열넷째가 관을 붙잡고 통곡하는 모습을 살짝 훔쳐보는 여유를 보이기도 했다. 또 일부는 우는 척하고 소리만 내면서 애꿎은 마룻바닥의 틈새를 손가락으로 후벼 파기도 했다.

"열넷째, 저거 너무하는 것 같아. 아우, 뭔가 조치를 취해야 할 것 같은데?"

여덟째가 관을 두드려가면서 기절할 듯 통곡하고 있는 열넷째를 묵묵히 바라보더니 윤상에게 말했다. 그는 우느라 힘이 없어 보이기는 했으나 오히려 살이 약간 붙은 말쑥한 얼굴은 무척이나 수려했다. 또 흰자위는 거의 보이지 않을 정도로 까만 눈동자를 깜빡이면서 고민스럽게 미간을 찌푸리는 모습은 누가 봐도 친절하고 부드러운 매력이 넘쳐났다. 부리부리한 호랑이 눈을 가지고 있는 호방한 열셋째 윤상과는 다분히 대조적이었다.

그때 윤상은 자신을 바라보는 여덟째와는 완전히 다른 생각을 하고 있었다.

'열넷째가 오늘은 순순히 넘어가지 않을 거야. 새로 등극한 형님 황제의 마음이 얼마나 깊은지 막대기로 한번 찔러보고 시험하려고 할 것이 분명해. 동시에 눈앞에 있는 팔현왕八賢王(여덟째 윤사)이 아직 그 옛날의 야심과 용기가 있는지도 확인하려고 찔러보려고 할 거야!'

윤상이 한참 동안 그렇게 생각한 후에 길게 한숨을 내쉬면서 애매모호하게 대답을 했다.

"많이 속상한가 봐요. 그래도 효성이 갸륵하지 않습니까? 실컷 울도록 내버려 두세요. 폐하께서는 밤새도록 잠을 이루시지 못하고 계시다가 새벽녘에야 주무시기 시작했어요. 열넷째가 여기 오기에 앞서 미리 부르셔서 얘기를 좀 나누실 것이라고 했는데, 사정이 여의치가 않으셨나 봐요. 그런데 오늘 보니 사람들이 운다기보다는 울부짖는다고 하는 것이 더 어울릴 것 같은데요. 제가 폐하에게 다녀올 테니 그사이 형님은 열넷째를 다독여 보세요. 저는 원래 말을 곰살맞게 못하잖아요. 말린다는 것이 오히려 감정을 상하게 만들지 않을까 걱정이네요……."

윤상은 말을 마치자마자 바로 서난각으로 향했다. 윤사는 졸지에 윤상이 내던진 불덩이를 받아들지 않으면 안 됐다. 하기야 거절할 새도 없었다. 그는 멀어져 가는 윤상의 뒷모습을 멍하니 바라봤다. 갑자기 얄밉고 짜증스럽기 그지없다는 생각이 들었으나 달리 방법이 없었다. 그는 할 수 없이 떠밀리다시피 궁전 안으로 들어갔다. 그러자 마침 들어서는 순간 왼쪽에서 두 번째 자리에 무릎 꿇고 있는 덕비오아씨가 눈에 들어왔다. 순간 그의 얼굴에 묘한 미소가 떠올랐다. 뭔가 묘안이 떠오르는 모양이었다.

열넷째는 어미 잃은 야수의 그것을 연상케 하는 등골 오싹한 울음소리를 계속 멈추지 않고 있었다. 지칠 줄도 모르는 듯했다. 나중에는 작심한 듯 한바탕 넋두리와 함께 괴성을 질러 궁전이 흔들릴 지경이었다. 그때 윤사가 의비 곽락라씨와 덕비 오아씨 사이로 다가가서는 공손히 인사를 올리면서 말했다.

"황태비 여러분……, 열넷째의 마음은 충분히 이해가 갑니다. 그러나 이런 식으로 하는 것은 건강에도 좋지 않습니다. 뿐만 아니라 예법에도 어긋난다고 생각됩니다. 어머니뻘 되시는 태비들께서 나서서 말려 주셨으면 합니다."

그의 말을 듣자 곽락라씨는 뭔가 이상한 생각이 든 듯 주위를 둘러봤다. 그리고는 갑자기 불에 덴 듯 화들짝 놀라면서 손수건으로 입을 가린 채 어쩔 줄을 몰라 했다. 우느라고 경황이 없어서 그랬는지 자신이 이제는 황태후가 된 오아씨의 앞자리에 내내 엎드려 있었던 것이 아닌가! 반면 오아씨는 며칠 전 일약 황태후로 신분이 상승했으나 늘 하던 대로 두 번째 자리에 무릎을 꿇고 있었다. 곽락라씨는 자신이 왜 이렇게 눈치가 무뎌 빈축을 사는지 원망스럽기 그지없었다. 곧 주위의 시선을 의식할 새도 없이 황급히 옆에 있는 오아씨에게 목소리를 낮춰 간청하듯 말했다.

"이보게, 동생! 내가 너무 정신이 없었나봐. 일부러 그런 건 아니니 용서해줘. 오늘 이 일은 아무래도 덕비가 나서야 할 것 같구먼."

곽락라씨는 말을 마치기 무섭게 저리다 못해 감각을 잃은 두 다리를 조심스럽게 뒤로 밀면서 덕비 오아씨의 뒤쪽으로 물러났다.

이제 덕비는 비빈들 중에서 최고의 위치에 올랐다. 그러나 덕비는 그 상황이 흐뭇하다기보다는 오히려 이루 형언할 수 없이 괴로웠다. 목이 터져라 오열하는 열넷째를 바라보니 더더욱 그랬다. "어머니는 자식의 성공 여하에 따라 빛을 발한다"는 말처럼 황제 아들을 둔 덕분에 다른 귀비들을 높은 곳에서 내려다보는 신분상승을 했으나 기쁨도 잠시였던 것이다. 무엇보다 그녀는 뜻이 맞지 않아 개 닭 보듯 하는 두 아들의 반목으로 인해 마음이 편할 날이 없었다. 서로 융화될 가능성은 추호도 없이 흑과 백으로 마치 콩 조각처럼 딱 갈라선 두 아들을 손잡게 할 자신이 없었다. 때문에 때로는 매정하고 각박할 뿐만 아니라 지독하기까지 한 넷째에게 구오지존九五之尊의 제위를 넘겨준 강희가 원망스럽기도 했다. 또 때로는 다른 사람도 아니고 동복아우인 열넷째의 꼬락서니가 아니꼽기 그지없기도 했다. 얼떨결에 지휘봉을 넘겨받고 하루라도 빨리 정상궤도에 진입하기 위해 노심초사하는 형을 도와주지는 못할망정 발목을 잡고 늘어지는 것이 못마땅했던 것이다.

오아씨의 눈에는 어느덧 눈물이 가득 고였다. 그녀는 곧 땅을 짚고 간신히 자리에서 일어난 다음 지치지도 않고 난동에 가까운 광기를 부리고 있는 열넷째에게 다가갔다. 이어 차가운 손으로 열넷째의 머리채를 매만지면서 모성애 넘치는 특유의 부드러운 어조로 말했다.

"아들, 추운 날씨에 여기까지 오느라 몸도 많이 상했을 텐데 이렇게 울면 어떻게 하나……."

"제 몸은 부모가 주신 것이지 제 것이 아니에요. 이 몸은 아바마마께서 주신 것인데……, 아바마마께서도 안 계신 마당에 이 빈 껍데기를 아껴서 뭘 하겠어요? 아바마마……!"

열넷째가 뒤도 돌아보지 않고 울먹였다. 오아씨가 마침내 눈물을 흘리면서 간곡하게 빌 듯 말했다.

"엄마 속에서 나온 핏덩이이기도 하잖아. 불쌍한 엄마도 좀 생각해주면 안 되겠니? 착한 아들, 가여운 엄마를 생각해서라도…… 제발 이러지 말아다오……."

오아씨의 호소는 눈물겨웠다. 열넷째도 그 말에 눈물을 뚝 그쳤다. 그리고는 눈물과 콧물 범벅이 된 얼굴을 들어 마치 낯선 사람을 쳐다보듯 오아씨를 똑바로 바라봤다. 이어 물었다.

"누구세요? 누구시기에 나를 가르치려 드는 거예요?"

"아들아……. 왜 이러는 거야? 나는 너의 생모야!"

"아직 황비 복장을 입고 있는 한 황태후가 아니에요. 황태후가 아닌 한 제 어머니도 아니에요. 또 대장군왕인 저를 간섭할 권한도 없어요!"

좌중의 사람들은 열넷째와 오아씨의 묘한 대화가 이어지자 드디어 기회가 왔다는 생각을 했는지 울음을 그쳤다. 이어 일제히 두 사람의 대화에 귀를 기울였다. 미치광이에 가까운 열넷째의 광기 어린 포효에 묻힌 탓에 덕비의 가냘픈 목소리는 잘 들리지 않았다.

얼마 후 다시 열넷째의 쩌렁쩌렁한 목소리가 좌중에 다시 울려 퍼졌다.

"황가의 장례식은 거국적인 중요한 행사예요. 세조께서는 재위 중에 '후비后妃들은 정국에 간여해서는 안 된다'라는 철패鐵牌를 만들어 후비들에게 경종을 울리고는 했어요."

궁전 안에는 이제 열넷째의 목소리만 쩌렁쩌렁 메아리쳤다. 다른 사람들은 마치 부모 앞에서 혼나는 어린아이처럼 고개를 떨어뜨린 채 아무 말이 없었다. 그때 윤당이 평온한 수면 같은 담담한 표정을 하고 있는 윤사를 힐끗 쳐다본 다음 옆에 앉은 윤아를 눈 끝으로 쓸어봤다. 그러다 시선이 마주치자 황급히 피해버렸다.

마침 그때 뒤늦게 장오가와 이덕전의 부축을 받으면서 옹정이 나타났다. 윤상과 융과다, 악륜대 등을 대동한 채였다. 오아씨가 건청궁의 돌계단 위를 오르는 옹정의 모습을 발견하고는 급기야 황급히 열넷째를 향해 일갈을 날렸다.

"입 못 닥쳐! 여봐라, 이 무지막지한 놈을 끌어내라!"

"예!"

오아씨의 느닷없는 고함소리에 영전 앞에서 대기 중이던 몇몇 시위들이 깜짝 놀란 나머지 어찌할 바를 모른 채 어정쩡하게 대답했다. 그리고는 그녀의 명령대로 열넷째에게 다가가기는 했지만 벌겋게 부어오른 열넷째의 목에 무섭게 꿈틀대는 핏대를 보고는 저마다 뒷걸음질을 쳤다. 삽시간에 궁전 안에는 쥐죽은 듯한 정적이 감돌았다.

"뭣들 하는 거야? 나는 엄연히 천자의 모친이야! 자네들은 조상의 가법도 무시하는 것인가?"

오아씨가 눈에 독을 품은 채 다시 일갈했다. 이어 다짜고짜 옹정의 곁에 서 있는 시위 악륜대를 거명했다.

"악륜대! 자네가 이놈 머리를 짓이겨 피가 흐르는 한이 있더라도 먼저 황제에게 대례를 올리도록 만들게!"

열넷째가 오아씨의 말에 금세 독화살이라도 쏟아낼 것 같은 악의에 찬 눈빛을 한 채 다소 황당한 기색으로 다가오는 악륜대를 노려봤다. 자신의 소식통 역할을 하라고 북경에 들여보냈음에도 그동안 소식을 보내오기는커녕 완전히 황제의 편이 된 엉뚱한 모습으로 자신을 향해 다가오는 그가 잡아먹고 싶도록 얄미운 모양이었다. 곧이어그가 몸을 부르르 떨면서 악륜대가 자신의 겨드랑이에 팔을 집어넣기를 기다리는가 싶더니 갑자기 거칠게 팔을 빼냈다. 그리고는 악륜대의 뺨을 사정없이 후려갈겼다. 악륜대는 느닷없는 열넷째의 일격에 위태롭게 휘청거리며 몇 걸음 뒤로 물러나서야 중심을 겨우 잡았다.

"네가 뭔데 나를 건드려? 이곳은 대행 황제의 영전이 마련된 성지야. 나는 금지옥엽의 황자이고! 그런데 너는 뭐야? 아무리 너그럽게봐준다고 해도 똥개 한 마리에 불과하지 않아? 알겠어? 주제파악을 좀 하고 살아라. 넷째 형님……."

열넷째가 악륜대를 향해 심하게 욕을 퍼붓더니 갑자기 옹정을 향해 돌아섰다. 이어 다시 덧붙였다.

"이제부터는 넷째 형님이 주인이니 이 아우를 우습게 여기는 똥개자식을 본때 있게 한번 혼을 내 주십시오!"

옹정은 관모에 박힌 동주東珠를 떼어내고 대신 흰 비단 같은 띠를두르고 있었다. 또 허리에는 검은색 마麻 재질의 허리띠를 매고 있었다. 한마디로 경황없는 상중喪中에 있다고 할 수 있었다. 그러나 그는 어느 곳 하나 흐트러짐이 없이 깔끔해 보였다. 아마도 외관外官들을 접견하던 중에 끝없이 이어지는 열넷째의 통곡소리를 듣고 달려온 것이 분명해 보였다. 물론 그의 창백한 얼굴에는 상주답게 피로가 역력했다. 움푹하게 들어간 두 눈에는 울었던 흔적도 남아 있었다. 그가 깊이를 알 수 없는 우물 같은 눈빛으로 결코 길들여질 것 같지 않은 열넷째를 바라봤다. 하지만 말은 없었다. 열넷째는 모든 사람들이 깊이 머리를 숙인 채 숙연한 분위기를 자아냈음에도 일부러 턱을 높이 쳐들고는 도발적인 시선으로 옹정을 노려봤다. 다분히 의도적인 냄새가 풍겼다.

"악륜대, 자네는 잠깐 나가 있게. 열넷째가 상심이 과도한 것 같아. 그러나 곧 괜찮아질 거야. 걱정하지 말고 가서 이번원 주사主事 도리침圖里琛에게 남서방으로 와서 대기하라고 전하게."

옹정이 한참 후 입을 열었다. 이어 악륜대가 물러가기를 기다렸다가 천천히 열넷째에게 다가갔다. 그가 한 손을 강희의 영구靈柩에 얹고 다른 한 손으로는 열넷째의 손을 잡고는 한숨을 내쉬면서 말했다.

"착한 아우, 저런 친구에게 화를 내면 같은 사람이 되어버리는 것도 모르는가? 이제는 모든 울분을 형에게 쏟아내 버려! 뭐든지 다 받아줄게. 나라가 대수술을 받았잖아. 원기를 회복하려면 아우들의 도움이 절실히 필요해. 자네는 그 열악한 환경에서 고생하고 돌아왔어. 그런 만큼 짐이 직접 마중을 나갔어야 했어. 그러나 대행 황제의 영전을 지켜드려야 했어. 또 긴급을 요하는 사건들이 워낙 산재해 있었던 탓에 마음만 있었을 뿐 어쩔 수 없었네……. 황하의 물이 범람하는 시기가 닥치면 둑이 무너질 게 분명한데 청강淸江의 하독河督은 아직 경계를 서야 할 병사들조차 보내지 않고 있어. 불이 완전히 발등에 떨어졌어. 아우, 우리는 초야의 백성들과는 달라. 가족과 국가가 일체인 천가天家의 일원이라는 사실을 명심했으면 해!"

옹정이 말을 마치고는 두 눈을 껌벅였다. 눈물이 흘러내리는 듯했다. 좌중의 사람들은 당당하게 황제로서의 존엄을 지키면서 수족의 정을 간간이 내비칠 뿐 아니라 열넷째의 무례를 책망하면서 동시에 자신의 무능을 힐난하는 옹정의 화법에 감탄을 금치 못했다.

건청궁을 한바탕 쑥대밭으로 만들어 버리려던 열넷째 역시 할 말을 잃었다. 그저 귀를 쫑긋 세우고 쥐죽은 듯 엎드려 있는 황자들을 쓸어볼 뿐이었다. 얼마 후 그가 다시 관을 쓰다듬으면서 비통에 잠겨 있는 옹정에게 시선을 돌렸다. 갑자기 자신도 모를 깊은 감명을 받은 듯 고개를 들어 천장을 향해 깊은 한숨을 토해냈다. 이어 눈물을 찔끔 쏟아내더니 급기야 울먹이면서 말했다.

"넷째 형님……! 아니, 폐하의 명령에 따르겠습니다. 마지막 순간에 선제 폐하의 임종을 지켜보지 못한 것이 한이 되어……."

열넷째는 이미 기가 팍 꺾여 있었다. 원래 윤상의 등 뒤에 시립하고 있던 융과다는 영시위내대신領侍衛內大臣의 자격으로 자금성의 숙위宿衛를 책임지고 있었다. 만에 하나 불순 세력들이 들고 일어날 움직임을 보이면 눈빛을 주고받는 것으로 행동을 개시하기로 했다. 당연히 윤상과 함께 잔뜩 긴장하고 있었다. 그러나 그럴 필요가 없었다. 그는 옹정의 몇 마디 말에 스르르 무너져 내리는 열넷째를 보면서 자신도 모르게 옹정에게 감탄 어린 시선을 보냈다.

옹정은 마냥 비감에 젖어 처져 있을 때가 아니라고 생각했는지 눈물을 닦고는 어머니 덕비를 향해 돌아섰다. 순간 곽락라씨가 공공연히 덕비와 나란히 무릎 꿇고 있는 모습이 그의 두 눈에 들어왔다. 불쾌한 빛이 번개처럼 스쳐 지나갔다. 그러나 옹정은 그 사실을 지적하지 않았다. 그저 천천히 방 안을 거닐 뿐이었다. 그의 발이 서난각 입구를 향했을 때였다. 갑자기 그가 의자 하나를 번쩍 쳐들었다. 당황한 태감들은 본능적으로 벌떼처럼 다가가 받으려고 했다. 그러나 옹정의 날카로운 눈빛에 겁을 먹고는 비실비실 뒷걸음쳐 원래 위치로 돌아갔다. 황자들은 모두 옹정이 열넷째에게 자리를 내주려는 줄 알고 눈에 힘을 준 채 사태를 주시했다.

"태후마마!"

옹정이 조용히 덕비에게 다가가 조심스럽게 의자를 내려놓았다. 그리고는 그 앞에 정중하게 무릎을 꿇었다. 이어 눈물을 흘리면서 말했다.

"아들이 하늘에 사무치는 불효를 저질렀습니다. 용서해주십시오. 이제 아바마마께서는 다시 돌아오시지 않을 겁니다. 모친께서는 기왕이면 아바마마의 마지막 가시는 길을 편안하게 떠나보내십시오. 그리고 앞으로는 고정하시고 일상으로 돌아가셨으면 합니다. 모친마저도 잘못 되시면 이 아들의 죄는 용서받을 수 없게 됩니다. 그러면 무슨 낯으로 천하의 중생들을 대하겠습니까?"

윤상과 융과다, 시위들은 모두 옹정이 무릎을 꿇는 모습에 깜짝 놀라며 바로 무릎을 꿇었다. 각자의 얼굴에 당황스러운 표정이 어려 있었다. 두 눈에 눈물이 그렁그렁한 오아씨 역시 마찬가지였다. 옹정이 무릎을 꿇을 것이라고는 생각도 못했던지 입술도 바르르 떨었다. 그리고는 한참 옹정을 뜯어보더니 입을 열었다.

"폐하, 이러시면 안 됩니다. 황송해서 내가 어찌……?"

그러자 옹정이 연신 머리를 조아리면서 말했다.

"모친께서는 이제는 엄연한 황태후이십니다. 황태후가 계심으로써 더욱 살맛나는 아들입니다! 황송해 하실 것 없이 당당하십시오. 제발 건강하시고 아프지 마십시오. 자고로 효는 마음에서 우러나와야 합니다. 또 예의는 권력에 우선한다고 했습니다. 황태후께서는 오래오래 건강하게 장수하셔서 아들의 효도를 만끽하십시오. 이제 그만 일어나셔서 의자에 앉아 주십시오."

"이건 너무……, 나라의 법이 엄연한데 그럴 수는 없지 않겠습니까?"

"의자에 앉으실 때까지 아들은 무릎을 꿇고 있을 겁니다!"

오아씨는 눈물이 그렁그렁한 눈으로 주위를 살피면서 계속 어쩔 줄 몰라 했다. 궁전 문가에 엎드려 있던 윤상이 그 모습을 보고는 안 되겠다고 생각한 듯 카랑카랑한 목소리로 말했다.

"어머니는 자식으로 인해 영광을 보는 것입니다. 그것은 천고의 통례通例이자 불후의 진리입니다. 폐하께서는 효를 천하 만물의 이치를 깨닫는 근본으로 생각하시는 분이십니다. 황태후마마께서는 부디 폐하의 간절한 마음을 받아주셨으면 합니다."

윤상이 말을 마치더니 멀뚱멀뚱 두 눈을 끔벅이면서 자신을 바라보는 황자들을 향해 눈을 부라렸다. 이어 일갈을 했다.

"뭣들 하고 있어? 황태후마마께 대례를 올리지 않고!"

"황…… 태후 천세! 천천세!"

오아씨가 당황한 표정으로 왼쪽에 서 있는 옹정을 바라봤다. 이어 오른쪽의 열넷째도 한 번 쳐다본 다음 천천히 옹정이 마련한 자리에 앉았다. 그리고는 그예 울음을 터뜨리면서 울먹였다.

"선제께서는……."

4장
구오지존九五之尊

　27일 동안의 국상은 비감과 불안, 그리고 긴장 속에서 끝났다. 음력 12월 10일 여러 황자와 황손들은 옹정의 인솔하에 강희의 재궁 앞에서 영례靈禮를 올렸다. 이어 영구靈柩를 수황전壽皇殿으로 옮겨 봉안했다. 강희가 붕어한 지 채 한 달이 되지 않았기 때문에 왕공들과 패륵, 패자, 문무 관리들은 모자의 잠영簪纓(높은 고관들이 모자에 다는 장식)을 아직 달 수 없었다. 그러나 27일 동안의 국상이 끝남에 따라 건청궁 앞에 영전을 모셨던 자리는 다른 곳으로 옮길 수 있었다. 또 궁중의 온갖 문들에 걸려 있던 백사白紗 궁등宮燈도 육궁태감 이덕전이 내무부 예상사禮喪司 관리들과 함께 끌어내린 다음 보관하였다. 대신 그 자리에는 평소처럼 황사黃紗 궁등이 내걸렸다.
　궁중은 국상 기간 동안의 애절한 분위기를 쇄신하고 새롭게 단장했다. 그 결과 그동안 어디나 할 것 없이 처량하고 애통하고 쓸쓸해

보이던 분위기는 언제 그랬더냐 싶게 크게 바뀌었다. 거의 일상을 회복했다고 할 수 있었다.

물론 스물두 명 황자들의 몰골은 여전히 말이 아니었다. 하기야 그럴 수밖에 없었다. 우선 그들은 강희의 병세가 위중해지기 시작한 10월 중순부터 창춘원으로, 자금성으로 밤낮없이 왔다 갔다 하면서 병상을 지키느라 한 달여 동안 거의 목욕을 하지 못했다. 게다가 옷도 갈아입지 못했을 뿐만 아니라 석 자나 자란 수염도 제대로 다듬을 수 없었다. 잠이 부족한 것은 말할 필요조차 없었다. 저마다 두루마기가 유난히 헐렁해 보일 정도로 몸도 축났다. 마치 된서리 맞은 가지가 그럴까 싶었다. 한마디로 몹시 안쓰러운 모습들을 하고 있었다. 그랬으니 드디어 국상이 끝난 당일 그들은 모든 것을 제쳐두고 그저 집으로 가서 씻고 먹고 자고 싶어 했다. 그러나 황제의 지의가 없는 한 어떻게도 움직이는 것은 불가능했다. 결국 입을 열 기운조차 없어진 황자들은 저마다의 생각에 잠긴 채 묵묵히 황제의 지의가 내려지기만을 기다려야 했다.

그런데, 한시라도 조용히 있으면 지진이라도 나는 줄 아는 열째만은 달랐다. 눈치 없게도 춥다면서 마구 손을 비비고 발을 굴러대면서 야단법석을 피워댔다. 급기야 황자들에게 추위를 피하는 방법을 강구해보자고 일일이 말을 걸었다. 그러나 모두들 약속이나 한 듯 아무 대답이 없었다. 그러자 그는 안 되겠다고 생각했는지 태감들 무리로 들어가 기웃거리면서 물었다.

"누구 손난로 가지고 있는 사람 없는가?"

황자들에게도 없는 손난로가 태감들에게 있을 리가 만무했다. 그럼에도 열째는 계속 물었다. 태감들은 귀찮지만 손난로가 없다고 대답할 수밖에 없었다. 열째는 그예 거들먹거리는 표정을 짓더니 열넷째에게까지 다가가 싱긋 웃어 보이면서 물었다.

"이봐 대장군왕, 궁금해서 그러는데 이곳과 서부를 비교하면 어디가 더 추운가?"

"다 춥죠. 우리 대영大營의 중군中軍 병영은 소가죽 두 겹 사이에 두꺼운 담요를 끼워 바람막이를 했어요. 게다가 땔감을 충분히 준비해 쉴 새 없이 불을 피웠죠. 그래서 병영 안은 봄날 같았어요. 하지만 밖의 추위는 말도 못하죠. 침을 뱉으면 바로 얼음이 돼 땅에 떨어져 박살이 난다니까요! 형님처럼 그렇게 두꺼운 털외투를 입고도 추워서 벌벌 떠는 사람은 아예 갈 엄두조차 내면 안돼요."

열넷째가 궁문을 바라보면서 흰 입김과 함께 토해내듯 말했다.

"다 춥다 이거지? 그렇겠지! 하지만 여기나 거기나 다 춥다고는 해도 조금 덜 추운 사람도 있을 거야. 또 체감 온도가 유난히 떨어지는 사람도 있을 것이고. 예를 들면 이 시각 우리는 눈밭에서 동태가 되어 가고 있어. 그런데 폐하께서는 열셋째, 융과다, 장정옥 등을 데리고 상서방에서 유유자적 따끈따끈한 우유나 차를 마시고 있을 것이 아니겠는가. 같은 아버지 밑에서 태어났는데 왜 이렇게 팔자가 다른가!"

윤아가 웃으면서 말했다. 열넷째가 윤아의 말을 되새김질하면서 담담하게 입을 열었다.

"군신 사이는 원래 하늘과 땅 차이인 걸요."

윤아가 다시 말을 받았다.

"그거야 당연하지! 그 옛날 오吳나라의의 손호孫皓가 진晉나라 황제에게 투항한 다음 마련된 술상에서 이런 노래를 불렀다고 하잖아. '어제까지는 그대와 이웃이었으나 오늘부터는 신하가 됐습니다. 부디 이 술 한 잔 받으시고 무병장수하기를 빌겠습니다!'라는 내용의 노래를 말이야. 그러니 너도 지금부터 술 작작 마시고 목청 좀 가꿔. 이제 이십 일만 지나면 설날이야. 그러면 폐하께서 반드시 태화전에서 조하朝賀를 받으시고 연회를 베푸실 것이 아닌가. 그 황금의 시기를 놓치지 말고 한 곡조 기가 막히게 뽑아보라고. 친왕 자리는 떼어 놓은 당상일 거야!"

윤아는 말을 마치더니 열넷째의 반응 따위에는 관심도 없다는 듯 목을 외투 속으로 잔뜩 밀어 넣은 채 발걸음을 옮겼다. 아마 추위를 피할 만한 다른 곳을 찾아보려는 모양이었다. 그는 한참 후 황자들이 추위와 배고픔에 지쳐가고 있을 때 다시 돌아왔다. 박수를 치면서 달려와서는 기분 좋은 표정으로 말했다.

"이제 고통은 끝났어. 행복 시작이라고! 은지恩旨가 내려온 것 같아. 어서 집에 가서 머리 깎고 발을 닦아야지. 또 마누라도 품고 실컷 잠이나 자야지!"

윤아는 지극히 그다운 수다를 계속 떨었다. 그래도 황자들은 무덤덤한 표정이었다. 그때였다. 양심전 태감인 형년이 어린 태감들에 둘러싸인 채 모습을 드러냈다. 황자들은 저마다 일정문日精門 앞에 차렷 자세로 선 채 대기를 했다. 그리고는 그리 내키지 않는 기색으로 엉거주춤 눈밭에 엎드리려고 했다. 그러자 형년이 황급히 말리면서 말했다.

"예의를 차릴 필요는 없다는 폐하의 지시가 계셨습니다. 여러 황자들께서 대단히 피곤하실 줄은 아나 긴급히 상의할 일이 있기 때문에 잠시 양심전에서 대기하라고 하셨습니다. 지금 사람을 접견중이시나 한 시간 내에 끝날 것이라고 하셨습니다. 조금만 참으시고 점심은 폐하와 함께 하십시오. 여러 황자들과 같이 하실 것이라고 말씀을 하셨습니다."

황자들은 원래 집에 가라는 말이 떨어지기만을 고대했다. 그러나 그 말은 끝내 나오지 않았다. 그들의 기대는 완전히 바람 빠진 공이 되어버리고 말았다. 그들은 얼마 후 형년의 말에 따라 죄수가 되어 끌려가는 것처럼 납덩이처럼 무거운 다리를 간신히 옮겨 놓으면서 영항永巷을 나섰다. 이어 천가天街를 지나 다시 서영항西永巷을 거쳐 양심전으로 가서 옹정을 기다렸다.

형년은 크게 바람이라도 불어오면 큰 대자로 넘어갈 것처럼 맥을 못 추는 황자들이 양심전 수화문垂花門으로 들어서는 것을 확인했다. 그런 다음 지의 전달 상황을 보고하러 들어가려고 했다. 그때 융과다와 장정옥, 마제, 왕섬 등 10여 명의 관리들이 처마 밑에 줄줄이 서 있는 모습이 그의 눈에 들어왔다. 그는 그 모습을 보면서 속으로 탄식을 금치 못했다.

'천자가 바뀌면 신하들도 물갈이 된다더니, 과연 그렇구나. 선제께서 계셨다면 한 시대를 풍미해온 저 고굉대신들을 저렇게 밖에서 추위에 떨도록 내버려 두는 일은 없었을 텐데……'

형년은 그런 생각을 하면서 마제와 왕섬 앞으로 다가갔다. 이어 예의를 갖춰 인사를 올렸다.

"두 분 어르신께 문안 올립니다! 옥신묘獄神廟에서 일 년 동안 계신 분들 같지 않게 혈색이 아주 좋아 보이네요. 이번에 새로 폐하께서 등극하시면서 선제의 유명遺命을 받들어 두 분 어른을 사면하셨습니다. 인생 후배로서 대단한 행운이라고 생각합니다. 두 분 어른께서는 큰 시련을 겪으셨으니 앞으로 복된 나날들만 남았으면 하는 바람입니다."

형년이 말을 마치고 뒤를 돌아봤다. 마제와 왕섬 외에도 얼굴이 낯선 10여 명의 관리들 모습이 눈에 들어왔다. 모두가 강희 황제 때 구금당했다 옹정의 대사면 정책의 혜택을 받아 풀려난 사람들이었다.

형년은 두 손을 맞잡아 올린 채 일일이 읍을 하면서 인사를 했다.

"밖에 형년인가? 들게."

형년이 인사를 올리고 있을 때 상서방에서 옹정의 목소리가 들려왔다. 형년은 기다렸다는 듯 황급히 대답을 하면서 묵직한 면렴綿簾을 걷고 안으로 들어갔다. 상서방 안은 후끈후끈한 기운이 온몸 가득 안겨올 정도로 따뜻했다. 형년은 눈을 비비고 앞을 바라봤다. 옹정이 책상에 기대앉은 채 찻잔을 들고 생각에 잠겨 있는 모습이 보였다. 또 그 발밑에는 두 사람이 무릎을 꿇고 있었다. 내무부에서 사무관으로 일하는 전온두와 채회새였다. 형년이 열넷째 황자를 데리러 가라는 옹정의 지의를 전했던 사람들이었다. 당연히 형년으로서는 옹정이 두 사람을 불러 무슨 대화를 나눴는지 알 수가 없었다. 설사 알더라도 대화에 끼어들 입장은 아니었지만.

그는 감히 입을 열 엄두도 못낸 채 옹정에게 우유 한 잔을 따라주고는 한쪽으로 조용히 물러섰다. 그때 채회새의 목소리가 들려왔다.

"오는 길 내내 열넷째마마께서는 별다른 문제를 일으키지 않고 잘 따라주셨사옵니다. 그런데 북경에 도착하자마자 갑자기 돌변하셔서 소란을 피울 줄은 정말 꿈에도 생각하지 못했사옵니다. 모두 소인이 일을 꼼꼼히 처리하지 못한 탓이옵니다. 폐하께서 벌을 내려 주시옵소서!"

옹정이 자리에서 일어나 몇 발자국을 뗀 다음 우유잔을 들어 한 모금을 마시고는 웃으면서 말했다.

"짐은 그저 오는 길에 별일 없었는지 물어봤을 뿐이야. 다른 뜻은 없네. 자네들은 무사히 열넷째를 북경까지 모셔왔으면 그것으로 임무를 충실히 완수한 것이네. 열넷째는 원래 성격이 불같아. 게다가 폐하의 붕어에 충격을 받았을 거야. 그런 나머지 언행이 다소 과격하고 체통에 어긋나는 행실도 보였어. 충분히 그럴 수 있는 거야. 짐이 자네들에게 부탁하고 싶은 것은 다른 것이 아니네. 열넷째가 오면서 했던 말을 절대 밖으로 발설해서는 안 된다는 거야. 그러면 정말 곤란해져. 무슨 말을 했든지 간에 말이야. 무슨 일이 있더라도 자네들 안에서 삭혀버리기를 바라네."

갑자기 옹정의 얼굴에서 웃음기가 사라졌다. 순식간이었다. 얼마 후 그가 날카로운 눈빛을 번뜩인 채 하얀 윗니로 아랫입술을 깨물면서 덧붙였다.

"조금이라도 발설했다가는 우리 천가의 혈육 사이를 이간질한 것이나 다름없는 거야. 그 죗값은 자네들 혼자 처벌 받는 것으로 끝나지는 않을 것이야. 이 점을 분명히 명심하게. 혹시 북경에 도착한 후 누군가 열넷째에 대해 물어온 적은 없었는가?"

채회새가 황급히 머리를 조아린 채 아뢰었다.

"소인은 오자마자 조정의 법령을 받들어 예부로 가서 올해의 은과恩科에 관한 일을 처리하느라 정신이 없었사옵니다. 아무도 그런 것을 물어온 사람이 없었사옵니다. 설사 누가 물어온다고 해도 소인은 한마디도 입 밖에 내지 않을 것이옵니다."

채회새의 말이 끝나기 무섭게 전온두도 맞장구를 쳤다.

"소인도 마찬가지이옵니다."

옹정이 두 사람의 대답에 기분이 좋은지 웃으면서 말했다.

"그래야지. 형년, 자네가 두 사람을 한 등급씩 진급시키고 일 년 동안 먹고 살 돈과 식량을 상으로 내려주라고 내무부에 가서 전하게."

전온두와 채회새는 옹정이 의외로 자신들을 칭찬하자 연신 머리를 조아리면서 고마움을 표했다. 조금 전까지 전전긍긍해 하던 모습은 흔적도 없이 사라졌다. 옹정은 둘이 물러가기 무섭게 형년에게 물었다.

"다 모였는가?"

"예, 폐하! 황자마마들께서 양심전으로 들어가시는 것을 확인하고 폐하께 보고를 올리러 왔사옵니다."

형년이 황급히 아뢰었다. 옹정이 알겠다는 듯 머리를 끄덕였다.

"피곤할 텐데 너무 오래 기다리게 해서는 안 되지. 지금 가보자고!"

옹정이 서둘러 일어섰다. 그러자 형년이 기다렸다는 듯 사뭇 조심스럽게 입을 열었다.

"방금 들어오면서 보니 복도에 관리들이 한 무리 서 있었사옵니다. 폐하께서 부르셨사옵니까?"

"그래?"

옹정이 갑자기 적잖게 놀라는 표정을 지었다. 그리고는 황급히 창가로 다가가 창밖을 내다보더니 말했다.

"융과다를 들여보내게!"

잠시 후 50세의 나이가 무색하리만큼 건장하고 용맹한 기운이 넘쳐흐르는 융과다가 성큼성큼 들어섰다. 아홉 마리 맹수 무늬가 그려져 있는 관포를 입은 그는 작달막한 체구가 마치 쇳소리가 날 것처럼 단단하게 다져져 있었다. 산호 정자 밑의 검붉은 얼굴에는 기름기가 번들거렸다. 그는 들어서자마자 무릎을 꿇은 채 머리를 조아렸다.

"노재奴才 융과다, 폐하를 고견叩見하옵니다!"

"외삼촌, 사사로운 정으로 하면 이렇게 불러야지. 어서 일어나게. 앞으로는 짐 앞에서 노재라는 호칭은 입에 올리지 않아도 돼."

"감히 그럴 수는 없사옵니다, 폐하!"

"감히라니? 짐이 괜찮다고 하면 괜찮은 거야."

옹정이 웃으면서 말했다. 융과다가 그의 말에 몸을 잠깐 일으켰다.

그러자 옹정이 다시 입을 열었다.

"짐이 그대에게 부탁하고 싶은 말이 있어. 장정옥은 어디까지나 한족 출신이야. 아무래도 그 한계를 극복할 수가 없을 거야. 그만큼 우리도 매사에 조금씩은 조심해 두는 것이 좋겠어. 하지만 그대는 상서방의 수석 대신이고 구문제독이야. 동시에 개인적으로 짐과는 가장 친한 대신이기도 하지. 진심으로 짐을 위해 발 벗고 뛰어서 방패막이가 돼줘야겠어."

옹정의 말이 끝나자 융과다가 형형한 눈빛을 한 채 그를 바라봤다. 이어 황급히 고개를 숙이면서 대답했다.

"여부가 있겠사옵니까! 폐하의 명령에 충실하겠사옵니다."

옹정이 융과다의 말에 기분이 좋아진 듯 창밖을 가리키면서 말했다.

"마제는 선제께서 아끼신 대신이야. 사소한 실수로 부의部議에 넘겨져 잠시 자성의 시간을 가졌을 뿐이지. 왕섬 역시 둘째가라면 서러울 충신이라고 할 수 있어. 짐을 가르쳤던 스승이기도 하고. 이 두 사람을 포함한 일부 사람들은 억울하게 옥살이를 한 점이 있어. 실수에 비해 죗값을 크게 치른 사람들이 많다고. 짐은 인仁과 효孝를 천하를 다스리는 이념으로 삼고 있어. 그런 짐이 그들을 사면시킨 것은 당연한 일이야. 그런데 어째서 그대들은 일반 탐관오리를 대하듯 저 사람들을 괄시할 수가 있다는 말인가? 상서방은 짐이 있으니 안 된다고 쳐도 이 넓은 곳에 아무려면 저 사람들 바람막이가 돼줄 장소가 없겠는가? 중신들을 저렇게 세워두면 내가 뭐가 되는가!"

융과다가 옹정의 질책에도 전혀 기죽지 않은 얼굴을 한 채 조심스럽게 대답했다.

"폐하, 저 사람들은 지금 막 옥신묘에서 석방돼 나오는 길이옵니다. 상서방에 들러 등록을 한 다음 업무 인수인계를 받고자 하였사옵니다. 그래서 신과 장정옥이 폐하께서 상서방에 계시니 잠시 공문을 결재하는 방에 들어가 기다리라고 했사옵니다. 그런데 저 사람들은 폐하께서 이곳에 계신다는 소리를 듣고는 감히 방 안에 들어가지도 못하고 있사옵니다. 계속 용안을 뵙고 싶다면서 저렇게 고집을 부리고 있사옵니다……."

형년은 융과다의 말을 듣고서야 비로소 옹정이 대신들이 밖에서 떨고 있는 줄 몰랐다는 사실을 알았다. 괜히 매정하다고 오해를 한 것이다. 그는 그렇게 생각한 것이 미안했는지 황급히 외투를 가져다 옹정에게 걸쳐줬다. 그리고는 융과다와 함께 옹정을 따라 상서방을 나섰다.

옹정이 모습을 드러내자 복도에 한 줄로 서 있던 10여 명의 대신들은 일제히 무릎을 꿇은 채 크게 외쳤다.

"만세!"

옹정은 크게 감동을 받은 듯 자신도 모르게 창백한 얼굴에 발그스레한 홍조를 떠올렸다. 앞에 무릎을 꿇고 있는 장정옥을 향해서는 머리도 끄덕였다. 이어 빠른 걸음으로 걸어가 나란히 엎드려 있는 마제와 왕섬의 손을 한 손에 하나씩 잡은 채 일으켜 세웠다. 그런 다음 다른 대신들에게도 일어서라고 명령을 내리고는 왕섬을 향해 말했다.

"스승님, 왜 이러세요? 천자라도 스승을 뵐 때는 이궤육고二跪六叩의 대례를 올려야 하는데, 이러시면 짐이 입장이 난처해지지 않겠습니까! 두 분은 모두 선제께서 아끼시던 고굉들이에요. 선제께서 생전에 이런 말씀을 하신 적이 있어요. '짐은 너에게 진정한 왼팔과 오른팔을 남겨두고 간다. 그래서 그나마 마음이 홀가분하다'라고 말이에요. 그들은 육부와 구경들 중에 있지 않고 대리시와 형부에 있다고도 말씀하셨죠. 짐은 그 당시에는 확실하게 몰랐으나 차츰 알게 됐습니다. 선제께서 말씀하시던 두 분이 바로 왕섬 스승과 마제 어른이라는 것을 말입니다. 선제의 유명에 따라 두 분을 석방했으니 이제는 짐이 정치를 쇄신하고 오염된 이치吏治의 강물을 맑고 투명하게 다스리는데 일조를 해줘야겠습니다. 짐이 한 달 동안 휴가를 드릴 테니 그동안 못다 한 잡무를 처리하고 신변을 깨끗이 하십시오. 그런 다음 융과다 외삼촌이나 장정옥과 같이 하는 시간을 많이 가졌으면 해요.”

마제는 강희 생전에 상서방 대신, 영시위내대신의 요직에 있었다. 그러다 여덟째 황자를 태자로 천거했다는 이유로 불운을 겪었다. 왕섬의 경우 역시 폐태자 윤잉에게 절망을 느낀 나머지 넷째 윤진의 동궁행을 적극적으로 추진했다. 어떻게 보면 둘 모두 혹독한 벌을 받을 짓을 하지는 않았다. 그러나 어느 날 갑자기 투옥당하고 말았다. 나머지 장정옥의 동생인 장정로를 비롯한 서원몽徐元夢, 왕홍서, 악이태 등도 크게 다르지 않았다. 나름 억울한 점이 있었다. 때문에 저마다 새로운 황제에게 그동안의 억울함을 호소하려고 단단히 벼르고 있었다. 그러나 그들은 옹정으로부터 이번 대사면이 선제의 유명에 따른 것이라는 말을 듣는 순간 저마다 눈물을 쏟았다. 쿵쿵 소리가 들리도록 머리도 조아렸다. 그동안의 서러움과 억울함이 한꺼번에 녹아내리는 모양이었다. 그중에서도 왕섬은 감정을 이기지 못하고 가장 크게 소리를 내면서 울었다.

“대인!”

장정옥은 옹정이 왕섬 등에게 많은 시간을 할애할 여유가 없다는 사실을 잘 아는 듯 황급히 말리고 나섰다. 이어 덧붙였다.

“양심전에 폐하께서 긴급하게 처리하셔야 할 사안들이 산재해 있어요. 우선 상서방에 들어가 얘기를 조금 나누세요. 제가 나중에 폐하의 윤허를 받아 여러분을 수황전으로 안내하겠습니다. 그때 선제의 영전을 알현하도록 하는 것이 어떻겠습니까?"

장정옥의 말이 끝나자 옹정이 바로 머리를 끄덕였다.

"짐에게 윤허를 받으러 올 것 없네. 자네가 알아서 하게. 융과다, 자네는 조금 있다가 사람을 시켜 새로 주조한 옹정전雍正錢을 양심전으로 보내도록 하게. 그리고 예부에서 은과恩科에 관해 올려 보낸 상주문이 있으면 어람할 수 있도록 가져오고."

옹정은 말을 마치고는 바로 덕릉태와 장오가 등을 대동하고 월화문을 나섰다. 그러다 열셋째 황자 윤상이 수화문 앞에서 기다리고 있는 것을 발견하고는 미소를 지어보였다.

"다들 난리 났지?"

윤상은 미간을 잔뜩 찌푸린 채 뭔가 생각에 잠긴 채 옹정이 다가오는 것도 모르고 있다가 목소리를 듣고 화들짝 놀랐다. 이어 무릎을 꿇은 채 대답했다.

"폐하께서는 분초를 다투시면서 불철주야 바쁘시옵니다. 그런데 신하들이 조금 기다린다고 불만을 품어서야 어디 가당키나 하겠사옵니까? 신이 여기에서 폐하를 기다린 것은 다른 시끄러운 일 때문이옵니다. 사달을 일으킨 자들은 호부의 주사主事인 손가감孫嘉淦과 상서 갈달혼葛達渾이옵니다. 동전을 주조하는데 의견충돌을 빚다 못해 치고 박고 싸우기까지 했다고 하옵니다. 명색이 조정의 고위 관리라는 자들이 체통머리 없이 융종문까지 나와 수십 명의 관리들이 지켜보는 앞에서 온갖 추행을 다 보인 모양이옵니다. 아무래도 그냥 넘어가서는 안 될 것 같아 고민 끝에 폐하께 상주하게 됐사옵니다."

"당사자들은 어디에 있는가?"

옹정의 안면 근육이 순간적으로 떨렸다. 그러자 윤상이 침을 꿀꺽 삼키면서 대답했다.

"신이 둘을 뜯어 말렸사옵니다. 우선 갈달혼에게는 상서방에 손가감을 고소하는 상주를 올리도록 했사옵니다. 또 손가감은 잠시 시위들 방에 감금시켰사옵니다."

옹정이 윤상의 말을 듣더니 차갑게 웃으면서 수화문으로 발을 들여놓았다. 이어 천천히 입을 열었다.

"정말 웃기는 것들이군! 게다가 육품 주사인 주제에 대내에까지 들어와 난동을 부리다니. 하룻강아지 범 무서운 줄 모른다더니, 완전히 그 꼴이 났어. 먼저 관복을 벗겨놓고 처벌을 기다리라고 하게!"

"예, 폐하!"

윤상이 대답과 함께 일어나 문전 시위에게 달려가 지의를 전하도록 했다. 그리고는 옹정을 따라 양심전 대전으로 들어갔다.

옹정은 궁전 안으로 들어서자 그 자리에서 잠깐 눈을 깜빡였다. 하얀 눈밭에서 오래 서 있다 들어왔더니 아무 것도 보이지 않은 탓이었다. 얼마 후 그가 시야가 회복된 듯 가만히 눈을 뜨고 자신의 바로 앞쪽을 일별했다. 셋째 윤지를 필두로 윤기, 윤조, 윤우允祐, 윤사, 윤당, 윤아, 윤자, 윤도, 윤제 등은 앞자리에, 윤우允禑, 윤록, 윤례에서 윤필에 이르는 열 명의 어린 황자들은 뒷자리에 무릎을 꿇고 있는 광경이 보였다. 옥좌 서쪽에 무릎 꿇고 있던 그들은 옹정이 나타나자마자 일제히 머리를 조아리며 외쳤다.

"폐하!"

황자들의 목소리는 우렁찼다. 그러나 아직 준비가 부족했는지 일치하지는 않았다.

"어서 일어나게, 어서!"

옹정이 숨을 길게 들이마시면서 유난히 부드러워진 말투로 권했다.

자상한 웃음을 짓는 것 역시 잊지 않았다. 심지어 손바닥을 위로 향하게 해서 일어나라는 시늉까지 했다. 이어 덧붙였다.

"그동안 셋째마마를 비롯해 황자들 모두 고생 많았네. 짐도 영전을 지키랴 업무를 보랴 바빠서 혼이 났네. 오늘 이 자리에는 우리 형제들 외에는 아무도 없어. 군신간의 예의는 잠시 접어두고 속마음을 훌훌 털어놓아 보자고. 형과 아우 사이로 돌아가 보자는 거야. 이덕전, 황자마마들에게 자리를 마련해주고 자네는 궁인, 태감들을 데리고 동쪽 별전에 가서 대기하도록 하게!"

태감들은 옹정의 명령에 따라 서둘러 의자를 가져오고 간식을 준비했다. 그리고는 순식간에 물러갔다. 그러자 갑자기 커다란 양심전 정전正殿은 물 뿌린 듯 조용해졌다. 스물한 명의 황자들 역시 분위기 탓인지 의자에 등을 바짝 붙인 채 똑바로 앉아 한껏 굳은 얼굴을 하고 있었다. 동시에 옹정의 입만 뚫어지게 바라봤다. 그 옛날의 냉면왕冷面王, 오늘의 구오지존九五之尊이 도대체 무슨 말을 할지 궁금한 듯했다. 그 와중에도 일부 황자들은 가슴 속에 거미줄처럼 얽히고설켜 있던 은원恩怨이 단조로운 자명종 소리와 함께 올올이 풀리는 것 같은 기분을 느끼는 모양이었다. 물론 더 심하게 엉겨 붙는 것 같다는 표정을 짓는 황자들 역시 없지는 않았다.

"짐이 황제가 된 지도 벌써 한 달이 다 됐군."

옹정이 중얼거리듯 말했다. 도무지 갈피를 잡을 수 없는, 개일 듯 흐려 있고 흐릴 듯 개어 있는 하늘과 궁전 지붕에 두껍게 쌓인 백설, 정원에서 뭔가 먹을 것을 찾아 헤매는 참새들을 멍하니 바라보면서였다. 그가 다시 천천히 말을 이어갔다.

"이제 이십 일만 지나면 '옹정'雍正이라고 개원改元(연호를 바꾸는 것)을 할 거야. 은과恩科도 서둘러 준비 중이고. 대사면에 관한 조유도 이미 만들어놓았어. 새로운 화폐인 옹정전의 새 문양도 나왔다니 오늘 중으로 올라오지 않을까 싶네. 내년부터는 전국에 통용되겠지……."

황자들은 옹정의 말에 약속이나 한 듯 어리둥절한 표정을 지었다. "속마음 훌훌 털어놓자"고 한 그가 자꾸 엉뚱한 얘기만 한다고 생각하는 듯했다. 윤아는 더욱 그랬다. 습관적으로 윤사를 힐끔 쳐다보고는 이내 고개를 돌린 것도 그래서였다.

윤사는 옹정의 정적政敵 중에서도 가장 강력했던 황자답게 애써 담담한 척했다. 하지만 역시 속은 편치가 않았다. 옹정이 아무렇지도 않은 듯 던진 말이 사실은 정국이 안정적인 궤도에 진입했을 뿐만 아니라 대세가 이미 기울었다는 것을 선포하는 것이었으니까. 그것은 동시에 대역大逆을 꿈꾸는 자들은 이제 그만 꿈을 깨라는 충고이기도 했다.

"황제 자리에서 일을 잘하는 것이 얼마나 힘든지 짐은 오래 전부터 알고 있었어. 짐은 사십오 년 동안 대행 황제께서 대업을 이루고 지켜가는 과정에서 겪은 그 처절한 천신만고를 똑바로 보면서 살아 왔어. 그때마다 짐은 즉석에서 떠오르는 생각을 정리해서 시를 쓰고는 했지. 지금 읊으려는 것도 그중 한 수야……."

옹정이 황자들의 반응 따위는 무시한 채 다시 천천히 입을 열었다. 이어 생각을 더듬으면서 자신이 지은 시를 읊기 시작했다.

관가의 부침에는 관심이 없고,

그저 꽃과 버드나무와 더불어 아침을 즐기고 싶을 뿐.

봉황을 부르는 오吳나라 총각의 거문고소리에

강 건너 화답하는 월越나라 처녀의 퉁소소리가 좋아.

산승山僧이 방문하면 바둑판 내리고,

노인의 야취野趣에 젖어보는 게 좋아.

붉은 대문은 흠모하지 않으니,

마음 가는 대로 유유자적하는 자유가 좋아라.

옹정이 지그시 눈을 감은 채 시를 다 읊고 나더니 한숨을 내쉬면서 말했다.

"오죽하면 이런 시흥이 북받쳤겠어? 짐은 제위에 관심을 둔 적은 단 한시도 없었어. 또 선제께서 만리강산을 내게 통째로 넘겨주실 줄은 꿈에도 생각하지 못했어. 선제 덕분에 오늘과 같은 영광된 자리에 앉았으나 가끔씩 아무 거리낌 없던 그 옛날이 그리워. 그래서 한 달 동안 고민도 많이 했어. 짐의 일생은 이제 영원한 굴레에 갇혀버리고 말았어!"

옹정은 말을 마치고는 웬일인지 눈물을 흘렸다. 진짜 자신의 처지를 슬퍼하는 듯했다.

열넷째를 제외한 좌중의 모든 황자들은 옹정의 말을 듣자마자 바로 한 달 전 바로 그날, 강희가 붕어하던 날의 숨 막히던 공포를 생생하게 떠올렸다. 구문제독인 융과다가 황제의 유명에 따라 넷째 황자 윤진에게 대권을 승계한다는 유조를 발표함과 동시에 옹친왕부에서 막료 전원이 출동해 윤진을 보호했던 바로 그날을……. 당시 큰세자인 홍시와 넷째 세자인 홍력은 서산의 한군 녹영병과 예건영이 자행할지 모를 만일의 책동을 막기 위해 폭설을 맞받으면서 달려갔다. 또 열셋째 황자와 열일곱째 황자는 금패영전金牌令箭을 앞세우고 풍대대영의 망동을 미연에 진압한 바 있었다……. 윤사는 황위를 빼앗기지 않기 위해 아등바등 했던 일들이 바로 그렇게 생생하게 남아 있는데, '자유'니 '굴레'니 하면서 능청을 떠는 옹정이 그지없이 얄미웠다. 똥파리가 목구멍으로 날아든 것처럼 구역질이 나기도 했다. 옆에 앉은 윤당 역시 눈빛이 예사롭지 않아 보였다. 그러나 처지가 처지이 니 만큼 참는 수밖에 없었다.

"할 수만 있다면 짐은 심장을 꺼내 보이고 싶어. 짐의 진심을 왜 곡하거나 믿어주지 않을 사람들이 대부분일 테지만 하늘은 알아!"

옹정이 미간을 찌푸렸다가 다시 천천히 말을 이어 나갔다.

"우리는 같이 몇 십 년을 살아왔어. 서로에 대해 너무나 잘 알고 있 지 않은가? 짐은 덕이나 학식, 재주 모든 것을 망라해도 성조에 많이 못 미친다는 것을 인정해. 그만큼 갑절의 노력을 필요로 한다는 것이 지. 하지만 짐은 성조에 비해 부족한 점이 많지만 열심히 일하면 거 리를 조금은 줄일 수 있다고 믿어. 이것이 하늘이 내린 중임이라면 짐 은 목숨을 걸어볼 거야. 짐은 또 자연스럽게 권력을 이양 받은 역대 의 계승자들과는 처지가 달라. 그들은 부자간에 하나인 듯하면서도 독립된 개체였어. 각자의 개성에 따라 정치를 하고 각자 공적도 쌓았 지. 자손들의 불선不善이 그 개인의 실수로 남았을 뿐 선대의 공덕을 훼손시키지는 않았다는 거야. 그러나 짐과 성조는 어쩔 수 없이 한데 엉키고 말았어. 성조께서 제위를 짐에게 승계하면서 너무나 많은 우 여곡절이 있었던 만큼 짐의 잘잘못이 선제를 빛나게 할 수도 있고 굴 욕이 되게 할 수도 있는 거야. 성조 같은 천추에 길이 추앙받을 위인 이 후계자를 잘못 됐다는 오명을 쓰게 할 수는 없잖아?"

잠시 숨을 고른 옹정이 더욱 간절한 어조로 덧붙였다.

"우리는 다 같은 성조의 혈육이야. 위대한 분을 아버지로 둔 행운 아야. 이제 대위大位가 정해진 만큼 하늘에는 두 개의 태양이 있을 수 없어. 여러 형제들은 백성들에게도 두 명의 군주가 있을 수 없다 는 진리를 받들어 힘껏 협조해 줬으면 해. 정말 그렇게 되기를 간절히 바라!"

옹정이 한참 동안 열변을 토했다. 그래서인지 안색이 창백해지고 또 다소 흥분했는지 머리카락도 떨리는 듯했다. 그는 말을 마치고는 기대에 찬 눈빛으로 황자들 모두를 하나씩 천천히 훑어봤다. 그러나 간절한 호소에도 불구하고 반응은 신통치 않았다. 그저 윤상과 윤례, 그리고 그 밑의 어린 황자들만이 간간이 감명을 받은 시선을 보내올 뿐이었다.

반면 윤지와 윤사 등은 그런 옹정의 눈빛이 부담스럽기 그지없다는 눈치였다. 나중에는 자리에 앉아 있기보다는 무릎을 꿇은 채 고개를 숙여버리는 것이 낫겠다는 생각을 했는지 자리에서 주춤주춤 일어났다. 그중에서도 바보스러울 정도로 마냥 착하기만 한 다섯째 윤기가 먼저 무릎을 꿇은 채 머리를 조아렸다. 이어 눈물 머금은 목소리로 말했다.

"폐하께서 신들에 대한 믿음이 이토록 크신 줄 몰랐습니다! 실로 깊은 감명을 받았습니다. 폐하의 부름에 적극 응하고 분골쇄신하여 폐하의 영을 받들겠습니다!"

"바로 그거야. 형제간이 같은 마음을 가지고 있으면 그 예리함은 쇠도 자를 수 있다고 했네!"

옹정이 고맙다는 표정을 한 채 다섯째를 향해 입을 열었다. 그러나 그의 눈에는 실망의 빛이 역력했다. 그가 다시 여덟째를 바라보면서 조용히 입을 열었다.

"그런데 방금 다섯째가 한 말 중에서 영을 받들겠다는 말은 짐이 다소 부담스러워. 짐은 형제들을 마구 호령해서 입장을 난처하게 하고 싶지는 않아. 짐은 그저 능력이 선제에 못 미치는 만큼 형제들이 힘껏 밀어주면 어느 정도까지는 올라갈 수 있지 않을까 하는 생각일 뿐이야. 짐이 부족한 점은 자네들이 메워줘. 또 짐의 실수에 대해서는 가차 없이 비판하고 격려해줘. 그렇게 모두가 일심동체가 돼서 짐을 일대 영주로 밀어준다면 자네들은 충신인 동시에 효자가 될 수 있어. 또 짐의 훌륭한 형제들이 되는 거지!"

옹정은 계속해서 형제의 정에 호소를 하고 있었다. 그럼에도 바닥에 엎드린 윤아는 인상을 휴지조각처럼 구긴 채 상체를 비틀고 고개를 가로젓기도 하면서 유별나게 굴었다. 옹정이 그 모습을 오래도록 지켜보더니 급기야 물었다.

"윤아, 어디가 아픈가?"

윤아가 울상을 지어보이면서 대답했다.

"폐하께서 입이 닳도록 좋은 말씀을 하시는데, 귀를 쫑긋 세우고 듣지 않는다면 사람도 아닙니다. 다만 저는 생리적인 현상 때문에 괴로움을 참다못해 새끼를 좀 꼬았습니다. 소변이 가득 차서 터지기 일보직전입니다!"

열넷째가 윤아의 너무나 뻔한 거짓말에 참지를 못하고 푸욱! 하고 그만 웃음을 터트렸다. 그러나 다른 황자들의 호응은 거의 없었다. 그러자 그도 할 수 없이 마른기침을 하면서 터져 나오는 웃음을 애써 참았다. 옹정으로서는 기가 막히고 울분이 터질 지경이었다.

'웬만하면 돌부처라도 감화됐을 거야. 그러나 이것들은 완전히 무법천지야. 도무지 구제불능이군!'

옹정은 속으로 황자들에게 마구 욕을 퍼붓지 않을 수 없었다. 내친김에 한바탕 뒤집어 엎어버리고 싶은 감정도 없지 않았으나 그래서는 안 될 일이었다. 그는 강희가 자신에게 하사한 편액 안의 '계급용인'戒急用忍 네 글자를 습관처럼 바라보면서 울분을 삭혔다. 아니 그렇게 하려고 발버둥을 쳤다.

조급함을 버리고 인내심을 키워라.

옹정은 자신도 모르게 속으로 마치 염불을 하듯 '계급용인' 네 글자를 수십 번이나 되뇌었다. 놀랍게도 효과는 있었다. 어느덧 옹정의 얼굴에 관용의 미소가 떠오르고 있었던 것이다. 그는 급기야 아무 말도 듣지 않은 것처럼 나지막이 입을 열었다.

"내 말은 끝났어. 이제 준비된 음식을 먹으러 가지!"

5장
드러나는 윤상의 진면목

셋째 윤지와 다섯째 윤기, 여덟째 윤사는 옹정과 점심을 같이 하면서 조심스럽고 자중하는 모습이 역력했다. 반면 나머지 황자들은 음식을 보자마자 황제 앞이라는 사실도 잊은 채 게걸스럽게 마구 퍼먹기 시작했다. 심지어 코를 훌쩍거리면서 국물을 후룩후룩 소리 내서 마시는가 하면 서로 젓가락 싸움까지 하기도 했다. 아주 목불인견이었다.

하긴 아침에 영전에서 간단한 요기를 한 후로 늦은 점심을 먹게 됐으니 배가 고플 만도 했다. 그러나 황제의 면전이라는 사실조차 까맣게 잊은 듯 행동하는 모습은 아무래도 너무 심하다고 해야 했다. 예의규범을 지극히 중시하는 옹정은 속으로 혐오스러운 감정을 떨치지 못했다. 당장 내쫓아버리고 싶은 생각이 없지 않았다. 그러나 입으로는 애써 "많이 먹어라!"고 말했다. 그리고는 곧 기름진 음식을 싫어

하는 그답게 야채를 몇 점 집어먹는 시늉을 하고는 바로 손을 씻고 나앉으면서 말했다.

"양껏 먹게. 짐은 먼저 가봐야겠네. 무슨 일이 있으면 수시로 패찰을 건네고 들어오게!"

황자들은 옹정이 자리를 털고 일어서자 불룩 튀어 나온 배를 문지르면서 엉거주춤 일어섰다. 이어 질서 없이 무릎을 꿇은 채 감사를 표하고는 물러가려고 했다. 그러나 윤상은 처음부터 입장이 달랐다. 상서방 일을 겸하고 있을 뿐 아니라 자금성의 방위를 책임진 영시위내대신이기도 한 탓에 다른 황자들과 행동을 같이 할 수가 없었던 것이다. 무엇보다 그는 형제들이 점심을 먹는 내내 옹정의 등 뒤에 시립한 채 시중을 들었다. 황자들이 자리를 파하고 물러가려고 했을 때는 옹정을 대신해 붉은 돌계단 아래에까지 배웅을 하러 나가기도 했다. 황제가 있는 자리라면 어디에서든 안전을 책임져야 하는 그의 직분을 다했다.

윤상이 동쪽 별전 앞에 서 있던 융과다를 발견한 것도 배웅을 나온 바로 그곳 돌계단 앞이었다. 그가 말했다.

"융과다 대인, 왜 여기 이러고 있어? 들어오지 않고?"

융과다가 윤상의 말에 대답하려 마침 궁전 밖으로 모습을 드러낸 옹정을 발견하고는 황급히 무릎을 꿇었다. 이어 인사를 올리면서 아뢰었다.

"신이 새로 나온 동전의 양식을 가지고 왔사옵니다."

융과다가 말을 마치고는 황급히 손에 들고 있던 노란 종이꾸러미를 내밀었다. 옹정이 고개를 갸웃거리면서 종이꾸러미를 내려다봤다. 이어 직접 받지는 않고 동쪽 별전을 향해 이덕전을 소리쳐 불렀다.

"이덕전, 어디 있는가?"

"예, 폐하!"

이덕전이 창문의 유리를 통해 창밖을 내다보다가 황급히 달려나와서는 미끄러지듯 엎드렸다.

"부르셨사옵니까? 폐하!"

옹정이 손사래를 치면서 말했다.

"가서 장정옥과 마제를 불러오게."

이덕전이 대답과 함께 몸을 일으켰다. 그러자 융과다가 조심스럽게 입을 열었다.

"폐하께 아뢰옵니다. 마제는 이미 퇴청했사옵니다. 또 장정옥은 주현州縣의 관리들을 접견 중이옵니다. 접견이 끝나는 대로 폐하께 보고를 올리러 올 것이라고 했사옵니다."

옹정이 융과다의 말을 듣고 난 다음 비로소 묵직한 동전 뭉치를 받아들었다. 이어 고개를 끄덕이면서 말했다.

"어쩔 수 없지. 이번에 주현의 관리들은 몇 명이나 왔던가?"

융과다가 황급히 대답했다.

"모두 이십칠 명이옵니다. 장 대인은 그들이 폐하를 알현할 때 갖춰야 할 예의에 대해 필요한 것들을 가르쳐주고 있었사옵니다. 그러니 그리 오래 걸리지 않을 것이옵니다. 폐하를 알현하는 예의라고 해봤자 간단한 것이니 반짝하고 끝날 것을 구구절절 가르칠 게 뭐 있겠사옵니까? 곧 올 것이옵니다."

옹정이 융과다의 말에 민감하게 반응했다.

"그래? 자네는 그걸 간단한 것이라고 생각하나? 과연 그런가?"

융과다는 순간적으로 옹정의 날카로운 눈빛에 기가 질린 듯했다. 얼굴에는 망연자실한 표정이 빠르게 번졌다. 윤상 역시 감히 대꾸를 못했다. 그러나 속으로는 옹정이 또 계란에서 뼈를 찾아내듯 억지를 부리는 것이 아닌가 하는 생각은 했다. 모두들 알다시피 외관들은 황제를 알현하는 자리에서 그저 머리만 조아리면 모든 절차가 끝나는 것이기 때문이었다. 그가 그렇게 생각하고 있을 때 장정옥이 태감 한 명을 데리고 상주문을 가슴에 한가득 안고 걸어왔다. 그리고는 격식을 차려 인사를 하려고 했다. 그러자 옹정이 황급히 말렸다.

"됐네, 그냥 들어오게."

옹정은 말을 마치자마자 바로 궁전 안으로 들어갔다. 이어 서서방西書房으로 가서는 온돌방에 가부좌를 틀고 앉았다. 그리고는 장정옥이 내려놓은 상주문을 대충 정리하면서 지시를 내렸다.

"주사朱砂를 많이 풀어놓게. 짐은 오늘 저녁에 밤을 꼬박 새야 할 것 같네."

옹정은 그제야 꿔다 놓은 보리자루처럼 한쪽 편에 물러난 채 기가 죽어 있는 융과다를 향해 웃는 얼굴로 말했다.

"자네는 황친이야. 혓바닥 굴리는 데는 천성적으로 약한 무사 출신이기도 하지. 그 점을 감안해 언사가 부적절했더라도 짐이 크게 고깝게 생각하지 않기로 했네. 주현의 관리들은 비록 관품이 낮기는 하나 누가 뭐래도 백성들을 돌보는 부모관父母官이 아닌가. 우리는 그들을 통해 조정의 정책을 백성들 개개인에게 전달해야 해. 또 백성들은 자신들의 어려움을 그들을 통해 조정에 하소연하고. 천자는 모름지기 백성들의 목소리에 귀를 기울여야 해. 동시에 백성들의 시선을 따라 움직여야 해. 주현의 관리들은 바로 그렇게 상하를 연결하는 가교 역할을 해내고 있어. 대단히 중요한 임무를 수행하는 거지. 따라서 그들을 접견할 때도 전처럼 무성의하게 하는 것은 절대 금물이야. 빠른 시일 내에 반드시 고쳐야 해. 전처럼 우르르 떼를 지어 와서는 줄을 서서 한 명씩 지나가면서 훈계나 듣고 가면 뭐가 되겠는가. 내가 인사를 받는 것도 마찬가지고. 그렇게 지나가면 구제 양곡을 타러 나온 이재민들하고 뭐가 다르겠어? 몇 명이 됐든 짐은 한 명씩 접견할 거야. 그리고 일일이 현안을 점검할 것이네."

옹정이 말을 마친 다음 노란 종이꾸러미를 풀었다.

"폐하!"

장정옥이 뭔가 말하려는 듯 쭈뼛거렸다. 그러더니 한참 후 드디어 입을 열었다.

"폐하의 근정勤政은 실로 놀랍사옵니다. 그러나 열여덟 개 행성行省의 수많은 주현들 거의 모든 곳이 지금 상황이 좋지 않사옵니다. 관리들이 백여 명씩이나 부족해 인력 증원도 시급한 실정이옵니다. 그러자면 지방에 갈 관리들을 선발해 요소요소에 배치하는 일도 만만치 않사옵니다. 그런 상황에서 주현의 관리들마저 한 명씩 접견하신다는 것은 좀 무리가 아닐까 생각하옵니다. 심히 염려스럽사옵니다……"

"긴 말 필요 없네. 그러면 한 번에 세 명씩 보든가! 그건 그렇고 자네들 이 세 가지 동전 좀 보게. 어째 세 가지가 색깔이 다른 것 같지 않아? 아무리 봐도 그런데……."

옹정이 고개도 들지 않은 채 톡 쏘듯 말했다. 이어 책상 위에 배열한 동전들에 눈길을 주면서 좌중을 둘러봤다. 그제야 좌중의 사람들은 동전을 유심히 살피기 시작했다. 문제의 동전은 노란 봉지 속의 작은 봉투 세 개에 들어 있었다. 각 봉투에 아홉 개의 동전이 들어 있었으니 모두 27개였다. 이제 막 주조해낸 예의 '옹정전'은 누런 색깔을 띠고 있었다. 반짝반짝 빛도 났다. 옹정은 봉투에 담겨 있던 대로 꺼낸 다음 세 줄로 나란히 배열해 놓고는 뭔가 다른 점이 없느냐고 계속 물었다. 언뜻 보기에는 하나같이 고만고만해 보였다. 옹정은 사람들이 고개를 갸웃거리자 첫째 줄과 셋째 줄을 가리키면서 물었다.

"셋째 줄에 있는 동전은 첫째 줄에 있는 것보다 글씨나 그림 상태가 선명하지 않잖아?"

"과연 그렇사옵니다!"

융과다가 뭔가를 발견한 듯 빙그레 웃으면서 말했다. 이어 천천히 자신감 넘치는 목소리로 설명을 이어갔다.

"폐하, 가만히 들여다보면 세 가지가 저마다 다른 것을 알 수 있사옵니다. 세 가지 동전은 아마도 같은 틀에서 뜬 동전이 아닌 듯하옵니다. 첫째 줄에 있는 동전은 일명 '조전'祖錢이라고 하옵니다. 조금 주조해 조정에서 기념주화로 만든 것이옵니다. 그 조전을 만들어낸 틀에서 다시 뜬 것이 바로 두 번째 줄의 '모전'母錢이라는 것이옵니다. 또 모전을 찍어낸 틀에서 다시 대량의 동전을 주조했사옵니다. 때문에 세 번째 줄의 동전은 '자전'子錢이라고 하옵니다. 바로 천하에 통용되는 동전이옵니다. 두 번씩이나 동전을 찍어낸 상태에서 세 번째로 찍어냈기 때문에 당연히 시중에 통용되는 자전은 문양이 희미할수밖에 없사옵니다."

옹정이 융과다의 상세한 설명에 나름 감탄을 했는지 웃음을 머금었다.

"유심히 살펴보면 학문이 아닌 것이 없다더니, 과연 그런 것 같군. 치고받는 것밖에는 모를 것 같은 외통수인 외삼촌이 동전에 대해 속속들이 알고 있다니 참으로 놀랍군!"

옹정이 융과다를 칭찬하고는 잠시 생각을 해야 하겠다는 듯 방 안을 거닐었다. 그러다가 갑자기 물었다.

"호부상서와 손가감이 돈을 주조하는 일 때문에 멱살을 잡고 싸웠다고 했지? 그렇다면 혹시 문양이 제대로 나오지 않아서 그런 것인가?"

융과다는 바로 대답을 하지 못했다. 윤상도 그 점에서는 마찬가지였다. 사건의 자초지종에 대해 잘 모르기는 둘 모두 마찬가지였다. 그럼에도 윤상은 들어서 알고 있는 대로 말하려는 듯 어렵사리 입을 열었다.

"방금 사람을 불러 물어보았사옵니다. 전적으로 문양 때문에 그런 것은 아닌 것 같사옵니다. 동전을 주조할 때 필요한 동연銅鉛 때문에 갈등이 생겼다고 들었사옵니다. 폐하께서는 모르실 수도 있사오나 손가감은 호부의 운귀사雲貴司 주사이옵니다. 아마도 동전을 주조하는 것에 관한 자신의 견해를 적은 상주문을 폐하께 대신 전달해 줄 것을 호부상서에게 부탁한 모양이옵니다. 그런데 일언지하에 거절당했다고 하옵니다. 폐하께서도 아시다시피 호부상서 갈달혼이 좀 포악합니까? 거절하는 것과 동시에 다짜고짜 멱살을 잡고 손가감의 따귀도 때렸다고 하옵니다. 그것이 사태를 크게 불거지게 한 것 같사옵니다."

"둘 다 똑같은 것들이군!"

옹정이 하품을 하면서 책상 위에 놓여 있는 동전을 다시 눈여겨 살펴봤다. 그러다 갑자기 무슨 생각이 들었는지 장정옥에게 물었다.

"손가감은 혼을 좀 내줬나?"

"미처 그럴 새가 없었사옵니다."

"짐이 좀 만나봐야겠어."

장정옥은 옹정의 결정에 의외라는 듯 몹시 놀라워했다. 그러면서도 황급히 대답을 하고는 밖으로 나가 지의를 전달하고 돌아왔다. 그러자 옹정이 미소 띤 얼굴을 한 채 자명종을 보면서 말했다.

"미시未時가 다 됐군. 윤상, 배고파 죽겠지? 형년, 가서 열셋째에게 맛있는 간식이라도 좀 가져다 드려!"

옹정은 지시를 내리고는 다시 자리에 앉아 상주문을 읽기 시작했다. 장정옥과 융과다는 양 옆에 숨을 죽인 채 시립했다. 옹정의 상주문 읽는 속도는 빨랐다. 그리고는 바로 밑으로 내려 보냈다. 얼마 후 옹정이 잠시 턱을 괴고 생각에 잠기는 듯했다. 이어 20세 가량의 젊은 관리가 들어와 대례를 올리는 것도 아랑곳하지 않은 채 고개를 돌려 융과다에게 물었다.

"사이직史貽直이 산서성 순무 낙민이 재정적자에 대해 허위보고를 했다면서 탄핵안을 올려왔어. 자네들도 이런 사실을 알고 있었나?"

"폐하께 아뢰옵니다. 산서성의 재정은 강희 오십육 년에 이미 결손 부분을 맞춘 것으로 알고 있사옵니다. 그 당시는 폐하께서 호부에서 일을 하시면서 직접 국채 환수 작업의 진행 상황을 감시하시지 않았사옵니까? 그러나 사이직 그 사람은 청렴하고 강직한 사람이옵니다. 성실한 청백리로 소문도 났사옵니다. 더구나 풍문을 상주할 수 있는 권한이 부여된 감찰어사이기도 하옵니다. 그 점을 감안하시어 혹 사실에 위배되는 상주를 했더라도 너그럽게 봐주셨으면 하옵니다. 또 만에 하나 놓칠 수 있는 사건을 바로잡으려다 실수한 것쯤으로 보시면 되겠사옵니다!"

융과다가 황급히 상체를 숙이면서 대답했다. 일단 사이직을 위한 흠잡을 데 없는 변명이었다. 그러나 알고 보면 까놓고 하는 아부에 가까웠다. 좌중의 대부분 사람들 역시 그런 융과다의 의중을 모르지 않았다. 하기야 낙민과 사이직이 모두 섬감 총독인 연갱요가 천거한 관리라는 사실을 모르는 이들은 그 자리에 아무도 없었다. 더구나 연갱요는 현 황제가 옹친왕 시절에 가장 믿었던 문하가 아닌가. 윤상 역시 그 사실을 모르지 않았다. 천천히 간식을 먹으면서 속으로 중얼거릴 수밖에 없었다.

'저 영감 진짜 꽤나 간사하군. 미꾸라지가 따로 없어.'

옹정은 그제야 한쪽 편에 무릎을 꿇고 있는 젊은 관리에게 시선을 돌렸다. 놀랍게도 몰골이 형편없었다. 우선 여덟 마리 맹수 무늬의 관복이 그랬다. 보복補服이 다 떨어져 나가 너덜거렸다. 또 모자의 홍영紅纓과 정자頂子 역시 마구 쥐어뜯긴 것처럼 완전 엉망이었다. 갈달혼과 싸울 때 뜯겨나간 것이 틀림없었다. 게다가 인상도 그리 좋지는 않았다. 툭 튀어나온 금붕어 눈에 호박처럼 길쭉한 얼굴, 독수리 발톱 같은 코 등은 첫눈에 호감 가는 인상은 확실히 아니었다. 옹정이 한 눈에 기분을 잡쳐버린 듯 손에 든 찻잔에 시선을 두면서 한참을 생각하더니 물었다.

"자네가 손가감이라는 사람인가? 호부에는 언제 발령을 받았지? 짐은 자네를 본 기억조차 없는데?"

"폐하!"

손가감은 둔탁한 소리가 날 정도로 힘을 줘서 머리를 세 번 조아렸다. 이어 큰 소리로 대답했다.

"신은 강희 육십 년의 진사이옵니다. 예부에서 삼 개월 동안 대기 발령을 받은 다음에야 비로소 호부로 발령을 받았사옵니다. 그 당시 호부에서는 이미 국채 환수 작업을 중단한 상태였사옵니다. 폐하께서도 왕부로 돌아가신 뒤였사옵니다. 그 때문에 용안을 미리 뵐 행운을 아깝게 놓치고 말았사옵니다."

옹정이 냉소를 흘리면서 차가운 어조로 말했다.

"그 당시 짐을 못 봤다고 해서 무슨 불이익을 받을 것은 아니야. 또 지금 짐을 배알했다고 해서 복이 오는 것도 아니지. 강희 육십 년의 진사라면 관리가 된 지 얼마 되지도 않았잖아. 그런데 몇몇 운 좋게 한림원에 들어간 사람들 외에 어느 누가 단숨에 육품의 관직에 오른 외관이나 경관이 있었다는 말인가? 그런데 자네는 도대체 누구의 도움으로 이처럼 고속승진을 했는가? 유치하게 싸움이나 하고 다니는 주제에?"

그러나 손가감은 옹정의 핀잔에도 별로 주눅 들지 않았다.

"폐하, 신은 상투를 튼 이후 성인의 가르침을 온몸으로 받아들이고 실천해 왔사옵니다. 당연히 사사로운 일에도 추호의 흐트러짐은 용납되지 않사옵니다. 그런데 어찌 나라와 종묘사직을 위한 일에 거짓과 위선, 그리고 만용을 일삼을 수가 있겠사옵니까? 신은 전시殿試에 사등四等으로 합격해 한림원의 서길사庶吉士로 들어갔었사옵니다. 그러나 지나치게 제멋대로 생긴 외모 때문에 성조聖祖 육십 년 대경大慶 잔치를 앞두고 '자네는 한림원의 체면을 생각하게. 알아서 해줬으면 좋겠어'라고 하신 장원학사掌院學士(한림원 책임자) 대인의 공갈협박이나 다름없는 눈물 어린 권고에 사직서를 낼 수밖에 없었사옵니다. 그리고 이후 호부로 들어오게 됐사옵니다…… 신은 그러고도 애써 담담한 척했사옵니다. 그러나 커다란 상처를 안고 사는 사람이옵니다. 그런데도 폐하께서는 누구의 후광을 등에 업고 고속승진을 했냐고 물어 오시니 참으로 드릴 말씀이 없사옵니다!"

손가감은 말을 다 마치고는 바로 눈물을 흘렸다. 아마도 자신의 외모 때문에 받은 상처가 한이 된 듯했다. 순간 옹정은 가슴이 철렁 내려앉는 기분을 느꼈다. "그랬었구나!"라는 말이 조용히 입에서 새어 나오기도 했다. 표정이 급속히 얼어붙었다. 그러나 곧 애써 웃음을 지으면서 입을 열었다.

"외모 때문에 자신의 기량을 마음껏 발휘하지 못하고 억울함을 당하다니, 정말 개탄스럽기 이를 데 없군. 그러나 천명을 아는 사람이 군자 아닌가. 그럴수록 자신의 장점을 부각시킬 수 있는 방법을 생각해야 하는 거야. 또 그쪽으로 용감하게 매진해야 하지. 전시에서 사등을 했다는 것은 대단한 것 아닌가. 이갑二甲(합격자가 딱 세 명인 일갑의 다음. 이갑 밑은 삼갑三甲)의 수석을 했다는 얘기로군. 그렇다면 대단한 학문을 자랑해도 괜찮다는 의미겠지. 그런데 그런 지성인이 체통 없이 대신의 멱살을 잡고 서화문까지 와서 난동을 부렸단 말인가? 어떻게 그럴 수가 있는가!"

"폐하!"

손가감이 고개를 번쩍 쳐들었다. 이어 당당하게 되물었다.

"폐하께서는 새로 주조된 옹정전을 보셨사옵니까?"

"봤네! 아주 좋아 보이더군!"

"그러면 폐하께서는 지금 시중에서 순은純銀 한 냥으로 강희전康熙錢을 얼마나 바꿀 수 있는지 알고 계시옵니까? 또 폐하께서 옹정전을 주조하시는 것은 백성들의 편의를 위해서이옵니까? 아니면 태평성대라는 사실을 일부러 과시하고 싶어서이옵니까?"

손가감의 눈빛은 예사롭지 않았다. 말투 역시 단호했다. 어떻게 보면 하룻강아지 범 무서운 줄 모르는 태도라고 할 수 있었다. 좌중의 사람들은 벌처럼 쏘아대는 손가감의 질문에 저마다 불호령이 떨어질 것을 예감한 듯 잔뜩 숨을 죽이고 있었다. 옹정이 쓰면 뱉고 달면 삼키는 성격이 아니기는 했으나 달랑 6품 당관이 그렇듯 공공연하게 질문공세를 펴는데 누구라도 기분이 좋을 리는 만무할 것 아닌가!

순간 장정옥과 융과다는 갈수록 무섭게 굳어지는 옹정의 표정을 살피면서 부지런히 시선을 교환했다. 어떻게든 옹정의 체면을 살리면서 화산폭발을 막지 않으면 안 됐던 것이다. 그때 윤상의 고함소리가 귀청을 찢듯 울려 퍼졌다.

"손가감, 지금 네가 어디에 엎드려 있는지 알고나 하는 소리인가?

여봐라! 이 몰상식한 놈을 당장 끌어내라!"

"잠깐만!"

눈을 지그시 감고 있던 옹정이 갑자기 다급하게 외쳤다. 이어 어느
새 많이 부드러워진 표정으로 입을 열었다.

"이것도 저 사람의 개성이야. 혼내주고 싶은 생각은 없네. 음, 그건
그렇고 짐의 생각에 순은 한 냥일 때 조정에서 취급하는 대로 하면
은 한 냥에 강희전 이천 문文을 바꿀 수 있어. 이제 됐나? 그런데 이
것이 자네가 하는 일과 무슨 연관이라도 있다는 것인가?"

손가감 역시 옹정의 말에 자신의 실수를 깨달았는지 연신 머리를
조아렸다. 그럼에도 별로 기가 죽지 않은 어조로 말을 이어갔다.

"참을성 없는 더러운 성질 때문에 폐하께 불경을 저질렀사옵니다.
폐하께서 드넓은 아량으로 용서해주시니 진심으로 깊이 감사를 드리
옵니다. 방금 폐하께서 말씀하신 것은 조정에서 취급하는 가격에 따
른 것이옵니다. 하오나 현실과는 엄청난 괴리가 존재하옵니다. 시중
에서는 순은 한 냥에 기껏해야 칠백오십 문밖에는 바꿀 수 없는 실
정이옵니다."

좌중의 다른 사람들은 손가감의 말에 별로 놀라지 않았다. 당연한
말로 받아들이는 듯했다. 그러나 오랫동안 재상으로 있으면서 통화
의 문제점을 훤히 알고 있는 장정옥의 반응은 완전히 달랐다. 손가감
이 내두른 주먹에 맞아 머리가 터질 것 같은 느낌에 눈앞이 캄캄했
다. 그때 옹정이 웃으면서 말했다.

"옛날부터 전귀은천錢貴銀賤(동전은 비싸고 은은 싼 현실을 이르는 말)
현상은 고질이 되어버린 진리 아닌가. 새삼스럽게 그 문제를 들춰내
서 뭘 어떻게 하겠다는 것인가! 자네는 운귀사를 맡고 있으니 운남성
에 지시를 해서 동연銅鉛(구리와 아연)을 많이 채굴해 돈을 많이 주조

하면 되지 않겠는가? 그러면 시세가 차츰 평형을 이뤄갈 것 아닌가?"

그 말에 융과다가 갑자기 옹정과 손가감의 대화에 끼어들었다.

"광산을 많이 만드는 것은 좋은 방법이기는 하옵니다. 그러나 광산의 인부들이 한데 모이면 골치 아픈 일이 한두 가지가 아닐 것이옵니다."

이번에는 윤상이 융과다의 말에는 신경도 쓰지 않은 채 손가감을 쳐다보면서 직설적으로 물었다.

"손가감, 그러면 자네는 왜 은과 동전의 가격이 현저한 차이가 난다고 생각하나?"

"열셋째마마께 아룁니다. 강희전은 구리와 아연의 비율이 맞지 않는다고 봐야 합니다. 반은 구리, 반은 아연이기 때문에 잇속에 밝은 자들이 이걸 노리는 겁니다. 우선 그들은 강희전을 대량으로 매입합니다. 그런 다음 그것들을 용광로에 넣어 다시 제련합니다. 그렇게 하면 그중의 구리만 분해해 구리 그릇을 만드는 것이 가능합니다. 당연히 그걸 팔면 대단한 수익이 납니다. 바로 그런 기현상을 빚고 있기 때문에 문제가 생기는 겁니다. 실제로 구리 그릇을 만들어 팔면 차익이 수십 배는 남는 걸로 알고 있습니다. 때문에 나라에서 광산을 아무리 많이 개발한다고 해도 소용이 없습니다. 그것은 소수 불법을 저지르는 자들의 배만 불려주는 것과 다름이 없습니다. 백성들에게는 전혀 실질적인 도움이 되지 않습니다. 명나라가 왜 망했습니까? 은과 돈의 가격 불균형이 불러온 폐정이 큰 비중을 차지한다고 할 수 있습니다. 결코 그 점을 간과해서는 안 됩니다. 폐하께서는 개원을 하시고 등극하셨사옵니다. 정치를 쇄신하고 이치吏治를 투명하게 다루시겠다고 공약을 하셨사옵니다. 그런 폐하께서 어떻게 망국의 전철을 밟으실 수가 있겠사옵니까?"

손가감이 마치 윤상이 질문하기를 기다렸다는 듯 술술 자신의 생각을 입에 올렸다. 그냥 척 듣기만 해도 옳은 말인 것 같았다. 옹정은 깊은 생각에 빠지지 않을 수 없었다. 사소한 사건으로 치부해 버리려던 사실이 갈수록 무게와 깊이를 더해 가더니 급기야는 정치와 이치에까지 관련된다는 사실을 깨달은 것이다. 그때 장정옥이 손가감의 설명이 불충분했다고 생각했는지 조심스럽게 보충 설명을 했다.

"폐하, 돈을 주조하는 문제에 있어서의 폐단에 대해서 조금 더 설명하자면 이러하옵니다. 조정에서는 많은 돈을 들여 광산을 개발하옵니다. 그리고 그곳에서 나온 구리와 아연으로 동전을 주조하옵니다. 그런데 불법으로 동전을 매입해 구리 그릇을 만들어버리면 민간에서는 유통이 원활히 이뤄지지 않게 되옵니다. 결국에는 물물교환을 하게 되옵니다. 그래서 동전의 가격은 점점 치솟고 백성들만 그 피해를 고스란히 떠안게 되옵니다. 솔직히 그게 현실이옵니다. 여기에서 더욱 중요한 것은 나라의 조세 제도상 세금으로 대부분 은을 받아왔다는 사실이옵니다. 은 한 냥에 이천 문씩 쳐 줍니다. 그러나 은을 가지고 있는 백성들이 별로 없다 보니 조정에서 받아들이는 기준으로 동전을 내게 되옵니다. 그러면 지방의 탐관오리들은 이천 문으로 시중에서 은 두 냥을 넘게 바꾼 다음 조정에는 반만 내고 나머지는 자기 주머니에 슬쩍 하옵니다……."

옹정은 장정옥의 보충 설명에 큰 충격을 받지 않을 수 없었다. 자기도 모르게 머릿속에 떠오른 생각이 밖으로 튀어나왔다.

"이제 보니 그렇게 하는 수도 있구나! 해마다 조정에서는 세금을 거둬들이나 반은 고스란히 지방의 관리들이 착복한다는 것 아닌가!"

그랬다. 탐관오리들은 오래 전부터 갖은 수단과 방법을 동원해 사기와 착취를 일삼았다. 하지만 그것도 모자라 화모火耗(지방관이 부가

하는 부가세로 기준이 없음)까지 올려 받았다. 나중에는 한 술 더 뜨는 자들까지 나왔다. 대책 없이 돈을 빌려가면서 국고에까지 손을 뻗친 것이다. 이로 인해 호부의 조사 결과 5000만 냥인 것으로 허위 보고 됐던 국고는 실제로는 800만 냥밖에는 남지 않는 한심한 지경에까지 이르게 됐다. 모든 것이 다 그런 좀벌레 같은 탐관오리들 때문이었다…….

옹정은 참을 수 없는 분노를 느꼈다. 자신도 모르게 책상 위에 놓여 있던 동전을 확 집어던지고 싶었다. 그러나 가까스로 자신을 달랬다. 그가 굴뚝같이 치솟는 울분을 겨우 참으면서 손가감에게 물었다.

"그러면 자네 생각에는 돈을 어떤 식으로 만드는 것이 좋겠나?"

"구리와 아연의 비율을 4대6으로 하는 것이 좋을 것 같사옵니다. 색깔이 뚜렷하지 않고 문양이 조금 희미하겠으나 돈을 둘러싼 폐정을 근절시킬 수 있어 바람직하다고 생각하옵니다."

손가감이 즉각 대답했다. 옹정의 눈빛이 순간적으로 반짝였다. 하지만 이내 다시 암담해졌다. 방금 전까지 황자들을 불러놓고 자신과 성조는 "시비득실是非得失에서 일체를 이룬다"라고 큰소리쳤던 사실이 마음에 걸렸던 것이다. 사실 괜한 우려가 아니었다. 그렇게 말해놓고 돌아앉자마자 성조의 주전법鑄錢法을 고친다면 사사건건 딴죽을 걸지 못해 안달이 나 있는 일부 세력들에게는 확실하게 비난의 빌미를 제공하는 것이 아니겠는가. 유교의 가르침에 따르면 "아비가 죽으면 아들은 삼 년 동안 그 아비의 법도를 고치지 않는다"라는 전통적인 관습이 있다. 이에 비춰 볼 때 옹정은 적어도 3년 동안은 강희가 하던 대로 뭐든지 따르는 것이 원칙이라고 할 수 있었다. 더구나 그 자신은 덕행이 출중해 제위에 오른 것이 아니라 강희의 총애와 위력에 힘입어 이 자리에 서게 되었다는 생각을 해오던 터였다.

'집권 초기에 내가 조금만 잘못하면 권력 이반현상은 가속도가 붙을 거야. 그러면 그렇지 않아도 단단하지 못한 권력의 기반은 통째로 무너질 위기에 놓일 수밖에 없어. 더욱 정신을 바짝 차려야 해. 더구나 귀신불 같은 욕망의 불을 번쩍이면서 기회를 노리고 있는 팔황자 당의 세력은 아직 도처에 위협으로 남아 있어. 그러는 한 매사에 신중에 신중을 기할 수밖에 없어.'

옹정은 한참 이런저런 생각을 더 하지 않을 수 없었다. 결국 자신만의 방식으로 사태를 마무리 지어야 하겠다는 결정을 내렸다. 그가 생각을 다 마치고는 껄껄 웃으면서 말했다.

"하도 자신만만하게 나오기에 뭐 좀 쓸 만한 것을 들고 나오는 줄 알았어. 그러나 듣고 보니 별것 아니네! 성조께서는 재위 육십일 년 동안 늘 하던 대로 돈을 만들어왔어. 그럼에도 전례 없는 태평성세를 구가해 왔어. 자네는 별 볼 일 없는 새우인 주제에 감히 조정의 정무에 개입했어. 감히 쳐다볼 수도 없는 높은 상사에게 무례도 범했어. 그러고도 뻔뻔스럽게 죄가 없다고? 하지만 아직 나이가 젊어 내공이 부족하고 공적인 업무로 논쟁을 벌이다 그렇게 된 사실을 감안해 죄를 크게 묻지는 않겠어. 그러나 호부 운귀사의 주사 직무를 박탈하지 않을 수는 없어. 그러니 대기발령 상태로 돌아가 기다리도록 해. 녹봉은 반 년치를 지불 정지하겠어. 할 일도 많은데 괜히 정신 사납게 엉뚱한 소리를 들으면서 아까운 시간을 허비했잖아!"

손가감은 옹정의 차가운 훈계조의 말에도 수긍하려는 기미를 전혀 보이지 않았다. 오히려 적극적으로 저항하려는 움직임을 보였다. 그러자 옹정이 그를 향해 고함을 질렀다.

"물러가지 못할까! 가서 책 몇 수레 더 읽고 다시 와서 짐에게 주절대 보라고!"

손가감은 후줄근한 뒷모습을 보이면서 궁전을 나섰다. 이어 고개를 빳빳이 쳐든 채 성큼성큼 걸어갔다. 그제야 좌중의 사람들은 남몰래 안도의 숨을 내쉬었다.

당초 윤상은 손가감을 변호하는 말을 몇 마디 하고 싶었다. 눈을 깜빡이면서 기회를 찾기도 했다. 그러나 일말의 여유도 보여주지 않는 옹정의 표정에 질려 감히 입을 열지 못했다.

그러나 장정옥은 역시 노련했다. 옹정의 진정한 속마음을 어렴풋이 알아차린 것이다. 아버지를 섬기고 난 후 다시 그 아들을 섬기게 된 신기에 가까운 노련함을 자랑하는 그다웠다. 그러나 그는 "만 마디 옳은 말보다는 침묵이 더 소중하다"라는 말을 인생의 지침으로 삼고 있는 사람이었다. 굳이 자신의 생각을 말로 드러내려 하지 않았다.

반면 손가감의 말에 상당한 기대를 하고 있던 융과다는 그런 장정옥의 마음을 아는지 모르는지 조심스럽게 입을 열었다.

"손가감은 원래 뭐든 내세울만한 사람이 아니옵니다. 그러나 나쁜 마음을 먹고 물의를 일으킨 것은 아니라고 생각되옵니다. 오히려 조정을 생각하는 진실한 마음이 엿보이옵니다. 게다가 돈을 주조하는 과정의 문제점에 대한 견해에도 나름 일리는 있사옵니다. 폐하께서는 부디 그 장점을 취하시어 그가 상주한 내용을 육부에 내려 보내시기 바라옵니다. 많은 사람들의 지혜를 보태면 조금 더 완벽한 것이 만들어지지 않을까 하는 생각이옵니다."

"짐이 오늘은 많이 피곤해. 그 문제는 더 이상 논하지 말게. 그 개도 안 먹는다는 더러운 돈 냄새가 자꾸 풍기니 기분이 언짢군."

옹정이 미간을 잔뜩 찌푸린 채 결론을 내렸다. 이어 화제를 바꿔 지시를 내렸다.

"지금의 급선무는 대장군왕 윤제의 빈자리를 하루빨리 메워야 한다는 거야. 이제 북경으로 완전히 돌아왔잖아. 서둘러 유능한 사람을 선발해 보내야겠어. 또 산동성에서는 작년 가을 큰 가뭄이 들어 날 알 하나 못 거뒀다고 하는군. 이미 굶어 죽거나 얼어 죽은 사람만 삼백 명이 넘는다고 산동성 포정사가 울상이야. 봄이 돼 사정이 더 험악해지니까 종자로 남겨둔 벼까지 다 먹어버렸다고 해. 농사철은 다 가오고 이거 큰일이 아닌가? 자네와 장정옥 두 사람이 상서방에 가서 대책을 강구해보라고. 일 잘하는 사람 하나 보내 구제양곡을 풀게 해. 또 다른 성에도 유사한 어려움이 없는지 잘 알아보고 상주문을 올리도록 하게. 지금 몇 시야?"

옹정이 말을 마치자마자 고개를 돌려 자명종 시계를 보면서 말했다. 이어 다시 상황을 정리했다.

"신시申時가 끝나가는 시간이니까 가서 밥이라도 먹고 와. 해시亥時 정각에는 상주문을 노란상자에 넣어 태감에게 주고. 그것들은 모두 양심전으로 보내도록 하게. 이제 퇴청하게."

장정옥과 윤과다는 옹정의 말이 떨어지기 무섭게 물러갔다. 그러자 옹정이 그제야 환하게 웃으면서 말했다.

"윤상, 그러고 보니 우리가 둘만의 시간을 가져본 것이 언제야? 오늘 우리 모처럼 저녁도 같이 먹고 바둑이나 한판 둘까?"

옹정은 일반적인 황제와는 달라도 너무 달랐다. 주색을 탐하지 않는 정도가 아니라 거의 냉담할 정도였다. 게다가 먹고 노는 데는 거의 시간을 할애하지 않는 편이었다. 결국 일찌감치 저녁상을 물린 옹정과 윤상은 오랜만에 바둑판을 마주하고 앉았다. 그러나 기본적으로 둘의 대국은 대결이라고 하기는 어려웠다. 시간을 죽이기 위해 돌이나 놓는 것이라고 해야 옳았다. 황자들 중에서도 바둑이라면 손꼽히는 실력의 윤상과 전혀 반대인 옹정이었던 것이다. 윤상이 대책 없이 바둑알을 마구 올려놓는 옹정을 보면서 입을 열었다.

"폐하, 신은 장정옥이 했던 말에 대해 쭉 생각하고 있었사옵니다. 지금 탐관오리들은 교묘한 수법으로 차액을 남기고 있사옵니다. 때문에 원래 조정의 세수로 들어와야 할 돈의 반 이상은 엉뚱한 곳으로 흘러들어가고 있사옵니다. 이는 결코 방치할 수 없는 일인 것 같사옵니다."

"바둑은 그만 두지! 실력이 기울어도 너무 기우니 재미가 없군!"

옹정이 심란한 듯 바둑알을 바둑통에 마구 집어넣으면서 자리에서 벌떡 일어섰다. 그리고는 윤상을 힐끗 쳐다봤다. 그러나 별 말은 없었다. 윤상도 할 수 없이 튕기듯 따라 일어났다. 옹정이 묵묵히 방 안을 거니는가 싶더니 갑자기 발걸음을 멈추었다.

"윤상, 자네 눈에도 짐이 우습게 보이거나 하는 것은 아니겠지?"

윤상은 옹정의 말에 깜짝 놀랐다. 이어 털썩 무릎을 꿇고는 길게 엎드린 채 다급히 말했다.

"신이 어찌 감히 폐하를 그렇게 생각할 수가 있겠사옵니까? 군신 관계가 분명한데 하늘이 두 쪽 나도 그럴 수는 없사옵니다. 신은 언제까지나 이치에 맞게 행동하고자 애쓸 뿐이옵니다."

"거짓말!"

옹정이 콧방귀를 뀌었다. 이어 천천히 다시 입을 열었다.

"짐은 자네가 갈수록 그 옛날의 윤상이 아니라는 생각이 들어. 변한 것 같아! 원래 자네는 주저하지 않는 사람이야. 그렇게 말하고 행동하고 웃고 화내고는 했었지. 누구의 눈치도 보지 않는 것이 자네의 색깔이었어. 그래서 선제께서는 자네에게 '목숨을 거는 열셋째'라는 별명까지 하사하지 않았는가!"

윤상이 옹정의 말이 떨어지기 무섭게 황급히 머리를 조아렸다. 이어 사죄를 했다.

"누울 자리를 보고 다리를 뻗으라고 했사옵니다. 지금은 사정이 달라졌사옵니다. 상황이 이전 같지 않사옵니다."

윤상의 말이 채 끝나기도 전이었다. 탁! 하는 소리와 함께 바둑알이 사방으로 튕겨 나갔다. 바둑판 역시 저만치 나가떨어졌다.

"그러나 짐은 여전히 그 옛날의 '목숨을 거는 열셋째'가 필요해! 짐은 자네가 짐의 십삼태보十三太保가 돼주기를 바라고 있어!"

양심전의 궁녀와 태감들은 새로운 주인을 섬긴 지 한 달이 되어가고 있었다. 그럼에도 여태까지는 옹정이 큰 소리로 화를 내고 소리를 지르는 모습을 본 적이 없었다. 때문에 옹정이 바둑판을 집어던지고 화를 내며 소리를 지르자 저마다 겁에 질려 바르르 떨면서 어쩔 줄 몰라 했다.

옹정은 계속 무서운 눈빛으로 윤상을 집어 삼킬 듯 노려봤다. 숲속에서 한밤중에 만나는 맹수의 눈을 방불케 하는 눈빛이었다. 갈기를 빳빳하게 세운 사자의 모습이 따로 없었다.

이덕전과 형년 역시 당황하는 기색이 역력했다. 둘은 오랫동안 강희를 섬겨왔다. 때문에 강희의 성격은 누구보다 잘 알았다. 강희가 고래고래 고함을 지를 때면 쏜살같이 달려가 재상들을 불러와서는 당장 급한 불을 끄고는 했다. 하지만 둘은 옹정의 성격은 아직 완전히 파악했다고 하기 어려웠다. 어떻게 해야 할지 몰라 발만 동동 구르는 게 당연했다.

그러나 윤상은 이덕전이나 형년과는 달랐다. 옹정을 누구보다 잘 알고 있었다. 눈 하나 깜빡하지 않은 채 침착한 태도를 유지한 것은 다 그 때문이었다. 그가 옹정이 잠시 말을 멈춘 틈을 타 천천히 입을 열었다.

"폐하, 잘 아시겠지만 우리 형제들은 강희 사십오 년 중추절 때 열째 형님이 어화원을 한바탕 쑥대밭으로 만든 사건이 발생한 이후 무려 십사 년 동안이나 서로를 미워하고 의심하면서 살아왔사옵니다. 완전히 남보다도 못한 형제간이었죠! 특히 저같이 유별난 놈을 적수로 둔 상대는 디헀사옵니다. 옥좌로 향하는 길에 불사조처럼 비티고 서 있는 저를 제거하려고 온갖 수작을 다 부렸사옵니다. 누군가는 독약까지 먹이려고 했사옵니다. 이는 폐하께서도 다 알고 계시는 사실이옵니다. 십사 년 동안 저는 살얼음 위를 걷는 위태로운 나날을 보내면서도 악당들이 파 놓은 함정에 걸려들지 않기 위해 각별히 조심했사옵니다. 그럼에도 불구하고 끝내는 뒤통수를 얻어맞았사옵니다. 결국 산송장으로 팔 년 동안을 감옥 아닌 감옥에서 살 수밖에 없었사옵니다……."

윤상은 어느새 흐느끼고 있었다. 그래도 말을 끊지는 않았다.

"폐하! ……저는 가시덤불을 헤치고 기어 나왔사옵니다. 기름솥에 빠졌다 겨우 살아났사옵니다. 지옥에서 도망쳐 나왔사옵니다. 저의 머리카락을 보시옵소서. 갈대밭 같지 않사옵니까? 저는 이제 겨우 서른일곱 살밖에 되지 않은 사람이옵니다. '목숨을 거는 열셋째'로 살아득이 된 것이 뭐가 있사옵니까?"

"열셋째……!"

옹정이 윤상의 눈물 어린 호소에 크게 감동을 받았는지 천천히 그에게 다가갔다. 그리고는 윤상을 부축해 일으켜 세웠다. 윤상의 팔목을 잡은 옹정의 두 손은 떨리고 있었다. 목소리도 젖어 있었다.

"이 넷째 형이 뭘 착각했던 것 같아."

옹정이 윤상의 어깨를 다독여주고는 마치 도망치듯 창가로 다가갔다. 그리고는 길게 한숨을 토해냈다.

"너무 괴로워하지 마. 짐은 자네에게 불만이 있어서 그런 것은 절대 아니야. 요즘 들어 워낙 정신없이 돌아가다 보니까 자네의 기분을 배려해 주지 못했어. 너무 미안해. 오늘은 짐이 자네에게 씩씩하고 거침없는 윤상으로 돌아오게 만들고자 하는 뜻에서……."

그러자 윤상이 황급히 눈물을 닦으면서 말했다.

"무슨 말씀인지 잘 알겠사옵니다……."

"그래도 다는 몰라. 정말로 짐의 마음을 안다면 자네는 그 옛날의 씩씩한 모습으로 돌아가야 해! 짐은 여전히 화롯불 위에 올라앉은 오징어 신세야. 자네 역시 아직까지 가시덤불을 완전히 헤치고 나오지는 못했고!"

옹정이 다시 한숨을 내쉬었다. 윤상이 옹정의 말에 고개를 번쩍 쳐들었다. 이어 깜짝 놀란 표정으로 옹정을 바라보았다.

"무슨 뜻인지 폐하께서 확실하게 말씀을 해주셨으면 하옵니다!"

"짐은 최근에 성조의 영전을 지키면서 많은 것을 생각했어."

창밖은 완전히 어두워져 있었다. 거세게 몰아치는 찬바람 소리가 을씨년스럽게 들려오고 있었다. 옹정은 억만 겹이나 되는 궁벽을 꿰뚫기라도 할 듯 날카로운 눈빛으로 창밖을 내다봤다. 이어 천천히 입을 열었다.

"청해성의 나포장단증羅布藏丹增과 준갈이의 책망 아랍포탄이 벌써 세 번째로 비밀회동을 했어. 조정에서 봉한 친왕의 작위를 내팽개치고 스스로 칸이라 칭하고 사실상의 반란을 일으켰어. 한바탕 대결은 불가피하게 됐어. 하지만 서부 전선에서의 전쟁은 사실상 군량미와 재력의 대결이야. 진정한 전쟁터는 후방이 되는 거지! 하지만 우리 국고에는 빡빡 긁어봤자 천만 냥밖에 없어. 이걸 가지고 어떻게 싸우겠어? 선제 때 우리가 착수했던 국채 환수 작업이 제대로만 이뤄졌더라면 우리 같은 대국에서 돈이 없어 옆 동네 불량배 하나 손 못 보는 비참한 경우에 직면하지는 않았을 것 아닌가?"

윤상이 옹정의 울분에 깊이 공감한다는 듯 고개를 끄덕였다. 이어 조심스레 옹정의 눈치를 살피면서 물었다.

"그런데 폐하서는 어찌 해시 유익한 제안을 해온 손가감을 그렇게 호되게 질책해 보내셨사옵니까?"

옹정은 윤상의 질문 의도를 안다는 듯 미소를 지었다. 그리고는 한마디씩 힘을 줘가며 대답했다.

"왜 그랬냐고? 금쪽처럼 소중한 제안이기는 했어. 그러나 그것을 받아들이기에는 아직 시기상조라고 판단했어. 그래서 그렇게 했지. 짐은 즉위 초부터 악의적인 생각을 가진 반동 세력들에게 꼬투리를 잡혀 휘청대고 싶지는 않아! 손가감은 분명히 어사御使감이야. 몇 개월 후에 짐이 지의를 내려 중용할 거야."

윤상은 옹정의 말을 듣고서야 비로소 그의 철저한 위기관리 의식과 솔직한 마음 씀씀이에 감복했다.

"폐하의 심모원려와 성명하심에 신은 깊은 감명을 받았사옵니다!"

"쓸데없는 소리 하지 말고 앉기나 해!"

옹정이 윤상에게 자리를 내주고는 자신은 온돌에 걸터앉았다. 그런 다음 다시 천천히 입을 열었다.

"우리는 지금 폐정이 산더미같이 쌓여 있는 열악한 환경에 직면해 있어. 외로운 싸움을 시작하게 된 것이지. 지금 탐관오리들은 자신들이 되레 큰소리를 뻥뻥 치고 있어. 또 자기들 무리에 들어오지 않는 자는 따돌리고 오물통을 뒤집어씌우고는 하지. 어디 그것뿐이겠어? 자기네들끼리 구린내를 서로 덮어 감춰주느라 눈이 아홉 개나 돼 돌아가지. 아바마마께서도 그런 것을 다 알고 계셨고, 선전포고를 하지 않은 것도 아니었어. 그러나 말년에 용체가 여의치 않아 흐지부지되고 말았지. 이후 그들은 더욱 겁 없이 설치고 있어. 점점 더 세력이 창궐하고 있지. 그러나 짐은 그것들을 절대 좌시할 수 없어. 그런 독초들은 아주 뿌리째 뽑아버릴 거야! 그것들을 깔아뭉개지 못하는 날에는 솔직히 우리 대청의 명운은 장담할 수가 없어. 그래서 짐이 산재한 문제들을 모두 어깨에 짊어지고 용맹 정진할 텐데……, 자네가 뒤에서 힘껏 밀어줘야 하지 않겠어? 백척간두에서는 한 걸음 더 내딛는 것이 최선이야. 지금 짐을 도와주는 사람은 너무 적어. 반면 훼방꾼이나 다리를 걸고넘어지는 자들은 너무 많고! 우리 대청과 짐, 자네 자신을 위해서라도 자네는 반드시 정신 바짝 차리고 짐을 뒤에서 밀고 앞에서 끌어주고 해야 돼!"

윤상은 옹정의 말에 얼굴을 붉혔다. 큰 사건들을 겪으면서 그동안 몸을 사려왔던 자신이 부끄러웠던 것이다. 그는 옹정의 진심이 마음 깊이 와 닿았던지 벌떡 일어나 단호한 어조로 말했다.

"지금 이 시각부터 신은 모든 것을 폐하께 바치겠사옵니다! 신에게 기회를 주시옵소서. 청해성으로 달려가 나포장단증과 한판 대결을 벌이겠사옵니다. 또 완승을 거두고 돌아오겠사옵니다. 청해에서의 대첩이 우리 대청의 모든 액운을 막아줄 것이옵니다. 하루빨리 집안이 조용해져야 폐하께서도 여유 있게 이치에 대한 대수술을 진행하실 것 아닙니까!"

"그래야지! 장하다!"

옹정이 형형한 눈빛으로 윤상을 바라보면서 말했다. 그러나 곧이어 미리부터 다른 생각을 하고 있었던 듯 본론을 털어놓기 시작했다.

"마음은 갸륵하고 포부는 가상해. 하지만 청해에는 가지 마. 이유는 많아. 우선 자네는 하루라도 짐의 곁에 없으면 안 돼. 또 자네를 보낸다면 열넷째를 들먹이면서 '편 가르기'를 한다고 비난을 퍼부을 자들이 많아. 짐은 소모적인 싸움은 이제 질색이야. 자네는 짐의 곁에 남아서 뒷바라지나 잘 해주면 좋겠어. 짐은 이미 전 상서방 대신이었던 방포 어른을 불러들이기로 했어. 방포와 장정옥 같은 지혜주머니와 쇠주먹을 자랑하는 자네가 있는 한 짐은 두려울 것이 없어!"

옹정이 말을 끝마칠 즈음이었다. 장정옥이 상주문을 안고 들어섰다. 옹정이 기다렸다는 듯 황급히 지시를 내렸다.

"형신(장정옥의 호), 그대가 조서 두 부를 작성하도록 하게!"

장정옥은 윤상이 그대로 남아 옹정과 조용한 시간을 가지고 있는 줄은 몰랐다. 자신이 눈치 없이 두 사람의 대화를 방해했다는 생각이 들어 속으로 자책을 하고 있었다. 다행히 옹정은 그를 힐책하지 않고 일을 맡겼다. 그는 황급히 책상으로 다가가 붓을 든 채 옹정의 말이 떨어지기만을 기다렸다.

"전 대장군왕 윤제를 군왕郡王(황친들의 직위는 친왕-군왕-패륵-패자의 순서임)으로 봉하고 친왕親王의 녹봉을 약속한다."

옹정이 천천히 말한 다음 덧붙였다.

"잠시 비어 있는 대장군왕 자리는 섬감 총독인 연갱요가 대체할 것이다. 연갱요는 북경에 돌아와 임명장을 받고 대장군왕의 신분으로 다시 돌아가게 될 것이다."

장정옥은 옹정의 말이 떨어지자마자 조서를 작성하기 시작했다. 그런 간단한 조서쯤이야 식은 죽 먹기라는 표정이 그의 얼굴에 어려 있었다. 얼마 후 그가 작성한 조서를 두 손으로 옹정에게 건넸다. 옹정이 고개를 끄덕이고는 다시 말을 이었다.

"열셋째 황자 윤상은 선제 때부터 잔뼈가 굵어온 훌륭한 일꾼이다. 선제께서는 몇 번씩이나 짐에게 '윤상은 우리 집안의 천리마'라면서 극찬을 아끼지 않으셨다. 짐 역시 침이 마르도록 칭찬하고 싶다. 짐은 지금 우리 대청의 중추인 상서방 일까지 겸하고 있는 윤상을 이친왕怡親王으로 봉하고, 삼안三眼 화령花翎을 하사한다. 윤상은 이런 영광을 받아 마땅하다. 윤상 자네, 아무 소리 말고 짐의 뜻에 따르도록 해. 형신, 자네는 윤상의 말은 듣지 말고 짐이 방금 말한 대로 조서를 작성하게!"

장정옥은 붓 끝이 보이지 않을 정도로 빠른 속도로 특유의 세련된 필체로 바로 조서를 완성했다. 그리고는 바로 옹정에게 건넸다. 역시 옹정이 말한 대로 내용이 잘 정리돼 있었다. 옹정은 흡족한 미소를 지으면서 연신 고개를 끄덕였다. 이어 덧붙였다.

"오늘 저녁에 짐이 다시 한 번 읽어보고 옥새를 찍어놓을 거야. 내일 중으로 발표하도록 하게. 윤상과 열넷째에 관한 조서는 명발明發(조정 내에 공개적으로 발표하는 것), 연갱요에 관한 조서는 정기廷寄(전국의 지방 장관들에게 은밀히 보내는 것)로 하도록 하게."

"형신!"

옹정의 지시가 끝나자 윤상이 다정한 음성으로 장정옥을 불렀다. 그리고는 본론을 얘기했다.

"지난번 국상 기간에는 국채 환수 작업을 잠정 중단하기로 하면서 육부의 열아홉 명 관리들에 대한 조사를 뒤로 미뤘잖아. 이제는 국상도 끝났으니 내일부터는 일에 착수해야겠어. 내일 퇴청하고 나서 자네가 순천부, 보군통령아문의 당관들을 우리 집으로 불러오게. 일에 대해 설명을 해줄 필요가 있기 때문이네."

장정옥이 몹시 놀랍다는 표정으로 윤상을 바라봤다. 며칠 동안 의기소침해 있던 윤상은 어느새 사라지고 완전히 예전의 모습으로 돌아간 듯했기 때문이었다. 그는 눈치에 관한 한 일가견이 있는 사람답게 황급히 대답했다.

"이친왕의 영을 받들어 즉각 처리하도록 하겠습니다!"

"이 나라를 좀 먹는 벌레들은 밟아버려야 해. 추호의 자비나 연민도 가지는 것은 금물이야. 벌써 냄새를 맡고 재산을 빼돌렸을지도 몰라. 그러니 악착같이 달라붙어 찾아내게. 죽음에 이르기까지는 몰고 가지 않도록 조심하고!"

옹정이 윤상의 말에 동의한다는 듯 한마디를 추가했다.

"예, 폐하!"

"이제 그만 물러가게!"

"예, 폐하!"

옹정은 모든 사안이 다 마무리되자 윤상과 장정옥을 직접 궁전 밖까지 배웅했다. 차디찬 밤기운 탓인지 그의 입에서는 어느덧 하얀 입김이 길게 뿜어져 나오고 있었다. 그는 두 사람의 모습이 사라진 뒤에도 마치 쇠로 만든 주물鑄物처럼 그 자리에 오래도록 서 있었다.

6장
절치부심하는 손가감

손가감은 완벽한 논리로 무장하고서 옹정 앞에서 당당하게 자신의 주장을 펼쳤다. 그러나 결과는 좋지 않았다. 오히려 옹정으로부터 된 서리 같은 핀잔만 들었다. 그는 화가 많이 났는지 고개를 번쩍 쳐든 채 두 팔을 힘껏 내저으면서 양심전을 벗어났다. 그렇게 화를 풀려고 했으나 온몸의 기운이 썰물처럼 빠져나가는 것은 어쩔 도리가 없었다. 결국 납덩이처럼 무거운 다리를 끌고 석 자나 빠진 코를 한 채 휘청거리면서 영항永巷을 나설 수밖에 없었다.

그러나 무미건조한 궁중생활에 지쳐 있던 태감들은 달랐다. 6품의 주사 한 명이 호부상서와 멱살을 잡고 싸웠을 뿐만 아니라 그로 인해 옹정에게까지 불려가 혼이 났다는 소문에 경사라도 난 듯 한껏 들떠 있었다. 그저 무슨 일이라도 일어나면 팔짱을 낀 채 먼발치에 물러서서 다른 사람들이 치고받고 싸우는 것을 구경하거나, 궁중에 비화가 터져 나왔을 때 오래오래 우려먹고 씹어대는 것을 유일한 낙으로 생각하는 태감들다웠다.

그들은 손가감이 반드시 천가天街(삼대전三大殿과 건청문 사이의 광장을 천가라고 부름)를 지날 것이라는 생각을 하고는 팔짱을 낀 채 주변을 어슬렁거렸다. 아니나 다를까, 곧 보복이 걸레처럼 너덜거리고 단추가 모조리 뜯겨나가 옷매무새가 말이 아닌 손가감이 눈물범벅이 된 채 비틀거리면서 나타났다. 궁녀들은 그 모습을 보자마자 손수건으로 입을 막고 낄낄거렸다. 태감들 역시 특유의 오리 목소리를 내면서 수군거리거나 손가락질을 했다.

손가감이 영항을 나서자 구경꾼은 더 많아졌다. 물론 그들은 사람들이 한곳에 모이는 것을 금하는 궁중의 관례 때문에 먼발치에서 낄낄댈 뿐이었다. 손가감은 자신을 마치 원숭이 구경하듯 하는 그들에게 신경을 쓸 여유가 없었다. 머릿속에는 그저 죽음으로써 자신의 주장을 끝까지 고수하고 싶은 생각 외에는 없었다. 급기야 그는 건청문 앞에 있는 여덟 개의 커다란 구리 항아리를 발견하고는 서슴없이 그곳을 향해 성큼성큼 걸어갔다.

"연형年兄(과거시험의 합격 동기)!"

건청문 앞에서 상서방 대신의 접견을 기다리고 있던 젊은 관리 하나가 손가감을 발견하고 외쳤다. 구리 항아리만 노려보면서 위태롭게 달려가는 모습에서 손가감이 자살을 시도하려 한다는 것을 간파한 모양이었다. 이어 그가 황급히 손가감에게 다가가 읍을 하면서 말을 이었다.

"몽죽夢竹(손가감의 호), 오래간만이네. 그동안 잘 지냈는가?"

손가감은 그제야 고개를 들고 자신을 부른 상대방을 한참이나 뜯어봤다. 그리고는 깜짝 놀랐다. 자신과 과거시험 동기인 양명시楊名

時가 눈앞에 있었던 것이다. 둘은 시험에 합격하고 한때 약속이나 한 듯 북경에서 대기 발령의 암울한 나날을 보낸 적이 있었다. 자연히 친한 친구가 될 수밖에 없었다. 그러다 보니 당시에는 너 나 할 것 없이 형편이 꾀죄죄했다. 그러나 지금은 달랐다. 양명시는 권력과 지위의 상징인 아홉 마리 맹수 무늬의 관포를 입은 멋진 사내로 환골탈태해 있었다.

손가감은 그런 양명시 앞에서 한없이 초라해지는 느낌을 주체할 수가 없었다. 그러나 곧이어 바람에 그대로 말라붙은 눈물 자국 얼룩진 얼굴을 애써 숨기면서 겨우 입을 열었다.

"나는 또…… 누구라고. 양명시 자네였군. 죽기 전에 얼굴이라도 한 번 볼 수 있어서 다행이군. 한 가지 부탁하자. 들어준다면 고맙겠으나 들어주지 못한다 해도 원망하지는 않을 거야. 우리 집 안채에 가면……."

손가감은 완전히 횡설수설하고 있었다. 그러자 양명시는 끝까지 듣지도 않고 그의 팔을 잡은 채 목소리를 낮춰 말했다.

"자네라는 사람은 내가 잘 알지. 자네 일도 들어서 잘 알고 있네. 그런데 절대 바보스런 짓을 해서는 안 돼. 호남성과 광동성의 재정을 책임지고 있는 내가 자네 말이 맞다는 것을 누구보다 잘 알지 않겠는가? 폐하께서는 자네에게 그렇게 각박하게 할 수밖에 없었던 나름대로의 이유가 있었을 거야. 조금만 참고 기다려 보라고. 여기는 속 터놓고 얘기할 장소가 못 돼. 이렇게 하지. 오늘 저녁 일 끝나고 내가 자네 집으로 찾아갈게. 엉뚱한 생각은 하지 말고 기다려. 억울하게 죽어서 저런 인간이 되다가 만 자들에게 좋은 일 해줄 필요가 뭐가 있어?"

양명시의 말이 채 끝나기도 전이었다. 10여 명의 태감들과 이제는 손가감의 원수가 돼버린 갈달혼이 염친왕 윤사를 둘러싼 채 웃고 떠들면서 건청문을 나서는 모습이 보였다. 양명시가 손가감의 손을 놓고 웃으면서 윤사 쪽으로 다가갔다. 이어 예의를 갖춰 인사를 올렸고.

"신 양명시 염친왕 전하께 문안 올립니다!"

"아니 이사람 송운^{松韻}(양명시의 호) 아닌가!"

윤사가 반색을 하면서 양명시의 두 손을 힘껏 잡았다. 그리고는 먼 산을 쳐다보고 있는 손가감을 힐끗 쳐다보았다. 이어 양명시를 향해 자상한 어조로 물었다.

"북경에는 언제 왔는가? 폐하는 알현했어?"

양명시가 윤사의 득달같은 질문에 상체를 공손히 숙이면서 침착하게 대답했다.

"북경에는 이틀 전에 도착했습니다. 폐하께서 시간을 내실 수 없으셔서 오늘은 일단 융과다 대인을 만난 다음 내일 중으로 패찰을 건네 뵙기를 청하라는 지의가 계셨습니다."

윤사가 미소를 머금으면서 머리를 끄덕였다.

"은과 준비 때문에 폐하께서는 더 바쁘실 거야. 장정옥의 동생 장정로가 주시험관이고 자네를 부시험관으로 임명하실 모양이야. 그거야 폐하를 배알하면 더 확실히 알게 되겠지만. 그런데 저 사람은 누구인가? 꽤나 친한 것 같던데!"

양명시가 윤사의 말에 고개를 돌려 손가감을 부르려고 했다. 그러나 손가감은 흥! 하고 콧방귀를 뀌면서 이미 저만치 멀어지고 있었다. 그때 염친왕부의 우두머리태감인 하주아가 얄밉게 웃으면서 끼어들었다.

"저자가 바로 갈 대인 앞에서 까불다 한 방 얻어맞은 손가감이라는 자입니다. 정말 재수 없는 인간입니다. 저팔계처럼 못 생겨가지고 얼마나 잘난 척을 하는지 모릅니다."

하주아는 손짓 발짓 해가면서 신나게 떠들어댔다. 바로 그 순간 윤사의 손이 그의 뺨을 강타했다.

"형편없이 무식한 놈이 까불기는! 선비는 죽으면 죽었지 굴욕을 당하지는 않는다고 했어. 그런 도리도 모른다는 말인가? 손가감은 엄연한 조정의 명관이야. 시비를 가려내는 것은 어디까지나 조정의 몫이라고. 네까짓 것이 뭔데 왈가왈부를 해?"

윤사가 휘청거리면서 저만치 나가 떨어져 엉덩방아를 찧고도 아픈 내색조차 못하고 비실비실 일어나는 하주아를 향해 고함을 질렀다. 점수 좀 따보려다가 졸지에 곤욕을 치른 하주아는 연신 머리를 조아렸다. 입에서는 다시는 그러지 않겠노라는 말이 절로 튀어나오고 있었다. 윤사가 손이 발이 되게 비는 그의 모습을 지켜보더니 혀를 찼다.

"소인배들의 미련함이란 쯧쯧! 일일이 손을 봐주고 화를 내려면 끝도 없어. 양명시, 물가 비싼 북경에 머무는 동안만이라도 필요한 것이 있으면 주저하지 말고 우리 집에 사람을 보내게. 달리 생각할 필요는 없네."

양명시가 윤사의 말에 조용히 웃었다. 그리고는 여전히 거리를 두겠다는 어조로 대답했다.

"마마, 미천한 소인을 진심으로 위해주시니 감읍할 따름입니다. 그러나 조정의 법령은 명심하지 않을 수가 없습니다."

양명시의 말이 끝나자마자 갈달혼이 그를 슬쩍 훔쳐봤다. 입가가 약간 치켜 올라가는 미소가 여전할 뿐 아니라 끝까지 적당한 거리를 유지하는 그의 대나무처럼 바른 그 성품이 은근히 걱정이 됐던 것이다. 심지어 손가감보다 한술 더 뜰 것 같다는 생각도 들었다.

"그렇지! 문무 관리들은 황자들과 사적인 자리를 가져서는 안 된다는 우리 조정의 가법을 어겨서는 안 되지. 그러나 이론과 현실 사이에는 항상 괴리가 존재하는 법이야. 말은 번지르르하게 해도 제대로 지키는 사람은 가뭄에 콩 나듯 한다고. 또 그게 문제지. 나는 누구에게 무언가를 강요하거나 내 방식대로 함부로 재단하는 성격이 아니야. 자네 의사를 존중하지!"

윤사가 옆에 있는 갈달혼의 존재는 전혀 신경 쓰지 않은 채 흡족한 표정을 지으면서 양명시를 향해 말했다. 무척이나 의미심장한 말이었다. 그리고는 바로 걸음을 옮겼다. 그러자 갈달혼이 황급히 뒤쫓아 가면서 말했다.

"저 사람 기품이 썩 괜찮아 보입니다."

윤사 역시 무표정한 얼굴을 한 채 동의한다는 듯 짤막하게 말했다.

"나라를 대표할 만한 선비감이지."

손가감은 당초 목숨을 버리려는 극단적인 생각을 했었다. 그러나 양명시의 말을 들은 다음 여전히 거들먹거리는 갈달혼을 다시 만나면서 그런 생각은 순식간에 사라지고 말았다. 그럼에도 마음은 여전히 우울했다. 또 갑갑했다. 그는 좋지 않은 그 기분을 떨치기 위해 서화문을 나서자마자 수레 하나를 불러 타고 곧바로 자신의 근무처인 호부 운귀사로 돌아왔다. 그리고는 자신의 책상을 정리한 다음 관인官印과 돈을 만들 때 사용하는 주물 틀을 책상 위에 나란히 올려놓았다. 이어 누더기가 되어버린 관복을 벗어 의자 등받이에 걸쳐 놓았다.

같이 일해 왔던 부하들은 그가 마지막 정리를 하기 위해 왔다는 사실을 알아챘는지 저마다 눈물을 보이면서 훌쩍거렸다. 그러나 그는 의연했다. 애써 서운한 감정을 내비치지 않은 채 꽁꽁 얼어붙은 바깥 풍경을 바라보는가 싶더니 실소하듯 웃음을 터트렸다.

"여러분들도 다 예상하고 있겠지? 나는 오늘 날짜로 옷을 벗었어. 인수인계는 마馬 사무관에게 다 했어. 새로운 상사가 오기 전까지는 그동안 하던 일에 대해 궁금한 것이 있을 때 우리 집에 찾아와서 물어봐도 좋아."

"정말 이렇게…… 가십니까?"

옆에 서 있던 마 사무관이 목이 메는지 말을 채 잇지 못했다.

"가야지. 그건 그렇고 못 생긴 것은 아무래도 부모 탓을 해야겠지? 기왕이면 조금 잘 만들어 낳아주시지. 우리 부모님도 참!"

손가감이 마 사무관의 말에 아무렇지 않은 표정으로 담담히 입을 열었다. 이어 잠시 허탈한 웃음을 짓더니 이내 표정을 바꾸면서 말을 이었다.

"농담이야. 호부 중에서도 우리 운귀사는 눈먼 돈 잘 생기고 먹을 것이 넘쳐나서 누구나 눈독을 들이는 곳이지. 하지만 나는 성격이 좀 별난 사람이라 빈손으로 왔다가 빈손으로 가는 것이 좋아. 자네들도 그동안 평소 융통성 없고 지나치게 딱딱한 나 같은 사람 밑에서 비위 맞추며 일하느라 고생이 많았네. 오해만 실컷 받게 하고 공돈은 하나도 못 챙겨줘 정말 미안하네. 자, 물로 술을 대신해 건배나 하자고!"

손가감이 말을 마치자 바로 부하들에게 물을 한 잔씩 따라줬다. 이어 차분하게 덧붙였다.

"아직까지는 직무만 해제 당했을 뿐이야. 다른 처벌에 대해서는 들은 바가 없어. 그나마 다행이지. 그러나 한 치 앞도 예측할 수 없는 것이 세상일이 아닌가. 낙관할 수가 없어. 더구나 나를 잡아먹지 못해 이를 가는 사람들이 의외로 많거든. 갈달혼 그 양반은 우리의 대사도大司徒잖아. 그런 대사도의 눈 밖에 났으니 모두들 조심하는 것이 좋을 거야. 특별한 일이 생기지 않는 한 우리 집에는 발걸음을 하지 않는 것이 좋을 거야."

손가감이 말을 마치더니 단숨에 벌컥벌컥 냉수를 마셨다. 그리고는 물잔을 멀리 내던져 깨뜨렸다. 그와 동시에 성큼성큼 호부 운귀사의 문을 나섰다. 이어 뜨락 한가운데 서더니 갑자기 하늘을 향해 두 팔을 벌린 채 크게 웃음을 터트렸다.

"북궐北闕에서 상서上書를 하고 소매를 휘날리면서 남산을 향해 떠나는 것도 사나이대장부의 또 다른 경지가 아니라고 누가 말할 수 있겠는가!"

손가감은 말을 마치고는 바로 돌아섰다. 그 자신의 말대로 두루마기 자락이 사정없이 불어대는 서북풍에 깃발처럼 펄럭였다.

손가감은 지방 출신이라 북경 주변에는 가족이 없었다. 때문에 혼자 북경 서북쪽 모퉁이 공원가貢院街라는 골목의 세 칸짜리 주택을 빌려 살고 있었다. 말할 것도 없이 생활은 늘 쪼들렸다. 이유는 간단했다. 무엇보다 녹봉이 형편없었다. 연 80냥이었다. 게다가 직급도 낮은 경관인 탓에 지방관들이 몰래 찔러주고는 하는 '빙탄경'冰炭敬이라는 은도 구경 한 번 하지 못했다. 그뿐이 아니었다. 강한 자존심이 웬만하면 없는 내색을 하지 못하게 한 탓인지 같은 고향 사람들의 도움을 받는 경우도 전혀 없었다. 그래서 남들은 수십 명씩도 부리는 하인이 한 명도 없었다. 먼 친척뻘 되는 열네댓 살 먹은 조카를 고향에서 불러다 밥과 빨래를 하도록 하며 지낸 것도 다 그 때문이었다. 그러니 옷까지 벗은 마당에 굳이 권위를 내세우느라 수레를 얻어 타고 집에 갈 이유도 없었다. 그가 걸어서 집에 막 도착했을 때였다. 골목 어귀에서 조카 손금귀孫金貴가 이제나저제나 하고 그를 기다리고 있었는지 소리를 질렀다.

"다섯째 삼촌, 손님이 와 계세요!"

느닷없이 이 시간에 손님이라니? 손가감은 고개를 갸웃거리면서 발걸음을 재촉했다. 이어 문 앞에 이르자마자 바로 물었다.

"어느 인형仁兄(막역한 지인들끼리 부르는 호칭)이시죠?"

"인형이 아니라 '현제'賢弟라고 해야지!"

양명시가 손가감의 말이 떨어지기 무섭게 소탈하게 웃으면서 주렴을 걷고 나왔다. 이어 손가감을 데리고 집안으로 들어가면서 덧붙였다.

"한참 기다렸어. 왜 안 오나 했지! 또 무슨 사고나 치지 않았나 걱정이 태산 같았다고."

손가감이 애써 웃음을 머금은 채 대답했다.

"사람 너무 우습게 보는 것 아닌가? 내가 뭐 생각도 없이 마구 일을 저지르고 다니는 얼간이처럼 보이는가? 그렇지 않아! 갈달혼 그자식이 약을 살살 올리고는 자기가 먼저 손을 대니까 내가 그랬을 뿐이지. 그렇지 않으면 내가 그런 것들 하고……. 에잇, 더러워서라도 피한다, 피해! 그런데 어떻게 이렇게 빨리 퇴청을 했나? 융과다 대인을 만나러 간다면서?"

양명시도 기분 좋게 웃으면서 화롯불 앞에 있는 의자에 걸터앉았다. 이어 천천히 입을 열었다.

"만나봐야 의례적인 내용을 몇 가지 짚고 넘어가면 끝이지 뭐. 서로가 별로 할 얘기도 없고. 융과다 대인한테는 갔다가 금방 나왔어. 나오다 장정옥 어른을 만나서 얘기를 조금 나눴어. 자네한테 관심이 있는 것 같던데? 지금 어디 사냐고 꼬치꼬치 묻는 것으로 봐서는 폐하께서 내가 말했던 대로 진심으로 화가 나신 것은 아닌 것 같았어."

손가감이 집게로 화롯불을 뒤적이면서 냉소를 흘렸다.

"요즘 재상들은 하나같이 늑대 같은 작자들이야. 내일 당장 대가리가 날아가게 생겼는데도 오늘 만나 손잡고 아무 일도 없다는 듯이 등은 따뜻한가, 배는 부른가 하고 물어보는 것들이라니까. 신경 쓰고 싶지 않아. 다른 소식은 없었나?"

양명시가 손가감의 말에 공감한다는 듯 정색을 한 채 듣고 있다 웃으면서 말했다.

"별다른 것은 없어. 내일 폐하를 배알하는 자리에서 내가 나름대로 방법이 있어. 아, 그리고 섭서성으로 연갱요에게 지의를 전달하러 간 전문경田文鏡이라는 사람 혹시 아는가?"

손가감이 고개를 든 채 양명시를 바라보면서 대답했다.

"두어 번 만난 적이 있지. 전에 호부에서 열셋째마마를 도와 국채 환수에 관한 일을 했었지. 당시 강신영姜宸英이라는 과거시험 장원 출신의 명사 한 명이 있었어. 나이도 지긋했지. 그런데 그 꼿꼿하기가 돌부처 같은 양반이 어쩌다가 국고를 빌려 썼다가 다 갚고 두 냥의 자투리가 남아 있었나 봐. 그런데 전문경이라는 자가 그걸 내지 않는다고 생난리를 피웠어. 기가 막히는 일이지. 아무튼 손톱만큼의 여유도 없이 따지고 캐는 무지하게 피곤한 사람이야. 그런데 그 사람은 왜?"

"자네하고 처지가 비슷한 것 같아서 그래. 연갱요에게 지의를 전달하고 돌아오는 길에 산서성에 들렀다 그곳 순무로 있는 낙민과 대판 싸웠나 보더라고. 그래서 폐하께서 이미 지의를 내리셨대. 전아무개에게 군이 북경으로 돌아올 것 없이 직무해제 상태로 현지에서 발령을 대기하고 있으라고 말이야. 손뼉도 마주쳐야 울린다고 똑같은 친구 하나 생겨서 좋지 않은가?"

양명시가 손가감을 향해 웃으면서 말했다. 그때 손가감의 조카가

밥상을 들고 와서는 물었다.

"다섯째 삼촌, 술 좀 받아올까요?"

"안주거리 할 거라도 있어?"

"늘 먹던 거예요. 무절임하고 밥이 있죠."

양명시가 손금귀의 대답을 듣자마자 크게 웃었다.

"옛날에 스님 한 명이 있었지. 그가 소동파蘇東坡(《적벽부赤壁賦로 유명한 북송 시대의 문장가)에게 맛있는 밥 한 끼를 대접할 테니 오라고 수없이 권한 모양이야. 한 번은 사람까지 보냈지. 그래서 소동파가 할 수 없이 시간을 내서 찾아갔더니 하얀 쌀밥에 소금에 절인 하얀 무가 전부였대. 묘하게도 오늘 내가 소동파 밥상 한번 받아보게 생겼네. 그런데 그것 가지고 어떻게 술을 먹겠어? 가자고, 오늘은 내가 살게!"

양명시의 집안은 대대로 벼슬을 한 가문이었다. 청렴한 편이기는 했으나 그렇다고 가난하지는 않았다. 손가감은 그런 양명시의 내력을 아는 데다 서로 격의 없는 사이이기 때문에 좋다고 흔쾌히 따라나섰다.

때는 유시酉時 정각이었다. 토끼 꼬리만한 겨울 해는 이미 서산으로 넘어가고 있었다. 주변은 완전히 어두워져 있었다. 골목 밖 공원가에서는 갖가지 야식을 파는 상인들이 발을 동동 구르면서 목청 높여 손님을 부르는 소리가 여기저기서 끊이지 않고 들려왔다. 길 양 옆에 길게 늘어선 그들은 솥뚜껑을 들었다 놨다 하면서 길을 가는 행인들의 구미를 돋우느라 여념이 없었다. 식욕을 자극하는 온갖 음식의 향기가 공기 속에 잔뜩 퍼져 있었다. 손님과 농담을 주고받는 아낙네들의 음담패설 또한 구수하기 짝이 없었다. 양명시가 시선을 고정시킬 곳을 모른 채 사람 구경에 여념이 없는가 싶더니 기분이 좋은지 웃으면서 말했다.

"지난번에는 낮이라서 그런지 다소 썰렁한 것 같더니, 야시夜市는 제법 볼 만하군!"

손가감은 소풍 나온 어린이처럼 좋아하는 양명시와 기분이 같을 리가 없었다. 여전히 우울한 표정을 한 채 미간을 잔뜩 찌푸리면서 말했다.

"이제 곧 은과가 열릴 거잖아? 틈새 장사를 하는 것이라고 봐야지. 여기 가게들마다에는 지방에서 올라온 효렴들로 꽉 들어찼어. 공원貢院(과거시험장)에서도 가깝잖아. 그런데 그 전문경이라는 사람과 관련한 일인데 말이야. 산서성에서 북경으로 돌아오지 말라고 한 것은 무슨 뜻인가? 부의部議가 있을 때까지 기다리라는 것인가, 아니면 무한정 눌러앉아 처벌을 기다리라는 것인가?"

양명시가 손가감의 말에 발걸음을 멈추고는 놀란 얼굴로 물었다.

"아직까지 그걸 생각하고 있었어? 그 일이 자네하고 무슨 직접적인 관련이 있다고 그렇게 심각하게 생각해? 폐하께서 도리침이라는 사람을 산서성으로 파견하셨다고 하더군. 산서성 순무 낙민과 함께 사실 여부를 조사하고 결과가 나오는 대로 처벌할 모양이야."

손가감이 생각에 잠긴 채 대답했다.

"아니 뭐 '동병상련'의 느낌을 받아서 그러는 것은 아니야. 내 취향이 아니라 별로 만나지도 않던 사람인데 뭐. 그러나 그 사람 한 가지 뚜렷한 장점은 가지고 있어. 일에 대해서는 항상 최선을 다한다는 것이지. 능력도 있고. 내가 궁금한 것은 왜 그가 달걀로 바위를 치는 유별난 짓을 했느냐는 것이지. 별 볼 일 없는 사품의 경관이 어떻게 낙민과 같이 잘 나가는 봉강대리의 코털을 건드렸냐는 거야. 낙민이 어마어마한 거물이라는 사실을 모르는 사람은 없잖아!"

낙민이라면 사실 양명시가 누구보다 잘 알고 있었다. 안경부安慶

府에서 지부知府로 있을 때 지의를 받고 금릉金陵(남경)에 가서 그곳을 경유하는 낙민을 접대한 적이 있었으니까. 그는 그때 첫 대면임에도 낙민이 대단히 솔직하고 누구나 편하게 해주는 사람이라는 것을 느꼈다.

아니나 다를까, 낙민은 나중에 산서성 순무로 발령이 난 다음 불과 반 년 사이에 그곳의 이치吏治를 완전히 일신했다. 천지개벽에 가까운 대변화를 이루었다는 소문까지 들렸다. 양명시로서는 낙민이 대단히 깔끔하고 유능한 관리라는 생각을 할 수밖에 없었다. 실제로도 그랬다. 낙민은 산서성의 관리들이 빌려간 국고의 돈 230만 냥을 소리 소문 없이 최단기간에 환수해 입고入庫시키는데 성공했다. 또 탐관오리는 엄벌에 처했다. 게다가 억울한 희생양이 없도록 부패와 연루되지 않은 관리들은 격리, 보호시키는 등의 유연성을 발휘했다.

그러니 겉으로 떠들고 다니지는 않았으나 양명시로서는 낙민이 모름지기 끊고 맺음이 분명할 뿐만 아니라 우레 같은 위엄과 회오리바람 못지않은 추진력을 가진 사람이라고 시종일관 좋게 볼 수밖에 없었다. 그런데 손가감이 왜 전문경과 낙민의 사건에 관심을 보이는 것일까? 양명시가 잠시 고개를 갸웃거리면서 뭔가 생각하더니 웃음 띤 얼굴로 말했다.

"자네 속마음을 알 것 같아. 내일 폐하를 배알하는 자리에서 상황을 봐서 말씀을 올려 볼 거야. 자네는 지금 자네 코가 석 자나 빠졌어. 나랏일을 걱정할 때가 아니야. 다행히 성명하신 폐하 덕분에 조만간 사건의 정체가 명명백백하게 드러날 거야."

손가감이 웃으면서 맞장구를 쳤다.

"그러게 말이야. 나는 아직도 내가 호부에 몸담고 있는 줄로 착각하고 있었어. 그만 하자. 가서 배나 채우자고!"

손가감과 양명시는 마치 약속이나 한 듯 애써 모든 것을 훌훌 털어버렸다. 이어 서로 기분을 돋워주면서 한참을 걸어갔다. 그러다 그다지 멀지 않은 곳에 자리 잡은 높은 건물 앞에 이르렀다. 유난히 눈에 들어오는 그곳은 '백륜불귀'伯倫不歸라는 검은 편액이 한눈에 안겨오는 술집이었다.

둘은 정문으로 걸어갔다. 빨간 기둥과 파란 계단이 유난히 돋보였다. 출입문이 무려 여섯 개나 되는 집이었다. 게다가 옥상에는 운치 좋고 전망 좋은 정자까지 있었다. 둘은 동시에 술 한 잔 들어가면 시흥이 절로 용솟음칠 것 같다는 생각을 했다.

"유령劉伶(진晉나라 때 은자들인 죽림칠현竹林七賢의 한 사람. 자는 백륜伯倫)이 여기 와서 술에 취해 불귀의 객이 됐다는 얘기인 것 같은데 말이야."

양명시가 웃음 띤 얼굴을 한 채 말했다.

"이 집 주인 배짱 꽤나 있을 것 같군. 저 글씨의 풍골風骨이 영 예사롭지 않아. 어디에서인가 본 적이 있는 것 같아."

손가감이 고개를 끄덕였다.

"작년부터 있었어. 그런데 주머니 사정이 워낙 안 좋아 근처에도 얼씬거리지 않았지. 오늘 부자 친구 덕분에 모처럼 포식 한번 해봐야지."

손가감과 양명시는 웃으면서 계단으로 올라섰다. 곧 점원이 나타났다. 그는 한쪽 어깨에 수건을 걸치고 깍듯이 인사를 하고 난 다음 노래를 부르듯 큰소리로 외쳤다.

"두 분 들어가십니다! 어서 안으로 들어오십시오. 조용한 곳으로 모실까요?"

손가감과 양명시는 실내로 들어가서는 쭉 일별했다. 아래층에서는 이미 술판이 낭자하게 펼쳐져 있었다. 또 과거시험을 보러 온 듯한 거인 차림의 수십여 명의 사내들이 거나하게 취한 채 여기저기 질서 없이 흐트러져 떠들어대고 있었다. 대부분은 서로 자기 말을 들어달라는 듯 목에 한껏 핏대를 세우고 있었다. 그런가 하면 그 사이에서 주령酒令을 외치면서 술이 술을 먹는 장면을 만들어내는 사람들도 있었다.

양명시는 순간 갑자기 자신이 이 거인들을 감독하는 부시험관으로 내정됐다는 사실을 떠올렸다. 혹시라도 그들과 절대 어울려서는 안 된다는 생각도 들었다. 그가 황급히 점원을 불렀다.

"위층에 조용한 장소는 없소?"

점원은 양명시를 어느 고귀한 집안의 자제 정도로 생각하는 듯했다. 척 보기에도 대단히 고급스러워 보이는 비단 두루마기에 보통사람들은 평생에 한 번 입어보지도 못할 값비싼 털조끼를 받쳐 입고 있었으니 그럴 만도 했다. 그가 잠시 고민하는 듯하더니 얼굴에 비굴한 웃음을 잔뜩 바른 채 대답했다.

"어르신께서는 저희 집이 처음이시죠? 일단 올라가 보세요. 홍송紅松으로 장식을 했습니다. 게다가 통유리가 바깥 경치를 그대로 보여 줘 확 트인 느낌이 새로우실 거예요. 북경 시내를 샅샅이 뒤져도 저희 집 같은 고급스러운 술집은 아마 없을 거예요!"

양명시가 점원의 다소 과장된 말에 웃으면서 고개를 끄덕였다. 이어 손가감을 데리고 위층으로 올라갔다.

점원의 말대로 위층은 진짜 전혀 다른 세계였다. 무엇보다 단아한 분위기를 자아내는 색감으로 벽면을 깔끔하게 장식한 것이 특이했다. 또 조개 색깔의 기름칠을 한 바닥은 발 디디기가 아까울 정도로 번들거렸다. 전체적으로는 북쪽에는 칸막이를 한 여섯 개의 작은 방이 있었다. 남쪽은 단체 손님을 위한 곳인 듯했다. 칸막이를 하지 않은 채 완전히 틔워 놓았다. 창가에는 품위 있는 책상과 함께 붓과 벼루를 비롯한 문방사우가 잘 갖춰져 있었다. 그뿐만이 아니었다. 손님들이 감흥이나 의견을 적을 수 있도록 자그마한 함을 걸어둔 벽도 눈길을 끌었다. 민간에서는 웬만해서는 보기 힘든 도금 자명종 역시 한눈에 들어왔다.

"좋군!"

양명시가 방 안을 두리번거리면서 만족스러워 했다.

"그럼요, 어르신! 제가 감히 어르신을 속일 수가 있겠어요?"

점원이 황급히 어깨에 걸쳤던 수건으로 의자를 닦았다. 이어 들고 온 행주로 탁자를 훔치면서 덧붙였다.

"여러 가지로 만족스러우시면 가실 때……, 아셨죠?"

점원이 익살스럽게 엄지와 검지를 동그랗게 마는 시늉을 해보였다. 이어 본론으로 들어갔다.

"어떤 걸로 주문하시겠어요?"

양명시가 자리에 앉자마자 기름기 반지르르한 머리채를 어깨 너머로 넘기면서 말했다.

"고기와 야채 아무 거나 각각 두 접시씩 올려 보내면 되겠어. 술은 어떤 것이 있는가?"

"원하시는 술이라면 뭐든지 다 있어요, 어르신!"

양명시는 점원이 겁 없이 거짓말을 한다는 생각에 한번 혼내줘야겠다는 생각에 다섯 냥짜리 은전을 꺼내 탁자 위에 올려놓았다. 이어 거만한 어조로 말했다.

"음……, 옥천로춘玉泉露春으로 가져와 보게!"

양명시가 입에 올린 옥천로춘은 보통 술이 아니었다. 북경의 서쪽 옥천산에서 나오는 궁전 대내大內의 전용인 맛 좋고 귀한 옥천수로 만든 술이었다. 워낙 귀하기 때문에 민간에서는 거의 구할 수가 없었다. 그러나 양명시의 말이 떨어지기 바쁘게 점원은 전혀 망설임 없이 바로 대답을 했다.

"몇 병이나 드릴까요?"

순간 양명시는 말할 것도 없고 손가감도 깜짝 놀랐다. 손가감으로서도 호부에서 근무할 때 가끔씩 대내의 큰 연회에 운 좋게 참석하게 되면 한두 번 마셔 본 것이 전부였으니 그럴 만도 했다. 손가감이 옥천로춘을 민간의 술집에서 맛볼 수 있다는 사실에 충격을 받을 정도로 놀라고 있을 때 양명시가 말했다.

"옥천로춘이 좋기는 하지. 그러나 도수가 너무 높아. 혹시 공품貢品으로 새로 대내로 들여온 모태주茅台酒는 없나?"

"당연히 있죠!"

점원이 바로 당연하다는 듯 대답했다. 그러다 너무 직설적으로 말했다고 생각했는지 잠시 멈칫하더니 목소리를 낮춰 다시 말을 이었다.

"솔직히 이런 술은 태감들이 우리한테 넘기는 거예요. 굳이 설명할 필요가 없는 진품이죠. 다만 훔쳐온 북을 마음대로 두드리지 못하듯 정당한 경로로 들어온 것이 아니니 입나발을 불지 못할 뿐이죠. 두 분 어르신, 절대 밖에 나가서 말씀하시면 안 됩니다? 소문이 나는 날에는 저는 그날로 끽! 이거예요."

점원이 말을 마침과 동시에 칼로 목을 베는 시늉을 해보였다. 양명시는 다시 한 번 놀라지 않을 수 없었다. 더불어 갈수록 집주인의 내력이 궁금해졌다. 그러나 전혀 내색하지는 않은 채 계속 웃음 띤 얼굴로 말했다.

"그런 걸 모르면 이런 데 오지를 않지. 걱정하지 말게. 모태주 한 근 반 가져오게!"

점원이 인사를 하더니 바로 물러갔다. 순간 양명시와 손가감은 의혹투성이로 변한 얼굴을 서로 마주봤다. 둘 모두의 얼굴에 입이 가려워 죽을 지경이라는 표정이 어려 있었다. 특별히 말조심을 해야 할 필요성을 느끼는 곳에 자리를 잡고 있기 때문에 그런 듯했다. 하기야 함부로 말을 했다가 나중에 잘못 되기라도 하는 날이면 상당히 시끄러울 수 있었다.

두 사람이 계속 말없이 상대의 얼굴을 바라보고 있을 때였다. 갑자기 둘이 자리를 잡은 방의 바로 옆에서 여러 명의 거인들이 술내기 놀이를 하는 것 같은 시끌벅적한 소리가 들려왔다. 둘은 심심하던 차에 잘 됐다는 듯 바로 옆방에서 노는 소리에 귀를 기울였다. 마치 음식이 올라오기 전까지 옆방에 귀를 기울이자고 약속이라도 한 듯 했다.

"이번에는 내 차례야. 제발 공자께서 굽어 살피셔서 쉬운 것을 뽑아야 하는데!"

거인인 듯한 사람의 목소리가 들렸다. 이어 대쪽으로 만든 산가지가 담긴 통을 흔드는 소리도 들려왔다. 산가지에 적힌 글씨에 따라 벌주를 마시는 놀이를 할 모양이었다. 술자리에서 흔히 하는 놀이였으므로 이상할 것은 없었다. 곧 산가지를 뽑아든 거인이 그 위에 적힌 글씨를 읽는 소리가 들렸다.

내가 귓불을 씹어주며 물으니,
그대는 수줍음에 얼굴 붉힌 채 대답했네.

"들었지? 귀엣말을 하고 있던 사람들은 벌주 한 잔씩! 치사하게 거짓말하면 안 돼요. 방금 심기원沈起元, 당계조唐繼祖 두 사람이 속닥거리는 모습을 다들 봤죠? 마유륜馬維倫 뭘 하는 거야? 복수를 해야지!"

산가지를 제대로 뽑아 위기를 모면한 거인인 듯한 사람이 떠들어댔다. 그러자 한바탕 좋아서 지르는 함성과 함께 술 따르는 소리가 항아리에 물 붓는 소리처럼 크게 들렸다. 벌써 몇 번 골탕을 먹은 듯한 거인들이 연신 어서 마시라고 심기원과 당계조에게 재촉을 했다.

"그러게 우리를 왜 그렇게 못 살게 굴었어? 마셔, 더도 말고 덜도 말고 당한 만큼만 돌려줄 거야!"

양명시와 손가감은 여러 명이 두 사람에게 벌주를 마시게 하는 대목이 재미있는지 옆방의 얘기에 완전히 넋을 놓고 빠져 들어갔다. 얼마 후 벌주를 다 마셨는지 당계조라는 거인의 말이 들렸다.

"좋아! 오는 것이 있으면 가는 것도 있어야지. 복수를 하지 않을 수 없지. 이번에는 내 차례야!"

잠시 후 산가지를 뽑아 든 당계조의 목소리가 다시 들려왔다.

그림자 같이 붙어 다니면서 떨어지지 못하는 사람들—
함께 온 사람들은 마셔!

"아하, 이번에 같이 온 사람 나오라고 하는구나!"

당계조의 말이 끝나자마자 장내에는 삽시간에 난장판이 벌어졌다. 모두들 박수를 치고 웃고 떠들면서 난리법석을 떨었다. 그럴 수밖에 없었던 것이 그들은 모두 일행이었던 것이다. 그 때문이었는지 누구라 할 것 없이 모두들 술을 따르고는 아예 단체로 건배를 하는 듯했다.

양명시와 손가감은 옆방의 얘기를 훔쳐 듣다 말고 다시 서로를 쳐다봤다. 그리고는 바로 약속이나 한 듯 시무룩하게 웃었다. 그때 점원이 음식을 가져왔다. 해물무침을 비롯해 야채볶음, 그리고 닭찜과 사슴고기였다. 손가감이 향긋한 냄새에 연신 코를 벌름거리면서 말했다.

"우리는 저런 재미는 보지 못할 테니 맛있게 먹기나 하자고."

양명시가 손가감의 말에 미소를 지었다.

"정말 재미있는 친구들인 것 같아. 저렇게 마음껏 망가질 수 있을 때가 좋지. 안 그런가?"

양명시가 말을 마치자마자 점원이 가져온 술을 술잔에 가득 따르더니 한 모금 마셨다. 이어 입을 쩝쩝 다시면서 말했다.

"음, 제대로 된 모태주가 틀림없어! 아무튼 대단한 가게인 것만은 분명하군."

양명시와 손가감 두 사람이 정답게 대화를 주고받고 있을 때였다. 옆방에서 또다시 폭소가 터져 나왔다. 누군가가 뽑은 산가지에 '마누라 무서워 간담이 오그라든 남자'라는 글귀가 나왔던 것이다. 그들은 서로 침을 튕겨가면서 신나게 변명을 했다. 심지어 마누라 하나 휘어잡지 못하는 작자도 남자냐면서 큰소리 뻥뻥 치는 이들도 있었다. 결국 한바탕 승강이 끝에 "마누라 앞에만 서면 중간다리가 지레 겁에 질려 자라목처럼 움츠러든다"는 남자 한 명이 자청해 벌주를 마셨다. 장내 분위기는 그의 희생적인 기지로 인해 완전히 최고조에 이르는 것 같았다.

그는 다름 아닌 유묵림劉墨林이라는 거인이었다. 거인들 중에서도 단연 분위기를 주도하는 역할을 하던 인물이었다. 그가 얼마 후 술은 더 이상 마셔서는 안 되겠다면서 우스갯소리를 하나 들려주겠다는 제안을 했다. 거인들은 거나하게 취한 눈을 껌벅이면서 귀를 기울였다.

"내가 거인에 합격했을 때 많은 도움을 주신 분이 있어. 절강성 통정사通政使로 있는 이위라는 분이야. 인사를 올리러 찾아가지 않을 수 없었지. 그런데 대화 도중 이위 어른이 하품을 하시더라고. 며칠 동안 잠을 설쳤더니 피곤이 몰려오는 것 같다면서 하인에게 비연호鼻煙壺(코담배)를 가져오라고도 하는 거야. 그때 어떤 일이 벌어졌는지 알아? 한참 후에 하인이 배가 불룩한 채 들어왔더라고. 아마 옷 안에 뭔가를 감춘 듯했어. 성격이 불같은 이위 어른은 어디 가서 뭐하고 자빠져 있다 이제야 오느냐면서 화를 버럭 내셨어. 그러자 하인이 억울해 죽겠다는 듯 울상을 지으면서 '손님도 계시는데 이런 물건을 어찌 꺼내놓을 수 있겠습니까? 그래서 이제나저제나 손님이 일어나시기만을 기다렸습니다'라고 말하더라고. 이위 어른은 뭔가 이상한 기미를 눈치 채고는 하인에게 다가가서는 뱃속에 든 물건을 꺼냈어. 하인은 '호壺'자가 들어가는 물건을 가져오라고 하니까 그게 요강인 줄 알았던 모양이야. 옷 안에는 커다란 요강이 들어 있었지!"

좌중의 사람들은 또다시 폭소를 터뜨렸다. 양명시와 손가감 역시 황급히 손으로 입을 가리고는 실실 웃음을 흘렸다. 얼마 후 실컷 웃고 난 그들은 유묵림이 음식을 앞에 두고 지저분한 소리를 했다면서 벌을 주겠다고 우겼다. 그리고는 다른 우스운 얘기를 하나 더 할 것을 요구했다. 잠시 생각하던 유묵림이 입을 열었다.

"오늘 길을 가고 있을 때였어. 어떤 도둑이 내 모자를 빼앗아 쏜살같이 도망가더라고. 그때 언뜻 떠오른 시구가 있어. 유명한 시 〈황학루〉黃鶴樓를 빗대 읊을 테니 들어보겠어? 아마도 술맛이 제대로 날거야."

유묵림은 대답도 듣지 않은 채 히죽 웃으면서 괴이한 목소리로 진짜 시를 읊기 시작했다.

> 옛 사람이 이미 내 모자를 훔쳐갔으니,
> 이 빈 자리에는 머리만 남아 있구나.
> 한번 떠나간 모자는 돌아올 줄 모르고,
> 이 머리는 천년 동안이나 헛되이 떠 있네.

양명시와 손가감은 진짜 눈물이 찔끔 나도록 웃었다. 자연스럽게 기분도 좋아졌다. 또 한바탕의 폭소는 둘에게 그동안 가슴 속에 쌓였던 울분을 산산조각 내는 것 같은 홀가분함도 가져다줬다. 양명시는 한껏 굳어져 있던 손가감을 배꼽 빠지도록 웃게 만든 유묵림이라는 사람의 재치가 한없이 고맙다는 생각을 하지 않을 수 없었다. 곧 둘은 손가감의 제의하에 연신 세 잔을 들이켰다.

그때 중년의 사내 한 명이 위층으로 올라오고 있었다. 붉은 비단두루마기에 검은 마고자를 받쳐 입은 그는 천으로 만든 신발을 신고 있었다. 머리에 딱 맞는 까만 모자를 쓴 모습이 인상적이었다. 또 하얀 얼굴에 선명한 주근깨와 코 밑의 짙은 팔자수염도 사람들의 눈길을 끌기에 충분했다. 손에 태극팔괘도太極八卦圖를 든 채 홀연히 나타난 그는 점잖게 두 사람에게 다가와서는 읍을 하면서 말했다.

"과거에 응시할 분들이시죠? 관상 한번 봐드릴까요?"

"우리는 그런 것 보지 않아요. 다른 곳으로 가봐요."

손가감이 대뜸 손사래를 쳤다. 그럼에도 사내는 전혀 물러갈 기미를 보이지 않았다. 오히려 껄껄 웃으면서 그다지 주눅 들지 않은 어조로 말했다.

"이곳에 와서 술 마시는 손님들치고 나를 마다하는 사람은 없었어요. 그런데 공품으로 들어온 술을 마시는군요. 보아 보니 공생貢生 자리 하나 얻고 싶은 모양인데, 내가 두 분에게 공명을 선물할 수도 있습니다."

"도대체 뭐하는 사람이오? 은과恩科는 조정에서 인재를 선발하는 큰 행사라고 할 수 있어요. 더구나 '생사生死는 유명有命하고 부귀富貴는 재천在天'이라는 옛말도 있어요. 그런데 당신이 어떻게 감히 우리한테 '공명을 선물'한다고 가당치도 않은 소리를 할 수 있다는 말이오?"

양명시가 사내의 저의가 의심스럽다는 듯 민감한 반응을 보였다. 그럼에도 사내는 물러서지 않았다. 계속 조소 어린 웃음을 지어보이면서 말했다.

"일이 되게 하는 것은 하늘의 뜻이나 일을 도모하는 것은 사람이 하는 것 아니겠습니까? 내가 자신이 없으면 그대들 앞에서 이렇게 큰소리 빵빵 칠 수 있겠어요? 내가 어디서 뭘 하는 사람인지는 궁금해할 필요 없어요. 다만 내가 점괘를 한 번만 봐주면 그대들의 공명은 떼 논 당상인 것만은 확실합니다."

양명시가 사내의 말에 별꼴 다 본다는 듯 웃었다. 이어 주머니 속에서 2전짜리 은전을 꺼내 놓으면서 정색한 표정으로 말했다.

"봐주시죠!"

그러자 사내가 갑자기 크게 냉소를 터트렸다.

"이 바닥을 몰라도 너무 모르는 것 같네요. 고작 은전 이전으로 공생을 살 수 있을 것이라고 생각합니까? 내가 날고 기는 인물들은 다 만나봤어도 선생처럼 짠 사람은 처음이에요!"

손가감이 상황이 여의치 않은 것 같아 보이자 양명시를 대신해 말했다.

"강호에 점괘를 봐주네 하면서 혼탁한 관가와 결탁해 시험문제를 내다 파는 자들이 많아요. 아무튼 우리는 관심이 없으니 싱겁다 짜다는 타령 하지 말고 다른 데로 가보라니까요!"

사내가 손가감의 신경질적인 어조에 홱 뒤돌아서면서 중얼거렸다.

"이 바닥을 몰라도 너무 모르는군. 여기가 어디인데!"

"잠깐만! 오호라, 과거시험 문제를 파는 사람이구만! 얼마에요? 내가 사겠어요."

양명시가 황급히 사내를 불러 세웠다. 사내가 기다렸다는 듯 손가감을 힐끗 쳐다보면서 대답했다.

"칠십 냥입니다. 큰 떡 하나 사먹었다고 생각하면 별로 부담스러운 가격도 아니죠! 두 사람이니까 적어도 백 냥은 받아야 하는데, 손해 보고 파는 거예요."

사내가 득의에 찬 표정을 한 채 말을 다 마쳤을 때였다. 점원이 쟁반 하나를 들고 들어섰다. 쟁반 위에는 음식 대신 빨간 봉투 두 개가 나란히 놓여 있었다. 점원은 봉투를 내려놓더니 곧바로 종종걸음으로 내려갔다. 그러자 사내가 웃으면서 말했나.

"이게 바로 시험 문제라고요. 사기 당했다고 생각하면 언제든지 이 가게에 와서 환불해 가면 되겠습니다. 시험의 합격 여부는 내가 책임질 수 있는 사안이 아니고 방금 어르신이 얘기했듯 그렇게 보면 되겠습니다. 생사가 유명하고 부귀는 재천이라고 하셨잖아요."

양명시는 곧 있을 은과의 부시험관으로 이미 임명을 받은 상태였다. 그러나 자신도 황제가 어떤 시험 문제를 낼지에 대해서는 전혀 모르고 있었다. 때문에 시험 문제를 호기심에 그저 재미 삼아 사려고 했다. 그러나 사내의 자신만만한 말투에 서서히 혼란스러워지기 시작했다. 급기야 장화 속에서 은표 한 장을 꺼내주면서 말했다.

"이 가게에서 보장한다니까 사기는 하겠지만 내가 당신을 어떻게 믿겠습니까? 이건 백 냥짜리 은표예요. 진짜 이게 시험 문제라는 사실이 밝혀지면 내가 여기에서 더 얹어주겠어요."

양명시는 말을 마치자마자 궁금증을 참지 못하고 황급히 봉투를 열었다. 사내가 적어 넣은 것 같은 글의 제목은 그다지 길지는 않았다. 그러나 세 가지나 됐다.

옳음으로 화합하는 것이 이득이다.

해와 달은 하늘을 얻었기 때문에 오래 비출 수 있다.

제을帝乙(상商나라의 30대 군주)이 그 딸을 시집보내니 딸이 입은 옷의 소매가 여동생의 소매보다 훨씬 못했다.

손가감이 글을 다 보고는 대뜸 물었다.

"전부 《역경》에 나오는 구절이네요. 작문 제목이 세 개나 된다는 말입니까?"

사내가 손가감의 질문에 웃으면서 대답했다.

"과거시험 장소가 모두 세 곳입니다. 시험 문제 역시 각자 다르게 출제됩니다. 그중 어떤 문제가 걸릴지는 장담을 못하죠! 아무튼 이 안에 손님의 시험 문제는 반드시 있으니 걱정하지 마세요!"

"한번 믿어보죠!"

양명시는 시험 문제를 조심스럽게 접었다. 이어 주머니에 넣고는 손가감을 데리고 술집을 나섰다. 얼마 후 손가감은 양명시가 탄 수레가 멀리 사라지는 광경을 보고나서야 거처로 돌아왔다. 그러나 집으로 들어선 그는 깜짝 놀라 주춤하고 말았다. 방 안에 내각대학사이

자 상서방대신, 영시위내대신인 재상 장정옥이 차를 마시면서 유유
자적하게 자신을 기다리고 있었던 것이다.

　손가감은 술이 확 깨면서 도무지 믿어지지 않는다는 듯 눈을 크
게 뜬 채 말했다.

　"장 대인, 저를 잡으러 오셨나요?"

7장

옹정과 장정옥, 흉금을 털어놓다

장정옥은 가죽 장포에 검은 허리띠를 매고 있었다. 재상답지 않은 수수한 차림이었다. 그는 그런 차림으로 다리를 꼬고 책상 앞에 앉은 채 촛불 아래에서 책을 읽고 있었다. 모자는 벗어서 책상 위에 올려 놓은 채였다. 그는 손가감이 들어서는 것을 보더니 책을 내려놓고 미소를 지으면서 자리에서 일어났다.

"불청객이라 별로 반갑지 않은가 보군. 그래도 내가 자네의 빈집을 여태 지켜줬네. 자네는 자신이 이번에 아주 유명해졌다는 것을 모르나? 앞으로 어떻게 될지 몰라 미리 잘 보여 두려고 찾아왔지. 자네의 무조림과 백반까지 얻어먹으면 더욱 좋고!"

"뭐……, 어쨌든 대인께서는 저의 손님이십니다. 앉으세요. 여기 차를 가져와라!"

손가감이 안도의 한숨을 내쉬면서 웃는 얼굴을 한 채 말했다. 장정옥이 느닷없이 방문한 진짜 이유가 뭘까 생각하는 얼굴이었다. 그러더니 곧 다시 입을 열었다.

"저를 연행하러 온 줄 알고 깜짝 놀랐잖아요! 하기야 저 같은 육품에 불과한 새우를 붙잡으러 오는데 장 대인 같은 거물이 출동할 리가 없죠!"

손가감은 자리에 앉으면서 말하다 말고 문득 떠오르는 생각에 고개를 갸웃거렸다. 장정옥이 자신의 거처에 와서 자기를 기다리고 있던 그동안에도 그의 집에서는 '얼마나 많은 관리들이 저 양반의 집 앞에 줄을 지은 채 초조하게 접견을 기다리고 있을 것인가?' 하는 생각이 들었던 것이다. 사실 그럴 수밖에 없었다. 억지로 쉬라는 어명을 받지 않는 한 너무나도 할 일이 많을 수석 재상이 6품에 불과한 새우한테까지 찾아와 '할일이 없어 한가롭게' 기다렸겠는가! 손가감은 그런 생각을 하면서 장정옥을 힐끗 쳐다봤다.

손가감의 눈에 비친 장정옥은 분위기가 만만치 않았다. 무엇보다 그윽한 눈이 촛불 아래에서 빛을 발하고 있었다. 손가감의 예측대로라면 장정옥은 옹정의 명을 받고 특별히 그를 만나보기 위해 찾아온 것이 분명할 터였다. 그러나 옹정은 가보라고만 했지 마땅히 무슨 말을 어떻게 하라는 지의는 내리지 않았을 수도 있었다. 그렇다면 장정옥은 사적인 신분으로 손가감을 방문했다고 볼 수밖에 없었다. 때문에 손가감은 뭔가 석연찮은 기색을 보이면서 침묵을 지켰다. 그러자 장정옥이 한참 후에야 천천히 입을 열었다.

"자네 말이 맞네."

"무슨 말씀이시죠?"

"자네를 연행하는데 나 같은 거물이 직접 출동할 리가 있겠느냐고 하지 않았는가. 나는 정말 바쁜 사람이야. 하루에 세 시간 자면 잘

자는 거라고. 내 동생이 나를 만나고 싶어 해도 보름 전에 미리 예약을 해야 될 정도지. 내가 여기 찾아온 진짜 이유는 두 가지 소식을 전하기 위해서야. 우선 첫 번째 소식이네. 폐하께서는 이미 갈달혼을 이번원理藩院으로 발령을 내셨어. 그리고 호부상서 자리에는 마제 어른을 앉히셨지. 또 폐하께서는 자네의 주전법鑄錢法을 받아들이셨네. 마제 어른에게 구리와 아연의 비율을 사 대 육으로 해서 동전을 만들라고 밀유密諭를 내리셨어."

장정옥이 진지한 어조로 찾아온 목적에 대해 설명했다. 순간 손가감은 천지가 무너져 내리는 굉음을 들은 것 같은 기분을 느꼈다. 돌아가신 부모님이 살아 돌아온들 이보다 더 기쁠까 싶은 생각도 없지 않았다. 흥분이 지나쳤는지 그의 눈에서는 주체할 수 없는 눈물이 흘러내렸다. 얼마 후 그가 마냥 울고 있을 때가 아니라는 생각이 들었는지 소매로 눈물을 쓰윽 닦아내면서 말했다.

"성은이 망극하옵니다! 이제는 밥을 먹지 않아도 살 것 같네요. 천하의 백성들이 복 받을 날이 다가왔네요. 삼 년 내에 새 돈이 전국의 방방곡곡에 유통이 되면 나라의 재정이 우선 넉넉해질 겁니다. 부정부패의 온상을 잃은 탐관오리들은 이제 길길이 뛰게 생겼네요!"

장정옥이 차 한 모금을 마시더니 다시 입을 열었다.

"두 번째 소식은 자네의 그 즐거움에 찬물을 끼얹을 수 있을지도 몰라. 직설적으로 말하면 자네는 영양가 있는 말을 했다고 할 수 있어. 때문에 폐하께서는 자네의 주장을 수용하셨지. 그러나 대내에서 시끄럽게 난리를 친 것이나 당관을 모욕한 것은 큰 문제라고 하지 않을 수 없어. 관리로서의 체통을 잃은 것은 사실이야. 당연히 처벌을 면할 수 없어. 아마 관품을 강등시키고 녹봉을 몇 개월 동안 지불정지할 거야. 또 자네가 다음에 갈 자리도 아직은 정해지지 않왔어. 아직 부의部議에 넘겨지지도 않았지. 그래서 내가 물으려고 왔어. 자네는 한림원으로 돌아가 서적을 편찬하고 싶은가, 아니면 외관이 돼 지방으로 내려가고 싶은가? 지금 하북성의 보정부保定府에 동지同知 자리가 하나 비어 있어. 그곳으로 가도 좋아. 이 정도는 내 선에서 마음대로 처리할 수 있는 사안이기 때문에 자네 의사를 타진하는 바이네."

장정옥의 태도는 진지했다. 하급 관리를 대하는 재상의 모습과는 거리가 멀었다. 손가감은 그럼에도 불구하고 갑자기 크게 웃음을 터트렸다. 순간 장정옥의 얼굴에는 일말의 불쾌한 표정이 번개처럼 스치고 지나갔다. 무게 있고 진지하기로 정평이 나 있는 재상이라 웬만한 1, 2품 관리들도 자신의 앞에서는 조심스럽게 행동했다. 그러한 사실을 모르지 않는 손가감이 그처럼 무례하게 나왔으니 그럴 만도 했다. 그러나 역시 수십 년 동안 온갖 요직을 다 맡아오면서 산전수전을 겪은 장정옥은 노련했다. 더구나 그는 위기의 순간에 시험대에 오르면 누구보다 침착해지는 것으로도 정평이 나 있는 사람이었다. 그러한 사실을 그 자신이 누구보다도 잘 알고 있었다. 그래서일까, 그가 곧 대수롭지 않은 표정을 한 채 말했다.

"내가 우스갯소리를 하는 재주도 비상한 모양이지?"

손가감이 불쾌감을 감춘 채 은근하게 비아냥거리는 장정옥의 말을 듣자 정색을 했다.

"장 대인, 사실은 대인이 저를 너무 가볍게 보시는 것 같아서 웃었을 뿐입니다. 저는 관직은 크게 중요한 것이 아니라고 생각합니다. 욕심도 전혀 없고요. 든든한 배경이나 날고 기는 재주가 없다고 해도 남보다 몇 배나 공을 기울인다면 늙어 죽을 때까지 최소한 삼품의 정자는 얻을 수 있을 것 아니겠어요? 그러나 저는 높이 올라가 백성들 위에 군림하면서 떵떵거리고 살고 싶은 생각은 정말이지 추호도 없어요. 높은 사람 등허리나 긁어주고 어깨나 주물러가면서 기생충처럼 빌붙어 얻어먹고 살 생각이었다면 제 하늘같은 상사인 갈달혼 대인과 먹살을 잡고 싸우지는 않았겠죠. 폐하께서 제 의견을 수용해주심으로써 그 직접적인 수혜자는 곧 만백성들이 되게 됐습니다. 반면 피해자들은 오물보다도 못한 탐관오리들이 되겠죠. 저는 이제 죽어도 여한이 없습니다. 그러니 작은 처벌쯤이야 대수겠습니까? 살아가는 데 있어 반드시 필요한 양념쯤으로 생각할 수도 있지 않겠어요? 겨자처럼 톡 쏘는 양념 말입니다. 장 대인, 한림원이나 어느 부의 동지 뭐 그런 것 말고 저에게 자그마한 현이나 하나 맡겨주세요. 삼 년 안에 괄목상대할 발전을 이뤄내지 못한다면 책임을 지고 초야로 물러날 것을 약속드립니다!"

손가감의 말을 듣더니 장정옥의 얼굴이 한결 부드러워졌다. 조금 전까지 보이던 일말의 불쾌감조차 어디론가 사라지고 없었다. 그는 운명적으로 매일같이 황제 옆에서 정무를 보좌해야 하는 수석 재상이었다. 때문에 집에 돌아가면 하루에도 수없이 많은 외관들이 자신의 집 문턱이 닳도록 드나드는 것을 참아내지 않으면 안 됐다. 그들은 그에게 오로지 아첨과 비굴함으로 일관했다. 손가감처럼 진지하게 정치를 논하거나 관직이 아닌 백성들을 위한 밑바닥 인생을 살겠노라고 자청하는 사람은 단 한 명도 없었다.

그는 그런 그들을 마주보고 있노라면 자신이 걷고 있는 길에 대한 회의를 가지지 않을 수 없었다. 거의 매일이라고 해도 좋았다. 그랬으니 그가 바른 소리를 한 대가로 정6품에서 종6품으로 직위가 강등됐음에도 스스로 다시 정7품이 되기를 원하는 손가감에게서 희망을 본 것은 하나 이상할 것이 없었다. 아니 힘을 얻었다고 해도 좋았다.

장정옥이 자리에서 일어서더니 한숨을 지으면서 말했다.

"폐하께서 가장 노심초사하시는 것도 바로 이 이치吏治라고 해야지. 천하의 관리들이 전부 자네의 반만 돼도 세상살이는 훨씬 쉬워질 텐데……."

장정옥이 안타까운지 말을 다 잇지 못했다. 그러나 손가감의 이깨를 다독여주는 것은 잊지 않았다. 이어 바쁜 일이 있다며 자리를 털고 일어섰다.

시간은 아마도 4경四更쯤 된 것 같았다. 장정옥은 언제나 그랬듯 숙직을 서던 하인이 깨우는 소리를 듣자마자 잠자리를 박차고 일어났다. 그의 얼굴은 이리저리 뒤척이다 깊은 잠을 청하지 못했는지 푸석푸석해 보였다. 머리도 무거웠다. 하지만 그는 하루도 빠짐없이 대내에 들어가 황제를 보좌해야 하는 수석 재상다웠다. 스스로에게 '적어도 4경에는 반드시 일어나야 한다'는 굴레를 씌운 것에 익숙해진 듯 하인들의 시중을 받으며 바로 조복을 입었다. 이어 조주를 목에 걸더니 대충 얼굴을 문지르고는 청렴靑鹽(청해성에서 나는 석염石鹽의 속칭)으로 이를 닦았다.

그가 아침을 먹는 둥 마는 둥 하고 수레를 타고 서화문에 도착했을 때에도 하늘에는 아직 별들이 총총했다. 패찰을 건네 놓기는 했으나 굳이 서둘러 들어갈 필요는 없었다. 그는 딱딱하게 언 바닥에서 두어 번 몸을 솟구치기도 하고 가슴을 쭉 내민 채 길게 심호흡도 했다. 머리가 한결 맑아지는 것 같은 느낌이 들었다. 그는 그제야 안으로 들어가려고 했다. 그러다 문에 달려 있는 네 개의 유리 궁등의 불빛을 빌려 앞에서 누군가 걸어오는 모습을 보고는 주춤했다. 그는 눈을 비비며 그 사람이 다가오기를 기다렸다.

초롱불을 밝힌 태감의 안내를 받으면서 나오는 주인공은 놀랍게도 동생인 장정로였다. 이 시간에 대내에 들어가는 것이 금기시되어 있다는 사실을 모르지 않는 그로서는 적지 않게 놀랄 수밖에 없었다. 그러나 거리가 가까워지면서 더욱 놀라운 풍경이 눈앞에 펼쳐졌다. 태감인 줄로만 알았던 장정로 옆의 사람이 다름 아닌 옹정의 셋째 아들 홍시였던 것이다.

장정옥은 그 사실을 확인하고는 완전히 충격에 휩싸였다. 그러나 마냥 눈을 휘둥그레 뜬 채 서 있을 상황이 아니었다. 애써 진정하면서 허겁지겁 달려가서는 격식을 갖춰 인사를 올렸다.

"셋째 황자마마! 신 장정옥이 문안 올립니다!"

옹정은 강희 황제 재위 시절 슬하에 아들을 여덟 명이나 뒀다. 그중 큰아들 홍휘弘暉는 강희 33년에 태어나자마자 패자로 봉해졌으나 열 살 때 홍역을 앓은 끝에 세상을 떠나고 말았다. 또 홍반弘昐이라는 아들 역시 고작 두 살 때 이름 모를 열병으로 사망했다. 둘째 홍윤弘昀도 예외는 아니었다. 열 살 때 병으로 형과 동생의 뒤를 따랐다. 그뿐만이 아니었다. 그는 강희 59년과 60년에도 연이어 두 아들을 잃었다. 그러다 보니 순서로 치면 셋째인 홍시가 옹정의 살아있는 아들들 중에서는 맏이가 됐다.

막 20세가 된 홍시는 외모가 대단히 출중했다. 우선 맑고 잡티 하나 없는 얼굴에 이목구비가 단정했다. 게다가 먹칠한 듯 짙은 눈썹이 남자의 영리한 기운을 남김없이 발산하는 멋진 청년이었다. 단 하나 옥에 티라면 좀 많이 튀어나온 광대뼈였다. 또 볼이 홀쭉해 보이는 것 역시 썩 좋다고 하기는 어려웠다. 관상가들의 눈에 그다지 좋다고 볼 수 없는 관상이었다.

홍시는 장정옥이 깍듯하게 인사하자 그를 황급히 일으켜 세우면서 잔잔하게 미소 띤 얼굴로 말했다.

"장 대인은 양 대에 걸친 명신이오. 자금성 내에서 말을 타고 다닐 수 있는 권한도 있고. 또 궁전에서 장검과 장화를 벗지 않아도 되는 분이시오. 내가 어찌 감히 이런 대례를 받을 수 있다는 말이오?"

홍시가 말을 마치고는 장정옥의 손을 잡은 채 이것저것 친절하게 물으면서 관심을 보였다. 장정옥은 가능한 한 공손하게 홍시의 비위를 맞춰가며 대답했다. 이어 고개를 돌려 웃으면서 동생에게 물었다.

"정로 자네가 여기는 웬일인가? 그것도 셋째마마와 나란히?"

"장 대인, 뭐라고 하지 말아요. 내가 데려온 거니까."

홍시가 웃음 띤 얼굴을 한 채 말했다. 이어 다시 설명을 덧붙였다.

"어제 폐하께서 우리 황자들이 공부를 열심히 하나 하지 않나 살펴보시려고 육경궁에 다녀가셨소. 그런데 워낙 신통찮은 내 글씨가 어제따라 영 엉망이었소. 내가 봐도 그랬소. 그래서 한소리 들었지 않았겠소이까. 그러자 바로 장정로 대인이 생각나지 않았겠소. 폐하께서 평소 대신들 중에서는 장정로 대인의 글씨를 치하하시고는 하셨으니까. 그래 한 수 가르침 받으려고 부른 거요. 폐하의 성격을 장 대인도 알겠지만 이건 최후통첩이나 마찬가지요. 다음번에도 발전이 없으면 나는 영락없이 처벌을 받을 테니까. 내가 보고 그리는 연습이라도 할 수 있도록 몇 글자 적어주고 나가는 길이오."

그제야 장정로도 입을 열었다.

"그렇지 않아도 형님을 만나면 괜한 오해를 살 것 같아 서둘러 나오는 중이었어요. 그런데 아예 정면으로 부딪치고 말았네요!"

장정옥이 고개를 끄덕이고는 동생과 홍시를 번갈아보았다.

"셋째 황자마마의 부름을 받고 왔다면 문제될 것이 뭐가 있겠는가. 셋째마마는 금지옥엽의 황족이셔. 게다가 한창 지혜가 꽃피고 비상의 나래를 펼 인생의 황금기이기도 하시지. 그런 만큼 열심히 노력하셔야 해. 자네가 많이 도와드려. 그리고 황자마마, 넷째와 열셋째, 다섯째, 열두째 마마들은 아직 어려 맏형인 셋째마마만을 보면서 자라게 됩니다!"

장정옥의 말은 얼핏 듣기에는 구구절절 홍시에 대한 찬사로 들렸다. 그러나 내용을 자세히 뜯어보면 그게 아니었다. 바로 홍시에게 자신의 위치를 깨닫고 매사에 솔선수범하며 맏형의 노릇을 똑바로 하라는 권유였다. 경험 많은 장정로는 옆에서 형의 말을 듣고는 속으로 찬탄을 금치 못했다. 오랫동안 재상으로 재임한 형의 매끄러운 화법과 권모술수에 감탄한 듯했다. 그가 그렇게 생각하고 있을 때 홍시가 웃으면서 화답했다.

"무슨 뜻인지 알겠소. 장 대인은 태자태부太子太傅 자리도 겸하고 있으니 내 스승이기도 하오. 어서 들어가시오. 폐하께서 기다리시겠소."

장정옥은 홍시의 당부에 연신 알겠노라고 대답했다. 그리고는 장정로에게 실수 없이 매사에 신중하라는 당부도 잊지 않았다.

"자네가 공원貢院에도 들어가 더욱 입신양명하는 날에는 내가 꼭 틈을 내서 자네와 함께 가도록 하지."

장정옥은 말을 마치자마자 서둘러 안으로 들어갔다. 곧 그의 눈에 여덟 개의 누런 궁등의 안내를 받으면서 월화문을 지나 건청궁으로 가는 수레의 모습이 들어왔다. 그가 종종걸음으로 달려가 붉은 돌계단 앞에 무릎을 꿇었다.

"형신!"

옹정이 짧게 장정옥을 부르면서 수레에서 내렸다. 이어 별이 총총한 하늘을 바라보더니 간단히 몸을 푸는 동작을 하면서 미소를 머금은 얼굴로 장정옥을 향해 말했다.

"어제 저녁에 잠을 설쳤어. 엎치락뒤치락 하느니 차라리 일찌감치 일어나는 것이 나을 것 같다고 생각했지. 그래서 조금 일찍 나와 봤어. 그런데도 자네보다는 한발 늦었군. 일찍 나와 짐을 보좌하는 것도 충성심의 발로이기는 해. 그러나 꼭 무리하게 잠을 아껴가면서까지 일찍 나올 것은 없네. 내일부터는 날이 밝은 다음에 나오게. 짐이 뭐라고 하지 않을 테니까. 들어가게, 자네와 상의할 일이 있네."

장정옥이 황급히 머리를 조아리고 자리에서 일어나더니 조심스럽게 아뢰었다.

"폐하께서 신을 독려하고 아끼시는 마음에서 하신 말씀인 줄로 알고 앞으로 더욱 부지런히 일하겠사옵니다. 성조聖祖 때부터 몸에 밴 습관이라 그다지 무리는 없사옵니다. 오히려 신은 폐하의 건강이 염려스럽사옵니다."

옹정이 미소를 머금은 채 머리를 끄덕였다. 이어 동각東閣으로 들어가 온돌마루에 앉은 채 감개무량한 어조로 말했다.

"영명하신 성조께서도 불철주야 열심히 노력하셨어. 그러나 짐은 매사에 성조에 미치지 못해. 그런데 어떻게 정무에 태만할 수 있겠는가? 더욱 매사에 열심히 챙겨서 부족함을 메우는 수밖에는 없다고 생각해. 참, 그러다 보니 본의 아니게 자네만 고생시키게 되는군. 융과다나 윤상은 그래도 숨 돌릴 여유는 있어. 자네는 짐을 따라 다니는 이상 한시도 편히 쉴 새가 없을 거야. 지금도 그렇고 말이야."

옹정이 말을 마치고는 자상하게 웃어보였다. 이어 이덕전에게 지시를 내렸다.

"장 어른에게 인삼탕 한 그릇 갖다 드리게!"

장정옥은 푸근한 마음으로 따끈따끈한 인삼탕을 마셨다. 그러자 속이 든든해지면서 정신이 맑아지는 느낌이 들었다. 얼마 후 형년이 두툼한 문서를 안고 왔다. 이어 앞에 있는 탁자 위에 한 장씩 펼쳐놓았다. 장정옥은 옹정을 힐끗 바라봤다. 옹정은 주필朱筆을 힘주어 잡은 채 형년이 가져온 상주문을 한 장씩 넘기면서 곁눈질조차 한 번하지 않았다. 상주문은 모두 일곱 건으로, 순천부에서 재산은닉 혐의가 짙은 관리들의 재산을 조사한 결과를 올려 보낸 내용이었다. 그 옆에는 옹정의 의견이 붉은 글씨로 하나씩 적혀나가기 시작했다.

규서의 전 재산이 고작 만 냥이라니 그야말로 어불성설이 아닌가? 순천부 부윤과 규서의 관계가 심히 의심스럽다. 일을 제대로 하라, 목이 위태롭기 전에!

……김옥택은 짐도 잘 아는 사람이다. 민간에는 '무고무고, 우한우부'武庫武庫又閑又富라는 말이 있다. 무기를 담당하는 부처가 일이 한가하고 부유하다는 얘기가 아닌가. 공연한 소리는 아닐 것이라고 생각한다. 관계 부처에서는 각별히 조심하라. 김옥택이 주관하는 병부 주사兵部鑄司에서는 작년 가을에만 7만 냥의 은이 증발해 버렸다. 범인은 코앞에 있을 테니 일체의 범죄사실을 자백 받고 은닉한 재산은 철저히 찾아내도록 하라!

……치졸한 작당을 하고 다니는 자들의 행적은 결코 짐의 눈을 비켜갈 수 없다! 그럼에도 그들이 자살하지 않을까 두려워 수사 강도를 늦추지 말라. 범죄에 대응함에 있어서는 모든 수단과 방법을 동원하라. 필요에 따라서는 죽음을 내릴 수도 있다…….

상주문에 적힌 글의 행간마다에는 핏빛이 질펀하게 스며들어 있는 듯했다. 장정옥은 그 글을 보는 순간 얼마 전까지만 해도 강희가 늘 입에 올리고는 했던 말을 떠올렸다.

"너무 바짝 죄지 마. 숨통은 틔워주고 봐야 할 것 아냐. 그 사람은 우리 대청에 크게 기여한 사람이야. 늘그막에 배 쫄쫄 곯으면서 살게 할 수는 없지 않겠는가……."

장정옥은 강희의 말을 떠올리고는 바로 격세지감을 느꼈다. 강희와 옹정 두 군주의 차이가 너무 크게 느껴진 것이다. 그는 그 기분을 잠시 뒤로 한 채 다음 상주문에 눈길을 고정시켰다. 호광湖廣 순무인 갈삼보葛森保가 유세명劉世明에 대한 정보를 종합해 올린 글이었다.

유세명은 장정옥이 강희 42년에 과거시험을 통해 선발한 진사로 문장 실력이 뛰어난 것으로 유명했다. 또 청렴한 관리로도 정평이 나 있었다. 장정옥은 유세명이 자신의 문하이기도 했기 때문에 더욱 유심히 옹정이 단 첨부 의견을 읽어봤다.

유세명이 장정옥 자네의 문하라는 사실은 짐이 익히 알고 있네. '과갑'科甲(과거시험 합격자)에만 정신이 팔려 있고, 공명과 벼슬에만 연연하는 자라는 느낌을 받은 지 이미 오래 됐네. 짐은 결코 믿음을 가질 수가 없어. 이런 사람들은 공명은 얻더라도 성실성은 떨어져 나쁜 마음으로 상하를 기만하기 쉬워. 또 평소에는 착하고 부드러운 처신을 할 뿐 아니라 작은 은혜를 베풀면서 관리들의 호감을 사려고 하지. 그러니 꼭 잘못을 추궁해야겠네.

장정옥은 옹정이 써놓은 주비朱批(황제가 공문서에 붙이는 붉은 평가의 글씨)를 읽자마자 즉각 그것들이 모두 자신을 겨냥한 총부리임을 알 수 있었다. 등골이 오싹해지지 않을 수가 없었다. 그러나 이어서 다음 주비들을 한 장씩 보고 나자 다소 마음을 진정시킬 수가 있었다. '도정중陶正中과 우기순于其珣은 왕섬의 문하답지 않게 과갑에만 지나치게 열중하는 자세가 염려스럽다. 등용할 때 조심해야 한다', '신하들의 붕당 만들기는 국정을 마비시키는 극약이다. 과거시험에까지

만연된 자기 사람 만들기 풍조를 타파하는데 너나없이 앞장서기를 바란다'는 내용들이 그를 안심시킨 것이다. 그뿐만이 아니었다. '조국린趙國麟은 장정옥의 문하로 인품이 고매하고 충성심이 남다른 사람이다. 과거시험에 만연돼 있는 부정부패의 희생양이 되지 않도록 각별히 신경 쓰기 바란다. 크게 한 몫을 할 사람이다'라는 내용은 그를 더욱 한숨 돌리게 만들었다.

옹정은 주비에서 보듯 결코 특정인을 겨냥해서 비난한 것이 아니었다. 그저 과갑 출신 관리들의 붕당 만들기 악습에 대해 불편한 심기를 드러냈을 뿐이었다. 둘 다 장정옥의 문하인 유세명과 조국린에게 대한 못마땅함과 칭찬을 엇갈리게 피력한 사실을 보면 그렇게 봐도 무방했다.

"정옥!"

갑자기 옹정이 부지런히 놀리던 붓을 내려놓고는 자리에서 벌떡 일어섰다. 이어 태감에게 궁전 안의 등불을 모두 꺼버리라는 지시를 내렸다. 그리고는 석고처럼 표정 하나 없이 굳은 얼굴로 물었다.

"다 읽어봤는가? 짐이 처리한 상주문에 대해 어떻게 생각하나?"

장정옥은 주비를 해석하느라 나름대로의 생각에 잠겨 있다가 옹정이 묻는 말에 흠칫 놀라면서 황급히 자리에서 일어났다.

"폐하, 신은 주비 하나 하나가 지극히 지당하다고 생각하옵니다. 칠만 자가 넘는 상주문을 일일이 어람하시고 주비를 달아 놓으셨을 뿐만 아니라 중요한 대목에는 손톱자국을 진하게 남겨 놓으신 것에 대해 깊은 감명을 받았사옵니다. 다만 너무 과로하시다 폐하의 용체를 상하시지는 않을까 심히 우려가 되옵니다……."

장정옥의 조심스런 대답에 옹정이 손사래를 쳤다.

"문무文武의 도라는 것은 원래 수축과 이완이 교차돼야 하는 거야.

선제께서 말년에 건강상의 이유로 정무를 다소 돌보지 못하신 이후부터 오늘까지 우리는 쭉 긴장감 없이 느슨한 상태에 있었어. 이제는 서서히 공기를 불어넣어야 해. 팽팽한 긴장감을 회복해야 할 때라고. 짐이 묻는 것은 다른 게 아니야. 자네가 짐의 주비를 읽어본 후의 생각이 어떠냐 이거지."

장정옥이 옹정의 말에 황급히 대답했다.

"전체적으로 볼 때 별로 부당한 점은 없다고 생각하옵니다."

"좀 가혹하다는 느낌이 들었을 거야."

"폐하……."

"지금 관리들의 부정부패는 극을 향해 치달아가고 있어. 무리를 만들어 끼리끼리 놀고 이익과 벼슬을 좇아 물불을 가리지 않지. 더 이상 좌시할 수가 없어. 잘못된 것을 바로잡으려면 처음엔 조금 과격하게 나갈 수밖에 없네. 자기들이 걸으면 나는 뛰어가 뒷덜미를 잡아챌 거야. 또 자기들이 뛰면 나는 날아가서 앞을 가로막을 거야. 그런 단호하고 강경한 입장을 각인시켜 줘야 해. 혹시 멜대에 대해 주의 깊게 생각해본 적 있는가? 한쪽으로 너무 오래 써서 휘어진 멜대는 힘껏 펼 때만 잠깐 곧아질 뿐 손을 놓으면 예전 모양으로 돌아가 휘어지게 마련이지. 그러니 항상 감시의 끈을 놓지 않고 이치吏治를 강화해 나가야 하지 않겠는가."

장정옥이 황급히 허리를 굽히며 대답했다.

"폐하의 심모원려에 신은 영원히 미치지 못할 것이옵니다."

"짐의 곁에서 보좌하는 사람은 그런 말을 하는 게 아니지."

옹정이 잔잔한 미소를 지었다. 이어 다시 천천히 입을 열었다.

"관가에는 이런 말이 오래 전부터 돌았다고 하더군. '옹친왕, 옹친왕, 각박하고 인정머리 없기는 염라대왕 저리 가라고 할 정도의 옹친왕!' 자네도 이 말을 들어봤겠지. 짐은 다 알고 있어. 하기야 짐이 따지기 좋아하고 대충 넘어가는 꼴을 못 보니 각박하다고 할 수도 있지. 그러나 짐이 인정머리가 없는 것은 아니야. 짐은 진심으로 짐을 위하고 따르는 신하들은 절대 억울하게 만들지 않을 거야. 두고 보게."

장정옥이 더 이상 서 있으면 예의가 아니라는 생각이 들었는지 황급히 무릎을 꿇었다. 이어 머리를 조아렸다.

"가슴깊이 성훈聖訓을 아로새기겠사옵니다."

옹정도 웃으면서 화답의 말을 건넸다.

"일어나게. 염라대왕이라면 어떻고 부처님이라면 또 어떤가! 짐은 그런 것에는 전혀 연연하지 않아. 옛날에 지옥을 여행하고 온 사람이 있었다고 하더군. 그가 염라대왕 앞에 가보니 빨간 기둥에 이런 글귀가 씌어 있었다고 해. '목적이 있는 선의에 대해서는 아무리 많이 행했어도 상을 내릴 수 없다. 또 무심코 저지른 죄악은 아무리 커도 벌을 내리지 않는다!'有心爲善 雖善不賞, 無心爲惡 雖惡不罰라고 말이야. 짐은 이제 이 글귀를 자네한테 선물할까 하네."

장정옥은 가슴 깊은 곳에서부터 소름이 끼쳤다. 급기야 크게 머리를 조아리면서 입을 열었다.

"성훈을 가슴 깊이 아로새기겠사옵니다! 하오나 신 역시 마음 속 깊은 곳에 오래도록 간직해온 말씀을 폐하께 올리고자 하옵니다. 폐하께서 즉위 초라 불철주야 바쁘셔서 감히 상주하지 못했사옵니다."

"그래?"

장정옥은 숨을 고르고 고개를 들었다. 동시에 옹정을 바라보면서 천천히 입을 열었다.

"폐하의 타고난 총명함과 슬기, 그리고 타의 추종을 불허하는 결단성은 성조 연간의 여러 왕들 중에서 단연 으뜸이셨사옵니다. 그 사실은 조정 신료들과 백성 모두가 아는 사실이옵니다. 성조께서는 재위 중 여러 번 신에게 '짐은 강직하기가 쇳덩어리 같은 주인을 자네들에게 남겨주고 갈 거야'라는 말씀을 하셨사옵니다. 그때부터 신은 선제께서 마음속으로 생각하고 계신 분이 폐하라는 사실을 확신해 왔사옵니다. 하오나 신의 우견을 말씀드리자면 폐하께서는 성조의 즉위 초와 세 가지 면에서 다르옵니다."

"그래? 그게 뭔가?"

장정옥이 길게 엎드려 머리를 조아린 채 말을 이었다.

"성조께서 즉위하셨을 때는 상황이 사면초가四面楚歌가 아니라 그야말로 십면매복十面埋伏이었사옵니다. 우선 서북쪽에서는 갈이단이 반란을 일으켰사옵니다. 또 동북에서는 러시아가 변경을 들락날락하면서 위협을 가해왔사옵니다. 대만 역시 속으로 칼을 품고 있는 복병이었사옵니다. 남쪽은 또 어땠사옵니까? 삼번이 할거했사옵니다. 뿐만 아니라 중원에서는 토지가 일부 탐관오리들에게만 고도로 집중돼 백성들이 도탄에 빠져 허덕였사옵니다. 그런가 하면 하도河道와 조운漕運도 말썽을 부렸사옵니다. 그렇다고 만주족과 한족이 화합했던 것도 아니었사옵니다. 민족간의 불화가 심했사옵니다. 나중에는 간신배의 세력이 조정의 명치끝까지 위협했사옵니다……. 그야말로 사방이 악재 투성이었사옵니다. 그러나 성조께서는 그 모든 악재를 잠재우고 오늘의 천하를 이룩하셨사옵니다. 정말 난세의 영웅이셨사옵니다. 그러나 폐하께서는 다르옵니다. 전쟁이 없는 중원의 정권을 비교적 평화로운 분위기에서 물려받았사옵니다. 폐하를 협박해 정무에 간섭할 만한 권신權臣도 전혀 없사옵니다. 게다가 국고에는 식량이 넘칩니다. 재정도 넉넉하지는 않으나 그다지 부족하지도 않사옵니다. 물론 이치가 간과해서는 안 될 상태에 이르긴 했사옵니다. 관리들의 붕당과

결집 역시 우려할 만하옵니다. 세수도 균형을 맞추지 못해 안정감이 떨어지기는 하옵니다. 그러나 이런 폐해는 태평성대가 남겨놓은 '우환'일 뿐 새롭게 불거진 현상은 아니옵니다. 여러모로 비교해 볼 때 선제께서는 난세의 천자시라면 폐하께서는 태평시대의 천자라고 할 수 있사옵니다."

옹정은 장정옥의 말이 이어지는 내내 방 안을 쉬지 않고 거닐었다. 그때 형년이 들어섰다. 그러자 옹정이 즉각 물었다.

"무슨 일인가?"

형년이 황급히 상체를 숙인 채 아뢰었다.

"폐하께 아뢰옵니다. 양명시와 장정로가 대령했사옵니다……."

"자네가 왜 그리 서두르는가? 조금 있다 들여보내게. 앞으로 상서방 대신이 일을 보고할 때는 옆에서 들어서도 안 되고 들어와 주사奏事를 해서도 안 돼. 형신, 계속하게!"

옹정이 손사래를 치면서 지시했다. 이어 자리에 돌아가 앉았다.

"난을 평정해 치세의 영웅이 되기는 쉽사옵니다. 하지만 태평성대를 지켜나가는 것은 어렵사옵니다."

장정옥이 옹정의 격려를 받은 것이 뿌듯했는지 용기를 내서 아뢰었다. 이어 차분하게 자신의 생각을 다시 천천히 피력했다.

"난을 평정할 때는 적대 세력을 향해 거침없이 칼을 휘두르면 되옵니다. 그러나 현상을 유지하고 발전시키려면 누수가 되는 곳이 없는지를 우선 살펴야 하옵니다. 또 좀벌레들이 있는지 없는지도 두 눈 똑바로 뜨고 살피지 않으면 안 되옵니다. 평화를 틈타 모반을 꾀하는 자들의 존재 유무도 마찬가지이옵니다. 그야말로 누에에서 실을 뽑듯 천천히, 과일의 껍질을 벗기듯 조심스럽게 지켜보고 확인하고 들춰보는 자세가 필요하다고 생각하옵니다. 이 모든 것을 잘하려면 칼

날이 심장을 서서히 내리누르는 것 같은 고통을 감내해야 하옵니다. 한마디로 '인'忍자를 근본으로 삼아야 하옵니다. 때문에 어려운 것이라고 생각하옵니다."

옹정이 우유잔을 손에 든 채 창밖의 화사한 햇살을 오래도록 바라보다 그윽한 눈빛을 장정옥에게 옮겼다. 이어 천천히 물었다.

"모두 세 가지 다른 점이 있다고 했지. 그렇다면 세 번째는 뭔가?"

장정옥이 입가를 실룩이면서 머뭇거렸다. 그러다 결심을 했는지 한참 후에야 입을 열었다.

"성조께서는 어린 나이에 즉위하셨사옵니다. 그러나 폐하께서는 불혹을 넘기신 춘추에 즉위하셨……."

"비교할 것을 해야지."

옹정이 즉각 웃으면서 장정옥을 힐책했다. 그러나 순간적으로 장정옥이 진정으로 말하고자 하는 바를 알 것 같았는지 한숨을 지으면서 말했다.

"그래. 성조께서는 자그마치 육십 일 년 동안이나 재위하셨어. 짐이 결코 따라갈 수 없는 세월이지. 또 성조께서는 형제간의 집안싸움이라는 것이 뭔지 모르고 살아오셨어. 말년에 아들들이 판을 벌려서 그렇지. 그러나 짐에게는 결코 호락호락하지 않은 형제들이 너무 많아……. 후유! 이 모든 것은 다 하늘의 조화라고 할 수 있지. 인력으로 억지로 해결할 수 있는 것은 아닌 것 같아……."

"천하를 다스리는 주인은 한 사람뿐이옵니다. 온 백성이 섬겨야 할 주인 역시 한 사람뿐이옵니다. 신은 폐하께서 하사하신 글귀를 영원히 가슴속에 각인시키겠사옵니다. 답례로 신도 돌아가 신의 마음을 담은 글귀를 적어 폐하께 올리도록 하겠사옵니다."

장정옥이 연신 머리를 조아리면서 아뢰었다.

"좋아! 오늘 자네한테서 유익한 얘기를 많이 들었네. 시간을 가지고 곰곰이 생각해볼 것이네. 성조께서는 짐에게 '계급용인'戒急用忍이라는 네 글자를 좌우명으로 하사하셨지. 그러나 인내를 할 때도 맹목적인 인내라는 것은 있을 수 없어. 성조께서도 현실에 입각해 인내가 필요할 때는 혀를 깨무는 한이 있더라도 참으라는 뜻으로 이 네 글자를 하사하셨을 거야. 개구리가 뒤로 주저앉는 것은 더 멀리뛰기 위함이야. 그런 참고 견디는 미덕을 강조하신 거지. 그러나 오늘의 이치는 누에 실 뽑듯, 과일 껍질 벗기듯 하기에는 너무나 험악한 지경에 처해있어. 결코 그들의 알량한 양심을 바라고 개과천선하기를 마냥 기다려줄 수만은 없다는 얘기네."

옹정이 자리에서 일어났다. 이어 궁전 밖을 향해 큰 소리로 명령을 내렸다.

"장정로와 양명시를 들라 하라!"

장정로와 양명시는 건청문 밖에서 들어오지 못하고 기다리고 있다가 태감이 전해온 황제의 부름에 부랴부랴 발걸음을 옮겼다. 하지만 옹정은 두 사람이 들어왔음에도 고개도 들지 않은 채 상주문에만 열중하고 있었다. 장정옥은 옆에서 계속 보좌를 하고 있었다. 커다란 대전大殿 안은 바늘 떨어지는 소리가 들릴 정도로 조용했다.

장정로와 양명시는 한참 후 각자의 직함을 말하고 무릎을 꿇은 채 머리를 조아렸다.

"시험관들이 도착했나? 시험 문제를 받으러 왔겠지?"

옹정이 여전히 고개도 들지 않은 채 말했다. 상주문에는 계속 주필로 뭔가를 적고 있었다. 얼마 후 어비御批를 마친 옹정이 손짓으로 장정옥더러 가까이 오라고 불렀다. 이어 상주문을 일일이 보여주면서 말했다.

"이건 육백리 긴급서찰로 귀주성에 보내도록 하게. 묘족苗族들이 반란의 움직임을 보이고 있으니 귀주 순무에게 직접 나서서 진두지휘하라고 했네. 인정사정 볼 것 없이 한방에 날려 보내라고 했어. 그리고 전문경은 지의를 연갱요에게 전달하러 갔으면 임무만 완수하고 돌아와야 하지 않나? 왜 산서성에 들러 시방 재정에 간섭하고 난리법석을 떨어. 중앙관리들이 모두 그런 식으로 월권행위를 하면 지방관들이 정신 사나워서 어떻게 일을 할 수 있겠어? 짐은 그래서 낙민을 격려하고 전문경의 주장을 반박하는 어비를 내렸어. 그러니 이것을 정기 조서로 산서성 순무아문에 전달하도록 하게!"

그 대목에서 장정옥이 황급히 물었다.

"산서성으로 가는 정기는 긴급으로 보내야 하는지 모르겠사옵니다."

"아니! 이건 긴급을 요하는 군사 문제는 아니야. 아무 때나 육백리 긴급서찰을 사용해서는 안 되지."

옹정이 말을 마치고는 바로 고개를 돌려 장정로를 바라봤다. 이어 얼굴에 미소 머금은 채 말했다.

"자네가 장정로라면 저 친구는 양명시겠군? 자네는 형신의 아우라고 하던데?"

장정로가 각 지역으로 보낼 상주문을 정리하느라 여념이 없는 장정옥을 힐끔 쳐다보더니 머리를 깊이 조아렸다. 그리고는 나지막한 목소리로 침착하게 대답했다.

"예, 폐하! 장정옥은 신의 형이옵니다."

"음!"

옹정이 알겠다는 듯 고개를 끄덕였다. 동시에 잠시 뭔가를 생각하는 듯하더니 다시 양명시를 향해 고개를 돌렸다.

"자네는 평판이 참 좋은 관리더군. 절강성에서 염도^{鹽道}로 일하고 이임할 때 나룻배 가득 책만 가지고 떠났다고 하더군! 현지 백성들이 자네의 청렴함을 기리기 위해 사당까지 세웠다는 소문이 있던데, 사실인가?"

양명시가 옹정의 긍정적인 평가에 흥분한 듯했다. 급기야 얼굴이 발갛게 달아올랐다. 그러나 연신 머리를 조아리면서 대답을 하는 것은 잊지 않았다.

"폐하의 격려에 몸 둘 바를 모르겠사옵니다. 여러 가지로 부족한 신을 향한 백성들의 정성에 그저 눈물겹도록 감사할 뿐이옵니다."

옹정이 차 한 모금을 마시고 입을 다시면서 말했다.

"자네 정도라면 백성들이 저절로 따르게 돼 있네. 짐은 시험 문제 받으러 온 사람들에게 이런 얘기는 하지 않으려고 했어. 그런데 이번 은과는 짐이 등극한 후 처음 치르는 시험이야. 때문에 노파심에서 하는 소리라고 생각하게. 자네 둘을 볼 때 한 명은 대대로 벼슬을 한 가문의 자제야. 또 한 명은 청빈한 집안의 자제지. 두 사람 모두 인품은 더할 나위 없이 곧을 것이라 믿어마지 않아. 짐은 이번 은과에 관한 비중을 높이 두고 있어. 그런 만큼 인재 선발의 주도권을 쥐고 있는 시험관을 선발함에 있어서도 신중에 신중을 기할 수밖에 없었네. 자네들이라면 믿고 맡겨도 좋을 거라고 판단했다는 것이지. 그런 만큼 짐의 기대에 어긋나는 일이 있어서는 곤란하겠네. 나라를 위해 일할 인재를 등용하는 데 있어서 제일 중요한 것은 일단 공정해야 한다는 거야. 사적인 편협한 감정을 이입시켜서는 절대 안 돼. 무슨 말인지 알겠는가?"

"잘…… 알겠사옵니다!"

"아니야, 자네들은 잘 몰라."

옹정이 양명시의 말을 듣자마자 바로 냉소를 흘렸다.

"인재 선발에 있어서 가장 중요한 핵심은 바로 '공公'자에 있네. 나라의 일꾼을 고르는 만큼 반드시 공정함이 우선시 돼야 한다는 얘기네. 꼭 뇌물이 오가야만 부당한 것은 아니야. 어떤 사람들은 문장의 우열에는 상관없이 무조건 가진 것이 없는 약자만 뽑기도 하지. 당연히 은혜를 받은 쪽은 심장이라도 도려내 은사에게 바치고 싶겠지. 나아가 감지덕지하면서 바리바리 뭔가를 싸들고 찾아다니겠지. 짐이 듣기로는 이렇듯 변칙적인 수법을 쓰는 사람들도 많이 생겨났나 보더라고. 자네들이야 그렇지 않겠으나 혹시나 하는 노파심에서 미리 예방하는 차원에서 침을 놔주는 것이네."

양명시는 옹정의 말을 듣자 소문으로만 듣던 괴짜 주인의 진면목을 실감했다. 순간 그의 가슴은 쿵쿵 소리를 내면서 크게 뛰었다. 무슨 말을 해야 할지 머릿속이 정리가 되지 않았다. 그가 그렇게 생각하고 있을 때 옹정이 탁자 위에 찻잔을 내려놓으면서 덧붙였다.

"물론 대놓고 뇌물을 받아먹는다면 사정은 또 달라지겠지? 짐이 용서한다고 해도 국법國法과 천리天理가 가만히 놔두지 않을 테니. 성조께서는 인仁으로 사람을 키우셨어. 반면 짐은 의義로 사람을 바로 세우려 하네. 그러나 형식만 다를 뿐 마음은 같은 것이야."

옹정은 분명히 웃음을 머금은 얼굴로 말했다. 그러나 이빨 사이로 한 글자씩 미끄러져 나오는 말에서는 단호한 의지를 풍기는 쇳소리가 났다. 장정로와 양명시는 잔뜩 숨을 죽인 채 감히 고개조차 들지 못했다.

옹정은 할 말은 다했다는 듯 어좌에서 내려왔다. 그러더니 열쇠 한 뭉치를 꺼내 궁전 구석에 놓여 있던 커다란 궤를 열었다. 이어 그 속에서 빈 틈 없이 꽁꽁 밀봉해 놓은 작은 나무상자 하나를 꺼내 들고 왔다. 옹정이 거친 숨을 내쉬면서 말했다.

"자, 고개를 들게."

"예, 폐하!"

"올해 은과의 시험 문제네. 가지고 가게. 뜯어보든 말든 마음대로 하게. 강희 사십이 년 이후로 시험 문제가 유출되는 사건이 빈번하게 발생해 왔었지. 정말 기상천외한 현상이 아닐 수 없어. 그래서 올해는 짐이 직접 출제했지. 또 직접 밀봉해 오늘 이 자리에서 친히 자네들에게 넘겨주는 바이네. 짐이 방금 했던 얘기만 명심한다면 이번에 대어 몇 마리는 충분히 낚을 수 있을 것이라고 믿네. 짐이 지금까지 한 말 중에 이해가 안 가는 부분이 있으면 지금이라도 늦지 않았으니 물어보게. 추후에 짐이 예고 없이 뒤통수 쳤다고 하지 말고!"

"예, 폐하! 명심하겠사옵니다!"

"군신 사이에는 헛소리가 있어서는 안 된다는 사실을 명심하게."

옹정은 말을 마치자마자 시험 문제가 들어 있는 나무상자를 장정로의 손에 들려줬다. 그런 다음 손사래를 쳐 두 사람을 물러가게 했다. 이어 장정옥에게 다가갔다.

장정옥은 서류를 정리하느라고 정신을 차리지 못하고 있었다. 당연히 조금 전까지 군신 사이에 오간 얘기에 귀 기울일 여유가 있을 리 만무했다. 그가 옹정의 발소리를 듣더니 황급히 일어났다.

"폐하, 두 사람은 물러갔사옵니까?"

옹정이 장정옥의 말에 머리를 끄덕였다. 이어 장정옥에게 다가가 그가 의견을 첨부해 놓은 문서를 들여다보더니 웃으면서 말했다.

"국상 기간에 몇몇 몰지각한 인간들이 극단의 배우들을 불러다 관람을 했다고 하더군. 예부에서 일벌백계하는 차원에서 크게 다루겠노라고 상주문을 올려 보낸 것이네. 그러나 그것은 일단 뒤로 미뤄

놓게. 짐이 보충할 내용이 있어 그러네. 앞으로는 국상 기간뿐만 아니라 평소에도 오락성 모임을 가져서는 안 되겠어! 극단을 키워서도 안 돼! 이는 지방관이나 경관이나 다 지켜야 할 원칙에 해당돼"

장정옥이 옹정의 말에 처음으로 고개를 저으며 뭔가 걸린다는 듯 아뢰었다.

"오락성 모임에 지나치게 심취하는 것은 풍기를 문란하게 할 소지가 분명히 있기는 하옵니다. 그러나 집안행사를 치르면서 부득이하게 극단을 불러 분위기를 돋워야 할 필요가 있는 경우에는 조금……."

"연극 구경을 못하면 여자들이 아이를 못 낳는가? 짐은 그런 것을 한 번도 보지 않고 살았어도 멀쩡하잖아. 앞으로 언제든지 장정옥 자네가 짐이 극장에 앉아 있는 모습을 발견하고 방금 했던 말을 그대로 해준다면 사정은 달라질 거야."

옹정이 반박했다. 예외를 두지 않고 완전히 칼로 무 자르듯 딱 잘라버렸다고 할 수 있었다. 그럼에도 미소를 잃지는 않았다. 장정옥은 더 이상 말을 붙여볼 틈을 주지 않는 옹정황제 앞에서 엎드리지도, 그렇다고 똑바로 서 있지도 못한 채 그저 엉거주춤한 자세로 "예, 예"를 연발할 수밖에 없었다. 그때 갑자기 옹정이 말머리를 돌려 물었다.

"그래 손가감은 만나 봤는가?"

장정옥이 조심스럽게 대답했다.

"예, 폐하! 어제 신은 거기서 흰 무조림과 백반을 저녁으로……."

장정옥이 갑자기 말끝을 흐렸다. 그러면서 손가감과 나눴던 대화 내용을 자세하게 들려준 다음 솔직하게 결론을 말했다.

"잘 다듬으면 옥돌이 되고도 남을 친구였사옵니다."

"어느 정도 다듬어야 잘 다듬는 거지? 늙어서 꼬부랑 할아버지가 될 때까지? 무엇이든 적당한 것이 좋지……."

옹정이 기분 나쁘지 않은 표정을 한 채 원을 그리듯 실내를 거닐었다. 그러다 갑자기 발걸음을 멈추고는 큰소리로 지시를 내렸다.

"손가감을 도찰원 감찰어사로 발령 내도록 하게!"

8장
흠차와 부패관리

　산서성 순무 낙민을 치하하고 전문경을 힐책하는 옹정의 주필 유지諭旨는 곧 정기 조서로 보내졌다. 그러나 낙민은 조서를 받기 전에 나름대로 북경에 있는 '식구'들이 보내준 편지를 통해 대충 상황을 파악하고 있었다. 당시 웬만한 지방관들은 저마다 북경에 이른바 공관公館이라는 것을 두고 있었다. 그리고는 자녀들을 북경으로 유학 보내 공부시키는 장소인 것처럼 위장했다. 하지만 실제로는 '식구'들이 조정의 소식을 집으로 제때에 전달하는 역할을 했다. 덕분에 낙민은 옹정의 주필을 받아보기도 전에 상황에 대처할 시간을 벌 수가 있었다. 자신의 발밑이 위태로운 줄도 모른 채 이곳저곳의 번고藩庫(지방 정부의 금고에 해당)를 기웃거리면서 여전히 월권행위를 일삼고 있는 전문경을 아무런 걱정 없이 지켜볼 수도 있었다. 속으로는 가소롭다는 듯 냉소도 흘리고 있었다. 그러나 겉으로는 전혀 내색을 하지 않

았다. 오히려 의도적으로 즐겁고 기분 좋은 척했다. 하기야 국상 기간
도 끝나고 새로운 군주의 시대를 의미하는 개원의 큰 경사와 중국 8
대 명절의 하나인 원소절元宵節(정월 대보름)을 앞두고 있었으니 이상
해 보이지는 않았다. 더불어 전 성省을 상대로는 순무로서의 명령도
시원스럽게 내렸다.

"태원太原(산서성의 수도)에 정월 13일부터 17일까지 등불 대잔치가
있을 예정이다. 백성들은 모두 나와 맘껏 즐기라!"

당연히 국상 기간 동안 손발이 꽁꽁 묶여 있던 백성들은 마치 조
롱을 빠져나와 창공을 날아가게 된 새처럼 기꺼워했다. 총독아문에
서 등불 대잔치가 있을 것이라는 고시告示가 나붙은 그날부터 진사晉
祠(태원 소재의 역사 유적)에서 개자추묘介子推廟(태원의 명물)에 이르는
몇 십 리 길에는 각양각색의 오색찬란한 꽃등도 즐비하게 이어졌다.
사람들이 먹거리를 즐기면서 쉬어 갈 수 있는 천막 역시 수십 리 길
에 끝없이 이어졌다. 밤이 되면 동시에 밝혀진 수천 개의 등불이 푸
른 주단 위에 점점이 박혀 있는 별들을 무색하게 만들기도 했다. 급
기야 태원 인근에 사는 백성들은 말할 것도 없고 수백 리 밖에 사는
사람들도 며칠 전부터 밀려들기 시작했다. 대잔치가 시작되는 당일은
인파가 최고조에 이르러 말 그대로 밀물처럼 밀려들었다. 이렇게 해
서 태원의 72개 골목은 발 디딜 틈 하나 없게 됐다.

그러나 전문경은 백성들 무리에 섞여 광란의 밤을 즐길 마음의 여
유가 전혀 없었다. 원래 그는 섬서성에 있는 대장군인 연갱요에게 황
제의 지의를 전달한 다음 북경으로 술직을 위해 떠나라는 독촉을 하
기 위해 서부로 온 터였다. 그러나 임무를 완수하고 북경으로 돌아가
는 도중 일이 꼬였다. 산서성 경내에 있는 양천陽泉현이라는 곳에서
공교롭게도 열넷째 황자 윤제가 구해줬다는 여자인 교인제喬引娣를 만

나게 됐던 것이다. 당시 혼자였던 그녀는 다리를 지키고 서 있던 병사들에게 곤욕을 치르고 있었다. 묘하게도 그때 교인제의 몸에서 몇십 개나 되는 금 조각이 나왔던 것이다. 그러자 병사들은 그것을 전부 몰수해 양천현의 재정 적자를 막는데 쓰고자 했다.

전문경은 우연히 현장을 목격하고는 그냥 지나치지 못했다. 일단 수레에서 내려 자초지종을 들었다. 그런 다음 다짜고짜 병사들을 앞세우고 양천현을 찾아갔다. 그 당시 관리들은 중앙이나 지방이나 할 것 없이 나랏돈을 빌려 쓰고 갚지 않는 것이 유행이었다. 나중에는 재미를 붙이기까지 했다. 때문에 정부의 국고나 지방 재정은 모두 엄청난 어려움을 겪고 있었다. 상황도 개개인의 자각이나 양심에 맡기기에는 너무 심각했다. 그래서 중앙 조정에서는 전국적인 국채 환수 운동을 개시할 수밖에 없었다.

전문경이 양천현의 장부를 조사해본 결과 과연 3만 냥이 부족했다. 그로서는 기가 막힐 수밖에 없었다. 산서성이라면 전국에서 가장 먼저 재정 적자를 메웠노라고 조정에 보고를 올린 곳이 아니던가. 게다가 전국 관리들이 본받아야 할 모범으로 조정으로부터 표창을 받아 명성을 날린 곳이기도 했다. 그런데 그런 산서성에서, 더구나 자그마한 양천현에서만 무려 3만 냥이라는 재정 적자가 남아 있었다니! 전문경이 충격을 받지 않는 것이 오히려 이상하다고 할 수 있었다. 급기야 그는 흠차欽差의 신분으로 교인제와 양천 현령을 데리고 성부省府가 있는 태원으로 달려갔다. 그리고는 순무인 낙민에게 한바탕 따지고 들었다. 큰 풍파가 일어난 것은 당연했다.

그러나 성부의 장부를 일일이 대조해 보면서 조사해본 결과는 참으로 기가 막혔다. 산서성 번고에는 구멍이 뚫린 곳을 찾아볼 수 없었던 것이다. 낙민은 양천현의 3만 냥 적자분에 대해서도 다른 현에서 대신 갚았다는 확실한 증거를 제시하고 나섰다. 자신의 말대로라면 그는 결코 방귀 뀐 놈이 성을 낸 경우가 아니었다. 또 산서성은 소문대로 아귀가 착착 맞아 돌아가는 모범적인 성이라고 해야 했다.

……전문경으로서는 난감하기 이를 데 없었다. 여우 사냥을 나섰다가 노린내만 잔뜩 맡고 돌아온 격이 그랬을까? 그는 정말 눈앞이 캄캄했다. 지금 막 새로운 출발 선상에 있는 조정으로서는 경관이 지방에서 물의를 빚는 것을 용서 못할 것이 뻔했다. 게다가 낙민에게는 든든한 배경인 무원대장군撫遠大將軍 연갱요도 버티고 있었다. 아니 그 사실을 일단 제쳐두고라도 고작 4품의 경관인 주제에 어마어마한 봉강대리의 코털을 뽑았다는 사실만으로도 문제는 심각했다. 엄청난 화를 자초한 것이 분명했다.

실제로 그는 번고의 장부가 추호의 오차도 없이 맞아 떨어지는 순간 자신이 무슨 짓을 저질렀나 싶어 하늘이 무너지는 것만 같은 기분을 느꼈다. 안색이 파리하게 질린 채 아역들의 비난과 힐책 속에서 정신없이 뛰쳐나온 것도 그 때문이었다. 그는 결국 역관에도 돌아가지 않은 채 발길 닿는 대로 정처 없이 걸었다.

시간이 얼마나 흘렀을까. 그의 눈에 차츰 주변의 풍경이 들어오기 시작했다. 향긋한 음식 냄새도 풍겨왔다. 그제야 참을 수 없을 정도로 배가 고팠다. 게다가 주변에는 등불놀이 하는 인파가 인산인해를 이뤘을 뿐만 아니라 각종 먹거리들이 손님들을 유혹하고 있었다.

전문경은 칼국수 가게에 들어가 앉았다. 주문하고 얼마 지나지도 않아서 칼국수가 나왔다. 유명하다는 태원의 원조 칼국수는 보기에도 달라보였다. 물이 팔팔 끓는 솥을 앞에 두고 잘 반죽한 밀가루를 손에 든 채 칼로 얇게 저미듯 채 치듯 해서 바로 솥에 떨어뜨려 끓이는 명실상부한 칼국수였다. 잠자리 날개처럼 얇고 자로 잰 듯 일정한 크기에 다진 쇠고기와 고추기름 양념, 파와 마늘과 생강을 얹은 것이 보는 것만으로도 군침이 흐르게 만들었다. 그러나 전문경은 젓가락을 든 채 한숨부터 내쉬었다.

곧이어 그가 국수를 집어 입에 넣으려 할 때였다. 옆자리에서 누가 "기휘忌諱 조금만 줘요"라고 하는 소리가 들렸다. 전문경은 그 사람이 대체 뭘 요구하는지도 모른 채 점원을 불렀다.

"나도 기휘 좀 팍팍 넣어줘!"

"알겠습니다."

전문경이 소리를 지르자 바로 땀범벅이 된 점원이 달려가더니 바로 무슨 주전자를 가져왔다. 동시에 다짜고짜 전문경의 국수 사발에 주전자를 기울였다. 그러자 삽시간에 신 냄새가 코를 찔렀다. 전문경은 연신 코를 막고 재채기를 해댔다. '기휘'라는 것은 다른 게 아니었다. 산서성에서 나는 식초 이름이었다. 장사꾼들 중에 음식장사 하는 사람들이 '궁색하다, 슬프다'라는 뜻을 가진 '산酸'자를 꺼리기 때문에 식초에 '기휘'라는 이름을 붙였던 것이다. 전문경은 더 맛있게 먹으려다 국수만 대충 건져먹어야 할 지경에 이르렀다. 하나부터 열까지 되는 일이 없는 것이 어디서부터 잘못됐는지 알 수가 없었다. 결국 국물에 한없이 초라해진 자신의 모습을 비춰보고는 땅이 꺼지도록 한숨을 내쉬었다.

그때 옆방에서 느닷없이 박수소리가 터져 나왔다. 이어 물방울 떨어지는 듯한 거문고소리와 함께 여자의 노랫소리가 들려오기 시작했다.

이토록 미워지는 것은 그만큼 사모했기 때문일 거야.

그 사람은 모를 거야, 정녕 모를 거야, 애타는 이 내 마음을.

해당화도 취했고 버드나무도 울었다.

잊으려 해도 날로 더해만 가는 이내 그리움

저 풀과 더불어 커가기만 하니 어이할까.

"잘한다!"

전문경이 갑자기 탁자를 두드리면서 따라 부르는 시늉을 했다. 그러더니 누가 시키지도 않았는데 즉석에서 시 한 수를 읊기 시작했다.

이내 애틋한 마음은 공연히 하늘을 걱정하는구나,

그저 구름이 햇빛을 가린 것뿐인데.

거문고를 들고 검을 찬 채 누각에 올라 처마에 기대어 서니,

연수煙水가 아득하구나.

돌아가는 것이 좋지 않겠는가,

병 속의 세 가지 맛을 음미하는 것이 더 나을지니.

식초에 취해 잠이나 실컷 자는 것도 좋지 않겠는가!

식초는 '기휘', '기휘'는 식초이니, 그중의 오묘함을 그 누가 알까…….

전문경은 시를 다 읊은 다음 호탕하게 웃음을 터트렸다. 순간 그는 자신도 모르게 눈물을 흘렸다. 그러자 주위 사람들은 그를 마치 주정뱅이 보듯 하더니 하나둘씩 그의 곁에서 물러났다. 그때 옆방의 주렴이 걷히는 소리가 들렸다. 동시에 여자아이 하나가 나와서는 전문경 앞으로 다가와 인사를 했다.

"어르신, 저의 주인께서 어르신의 시구에 반하셨다고 하십니다. 안으로 잠깐 모실 수 있으면 모셔오라고 하셨습니다."

"자네 주인이 누군데? 그렇게 궁금하면 왜 직접 나오지 않고?"

전문경이 의아스럽다는 표정으로 물었다. 그러자 여자아이가 손으로 입을 가리며 미소를 지었다.

"저의 주인께서는 오鄔씨 성을 가지신 분으로, 존함은 사도思道입니다. 역시 북경에서 오신 분입니다. 거동이 좀 불편하셔서 직접 모시러 나오지 못했습니다."

전문경이 여자아이의 말에 고개를 갸웃거렸다. 그래도 여자아이를 따라 옆방으로 따라 들어갔다. 그녀가 말한 오사도는 나이가 45, 6세쯤 돼 보였다. 수수한 옷차림을 한 채 자리에 앉아 있었다. 다소 두드러진 눈썹 밑의 깊은 두 눈이 조금 수척해 보이는 인상이었다. 그러나 그런 모습이 오히려 그의 중후함을 더욱 돋보이게 해주었다. 그의 양 옆에는 얼굴이 화사하고 몸매가 풍만한 두 여자가 시중을 들고 있었다. 전문경이 두 손을 들어 읍을 해보이면서 웃는 얼굴로 말했다.

"오 어른, 만나서 반갑습니다!"

"앉으시죠."

오사도의 목소리는 높지 않았다. 그러나 대단히 카랑카랑했다. 전문경을 눈여겨보는 눈빛 역시 예리했다. 오사도의 눈에 비친 전문경 역시 예사로운 인상은 아니었다. 고집스럽게 치켜 올라간 빗자루눈썹 밑에 빛나는 삼각 눈, 약간 올라간 윗입술에 닿을까 말까 한 팔자 콧수염 등이 성깔을 부리면 지붕이라도 날려버릴 것 같았다.

사실 두 사람은 과거 젊은 시절 옷깃이나마 스친 인연이 있었다. 전문경이 과거시험을 보기 위해 북경으로 갈 때 칙건대각사敕建大覺寺에서 마침 생사의 고비에서 혼절했다 깨어난 오사도를 만났었다. 그러나 워낙 오래된 일인 데다 당시 주위에 다른 사람들도 여럿 있었기에 제대로 인사를 나누지는 못했다. 특히 전문경으로서는 무엇보다 그 뒤로 걸어온 길이 달랐기에 오사도를 전혀 몰라보았다.

어찌됐든 오사도가 전문경의 얼굴을 한참이나 뜯어보더니 웃음 머금은 얼굴로 두 여자를 가리키면서 담담하게 말했다.

"채봉, 난초라고 둘 다 집사람입니다. 어르신께 상견례로 술 한 잔 올리도록 하죠! 그런데 어르신의 존함을 여쭤 봐도 되겠습니까?"

전문경이 머리채를 뒤로 넘기고는 천천히 자리에 앉았다. 그리고는 두 여자가 건네주는 술을 받아 연신 두 잔을 비웠다. 이어 손바닥으로 입을 쓱 닦더니 웃으면서 말했다.

"전문경이라고 하는 사람입니다. 그런데 어르신은 여자 복도 꽤 많은가 봅니다? 미모와 묘령의 나이를 자랑하는 처자를 두 분씩이나 거느리고 있으니 말입니다. 보아 하니 시첩도 얼마든지 들일 수 있는 실력인 것 같은데요?"

"나는 첩이라는 단어를 이해하지 못하는 사람입니다."

오사도가 전문경의 말에 기분이 약간 나쁘다는 듯 말했다. 그리고는 한숨을 지으면서 다시 말을 이었다.

"내 여자라면 다 같이 예쁘고 귀하지 않습니까? 어찌 상하의 구분을 지을 수 있겠습니까? 가만, 전문경이라……, 혹시 서부 지역으로 연갱요 대장군에게 지의를 전하러 간 사신이 아니십니까?"

전문경은 오사도의 말투에 은근히 화가 났다. 산서성 순무와 불협화음을 만든 탓에 이미 온 천하에 유명해진 자신을 편지 심부름꾼 정도로 취급한 것이 마음에 들지 않았던 것이다. 그럼에도 그는 애써 불편한 심기를 감추면서 웃는 얼굴로 말했다.

"그런데 어르신은 어디에서 실력을 과시하고 계시는 분인지 궁금하군요?"

"나는 이곳 순무아문에서 막료로 일하고 있는 사람입니다."

"나는 호부의 낭관郎官입니다!"

전문경이 턱을 쳐들고 오만한 표정을 지어보이면서 말했다. 오사도가 그런 전문경의 속마음을 간파하고는 피식 웃으면서 입을 열었다.

"한 가지 빠뜨린 것 같습니다. 황제의 흠차이기도 하지 않습니까?"

"그럼요, 그렇고말고요!"

"오……, 어쩐지! 벌써 해 넘어갈 때가 됐는데도 왜 아직 밖이 훤할까 하고 생각했어요. 황제의 사신 대인이 계셔서 그랬었군요. 이거 황송해서 어떻게 합니까? 큰절이라도 올려야 하나요?"

오사도가 야유 어린 표정을 지은 채 말했다. 여자들이 그의 말을 듣고는 그야말로 깔깔대고 웃음을 터뜨렸다.

전문경은 오사도가 자신에게 지나치게 오만불손하게 나온다고 생각하지 않을 수 없었다. 화가 치밀어 급기야 부들부들 떨면서 자리에서 일어서고 말았다. 그리고는 악의에 찬 눈빛으로 오사도를 노려보면서 이를 악물었다.

"내가 아무리 몰락한 집안의 자식이라고 해도 엄연한 사대부입니다. 살은 빠졌을지라도 뼈대는 그대로라고요. 그래도 남의 처마 밑에서 굽실거리고 기생충처럼 빌붙어 사는 막료들보다는 조금 낫지 않을까요? 대인은 지금 자신이 든든한 배경이 있다고 생각할지 모르겠습니다. 그러나 그 배경은 언제든지 녹아내릴 수 있는 빙산에 지나지 않습니다. 빙산이 녹아 없어지면 기댈 곳 잃은 대인은 이 '예쁘고 귀한' 여인들을 데리고 깨진 표주박을 들고 걸식을 다니게 될지도 모릅니다!"

"전 대인, 정말 화가 많이 나셨나 보군요."

오사도가 부채 끝으로 의자를 가리켰다. 이어 그를 달래듯 다시 입을 열었다.

"설마 진담과 농담을 제대로 못 가리는 사람은 아니겠죠? 그러나 대인의 악담이 적중할지도 모릅니다. 그러니 나는 도리 없이 빙산이 아닌 돌산에 옮겨가 기대야겠는걸요? 나는 별 볼 일 없는 재주에 성치 않은 육신을 끌고 다니면서 주제 넘는 꿈은 접고 밥 한술 먹여준다는 곳을 찾아다녔습니다. 그러다 보니 여기까지 왔습니다. 그런데 대인의 말을 듣고 보니 잘 사는 것보다 잘 죽으라던 어른들의 말씀이 갑자기 떠오르네요. 그래서 하는 얘기인데, 객사의 위험을 안고 사는 나를 가엽게 여겨 거둬주지 않겠습니까?"

오사도는 방금 전까지 거만하기 이를 데 없어 보이던 그가 아니었다. 너무나도 진지한 표정을 하고 있었다. 전문경은 오사도의 갑작스러운 태도 변화에 적지 않게 놀랐다. 아무리 곱씹어 봐도 비아냥거림은 아닌 것 같았다. 다른 귀족들의 식객이나 막료들에게서 흔하게 볼 수 있는 비천하고 간사한 인상과는 거리가 멀었다. 허리를 곧게 펴고 앉아 있는 모습 역시 굽실거리다 못해 등뼈가 휘어져버리는 그런 부류는 절대 아니라는 생각 역시 들었다. 전문경은 그런 생각이 들자 자신도 모르게 천천히 자리에 앉으면서 말했다.

"지금 내 처지를 알기나 하고 하는 소리입니까? 낙민의 밑에 있는 것이 그래도 나 같은 새우 새끼한테 붙어 있는 것보다는 낫지 않겠습니까?"

오사도가 그의 말을 받았다.

"발등에 불이 떨어진 대인의 처지를 내가 어찌 모르겠습니까? 내가 빙산이 녹아 무너지기 전에 피신해야겠다는 생각을 굳힌 것도 바로 그 때문이에요."

약간 아리송한 오사도의 말에 전문경이 깊은 한숨을 토해냈다.

"아무튼 믿어줘서 고맙기는 합니다. 그러나……."

"고맙기는요. 낙민 그자는 공명에만 눈이 어두운 소인배입니다. 위로 기어 올라가기 위해서는 어떤 짓이라도 마다하지 않을 아주 고약한 사람이죠. 책을 읽었다고는 하나 도대체 어디로 읽었는지 의문스러워요. 장검을 휘둘러대도 적들이 낄낄대면서 웃을 정도라면 말 다 했다고 봐도 좋지 않겠어요? 대인은 낙민의 그럴싸한 허세에 겁을 집어 먹은 거예요. 분명한 것은 산서성의 재정 적자는 전국에서 최고라는 겁니다. 대인은 칼을 들이대기는 했으나 너무 성급한 나머지 사전 준비가 부족했습니다. 수술이 실패했을 뿐이에요!"

오사도가 말을 마치고는 술 두 잔을 따라 옆에 서 있던 두 명의 아내에게 마시라고 건네주었다. 이어 웃음 머금은 얼굴로 다시 입을 열었다.

"그러나 낙민의 술수는 그렇게 오래가지 못할 거예요! 종이로 불을 감싸봤자 순간일 뿐이지 않습니까? 그는 백성들의 눈속임에는 성공했으나 지각이 있는 지방관들의 눈은 피해갈 수 없습니다. 뿐만 아니라 현 천자의 예리한 통찰력과 대적하기에는 너무 유치한 사람이에요."

오사도는 완전히 전문경의 속마음을 대변하고 있다고 해도 좋았다. 전문경은 그의 말을 들으면 들을수록 놀라움을 금할 수가 없었다. 그 자신이 바로 낙민에게서 석연찮은 느낌은 충분히 받았으나 증거를 확보하지 못해 고민하고 있는 중이 아니었던가!

'저 사람은 혹시 낙민의 막료로 있으면서 뭔가 증거를 움켜쥔 것은 아닐까? 또 저 사람은 왜 큰 떡은 버리고 멀건 국물이나 얻어먹으려고 자청하는 걸까? 현재로서는 누란의 위기에 처해있는 나와 얽혀 득이 될 것이 하나도 없을 텐데……, 저 사람은 왜 이런 선택을 할까?'

전문경은 오사도의 말을 듣고는 이런 저런 생각을 하지 않을 수 없었다. 그러다 급기야는 갑자기 이 모든 것이 낙민이 파 놓은 함정

일지도 모른다는 생각을 했다. 그가 잠시 침묵을 지키다 천천히 입을 열었다.

"대인의 말은 귀를 즐겁게 해주는 말인 것에는 틀림이 없습니다. 그러나 어디까지 믿을 수 있을지 모르겠군요. 낙민 대인은 폐하의 총애를 한몸에 받고 있는 전도유망한 대신입니다. 그런데 대인은 어찌 해서 그 사람을 '빙산'이라고 단언하는 겁니까?"

오사도가 전문경의 의문 가득한 물음에 냉정한 어조로 답했다.

"사실 나를 낙민 밑으로 추천해준 사람은 이위李衛 대인이에요. 당연히 나는 연갱요와도 안면이 있는 사이입니다. 그러나 솔직히 말하면 나는 관직에는 별로 관심이 없어요. 그저 여자와 술이나 좋아하는 못 말리는 사람이라고 할 수 있죠. 물론 토끼 꼬리만한 재주라도 있으니 돈을 벌어 남자로서의 재미도 보고 싶은 생각이 영 없는 것도 아니기는 해요. 그러니 재물과 공명에 눈이 어두워 망하는 것이 시간문제인 낙민에게 붙어있기보다는 조금 더 확실한 등받이가 필요하다 이것 아니겠어요?"

오사도는 자신의 속마음을 솔직하게 훤히 열어 보였다. 순간 전문경은 어떤 식으로든 의심스러운 상황을 매듭지어야겠다는 생각을 했다. 술잔을 들어 단숨에 비우고 나서는 자리에서 일어서면서 진지하게 말했다.

"내 눈으로 장부를 세 번씩이나 맞춰봤어요. 그러나 눈으로 직접 확인해본 바로는 한 냥의 오차도 없었습니다. 번고의 금액은 정확했죠. 뭔가 수작을 부렸을 텐데……. 진짜 그렇다면 어떤 방법으로 한 것인지만 알려주세요. 그렇게만 해준다면 이빨이 다 빠져 죽을 때까지 그 은혜는 잊지 않겠습니다."

"이빨 빠지는 소리 같은 말은 하지 마세요."

오사도가 웃음 띤 얼굴로 농담을 건넸다. 그러다 금세 표정을 바꿔 진지하게 자신의 생각을 밝혔다.

"대인의 요구를 충분히 들어줄 수 있습니다. 다만 나는 나를 좋다고 따라 다니는 여자들 고생 시키지 않을 정도의 돈이 필요한 사람이라는 사실을 알아줬으면 해요. 우리 둘이 거래를 한번 해보는 것이 어떻겠느냐는 얘기입니다. 만약 대인이 내 도움을 받아 지부^{知府}가 된다면 해마다 나에게 삼천 냥을 주면 됩니다. 또 지부 위의 직위인 도대^{道臺}가 되면 오천, 봉강대리가 되면 해마다 팔천 냥씩을 주십시오. 그럴 수 있겠습니까? 이 요구만 들어준다면 흔쾌히 도움을 주기 위해 나설 뿐 아니라 사태를 극적으로 역전시킬 자신이 있습니다."

전문경이 뚫어지게 자신만만한 표정을 짓고 있는 오사도를 노려봤다. 그러더니 한참 후에 시원스럽게 대답했다.

"좋습니다!"

"군자일언은?"

"중천금이죠!"

"됐습니다, 이제!"

오사도가 시원스럽게 결론을 내렸다. 그러더니 김채봉과 난초를 돌아보면서 부드러운 표정으로 말했다.

"앞으로도 먹고 사는 데는 문제없을 것 같지?"

오사도가 김채봉과 난초를 향해 말을 마치고는 다시 전문경 쪽으로 고개를 돌렸다.

"그런데 전 대인, 번고를 직접 확인했다고 하셨죠?"

"그렇죠. 당연하죠. 그것도 세 번씩이나! 정확히 삼백오만 사천이백 십일 냥이었소. 장부와 딱 들어맞더라고요!"

"뽕나무로 만든 종이로 포장돼 있었습니까?"

"그것도 일일이 풀어봤죠."

"경정京錠(당시 북경에서 유통됐던 화폐)이었습니까, 아니면 대주정臺州錠(경정과 함께 유통된 화폐)이었습니까?"

"삼십만 냥 정도는 대주정, 나머지는 잡은雜銀이었습니다."

전문경의 말이 끝나자마자 오사도가 골똘히 생각에 잠겼다. 그리고는 부채를 폈다 접었다 한 다음 껄껄껄 웃음을 터트렸다.

"아직도 모르겠습니까?"

전문경이 오사도의 말에 어리둥절한 표정을 지었다. 그러자 오사도가 즉각 말을 이었다.

"번고에 잡은이 있다는 것이 뭘 뜻하는지 모르겠습니까?"

전문경은 한 걸음 더 나아간 오사도의 설명을 듣자 드디어 뭔가를 깨달은 듯했다. 크게 흥분하더니 바로 자리에서 벌떡 일어섰다.

"맞아, 맞아! 바로 그거였어! 나는 왜 여태 거기에까지 생각이 미치지 못한 걸까! 그렇다면 번고에 실제 있었던 은은 삼십만 냥 밖에 되지 않고 나머지는 조정의 재무감사에 대처하기 위해 여기저기에서 임시방편으로 끌어 모은 돈이라는 얘기군요?"

"아미타불!"

오사도가 전문경의 말에 바로 두 손을 모아 합장을 했다. 그리고는 나지막한 어조로 덧붙였다.

"드디어 깨달았군요!"

신임 건청문 이등시위인 도리침이 옹정의 명령에 따라 산서성 순무아문을 찾았던 것은 전문경과 오사도가 시장바닥의 작은 칼국수 집에서 그처럼 중요한 사안에 대해 난상토론을 하고 있을 때였다.

그는 출신 성분이 보통이 아니었다. 바로 전 무원대장군 도해圖海의 손자였다. 공훈이 혁혁한 훌륭한 할아버지를 둔 것은 그에게 적지 않은 혜택을 가져다 줬다. 은음恩蔭(조상의 은혜와 혜택으로 음서제의 대상이 되는 것을 의미함)의 적용 대상이 돼 가볍게 거기교위車騎校尉가 될 수 있었다. 그후 그는 흑룡강장군인 장옥상張玉祥의 휘하로 들어갔다. 러시아의 코사크 기병이 동북 변경을 위협하고 있던 바로 그때 그는 결정적인 공도 세웠다. 밤을 이용해 열여덟 명의 기병들을 거느리고 목성木城(흑룡강의 옛 이름)에 침투, 그곳에서 진을 치고 있던 마하로프 장군을 가볍게 사로잡아 참수한 것이다. 옹정은 그런 그의 전공을 높이 사 바로 '철담영웅'鐵膽英雄이라는 칭호를 부여했다. 동시에 유공자에게만 주는 노란 마고자와 쌍안 화령도 하사했다. 건청문의 시위 자리를 맡기기도 했다. 고작 20세의 앳된 나이에 비해 전투 경험이 풍부할 뿐 아니라 젊고 유망한 그가 곧 일등시위가 되는 것은 시간문제라고 사람들이 입을 모은 것은 때문에 크게 이상할 것이 없었다.

도리침이 20여 명의 수행원을 데리고 산서성 순무아문에 나타나자 바로 사람 보는 데는 이골이 난 아역 한 명이 달려갔다. 동시에 예의를 갖춰 인사를 했다.

"대인의 만복을 기원합니다! 외람되오나 대인의 존함과 근무 지역을 말씀해주셨으면 합니다."

도리침은 아역의 존재는 아예 무시한 채 턱을 한껏 치켜들고는 순무아문의 주변을 둘러봤다. 문 앞에 꽃등이 여덟 개씩이나 걸려 있는 것이 일단 예사롭지 않았다. 또 오색찬란한 꽃종이들이 순무아문으로 들어가는 길 양 옆에서 나풀거리고 있었다. 아역은 어쩔 줄을 몰라 했으나 방법이 없었다. 도리침의 수행원 한 명이 그런 난감한 표정을 보이는 아역을 향해 말했다.

"이 분은 도리침 군문이시네. 낙민 대인에게 지의를 전달하러 북경에서 오셨어."

"예!"

아역이 겁에 질린 눈빛으로 도리침을 바라보면서 머리를 조아렸다. 이어 조심스럽게 말을 이었다.

"미리 흠차 대인께서 오신다는 소식을 접하지 못해 본의 아니게 무례를 범했습니다. 여기에서 잠시만 기다려 주시면 소인이 달려가 순무 대인께 아뢰겠습니다."

"그럴 것 없네. 엎드려 절 받는 것은 딱 질색이야. 가식적인 예의가 싫어 미리 통보하지 않았을 뿐이야. 아뢰고 자시고 할 것 없이 내가 바로 찾아가면 돼."

도리침은 여전히 딱딱한 자세였다. 그리고는 바로 채찍을 수행원에게 던져줬다. 아역은 그 틈을 타 몰래 그를 쳐다봤다. 꽃등의 불빛에 비친 그는 섬뜩한 얼굴을 하고 있었다. 왼쪽 얼굴에 귀에서부터 턱까지 기다란 칼자국이 있었던 것이다. 아역이 다시 뭔가를 말하려다 겁에 질려 뒷걸음쳤다.

도리침은 앞을 향해 걸음을 옮겼다. 석판石板 위를 내딛는 그의 장화소리는 유난히도 크게 들렸다. 곧 그가 의문儀門에 이르렀다. 이어 출입문 옆의 기둥에 적혀 있는 글귀에 눈길을 주더니 바로 발걸음을 멈췄다.

우환을 막고 재앙을 물리치라는 사명을 안고 병주幷州에 왔나니, 창조함으로써 모범이 되고자 한다. 또 폐廢함으로써 흥興을 구하고, 가르치고 키움으로써 깊고 두터운 관민官民 관계를 정립하고자 한다. 그것이 진정으로 백성을 위하고 주인에게 충성하는 신하의 표상이라고 생각한다.

밤잠을 아껴 부지런히 일해 진성晉省(산서성의 옛 이름)에 백성들의 가공송

덕歌功頌德이 울려 퍼지는 세상을 만들려고 한다. 나아가 서민들이 안정을 찾고 완고한 세력이 감화될 뿐만 아니라 도둑이 사라지는 좋은 세상을 만들려고도 한다. 그것이 천심天心의 기대에 부응하는 길이다.

글을 다 읽은 도리침의 입가가 무슨 영문인지 위로 길게 치켜 올라갔다. 곧 그의 입에서 짧은 몇 마디가 튀어나왔다.

"낙민 대인이 이대로, 적어놓은 대로만 한다면야 단연 으뜸으로 모셔야겠지!"

도리침은 말을 마치자마자 바로 성큼성큼 안으로 들어갔다.

아문 안에서는 정월대보름 축하 행사가 한참 무르익어가고 있었다. 특히 서화청에는 수십 명의 식객과 측근들이 달을 둘러싼 별무리처럼 낙민을 가운데 앉힌 채 빙 둘러앉아 있었다. 좌중의 주흥은 한창 무르익고 있었다. 술잔도 빠른 속도로 돌아가고 있었다. 좌중의 사람들은 너 나 할 것 없이 벌겋게 번들거리는 얼굴들을 한 채 웃고 떠들면서 즐거움에 겨워 있었다. 또 좌중의 가운데에 자리 잡은 여인들은 구름 같은 치마폭을 펄럭거리면서 간드러진 노랫소리에 맞춰 춤을 추고 있었다.

낙민은 일자로 기른 콧수염을 길게 잡아당기면서 연신 싱글벙글하고 있었다. 자줏빛 스라소니 가죽 장포를 입은 채 다리를 꼬고 앉아 발을 까닥거리면서 박자를 맞추고 있었다. 여자들의 교태를 바라보는 눈빛에는 탐욕도 흘러넘쳤다. 사람들 틈에서 낙민의 일거수일투족을 유심히 살펴보던 도리침의 미간은 점점 조여들었다. 그는 옹정으로부터 우선 낙민의 됨됨이를 대충 살펴본 후에 지의를 전하라는 명을 받은 터였다. 한동안 서서 낙민을 관찰한 것도 그 때문이었다. 도리침은 실눈을 뜨고 침을 질질 흘리고 앉아 있는 낙민을 보자 업무를 보는 그의 모습이 도저히 상상이 가지 않았다. '저 사람이 과연 반 년 내에 수십 년 동안 재정 적자 부동의 일등을 차지해 왔던 불명예를 씻어버리고 번고를 꼭꼭 채워놓았다는 것이 사실일까?' 하는 생각이 들 수밖에 없었다. 그때 측근 하나가 낙민에게 다가가 뭔가 귀엣말을 속삭였다. 그러자 낙민이 자세를 고쳐 앉더니 껄껄 웃으면서 말했다.

"병신 제대로 하는 것이 하나도 없다더니! 오사도 그 자식 연갱요 대장군과 이위의 체면을 고려해서 거둬주고 녹봉도 두둑하게 챙겨줬더니, 내 뒤통수를 치고 다닌다 이거지? 길러준 개한테 발뒤꿈치를 물리는 격이군. 그건 그렇고 전문경이 사통私通하고 다닌다는 그 계집년은 붙잡았어?"

"예, 붙잡았습니다! 꽤나 쓸 만해 보이던데요. 심심풀이로 삼으시려면……."

측근이 비굴한 웃음을 잔뜩 지은 채 능글맞게 말했다.

"관심 없어. 먼저 별채에 가뒀다가 전문경에 관한 처벌 원칙이 내려오면 함께 북경으로 압송해!"

낙민이 머리를 저었다. 그와 동시에 도리침은 자신의 수행원에게 턱짓을 보냈다. "먼저 '사람을 관찰하고 지의를 전달하라!'"는 옹정의 명령에 일단 충실하게 따랐다는 생각이 든 것이다. 그러자 수행원이 큰소리로 외쳤다.

"어전대도시위御前帶刀侍衛 도리침이 지의를 전달하러 왔다! 관계없는 사람들은 물러가고 낙민은 무릎을 꿇은 채 지의를 받들라!"

갑작스런 호통소리에 낙민을 둘러싸고 있던 여자들이 가장 먼저 깜짝 놀라 뿔뿔이 흩어져 물러갔다. 낙민도 황급히 자리에서 일어났다. 그제야 그는 노란 비단을 씌운 조유詔諭를 두 손으로 받쳐 들고 있는 도리침을 발견했다. 허겁지겁 달려가 연신 굽실거리면서 웃음 띤 얼굴로 입을 열었다.

"폐하의 흠차께서 도착하신 줄도 모르고 있었다니, 죽을죄를 지었습니다. 잠시만 기다려 주십시오. 옷을 갈아입고 오겠습니다. 여봐라! 지의를 받을 향안香案(황제의 조서 등을 받을 책상)을 준비하라!"

도리침이 낙민의 말이 끝나자마자 가볍게 머리를 끄덕이고는 조서를 수행원에게 건네주면서 들고 있도록 했다. 이어 황제에게 하사받은 노란 마고자를 입고 옷매무새를 단정히 한 다음 향안 앞으로 다가갔다. 이어 남쪽 방향을 향해 두 발을 모으고 섰다. 그때 경황없이 옷을 갈아입고 달려 나온 낙민이 땅에 엎드리더니 머리를 조아렸다.

"신 낙민이 폐하의 안녕을 두 손 모아 비옵니다!"

"폐하께서는 안녕하시다! 낙민은 이제부터 지의에 귀를 기울이라!"

도리침이 카랑카랑한 목소리로 말했다. 그러더니 바로 성지를 읽어 내려가기 시작했다.

낙민의 간단명료한 상주문을 잘 받았다. 노력이 정말 가상하다. 산서성의 국채 환수 작업이 단시일 내에 깔끔하게 마무리 된 것은 전국에서 따라 배워야 할 모범이라고 할 수 있다. 각 지역에서 적극 참고하기를 권하는 바이다. 당연히 재정 악화로 무기력 상태에 처해있던 산서성에 불과 반 년 만에 기사회생의 기운을 불어넣어준 낙민의 능력과 노력을 높이 사야 할 것이다. 전국 모든 봉강대리들이 낙민처럼 나랏일에 진심으로 발 벗고 나서준다면 세상에 해내지 못할 일이 없을 것이라고 생각한다. 이 시대 진정한 백성의 파수꾼이 되어준 낙민에게 상서 직함을 추가로 부여하고 단안單眼 화령을 하사해 격려를 표한다!

낙민은 극찬을 받자 너무나 황송한 나머지 몸 둘 바를 몰라 했다.

급기야 연신 머리를 조아리면서 말했다.

"도 대인께서 폐하께 전해주시기 바랍니다! 소신은 신하로서 마땅히 해야 할 일을 했을 뿐이옵니다. 그런데 폐하의 과찬과 함께 망극한 성은을 입게 되니 몸 둘 바를 모르겠사옵니다. 소신은 앞으로도 나라를 자기 집처럼 위하고 맡은 바 직무에 충실하겠사옵니다. 산서성을 밤에 문 걸어 잠글 필요 없고 길에서 물건 주워 주머니에 몰래 넣는 사람이 없도록 만들겠사옵니다. 나아가 폐하의 기대에 부응하도록 달리는 말에 더욱 채찍을 가할 것을 약속드리옵니다!"

낙민의 말은 청산유수였다. 하기야 이미 이런 자리가 있을 것에 미리 대비했으니 그럴 만도 했다. 심지어 그와 머리를 맞대고 답사를 준비한 막료들은 적당한 단어를 찾아 솔직한 면을 강조하는 것이 더 낫다는 충고까지 잊지 않았다. 옹정이 "이 몸이 분골쇄신하는 한이 있더라도……"와 같은 아부성 발언에 질색을 한다는 사실을 너무나 잘 알았던 것이다. 낙민의 말에 도리침이 잔잔한 미소를 얼굴에 띤 채 그를 일으켜주었다.

"불철주야 이치를 바로잡기 위해 노심초사하시는 성심聖心을 이토록 잘 헤아리는 낙민 그대야말로 진정한 능신이 아닌가 싶습니다. 인재를 알아보시고 키워주신 성조聖祖의 기대에 부응한 점을 폐하께서는 높이 사셨습니다. 또 그대를 추천해준 연갱요 대인에 대해서도 높이 평가하셨고요."

도리침이 말을 마치더니 고개를 갸웃거리면서 물었다.

"전문경 대인은 보이지 않는군요?"

"흠차 대인!"

낙민이 정색한 얼굴을 한 채 도리침을 불렀다. 이어 천천히 덧붙였다.

"전 대인은 요즘 번고의 장부를 점검하느라 눈코 뜰 새 없이 바빴습니다. 그러다 오늘 드디어 장부 검사를 마쳤습니다. 아마도 홀가분하신 김에 꽃등을 구경하러 가셨나 봅니다."

"보아하니 그대는 전문경 대인이 산서성 정무에 개입하는 것을 그렇게 싫어하는 눈치는 아닌 것 같군요?"

"모두가 같은 주인을 섬기는 신하가 아닙니까? 다 잘 되자고 하는 일 아니겠습니까?"

낙민이 대수롭지 않게 대답했다. 그리고는 다시 몇 마디를 추가했다.

"반 년 동안에 몇 십 년 동안 묵은 빚을 다 받아냈다니 사람들이 의심할 법도 합니다. 전 대인이 꼼꼼하게 장부를 재검사해 저를 둘러싼 의혹을 불식시켜 주신 데 대해 오히려 감사할 따름입니다. 다만……"

낙민이 말을 하다 말고 갑자기 주위를 살펴봤다. 이어 한숨을 지으면서 말을 이었다.

"전 대인이 일은 빈틈없이 잘 하십니다. 그러나 역관에 기생 하나를 키운다는 좋지 않은 소문이 나도는 것이 걱정스럽습니다. 아니나 다를까, 어느새 주변에서 모르는 사람이 없을 지경이 됐습니다. 관리들의 체면을 욕되게 할 우려가 큽니다. 물론 저는 별로 개의치 않습니다. 그러나 아랫것들이 미꾸라지 하나가 도랑물 흐린다면서 역관으로 달려가 그 여자를 덜컥 붙잡아왔지 뭡니까? 전 대인의 오해를 사지 않도록 흠차 대인께서 중재 역할을 잘 해주셨으면 합니다."

도리침은 다소 고의적인 낙민의 전문경에 대한 험담을 듣자마자 팽팽하게 당겨져 있던 얼굴을 느슨하게 풀었다. 곧이어 얼굴에는 웃음도 모락모락 피어올랐다. 강인한 인상을 풍기는 얼굴에서 처음 드러나는 어린아이 같은 천진함이었다. 그가 낙민의 안내하에 상석으로 발걸음을 옮기면서 말했다.

"그거야 순무가 알아서 할 일인데 나한테 맡기면 어떡합니까? 여자와 남자가 좋아서 같이 있는데, 나더러 어떻게 하라는 말입니까? 밤에 쳐들어가서 중간에 끼어들기라도 하라는 말인가요? 그대와 전문경 대인이 한바탕 한 것을 조야에서는 모르는 사람이 없습니다. 시비는 이미 가려졌으니 기생을 키운 전문경 대인이나 그 기생을 붙잡은 그대나 사람들이 다 알아서 평가를 내릴 것 아니겠습니까?"

낙민은 도리침의 아리송하고 애매모호한 말에 도무지 감을 잡을 수가 없었다. 역시 잠시 고민하더니 천천히 입을 열었다.

"저와 전 대인은 사적인 감정이 있어서 싸운 것은 아닙니다. 전 대인의 성격이 지나치게 깐깐한 탓에 답답해서 몇 마디 했더니, 그게 바로 일시적인 감정 폭발로 이어졌던 것입니다. 다행히 폐하의 성총聖聰이 예리하고 명찰明察하시니 망정이지 하마터면 남의 공로를 빼앗으려고 한 파렴치한으로 낙인찍힐 뻔했지 뭡니까."

낙민이 말을 마치자마자 바로 연회를 시작하라고 지시했다. 그때 문관 한 명이 들어와 아뢰었다.

"전문경 대인께서 특별히 흠차 대인을 뵙기 위해 방문했습니다!"

9장
천하제일순무天下第一巡撫의 두 얼굴

전문경이 왔다는 말에 화청花廳에서 화령花翎을 번쩍이면서 담소를 나누고 있던 포정사, 안찰사를 비롯한 관리들과 각 현에서 올라온 수십 명의 유지들의 얼굴에 대뜸 혐오스럽다는 표정이 떠올랐다. 그러나 너 나 할 것 없이 젓가락을 내려놓고 일어서기는 했다. 찰거머리같은 호사가 흠차가 또 무슨 일로 판을 깨러 왔을까 하고 저마다 생각하고 엉거주춤 선 채 서로를 번갈아 바라보기도 했다. 낙민 역시 상석에 자리한 도리침을 향해 머리를 끄덕여 보이고는 황급히 자리에서 나왔으나 당황한 기색을 감추지 못하고 있었다. 도리침은 좌중 사람들의 하나같이 재수 옴 붙었다는 표정을 통해 전문경이 산서성에서 어떤 대접을 받고 있는지 알 수 있을 것 같았다. 그러나 전혀 내색하지는 않았다. 잠시 후 흰색 유리 정자를 달고 해오라기 보복을 입은 전문경이 빠른 걸음으로 들어섰다.

"흠차 도리침 대인께서 도착하셨다고요?"

전문경이 들어서자마자 읍을 하고 서 있는 낙민에게 같이 고개를 숙인 다음 물었다. 그러나 두 사람은 서로를 외면하고 있었다. 전문경이 다시 좌중을 둘러보면서 물었다.

"여기 계신 것 맞습니까? 하관下官이 한번 뵙고 문안을 올렸으면 해서요!"

도리침은 전문경의 말이 끝나자마자 웃음 머금은 얼굴을 한 채 자리에서 일어났다. 전문경이 심한 근시라는 사실을 눈치 챈 것이다. 실제로 전문경은 도리침이 한 눈에 확 띄는 노란색 마고자를 입은 채 상석에 앉아 있는데도 전혀 알아보지를 못했다. 도리침이 천천히 입을 열었다.

"내가 바로 도리침입니다."

전문경이 그제야 돌아서서는 한 발 앞으로 다가서면서 무릎을 꿇었다. 이어 큰소리로 말했다.

"서부에 지의를 전달하러 갔던 사신 전문경이 흠차 도리침 대인께 삼가 인사를 올립니다! 신 전문경이 폐하께 성안을 올립니다!"

두 사람의 만남은 말하자면 흠차가 흠차를 만난 격이었다. 물론 전문경은 그렇게 상세하게 말하지 않았다. 하지만 도리침은 그가 누구인지 모를 턱이 없었다. 낙민 등은 여전히 세상 무서운 구석 없이 행동하는 전문경의 그런 태도에 쓴웃음이 절로 터져 나왔다. 그러나 애써 참는 수밖에 없었다. 순간 커다란 연회장에는 숨 막히는 정적이 감돌았다. 그저 저 멀리 죽이 끓어 번지는 듯한 폭죽소리만 간간이 들려올 뿐이었다. 시간은 이미 3경三更이 지나 있었다. 때문에 날짜로 치면 정월 대보름인 셈이었다. 아무려나 도리침도 전문경의 도발적인 언행에는 흠칫하지 않을 수 없었다. 그러나 역시 막강한 권한을 거머

쥐고 있는 흠차였던지라 전문경의 당돌함을 무시해버리는 여유를 찾고 있었다. 잠시 후 도리침이 차갑게 말했다.

"폐하께서는 안녕하십니다! 흠차 도리침이 그대의 대례에 오히려 황송함을 느낍니다. 그러나 서둘러 일어나지 말고 폐하께서 그대를 향한 지의가 계시니 묻는 말에 대답하십시오!"

"성유聖諭를 경건하게 듣겠사옵니다!"

"지의에 따라 전문경에게 묻는다."

도리침이 다시 입을 열었다. 이어 곧바로 본론으로 들어갔다.

"전문경은 경사의 말단 관리에 지나지 않는다. 연갱요에게 지의를 전달하러 서부전선으로 파견됐다. 그러나 맡겨진 임무만 완수하고 돌아오지 않고 지방의 정무에 사사롭게 간섭했다. 급기야 혼란까지 일으켰다. 그 행위는 낙민의 공로를 가로채 짐에게 아첨하려는 치졸함으로밖에는 해석이 되지 않는다. 짐이 과연 그렇게 속임수에 쉽게 넘어갈 것 같은가?"

도리침이 말을 마치고는 전문경을 똑바로 쳐다봤다. 그러나 전문경은 조금도 흔들리지 않았다. 오히려 태연자약하게 머리를 조아리면서 자신만만한 어조로 대답했다.

"신은 맡겨진 임무만 완수하고 돌아섰어야 했사옵니다. 그런데 갑자기 호부 재직 시절에 산서, 직예, 산동, 하남 등 재정 적자가 가장 심각한 성省들에 대해 국채 환수 작업에 착수하라는 강력한 지의를 여러 번 받은 기억이 났사옵니다. 그래서 내친김에 잠깐 들렀던 것이옵니다. 신은 결코 흠차의 신분을 악용해 무리하게 지방 정무에 간섭한 것이 아니옵니다. 그저 호부 사관司官의 신분으로 깊은 사명감을 안고 번고를 조사해봤던 것이옵니다. 신은 낙민 순무보다 지위가 훨씬 낮사옵니다. 또 평소에 우리 둘 사이에는 쌓인 원한도 전혀 없었사옵니다. 더구나 폐하를 기만하는 마음이 있다면 추호도 용납될 수 없다는 사실도 잘 알고 있었사옵니다. 때문에 더더욱 계획된 독직과 방종은 불가능하다는 사실을 말씀드리고 싶사옵니다. 부디 깊은 성찰을 부탁드리옵니다!"

전문경의 말은 충분히 논리가 있었다. 좌중의 사람들은 모두들 의외라는 반응을 보였다. 낙민 역시 놀란 나머지 삽시간에 얼굴이 붉어졌다. 그는 "왜 호부 사관의 신분으로 둘러봤다"는 말을 진작 하지 않았느냐고 당장 따지고 싶었다. 동시에 누구 물 먹이려고 작정했느냐고도 힐책하고 싶었다. 그러나 도리침은 천자를 대신해 묻고 있었다. 한마디라도 끼어들었다가는 바로 군주를 가볍게 보는 죄를 뒤집어쓸 가능성이 높았다. 그는 어쩔 수 없이 마른 침을 꿀꺽 삼키면서 불끈불끈 치미는 화를 억눌러야 했다. 그저 숨죽인 채 씩씩대기만 할 뿐이었다. 도리침 역시 눈을 크게 뜨면서 의외라는 반응을 보였다. 그러나 그도 지의에 따라 계속 질문을 할 수밖에 없었다. 그가 잠시 침묵한 후에 다시 입을 열었다.

"산서성의 국채 환수 작업은 깔끔하게 마무리된 줄로 알고 있다. 그대가 조사해본 바로도 장부가 완벽하게 맞아떨어지던가?"

"한 푼의 오차도 없었사옵니다!"

"그렇다면……."

도리침이 잠시 멈칫거렸다. 그러다 다시 옹정의 말을 그대로 입에 올리면서 말을 이어갔다.

"자네가 타인의 명예를 훼손하고 비방을 일삼아 오명을 뒤집어씌운 것은 어떤 이유에서인가? 무슨 심보로 그랬는지 심히 궁금하다. 어쨌거나 그럼으로써 낙민이 명실 공히 천하에서 제일가는 순무라는 짐의 판단은 정확했다는 검증까지 받게 됐다. 만에 하나 낙민에게 추호라도 짐을 기만한 흔적이 발견된다면 짐 역시 천하의 순무들을 볼 낯이 없을 것이다! 이제 묻고 싶다. 전문경 그대는 과연 아직 짐에게 더 아뢸 말이 남아 있는가?”

도리침이 말을 마치더니 날카로운 눈빛으로 전문경을 바라봤다. 전문경은 그 기세에 하얗게 말라비린 입술만 연신 혀로 핥기만 했다. 마땅히 할 말을 찾지 못했던 것이다. 하기야 자신을 향한 옹정의 힐책이 그토록 혹독할 줄은 몰랐으니 그럴 만도 했다. 더구나 낙민에 대한 비호는 상상을 초월하고 있었다. 오사도와 머리를 맞대고 대책을 강구한 것도 소용이 없을 정도였다. 그는 이제 자신을 위해 변호하는 말을 계속 꺼낼 경우에 초래될 상황을 바로 직감할 수 있었다. 그것은 자신의 행동이 낙민과 대결하는 것이 아니라 곧바로 옹정을 향한 도발로 취급될 것이라는 사실이었다. 그가 그런 생각을 하면서 한참 생각에 잠겨 있는가 싶더니 갑자기 머리를 조아리며 대답했다.

“신은 우매하기 그지없었사옵니다. 낙민은 천하에서 제일가는 순무임에 틀림없사옵니다. 신은 이제 더 이상 아뢸 말씀이 없사옵니다. 폐하의 성명하심에 길게 엎드려 머리 조아리옵니다!”

“여봐라! 전문경의 정자를 떼어 내라!”

도리침이 버럭 고함을 지르면서 주위에 명령을 내렸다.

“예!”

도리침의 명령이 떨어지자마자 바로 두 명의 친병이 전문경에게 달려들었다. 그러나 전문경은 단호히 손을 내밀어 그들을 제지시켰다. 그리고는 스스로 유리 정자를 떼어냈다. 그의 손이 가늘게 떨리고 있었다.

“전 대인.”

도리침이 조용히 전문경에게 다가갔다. 그리고는 그를 일으켜 세운 다음 다시 입을 열었다.

"너무 상심하지는 말아요. 일을 잘못해서 정자를 떼인 사람이야 부지기수니까요. 또 이 바닥에서 부침이 거듭되는 것은 일상사 아니겠어요? 순리대로 사는 것이 속이 편할 겁니다. 자, 그러지 말고 위로의 술이나 한 잔 받으시오!"

도리침의 말이 떨어지기 무섭게 낙민이 기다렸다는 듯 술을 따랐다. 그러더니 두 손으로 전문경에게 바치고는 웃는 얼굴로 말했다.

"문경 선생, 우리 집에 온 지도 한 달이 넘었는데 주인으로서 손님 대접에 소홀했습니다. 넓은 아량으로 너그럽게 용서해주시오. 지나간 한 달은 마치 길고도 긴 악몽을 꾼 것 같아요. 여기 도 대인께서도 계시기는 하나 나는 맹세코 폐하께 그대에게 불리한 말은 한마디도 아뢴 적이 없어요. 그래서 나는 문경 선생이 북경에 돌아가면 모든 것이 정반대가 될 걸로 알았어요. 조정에서 일을 잘했다고 은지恩旨를 내릴 줄 알았다고요."

전문경이 낙민의 가식 어린 위로에 거북해지는 속을 달래려는지 바로 술잔을 빼앗듯 받아들더니 단숨에 비워버렸다. 이어 바로 상석 쪽으로 가서 다리를 꼬고 앉았다. 고개도 번쩍 쳐들었다. 그래서일까, 얼굴에는 절망이나 좌절 같은 기색은 전혀 찾아볼 수가 없었다.

'진짜 사나이답군!'

도리침은 순간 속으로 그렇게 감탄했다. 한편 낙민은 모든 것이 자신의 계산대로 돌아가자 뭉게뭉게 피어오르는 흥분을 도무지 주체할 길이 없었다. 당장 고성방가라도 지르고 싶은 생각이 절실했다. 그러나 도리침의 시선을 의식하지 않을 수 없었다. 표정 관리에도 신경을 써야 했다. 그는 좋아 죽겠으면서도 아닌 척 시치미를 뚝 떼는 것도 진짜 사람이 할 짓은 아니라고 속으로 몇 번이고 부르짖어야 했다. 얼마 후 그가 뒷짐을 진 채 부산스레 거닐더니 갑자기 명령을 내렸다.

"폭죽을 터뜨리고 횃불을 지피도록 하라!"

낙민의 명령이 떨어지자마자 바로 요란한 폭죽소리가 사방에서 울려 퍼졌다. 현란한 불꽃이 밤하늘을 눈부시게 장식하기 시작했다. 은쟁반 같은 보름달은 오색찬란한 그 불꽃 사이로 지마다 심경이 다른 사람들을 교교하고도 조용히 비추고 있었다. 좌중의 관리들은 서로 어색한 얼굴을 마주하고 있느니 술이나 마시는 것이 낫겠다는 생각을 했는지 어느새 술 마시기에 열을 올리고 있었다. 자연히 말도 많아졌다. 골동품 얘기를 비롯해 진시황에서부터 시작해 유방, 항우에 이르기까지의 역사 얘기 등 주제는 그야말로 다양했다. 하지만 술이 점점 거나해지자 애써 머릿속에 짜낸 고상한 주제는 더 이상 도움이 되지 않았다. 그들은 마구 지껄이며 걸쭉한 음담패설까지 마다하지 않았다. 그러나 상석에 앉은 낙민과 전문경, 도리침 세 사람은 마땅히 할 말도 없고, 있어도 하기 싫은 듯 그저 술잔을 든 채 보름달만 멍하니 바라보고 있었다.

물론 그 와중에도 백산柏山현의 현령인 반계潘桂 같은 사람은 분위기를 확 바꾸기 위해 세 사람에게 끊임없이 우스갯소리를 하는 노력을 기울였다. 심지어 자신의 이름까지 동원해 어떻게든 세 사람의 얼굴에 웃음이 돌도록 안간힘을 다했다. 참으로 눈물겨운 모습이었다.

새로운 군주의 시대가 열리자마자 운 좋게도 '천하제일순무'라는 칭호를 얼떨결에 얻어듣게 된 낙민은 반계의 노력과 무관하게 날아갈 듯한 흥분을 주체하지 못했다. 아무래도 생소한 얼굴이 더 많은 조정의 문무백관들에게 기죽지 않고 당당할 수 있는 명분이 생긴 것이 너무나도 뿌듯했던 것이다. 그러나 그러다가도 내내 시선을 마주치려 하지 않고 침묵만 지키고 있는 두 명의 흠차를 바라보고 있으면 이상하게 그런 흥분이 물거품처럼 사그라지고는 했다. 반면 이름 모를 불안은 시도 때도 없이 고개를 쳐들었다. 전문경은 정자를 떼이고 황제의 힐책까지 받았는지라 도저히 웃고 떠들 기분이 아니었다. 그러나 도리침은 그러고 있는 것이 이해가 되지 않았다.

'저 친구는 무슨 이유로 저렇게 퉁퉁 부어 있는 것일까? 이런 자리에서 말 한마디 하지 않고 스스로 술을 따라 마신다는 것은 뭔가 잘못됐다고 해야 하지 않을까?'

낙민은 그런 생각이 들자 뭔가 생각 난 듯 일어서면서 웃음을 지었다. 그리고는 부하들을 향해 말했다.

"자네들은 왜 그렇게 의리 없이 끼리끼리 부어라 마셔라 하는 거야? 게다가 자네들이 너무 떠들어 대니 우리가 술맛이 떨어지고 말았잖아. 떠든 죄로 누가 나와서 재미있는 얘기라도 하나 들려줘 봐. 도리침 대인의 기분을 전환시켜 드려야지!"

"재미있는 얘기는 없습니다만 드릴 말씀은 있습니다."

낙민의 말에 즉각 두 번째 탁자에 앉아 있던 관리 한 명이 술잔을 들고 도리침 앞으로 다가왔다. 그리고는 공손히 인사를 하고는 말했다.

"소신은 태원의 현령으로 봉직하고 있는 사본기沙本紀라는 사람입니다. 저는 전 대인께서 변고를 조사할 당시 전 대인을 모시고 다녔습니다. 지금 저는 치사하게 술기운을 빌어 전 대인을 망신주려는 것은 아닙니다. 다만 이런 소모적이고 비생산적인 일이 또다시 있어서는 곤란하겠다는 생각에서 말씀을 드리는 겁니다. 한마디로 답답한 마음을 억제할 길이 없어서 그러는 겁니다. 전 대인, 제가 처음부터 뭐라고 말렸습니까? 낙민 대인은 부임하자마자 가장 먼저 팔을 걷어붙이고 국채 환수 작업에 뛰어드셨습니다. 게다가 단시일 내에 전국이 주목할 만한 가시적인 성과를 올렸습니다. 그렇게 때문에 성조께서는 그 일을 높이 치하하셨습니다. 전 대인, 때로는 남의 말도 귀 기울여 들어주는 것이 자신을 위하는 길이라는 것을 이번 사건을 통해 통감하셨으면 합니다. 마지막으로 말씀드리고 싶은 것은 입장을 바꿔 생각해보라는 겁니다. 자기가 싫은 것은 다른 사람도 싫어할 수밖에 없습니다. 그러므로 뭐든지 우격다짐으로 밀어붙이지 말아야 합니다. 또 자기 자신도 올바르지 못하면서 남을 고치려 드는 것은 우습지 않습니까?"

도리침은 흠차로 떠나오기 전에 옹정으로부터 "모름지기 그곳의 이풍^{吏風}을 잘 관찰하라"는 밀유^{密諭}를 받은 바 있었다. 때문에 처음부터 관리들의 언행을 주의해서 지켜보고 있었다. 또 낙민에 대한 극찬을 그토록 아끼지 않았으면서도 별도로 다소 이상한 밀유를 내린 것에 대한 옹정의 진의를 파악할 수 없었던 만큼 실제로 말을 아끼지 않으면 안 됐다. 그러나 관리들은 시종일관 입을 다물고 있는 자신을 두고 자기들의 전문경 죽이기에 동조하는 것으로 착각하고 있었다. 그는 관리들의 무모하기 짝이 없는 행동거지에 대해서는 솔직히 기분이 별로 좋지 않았다. 아니 완전히 기분이 상하고 말았다. 그가 그예 천천히 술잔을 내려놓으면서 물었다.

"여보게, 현령! 무슨 말인지 나는 통 못 알아듣겠네. 자기가 싫은 것은 다른 사람에게도 강요하지 말라? 그래, 그건 맞는 말이지. 그런데 '자기 자신도 올바르지 못하면서 어떻게 남을 고치려 드느냐?'라는 말은 도대체 뭐지?"

"도 대인!"

도리침이 다소 역정을 내면서 사본기에게 묻자 전문경이 두 손을 들어 읍을 해보이면서 말했다. 이어 냉소 어린 어조로 말을 이었다.

"아둔하고 무식하기 이를 데 없는 자들을 상대하실 필요는 없어요. 한 사람이 몰매를 맞고 있으니까 자기도 그 기회에 한 대 때리고 그 패거리들의 환심을 사려는 것에 지나지 않아요. 똘마니 노릇이라도 하겠다는 거죠. 사실 어찌 보면 그게 인지상정인지도 몰라요. 그러나 전아무개가 그렇게 호락호락한 놈은 아니에요. 여보게, 현령! 좋은 꿈을 꾸다가 깨면 얼마나 허탈한지 모르지? 술도 깨고 나면 마찬가지야. 술김에 무슨 짓을 저지르고 후회하지 않는 사람 못 봤어! 분명히 말해두는데, 나는 찜찜한 것은 그대로 두고 떠나는 사람이 아니야!"

"내가 왜 아둔하고 무식한 사람입니까?"

전문경의 힐책에 사본기가 발끈했다. 어조에 적대적인 기운이 물씬 풍겼다.

"말꼬리 잡지 마! 눈이 똑바로 박히고 약은 놈이라면 감히 내 앞에서 주먹을 휘두를 수 있겠어? 잘 들어둬. 나는 이미 흠차의 관방關防(직인을 의미함)을 이용해 자네들의 번고를 봉해버렸네!"

전문경이 탁자를 두드리면서 말했다. 좌중의 관리들은 전문경과 사본기의 한 치 양보도 없는 맞대결에 눈이 휘둥그레져 있다가 "번고를 봉해버렸다"라는 갑작스런 말에 깜짝 놀라고 말았다. 모두의 시선이 전문경에게 꽂힐 수밖에 없었다.

"이봐요, 전 선생!"

낙민이 쾅! 하고 탁자를 내리치며 벌떡 일어섰다. 이어서 전문경을 향해 분통을 터트렸다.

"번고를 봉하는 것은 어명이 없으면 할 수 없는 일이에요! 이곳 순무인 나에게도 그럴 권한은 없다고요! 별 볼 일 없는 새우 새끼인 주제에 폐하의 명령을 받들어 어쩌다 한 번 흠차로 다녀오고는 이렇게 무례하게 지방 정무에 간섭해도 되는 거요? 정자까지 떼인 것을 가 없게 여겨 술자리에 끼워줬더니, 왜 주제 파악도 못하는 거요? 여봐라, 이분이 앉았던 자리를 청소하라!"

낙민의 말이 끝나기 무섭게 순무아문의 병사 몇 명이 우렁찬 대답과 함께 기세등등하게 전문경에게 다가갔다. 그러자 전문경도 벌떡 일어서더니 힘껏 의자를 걷어찼다. 동시에 단호하게 말했다.

"나는 이미 육백리 긴급 서찰을 통해 폐하께 상주문을 올렸어요. 목숨도, 관직도 다 미련 없으니 이곳 산서성에서 승부를 걸게 해달라고 간청했다고요!"

"이제는 미치기까지 했구먼!"

낙민이 경멸스럽다는 표정을 지은 채 고함을 쳤다. 그리고는 다시 비웃듯 말을 이었다.

"폐하께서는 어제 정유廷諭를 보내오셨어요. 우리 번고에서 은 십만 냥을 꺼내 보릿고개에 처한 안문관雁門關의 백성들을 구제하라고 말이오. 그러나 그대가 번고를 봉했으니 문제는 심각해졌어요. 만약 그로 인해 우리 지역 내에 굶어죽는 사람이 한 명이라도 생기는 날에는 알아서 해야 할 겁니다. 나는 서슴없이 그대의 목부터 칠거요."

도리침으로서는 더 이상 전문경과 낙민의 힘겨루기를 수수방관하고 있을 수가 없었다. 결국 그가 자리를 털고 일어났다. 그리고는 미간을 찌푸리고 뒷짐을 진 채 방 안을 부지런히 거닐었다.

사실 번고를 봉해버린다는 것은 보통 일이 아니었다. 성 한 개의 재정을 마비시키는 일이었다. 만에 하나 그로 인한 사고가 발생하는 날에는 낙민이 말한 것처럼 전문경은 목숨을 부지하기 어려울 터였다.

'저 사람은 이 일로 자기 목숨이 위태로울 수 있다는 사실을 모를리가 없어. 그런데도 왜 군이 자신의 목숨을 가지고 이런 위험천만한 도박판을 벌이려고 하는 것일까?'

도리침은 속으로 전문경이 정말 이상하다는 생각을 하면서 고개를 갸웃거렸다. 하지만 문제는 그 정도에서 그치지 않았다. 상황이 이 정도 되면 흠차인 자신도 낙민과 전문경 사이에 일어나는 문제들에서 결코 자유로울 수 없다는 사실을 분명하게 깨달은 것이다. 그가 결국 초조한 얼굴을 한 채 전문경에게 다가가 물었다.

"왜 그랬나요?"

도리침의 말은 아주 짧았다. 그러나 듣기에 따라서는 거대한 압력으로 느껴질 법도 했다. 순간 방 안에는 공기가 모두 얼어붙은 듯 긴장감이 감돌았다. 낙민 역시 자신도 모르게 몸을 흠칫 떨었다.

"도 대인."

전문경이 상체를 약간 숙였다. 그러나 전혀 기죽지 않고 대답했다.

"낙민 순무께서 사람을 시켜 제가 역관에 데리고 있던 인증人證(인적 증거)인 교인제를 붙잡아갔습니다. 자기네들 뒤가 깨끗하지 않을 뿐만 아니라 켕기는 구석이 있으니 인증을 잡아간 것 아니겠습니까? 저는 아직도 저들이 무슨 수작을 꾸미고 있다고 확신한 탓에 번고를 봉해버렸습니다. 사내는 죽음을 택하면 택했지 굴욕은 당하지 않습니다. 그래도 명색이 흠차인데 낙민 순무가 저에게 강요한 굴욕은 도가 지나쳤습니다. 그것은 곧 폐하를 욕되게 하는 짓입니다. 이것은 곧 만천하에 드러날 분명한 사실입니다. 저는 결코 저자를 용서할 수가 없습니다!"

도리침은 전문경의 말을 듣자마자 바로 고개를 돌렸다. 이어 낙민에게 조용히 물었다.

"낙민 대인, 사실입니까?"

낙민이 빠져나갈 구석이 없다고 생각했는지 머리를 끄덕였다.

"제가 조금 전에 말씀드린 그 계집입니다. 태원의 성문령城門領아문에서 한 일이기는 하나 제가 보기에는 잘못된 점이 없습니다. 전문경은 흠차라고는 하나 흠차대신은 아닙니다. 그저 지의 전달을 목적으로 파견된 전문 관리일 뿐입니다. 따라서 그의 역관도 일반 역관에 불과하고 일반인의 출입이 통제된 흠차대신의 행원行轅은 아니라고 해야 합니다. 성조께서는 일찍이 문무백관들은 기생을 자신이 묵는 곳에 데려가서는 안 된다는 조유를 발표하신 적이 있습니다. 전문경의 말대로 교인제가 진짜 우리 산서성이 진행한 국채 환수 작업이 거짓이었다는 사실을 증명할 인증이라면 그녀를 관련 부처에 넘겨 조사받도록 하는 것이 원칙 아니겠습니까? 그런데 그렇지 않고 왜 역관에 데리고 있는 것이죠? 또 우리 번고에 단 한 푼의 오차도 없다는 사실을 그 자신이 인정해놓고서는 이제 와서 이런 억지를 부리는 것이 도대체 말이 됩니까? 전문경 저 사람은 억울한 사람에게 죄를 뒤집어씌운 무고죄를 저질렀습니다. 또 교인제는 그 억지에 편승한 방조죄를 저질렀기 때문에 붙잡아 들인 것입니다. 도대체 어디가 잘못됐다는 말입니까?"

　형부에서 2년 동안 사무관으로 일하면서 《대청률》을 훤히 꿰뚫고 있던 낙민의 답변은 제법 그럴싸하게 들렸다. 그러나 예상과는 달리 곧바로 전문경의 반박이 이어졌다.

　"낙민 대인, 내가 기생을 껴안고 잤다는 증거를 보여줄 수 있습니까? 오늘 관보를 보니, 폐하께서는 성조께서 붕어하신 이후 삼 년까지는 심상心喪 기간이기 때문에 즐기는 성격의 모임이나 집회는 일절 삼가라는 강력한 내용의 지의를 다시 한 번 강조하셨습니다. 지방에도 모두 전달해서 내려 보내시기도 했고요. 그런데 이곳 태원은 완전히 다른 나라입니까? 등불놀이에 신명이 난 사람들이 전부 거리로 뛰쳐나와 신들린 듯 몰려다니면서 흥청망청하는 걸 보니 말이에요?

내가 한 가지 더 놀랄만한 사실을 밝히겠습니다. 나는 번고를 봉해 버렸을 뿐만 아니라 전 성을 상대로 고시를 내붙였습니다. 내용은 다른 것이 아닙니다. '산서성 번고와 은전 거래가 있는 상인들과 지역 유지들은 남은 빚이 있으면 사흘 이내에 전부 상환하라. 사흘 이후에는 번고에 있는 은을 전부 남경으로 실어다 녹여 다시 주조할 것이다'라는 것이었습니다."

전문경의 마지막 말이 터져 나오는 순간 놀랍게도 좌중의 사람들은 저마다 넋이 나간 표정을 지었다. 마치 고요한 달밤에 느닷없는 얼음물을 뒤집어쓴 듯했다. 곧이어 한밤의 공동묘지를 방불케 하는 모골이 송연한 기운이 감돌았다. 몇몇 지역 유지들은 상황이 심상치 않다고 생각했는지 머리를 맞대고 소곤대기 시작했다.

"뭐라고요? 번고에 있는 삼백만 냥을…… 전부 남경으로 실어간다고요?"

낙민이 삽시간에 얼굴 가득 식은땀을 쫙 흘리면서 다소 겁에 질린 목소리로 물었다.

"그렇습니다. 한 푼도 남기지 않고 모두 다."

전문경이 거만한 표정을 지으면서 주머니에서 곰방대를 꺼내 입에 물었다. 그리고는 촛불 쪽으로 다가가 담뱃불을 붙여 연기를 모락모락 내뿜었다.

낙민의 얼굴은 완전히 사색이 돼 있었다. 거친 숨을 몰아쉬면서 어찌 할 바를 모르는 것 같았다. 그러나 이내 이를 악물고 악의에 찬 눈빛으로 전문경을 노려보면서 껄껄 웃었다.

"태원에서 만들어낸 은전은 북경의 경정京錠과 모양도 같고 순도도 구십칠 점 팔로 똑같아요. 무려 삼백 년 동안 전국에 유통돼 오던 은전인데, 왜 새삼스럽게 남경에 가져가 다시 만든다는 겁니까?"

"그대들을 믿을 수 없으니까요!"

전문경이 고개도 들지 않은 채 대답했다. 이어 자신만만한 어조로 일갈하듯 덧붙였다.

"이곳처럼 관리들끼리 단결이 잘 되는 곳은 아마 드물 거요. 전 성의 이백구십칠 명의 관리들이 아래위, 좌우로 아귀가 딱딱 맞아 돌아가더군. 오죽하면 조정을 손아귀에 넣고 떡 주무르듯 할 수 있었을까? 그대들은 군주를 기만한 엄청난 죄를 저질렀어! 세상 무서운 줄 모르는 악질분자들이 임자 한번 제대로 만났다고 봐야 하지 않겠소?"

그야말로 극적인 반전이 펼쳐지는 순간이었다. 도리침은 여러 행정 구역을 두루 다녔지만 이런 경우는 정말 처음이었다. 그저 놀라울 따름이었다.

"즉각 번고의 봉인封印을 뜯어버리지 못하겠어? 빌어먹을 고시인가 뭔가 하는 것도 떼어 내라고!"

급기야 낙민이 이성을 잃고 고함을 질렀다. 그러나 전문경은 의연했다. 그저 곰방대를 발뒤꿈치에 툭툭 털어 끄면서 경멸에 찬 눈빛으로 좌중을 둘러볼 뿐이었다. 이어 천천히 도리침에게 다가가더니 공손히 상체를 숙였다.

"도 대인!"

"말해보세요."

"도 대인에게 한 가지만 빌렸으면 하는 것이 있습니다."

"그게 뭡니까?"

"담배 한 대 피울 만큼의 시간을 빌려 주십시오. 화청 저쪽에서 잠깐 드릴 말씀이 있습니다. 들어주실 수 있으시죠?"

전문경은 말을 마치자마자 도리침을 슬며시 조용한 곳으로 끌어냈다. 도리침은 어리둥절한 표정을 짓기는 했으나 바로 머리를 끄덕였다. 그러자 낙민이 버럭 고함을 질렀다.

"무슨 꿍꿍이를 꾸미려고 구석으로 들어가는 거요? 당당하면 여기에서 말해보라고!"

도리침은 마치 낙민의 말 따위는 들리지도 않는 듯 전문경과 어깨를 나란히 한 채 화청 한 구석으로 걸어갔다. 도리침의 수행원들 역시 사전에 미리 약속이나 했던 것처럼 즉각 일사불란하게 길게 늘어서서는 낙민과 순무아문 아역들이 따라갈 수 없도록 완벽하게 길을 차단했다.

10장
서쪽 변방의 전운戰雲

"도 대인, 제가 이번에 무모하게 일을 저질렀다고 생각하십니까?"

전문경이 화청에 들어서자마자 단도직입적으로 도리침에게 물었다. 도리침은 전문경의 구릿빛 얼굴에 칼로 조각한 것처럼 깊게 팬 주름을 보면서 한참 후에야 한숨을 내쉬며 입을 열었다.

"글쎄요? 낙민의 치적은 선제께서도 인정을 하신 바 있습니다. 또 폐하께서도 천하제일의 순무라는 칭호를 내리시지 않았습니까? 아무래도 전 대인이 조금은 무모하게 나온 것이 아닌가 하는 생각은 드네요. 폐하의 성격을 모르는 것도 아닐 텐데 말이에요."

전문경이 도리침의 말을 듣고 한참이나 있다 조용히 말했다.

"바로 폐하의 성격을 잘 알기 때문에 감히 이렇게 일을 저지른 겁니다. 내가 흠차 대인을 독대하려 한 것은 도 대인의 도움을 요청하기 위해서입니다. 작년에 봉천에 있는 이불李紱이 북경에 술직차 왔을 때 만난 적이 있습니다. 그때 도 장군에 대한 얘기가 나왔죠. 젊은 나이긴 하지만 둘도 없는 국사國士라고 높이 평가하는 말을 분명히 들었습니다."

도리침은 전문경이 언급한 이불도 너무나 잘 알고 있었다. 강희 42년의 진사로, 한때는 흑룡강성 칠대하七臺河의 현령으로 발령이 나 일했던 사람이었다. 지금은 눈강嫩江의 지부로 상당히 청렴한 편이었으나 묘하게 이재에 밝기도 했다. 눈강이 다른 지역에 비해 잘 사는 편인 것은 그 때문이었다.

도리침과 이불은 대단한 인연도 있었다. 그가 목성의 러시아를 정벌하러 들어갔을 때였다. 군량미가 넉넉할 까닭이 없었다. 군량미 걱정에 잠을 못 이룰 정도였다. 바로 그때 이불이 흔쾌히 1만 석을 지원해줬고, 덕분에 그는 위기를 잘 모면할 수 있었다. 그로서는 결코 잊지 못할 감격스런 과거라고 할 수 있었다. 그 뒤로 두 사람은 막역한 사이가 됐고 깊은 우정을 나눠오고 있었다.

그런데 직위에 비해 엄청난 짓을 저질러놓은 납연納捐(관직을 돈으로 사는 것을 의미함) 출신의 새우인 전문경이 자신의 둘도 없는 친구라고 해도 좋을 이불을 알고 있다는 것이 아닌가? 전문경은 도리침이 다소 당황하자 담담하게 웃으면서 말했다.

"나와 이불은 같은 해에 시험을 치른 동과생同科生입니다. 의형제를 맺은 사이이기도 하죠. 하지만 나는 사적인 관계를 들먹여 도움을 간청하는 것은 아닙니다. 어떻게든 공의公義에서 출발해 산서성의 탐관오리들과 나 한 사람의 대결을 지켜보시라는 겁니다. 또 정의의 편에서 가능하다면 힘껏 밀어달라는 겁니다."

"전 대인, 아시다시피 낙민은 지금까지 평판이 아주 좋았어요. 폐하의 표창까지 받은 상태라고요. 대인께서도 조사 결과 흠잡을 곳이 없다고 하지 않았나요? 그런데 왜 번고를 봉한 겁니까?"

도리침이 미간을 좁히면서 물었다. 전문경은 즉각 냉소를 흘리면서 대답했다.

"선제께서는 춘추가 높으셔서 미처 낙민의 간교한 수작을 간파하시지 못하셨습니다. 또 지금 폐하께서도 누군가 모범이 돼 견인차 역할을 할 사람을 절실히 필요로 하고 있습니다. 국채 환수 운동을 대대적으로 추진하려면 그런 것도 필요합니다. 때문에 성급한 나머지 깊게 성찰하지 못하신 것 같습니다. 도 장군, 국고가 구멍이 난 것은 어제 오늘의 일이 아닙니다. 국고를 좀먹는 좀벌레들과의 전쟁을 선포한 것도 어제 오늘의 일은 아니죠. 그럼에도 여태 뿌리 뽑히지 않고 있는 관행을 낙민 순무가 무슨 재주로 고작 반 년 만에 해결하겠습니까? 그 엄청난 구멍을 어떻게 땜질할 수 있었겠습니까?"

도리침이 전문경의 간절한 말에 곰곰이 뭔가를 생각하기 시작했다. 그리고는 천천히 입을 열었다.

"나도 산서에 오면서부터 줄곧 그 문제를 생각했어요. 뭔가 석연치 않다는 생각은 들었죠. 그러나 확실한 증거가 없으니 어떻게 하겠어요."

전문경이 다시 목소리를 높였다.

"내가 번고를 봉하고 고시를 내붙인 것이나 은을 남경으로 옮겨 다시 주조하겠노라고 엄포를 놓은 것은 다 이유가 있습니다. 바로 풀숲을 헤쳐 뱀을 놀라게 하는 전략이에요. 뱀이 저절로 뛰쳐나오도록 하려는 계산이 깔려 있습니다!"

"무슨 말인지 잘 모르겠는데……."

"말씀드리겠습니다. 번고에는 사실 삼십만 냥밖에는 없습니다. 나머지는 전부 임시방편으로 빌려다 놓은 겁니다!"

전문경이 소름끼치는 표정을 지은 채 말했다. 순간 도리침이 흠칫 놀라면서 반문했다.

"빌려왔다고요? 천문학적인 액수인데, 그 많은 돈을 도대체 어디서 빌려왔다는 말입니까?"

전문경이 자신감 넘치는 어조로 대답했다.

"한 가지 간과할 수 없는 사실이 있습니다. 바로 여기가 산서성이라는 것입니다. 그렇기 때문에 그런 일이 가능합니다. '산서성의 구두쇠는 천하의 대부호'라는 말이 있지 않습니까? 이 말처럼 산서성의 부자들은 자고로 막강한 재력을 자랑합니다. 웬만한 사람의 코털이 만삭이 된 임산부의 허리통보다 굵다고 할 정도라면 더 이상 무슨 설명이 필요하겠습니까? 더구나 순무가 나서서 번고를 담보로 높은 이자를 약속하고 돈을 끌어들인다면 고작 이백칠십만 냥 정도 모으는 것은 그야말로 식은 죽 먹기 아니겠습니까? '순무아문과 금전 관계가 있으면 사흘 이내에 처리하라. 그렇지 않으면 사흘 후에는 번고의 돈을 전부 다른 곳으로 옮겨가 재주조할 것이다'라는 고시를 내붙였으니 이제 볼만할 겁니다. 내일쯤이면 돈 빌려준 사람들이 낙민 순무가 정신을 못 차릴 정도로 차용증을 들고 밀어닥칠 것입니다. 차용증이 돌아오는 날이 바로 이 천하제일의 순무가 종말을 고하는 날이 될 것이고요!"

전문경은 차분하게 자신의 계략을 설명했다. 도리침은 그의 놀라운 계책에 그저 혀를 내두를 수밖에 없었다. 그가 감탄사를 연발했다.

"그대는 정말 대단한 사람이군요! 아예 숨통을 끊어버리는 치명적인 책략입니다. 그렇다면 이제 더 이상 손볼 일도 없을 터인데, 나에게 뭘 도와달라는 겁니까?"

"여기는 부자들이 많은 산서성입니다. 또 악질 관리들이 판을 치는 태원이기도 합니다. 이제 내가 선전포고를 했으니 낙민이 순순히 당할 리는 없을 겁니다. 이래도 죽고 저래도 죽을 바에는 아마도 목숨을 걸고 발악을 해오지 않을까 싶네요. 내 생각으로는 경내에 있는 관리들을 전부 출동시켜 빚 독촉을 하는 상인들을 무슨 수를 써서라도 막으려고 할 겁니다. 그리고 내가 사흘 이내에 만약 이렇다 할 물증을 잡지 못하는 날에는 낙민은 왕명기패王命旗牌(조정에서 지방의 순무나 총독, 흠차에게 마음대로 할 수 있는 권한을 부여하는 표지)를 동원해 내 목을 칠 겁니다."

전문경의 눈빛이 등불 아래에서 반짝거렸다. 도리침이 무슨 말인지 알겠다는 듯 머리를 끄덕였다.

"알겠습니다. 결정적일 때는 내가 나서보겠습니다. 하지만 내가 도울 수 있는 기간은 하루뿐이에요. 그 사이에 증거를 확보하지 못한다면 낙민이 대인의 목을 친다고 해도 나는 달리 도울 수가 없을 겁니다."

도리침은 말을 마치고는 전문경이 뭐라고 대답할 사이도 없이 바로 화청을 나섰다. 순간 움찔움찔하면서 불안에 떨고 있던 낙민이 화청에서 나와 자리에 털썩 내려앉았다. 이어 말없이 창밖만 내다보는 도리침을 향해 조심스럽게 입을 열었다.

"도 대인, 전문경이……, 저 사람이……."

도리침이 낙민의 말에 뭔가 생각을 한 듯 즉각 단호한 어조로 말했다.

"밤이 깊었어요. 다른 관리들은 들어가 쉬라고 하세요. 낙민 대인만 남아 나하고 얘기를 좀 나눕시다."

낙민이 도리침의 말이 떨어지기 무섭게 황급히 자리에서 일어났다.

동시에 좌중을 향해 읍을 해보이면서 큰소리로 말했다.

"일 년에 한 번뿐인 정월 대보름날 나에게는 더없이 귀한 여러분들과 더불어 자리를 같이 해서 얼마나 즐거웠는지 모르오. 만남이 있으면 이별이 있소. 또 헤어짐은 다시 만나기 위한 과정이라고 하는데, 아쉽지만 오늘은 이만 마쳐야겠소. 조만간 좋은 자리를 만들어 부를 테니 그때 신나게 노는 것이 어떻겠소! 그리고 안찰사아문을 비롯해 태원현아문에서 일하는 관리들에게 특별히 부탁하고 싶은 것이 있소. 수고스럽겠으나 명절을 반납하고 치안에 각별히 신경을 써줬으면 하오. 등불놀이가 아직 끝나지 않은 상태라 만에 하나 오십만 명도 넘는 백성들이 무슨 사고라도 저지르는 날에는 문제가 심각해지오. 그대들이 더 위태로워진다는 것을 반드시 명심하시오."

좌중의 관리들이 낙민의 말이 끝나자 연신 머리를 끄덕여 보이고는 하나둘씩 자리를 뜨기 시작했다. 전문경 역시 관리들과 더불어 자리에서 물러나왔다.

이제 남은 사람은 낙민과 도리침 둘뿐이었다. 두 사람은 각각 주인과 손님 자리에 앉았다. 주변에서는 화롯불이 왕성하게 타오르고 있었다. 그 불에 비친 도리침의 이목구비는 유난히 뚜렷하게 보였다. 도리침이 불꽃을 잠자코 들여다보고 있다가 천천히 입을 열었다.

"솔직히 나는 아직도 오늘 저녁에 도대체 무슨 일이 일어난 건지 감이 잡히지 않아요. 나는 아무래도 무관 출신이라 수시로 윤활유를 쳐줘야 머리가 겨우 돌아갑니다. 웬만해서는 둔감하기 그지없다고 봐야죠. 얼마 전에 폐하께서 봉천에 있는 나를 불러 하신 첫마디가 있었어요. 바로 '지방관으로 나가고 싶은가, 아니면 북경에 남아 경관이 되고 싶은가?' 하는 물음이었어요. 그 당시 나는 이렇게 말했어요. '충'忠과 '심'心 두 글자 중 '충'의 측면에서 본다면 폐하께서 보내는 곳이라면 그곳이 불바다이든 가시밭길이든 개의치 않겠습니다. 서슴없이 떠나겠습니다. 그러나 진실한 '심', 즉 속마음을 얘기하라면 적군과 아군이 가장 분명하게 갈려 있을 뿐만 아니라 공훈과 실수도 더할 나위 없이 명명백백하게 갈리는 전쟁터에 나가고 싶습니다'라고 말입니다. 나는 서로를 저울질하고 흘뜯으면서 총성 없는 암투를 벌이는 문관들의 세계가 너무너무 싫었던 것이죠. 결국 폐하께서는 나를 배려하셔서 문관이 아닌 시위를 시켜주셨어요. 그러니 비록 흠차 신분으로 오기는 했으나 갈수록 복잡해지는 형국에서 내가 얼마나 곤혹스럽겠소이까?"

도리침의 말은 장황했다. 당연히 낙민은 도리침의 입에서 나오는 그런 말에는 관심이 없었다. 그저 전문경과 나눈 대화 내용만 듣고 싶을 뿐이었다. 그래야만 빨리 조치를 취해 곧 밀물처럼 밀려들 빚쟁이 상인들에게 대응할 수 있었다.

그러나 분위기는 전혀 자기가 뜻한 바대로 흘러가지 않았다. 도리침은 이야기를 길게 끌고 갈 눈치였다. 낙민은 불안하고 초조하기 그지없었다. 하지만 그는 애써 초조함을 달래면서 도리침을 위로하는 척했다.

"폐하께서 진정으로 도 대인을 좋아하시기 때문에 이런저런 경험을 해보라고 여기에도 보내신 것이 아니겠습니까? 도 대인처럼 그렇게 젊은 나이에 이등시위가 된 사람은 선제 때의 위동정 어른과 소주 직조蘇州織造 이후李煦 어른, 강녕 직조江寧織造 조인曹寅 어른 세 분밖에는 없었습니다. 앞으로 도 대인은 엄청나게 대성하실 분입니다. 나 같은 사람은 감히 도 대인의 뒷모습조차도 마음 놓고 바라볼 수 없을 것입니다. 전문경은 오늘 저녁 나 낙민을 무시했을 뿐 아니라 도 장군 역시 안중에도 두지 않았습니다……."

"전문경의 전자도 꺼내지 마세요. 구역질이 나니까요!"

도리침이 속으로는 코웃음을 치면서도 겉으로는 전문경이 무척이나 싫은 것처럼 말했다. 이어 덧붙였다.

"아까도 무슨 말을 하나 들어보려고 따라가 봤어요. 우물쭈물하면서 말을 꺼내지를 못하더라고요. 그래서 내가 혹시 그대의 공로를 빼앗아가기라도 할까 봐 그러느냐고 화를 냈죠. 그랬더니 '맹세코 그런 것은 아닙니다!'라고 하더군요. 그리고는 한참 뜸을 들인 다음에 '낙민 대인이 차용증을 들고 달려드는 상인들을 막아 내가 증거확보에 실패할 것 같아 걱정입니다'라고도 지껄이더군요. 그래서 내가 그런 얼토당토않은 소리는 집어 치우라고 마구 혼을 내줬어요. 세상천지에 낙민 대인처럼 당당할 뿐만 아니라 보름달처럼 투명하고 밝은 사람이 어디 있겠어요? 소인배의 잣대로 군자를 재단하려 들지 말라면서 아주 쐐기를 박아버렸어요. 그랬더니 끽소리 못하더라고요. 내가 낙민 대인을 제대로 평가하지 않았나요?"

도리침이 아첨 다분한 말을 하면서 시선 둘 곳을 몰라 하는 낙민을 뚫어지게 쳐다봤다. 그러자 낙민은 그 눈길이 부담스러운지 연신 머리를 끄덕였다.

"십 년 묵은 체증이 확 풀리는 것 같이 속이 다 시원합니다. 구제불능의 소인배 같으니라고!"

그때였다. 밖에서 4경四更을 알리는 야경꾼의 소리가 들려왔다. 이제 더 이상 지체할 수가 없었다. 낙민의 불안은 극에 달했다. 작전을 짤 시간을 벌어야 하는데 도리침이 좀처럼 자리에서 일어날 생각을 않고 있으니 그로서는 미치고 팔짝 뛸 지경이었다. 바로 그때였다. 공무결재처의 사무관 하나가 들어오더니 도리침의 눈치를 힐끗 살피면서 아뢰었다

"중승中丞 대인, 사 현령께서 방문하셨습니다."

"그래, 알았어. 곧 갈게."

낙민이 벌떡 일어서면서 반색을 했다. 그러더니 이내 표정을 바로 잡으면서 말했다.

"도 장군께서는 정말 용맹하시고 대단하신 분입니다. 죄송하지만 잠깐만 다녀오겠습니다."

도리침이 낙민의 말에 이상하다는 표정을 지은 채 찻잔을 내려놓았다. 그리고는 웃는 얼굴로 사무관을 향해 말했다.

"이 시간에 무슨 큰일이라도 난 것인가?"

사무관이 황급히 대답했다.

"무슨 일이 있는지는 감히 여쭤보지 못했습니다. 얼핏 듣기에 등불 놀이를 하던 중 화재가 발생해 가게 몇 곳이 잿더미가 됐다고 합니다. 가게를 잃은 주인들이 홧김에 실수로 불을 낸 사람을 때려 죽였다고 하는 것 같았습니다."

"이것들이 보자보자 하니까 정말! 작년에 사천성에서 유사한 일이 있어 그곳 순무가 정자를 떼이는 처벌을 받았잖아. 불낸 것은 어쩔 수 없어. 그러나 일부 불온세력들이 그 혼란을 틈타 들고 일어나면 큰일이야. 그러니 빨리 내 영전令箭을 쥐어 보내 사람들이 한데 뭉치지 못하게 해. 각자 집으로 돌려보내라고. 내가 가서 사 현령을 만나보고 뒷수습을 할 테니까!"

낙민이 일부러 크게 화난 척하면서 말했다. 연기가 기가 막혔다. 이어서 그가 서둘러 문 쪽으로 걸어갔다. 그러나 이미 늦었다. 도리침이 턱짓으로 보내는 신호를 받은 두 명의 수행원이 장검을 빼들고 따라나선 것이다.

그러자 두어 발자국 걸어가던 낙민이 돌아서서 물었다.

"도 대인, 이 사람들은……?"

도리침이 상체를 의자 등받이에 힘껏 기댄 채 대답했다.

"나는 이미 전아무개에게 약속을 한 것이 있어요. 오늘 저녁부터 내일까지 낙민 대인으로부터 한발자국도 떨어지지 않도록 할 것이라고 말이에요."

"저를 감금하시려는 겁니까?"

"언감생심 내가 어찌 낙민 대인을 감금하겠습니까? 가야 할 곳에 가고 해야 할 일을 하면 됩니다. 평소처럼 움직이면 됩니다. 다만 나의 수행원이 먼발치에서 따라다닐 겁니다. 낙민 대인으로부터 일 잘하는 방법을 두어 가지 배워가도록 하려는 겁니다."

"전문경을 그렇게나 믿습니까?"

도리침이 고개를 저으면서 깊은 한숨을 내쉬었다. 이어 웃음 띤 얼굴로 말했다.

"천만에요! 내가 믿을 사람이 없어 그런 골이 빈 사람을 믿겠어요? 나는 원래 사람을 전적으로 믿는 성격이 못 돼요. 물론 낙민 대인도 마찬가지에요. 하지만 나는 이미 전문경에게 약속을 했어요. 어쩔 수가 없어요."

"도 대인은 여기가 도 대인 댁인 줄로 착각하고 계신 것 같습니다."

낙민이 애써 화를 참은 채 껄껄 웃었다. 이어 차가운 어조로 몇 마디 덧붙였다.

"이곳은 산서성의 성부省府입니다. 저는 이곳의 주인이고요. 그런데 도 대인은 어찌 해서 남의 집에 와서 주인 행세를 하려고 하십니까? 그렇게 경우 없는 사람으로 보지는 않았는데요. 제가 싫다면요?"

그러자 도리침이 대수롭지 않은 표정으로 말했다.

"그대가 누구라는 사실을 내가 왜 모르겠어요? 덧붙이자면 그대는

'천하제일순무'天下第一巡撫이기도 하죠. 그러나 나에게도 '옥면무상'玉面無常이라는 별명이 있다는 사실을 알려주고 싶네요. 그대가 아무리 기를 쓰고 덤벼들어도 당해내지 못할 괴력이 있다는 얘기죠."

"여봐라!"

마침내 낙민이 노기충천한 어조로 밖을 향해 고함을 질렀다. 순식간에 수십 명의 부하들이 달려들어와 우르르 무릎을 꿇었다. 그리고는 우레 같은 소리로 외쳤다.

"부르셨습니까?"

"화청을 물샐틈없이 포위하라!"

"알겠습니다."

"잠깐!"

그때 도리침이 자리에서 일어섰다. 동시에 수행원 10여 명이 들어와 낙민의 부하들과 대치했다. 삽시간에 화청은 일촉즉발의 긴장감에 휩싸였다. 도리침이 자신의 수행원들을 향해 명령을 내렸다.

"전부 웃옷을 벗어라!"

도리침의 명령이 떨어지기 무섭게 한바탕 천이 찢어지는 소리가 울려 퍼졌다. 단추가 사방에 튀어 흩어졌다. 곧 10여 명의 수행원들은 어느새 웃통을 드러낸 채 결전을 벌일 태세로 서 있었다.

"낙민 대인, 아무리 바빠도 내 수행원들의 벗은 몸을 좀 보시겠습니까?"

사실 도리침이 군이 권고를 할 필요도 없었다. 낙민은 이미 그 전에 흉측하기 이를 데 없는 수행원들의 몸을 봤고, 차마 눈 뜨고 볼수 없어 외면을 했던 것이다. 칼에 찔린 자국, 화살이 꿰뚫고 탄약이 박혔던 흔적…… 말할 것도 없이 저마다 생사를 넘나든 흔적이었다. 낙민의 숨소리는 서서히 가빠지기 시작했다. 도리침이 그 사실을 확인하고는 느긋한 어조로 말했다.

"모두 열 세 명이에요. 상처마다 책 한 권은 엮어 낼 수 있는 분량의 사연을 담고 있죠!"

낙민이 새벽 찬 공기가 추워서 그런지 몸을 흠칫 떨었다. 도리침은 그 광경을 보고는 씩 웃으면서 결정타를 날렸다.

"폐하의 명령을 받들어 최소한 백 번도 넘게 전투 경험을 쌓은 병사들을 모은 다음 그중에서도 특별히 선발한 이들입니다. 최정예 부대의 병사들이라고 할 수 있죠. 이 사람들은 일명 '점간처'粘竿處의 호위무사들로서 앞으로도 궁중의 숙위와 폐하의 안전을 지켜드릴 사람들입니다. 폐하의 경호 담당 영시위내대신의 휘하로 편입될 예정이기도 하죠. 이런 사람들 눈앞에서 흠차인 내가 공무를 제대로 수행하지 못한다면 체면이 서지 않아 곤란해질 겁니다."

도리침이 표정 없는 얼굴을 한 채 말을 이어나갔다. 그러나 내용은 거의 협박조였다.

낙민은 옹정 황제가 넷째 황자 시절 집에 '점간처'라는 경호부대를 만들어 자신의 안전을 도모했다는 말을 일찍이 전해들었다. 그러나 그 은밀한 내막에 대해서는 자세히 알 턱이 없었다. 그럼에도 다분히 위압적인 도리침의 말에 은근히 겁을 집어먹었다. 그는 몰래 창밖을 내다봤다. 이미 날이 어슴푸레 밝아오고 있었다. 그가 더 이상 지체할 수 없다고 판단했는지 마지막으로 용기를 끌어 모아 고함을 질렀다.

"허튼소리 마시오. 나는 탄핵안을 올릴 거요! 성조께서는 즉위 초에 세 번씩이나 조서를 내려 명나라 말기에 나라를 누란의 위기에 처하게 만든 창위廠衛(궁궐 내의 정보 및 사찰기관. 동창東廠과 서창西廠, 금의위錦衣衛 등으로 구성됨)의 위해성을 누누이 강조하셨소. 그리고 암암리에 백관들을 감시하는 창위 성격을 띤 십삼아문十三衙門이라는 기관을 철거해 버렸소. 그런데 지금 그대가 말한 대로라면 '점간처'가 변칙적인 십삼아문이 아니라고 누가 장담할 수 있겠소이까? 그런 식으로 겁을 주면 내가 알아서 설설 길 줄 알았소? 천만의 말씀이오! 나에게는 그런 유치한 작전이 먹히지를 않소. 아무리 시슬 푸른 칼을 가지고 있다고 해도 죄 없는 나를 죽일 수는 없을 거요."

낙민의 반격에도 도리침은 끄떡하지 않았다. 오히려 쇳덩이처럼 딱딱하고 차가워 보이는 얼굴을 한 채 비웃듯 말했다.

"나도 처음에는 그대가 깨끗한 줄 알았소. 그러나 이제 보니 그런 것 같지도 않소. 낮말은 새가 듣고 밤말은 쥐가 듣는다고 했소. 아무리 모르게 한다고 해도 하늘과 땅은 알고 있기 마련이오. 또 내 칼은 아무리 굵은 목이라도 칠 수 있다는 사실을 미리 알려주고 싶소! 그리고 '점간처'가 명나라 말기의 동창이나 서창과 같은 성격을 가지고 있는지의 여부는 당신이 직접 폐하께 여쭤보고 알아보면 되겠소. 분명한 것은 나는 점간처 소속 관리의 신분으로 산서성의 정무에 간섭하는 것이 아니라는 사실이오. 이곳에 파견 나온 흠차의 신분으로 국채 환수 작업의 완성도를 조사하려고 왔을 뿐이오. 성명하신 천자를 기만하고 우롱하는 죄를 지으면 어떤 처벌을 받는지 누구보다 잘 아는 낙민 선생께서 현명한 판단을 해주기를 바라오!"

도리침은 전문경에게 시간을 벌어주기 위해 갖은 방법을 다 강구했다. 결과적으로 낙민의 발목을 잡을 수 있었다. 이 때문에 밖에서 기다리다 못해 달려온 사본기 현령은 발을 동동 굴렀다. 그러나 처마 밑에서 초조하게 방 안만 힐끔힐끔 쳐다볼 뿐이었다.

얼마 후 멀리서 닭이 홰를 치는 소리가 연달아 들려왔다. 이어 날이 훤히 밝아왔다. 그때 전문경이 한 손 가득 차용증을 움켜쥔 채 빠른 걸음으로 화청으로 성큼 들어섰다. 이어 분노인 듯, 기쁨인 듯 설명하기 어려운 목소리로 고함을 질렀다.

"증거를 잡았어요. 증거를 잡았다고요. 산서성 탐관오리들을 한 방에 날려 보낼 증거를 확보했어요!"

전문경의 말이 터져 나오자 사색이 된 낙민이 몸을 심하게 떨더니 곧 의자 위에 무너져 내렸다.

도리침이 산서성 순무 낙민을 탄핵하는 상주문은 사흘 후에 상서방으로 전해졌다. 명절 뒤였으나 각 지역 관리들이 보낸 문안 요청 상주문이 끊일 줄 모를 때였다. 옹정은 이런 상황에서 결단을 내렸다. 급한 내용이 아닌 문안 요청 상주문은 제쳐두고 외관들이 보내온 일과 관련 있는 상주문부터 처리하라는 명령을 내린 것이다.

원래 강희 황제 때부터 내려온 규정에 의하면 문안 요청 상주문은 특별히 노란 비단을 씌워 올려 보내야 했다. 반면 일반 상주문은 그냥 올려도 괜찮았다. 그러나 외관들은 "격식을 차려 나쁠 것은 없다"는 생각하에 무분별하게 모든 상주문에 노란 비단을 씌웠다. 장정옥과 융과다, 마제 등 세 명의 상서방 대신들은 어쩔 수 없이 하나씩 펼쳐보면서 문안 요청 상주문과 일반 상주문을 가려내야 했다. 내용이 비슷비슷한 그런 상주문을 훑어보던 도중 도리침이 보낸 탄핵의 글을 발견한 사람은 다름 아닌 마제였다. 마제가 글을 잠시 읽어보더니 고개를 갸웃거렸다.

"형신, 도리침 그 친구 원래 어느 부서에 있었소이까? 잘 기억이 나지 않는데요?"

장정옥이 서류 더미에 머리를 파묻고 있다가 고개도 들지 않은 채 대답했다.

"글쎄, 나도 잘 모르겠어요. 원래 봉천에서 장옥상 대장군 밑에서 참장參將으로 있었던 친구예요. 북경에 온 지 얼마 되지 않은 친구인데……."

마침 그때 융과다가 바람을 쐬기 위해 밖에 나갔다 들어왔다. 그는 역시 눈썰미 좋은 사람다웠다. 바로 마제가 들고 있던 상주문을 들여다 본 것이다. 그가 길게 숨을 들이마시면서 말했다.

"도리침 이 자식 바보 아니야? 시키는 일만 하고 오면 되지 지방 정무에는 왜 간섭하고 난리야?"

"아우, 뭘 제대로 보고나 말하시게. 전문경이라는 사람을 대신해 전해온 것이잖소!"

마제가 융과다를 힐끗 쳐다보고는 툭 쏘듯 말했다. 뭔가 기분이 좋지 않은 듯했다. 사실 그럴 수밖에 없었다. 그는 평소 속으로 북경 구성九城의 숙위宿衛 대권을 장악하고 있는 황제의 외삼촌 융과다를 은근히 멸시하고 있었던 것이다.

장정옥이 '전문경'이라는 말을 듣자마자 흠칫하면서 마제 곁으로 다가가 상주문을 읽어보고는 말했다.

"무척이나 중요한 내용이에요. 간추릴 부분이 없는 것 같은데요. 원본 그대로 올려 보내야겠어요."

융과다가 장정옥의 말에 제동을 걸었다.

"올려 보낼 때 보내더라도 우리도 미리 답변거리를 생각해둬야 하지 않겠소? 낙민은 폐하께서 가장 모범적인 순무라고 극찬을 하신 관리 아니오? 전문경의 말대로 '공로를 조작해 상부에 아첨한 탐관오리'가 사실이라면 폐하의 체면은 어떻게 되는 거요? 또 산서성의 관리들 전체가 '상하로 엉켜 붙은 채 안팎으로 기만을 일삼았다'라고 했는데, 이 소식이 관보에 실려 나가면 어떻게 되겠소. 다른 지역 관리들의 사기를 떨어뜨리지는 않을까 걱정이 되오. 만약 폐하께서 이에 관해 우리들의 생각을 물어 오시면 어떻게 하겠소?"

마제가 융과다의 장황한 말에 차 한 모금을 마시고 나더니 입을 열었다.

"맞는 말이오. 하마터면 방금 융과다 대인이 얘기했던 그런 부분을 간과하고 그냥 올릴 뻔했소. 그런데 우리 상서방은 다른 부서와는 다르지 않소. 자고로 황제의 자문 역할만을 해왔을 뿐 공동명의로 올려 보낸 상주문을 우리끼리 의결한 적은 없지 않소이까?"

장정옥은 마제의 말을 듣자마자 분명한 사실 하나를 느꼈다. 그것은 바로 마제와 융과다가 동상이몽의 생각을 하고 있다는 사실이었다. 실제로도 그랬다.

우선 융과다는 수석 대신의 자부심을 안고 상서방의 주도권을 쥐려 하고 있었다. 또 마제는 어떻게 해서든 따로 놀려 하고 있었다. 장정옥이 그걸 모를 리가 없었다. 때문에 두 사람 사이에 끼어들지 않은 채 잠자코 자신의 생각만 정리하고 있었다.

그때 염친왕 윤사가 태감 하주아를 데리고 들어섰다. 그러자 융과다가 한결 부드러워진 말투로 말했다.

"여덟째마마, 양심전에서 오시는 길입니까?"

"그러네! 폐하께서 세 분을 부르셨어. 연갱요가 섬서성에서 술직을 하기 위해 북경에 도착했어. 아마 폐하께서 서부의 군사軍事 문제와 관련한 지시를 내리시려는 모양이야."

윤사가 미소를 지은 채 머리를 끄덕여 보이면서 말했다. 그리고는 바로 장정옥에게 다가가 어깨를 두드려주었다.

"형신, 일도 좋으나 건강도 좀 챙겨야겠어. 상주문을 수백 개씩이나 보고 나면 눈이 빠질 것 같을걸? 방금 폐하께서 요즘 그대가 서

너 시간 이상을 못 잤을 거라면서 걱정을 하시던데."

윤사가 말을 마치고는 바로 안쓰러워 못 보겠다는 듯 한숨을 토해 냈다. 네 사람은 앞서거니 뒤서거니 하면서 상서방을 나와 양심전으로 향했다.

그 시각 옹정 황제는 양심전의 동난각 큰 온돌방에 앉아 있었다. 서북에서 온 대장군 연갱요를 접견하고 있었다. 온돌방의 커다란 어로御爐 안에서는 향이 타는 연기가 아른아른 피어오르고, 유금법랑鎏金琺瑯 장식을 한 웅장한 정대鼎臺(발이 세 개 달린 커다란 솥)에서는 석탄이 타고 있었다. 덕분에 넓은 궁전은 후끈후끈했다.

옹정이 네 사람이 차례로 들어와 대례를 올리자 머리를 가볍게 끄덕이면서 말했다.

"연갱요가 서부 지역의 군사 문제에 대해 상주하고 있는 중이네. 자네들도 들어뒀으면 해서 불렀어. 계속하지."

"예, 폐하."

연갱요가 옹정의 지시에 상체를 숙여 보였다. 이어 다시 보고를 이어갔다.

"나포장단증이 감히 조정을 멸시하고 스스로 친왕임을 선언했사옵니다. 그리고는 서장西藏(티베트)을 점령했사옵니다. 그것도 모자라 청해성을 삼키려하고 있사옵니다. 그렇게 나오는 이유는 분명합니다. 옛날의 숙적이었던 책망 아랍포탄과 손을 잡았기 때문이라고 할 수 있사옵니다. 책망 아랍포탄은 작년 한 해 동안에만 나포장단증에게 황금 오만 냥을 줬사옵니다. 또 화총 사백 자루도 지원해줬사옵니다. 근래에 그들은 청해성에 눈독을 들인 나머지 치밀한 작전 방안까지 짜놓고 있다고 하옵니다. 아마도 호시탐탐 절호의 기회만을 노리고 있을 것이옵니다. 그러니 폐하께서는 천병을 파견해 나포장단증을 치는 결단을 내리시옵소서. 그것은 하늘의 뜻에 따른 것이옵니다. 또 민심에 부합되는 성스러운 일이 아닐 수 없사옵니다……."

융과다는 연갱요라는 이름을 들은 적은 많았다. 그러나 직접 만나는 것은 처음이었다. 물론 성격이 난폭하고 거만할 뿐만 아니라 함부로 날뛰는 안하무인의 전형이라는 사실은 모르지 않았다. 강희 47년 황제를 배알하러 가던 도중 도둑을 때려잡는다고 하면서 무고한 인명을 대거 도륙해 강하진이라는 곳을 피바다로 만들게 했다는 소문역시 들은 바 있었다.

그 당시 융과다는 도찰원都察院에서 감찰어사로 있었으므로 악이태와 함께 연갱요 탄핵안을 올리기도 했다. 그러나 연갱요는 옹친왕이라는 든든한 배경에 힘입어 계속 활개를 치고 다녔다. 탄핵안을 올린그와 악이태만 머쓱해져 한동안 풀이 죽어 지내야만 했다. 그런 연갱요를 15년이 지나서야 처음 만나게 됐으니 그로서는 그야말로 말로형언하기 어려운 기분이었다.

아홉 마리 맹수 무늬의 관복에 선학仙鶴 보복을 입고 있는 연갱요는 각이 진 붉은 얼굴에 호랑이를 방불케 하는 눈빛이 형형했다. 두마리의 누에를 닮은 짙은 눈썹은 약간 위로 치켜 올라가 있었다. 또 50세를 바라보는 나이임에도 반들반들하게 빗어 넘긴 머리에서는 흰색을 찾아보기 힘들 정도였다. 게다가 시종일관 허리를 곧게 펴고 앉은 채 침착하게 자신의 생각을 말하는 모습은 뭔가 모르게 대단하고 당당해 보였다. 한마디로 전체적으로 맹수들 무리에서 살다가 인간으로 환골탈태해 돌아온 야인 같은 분위기가 흘러넘쳤다. 융과다는 순간적으로 저 사람이 과연 10여 년 전 자신을 탄핵했던 상대를기억할 수 있을까 하는 생각을 했다.

그때 옹정의 말소리가 들려왔다.

"연 장군, 자네 휘하에 있는 병사의 수가 얼마나 되는가? 병부의 보고를 받기는 했으나 확실히 믿을 수가 없어서 그러네. 짐이 요즘 들으니 병사들에게 내려오는 수당을 타 먹으려고 일부러 숫자를 늘려서 보고하는 자들이 많다고 하더군. 천하의 까마귀들은 하나같이 검은색 일색인 것 같아. 짐이 아직은 그런 것을 캐낼 이유가 없어서 잠자코 있을 뿐이지만 언젠가는 된통 당할 줄 알라고 해. 짐이 병사 숫자를 정확히 알고자 하는 것은 서부 전선에 대한 파병을 결정했기 때문이네. 실제로 병사가 얼마나 되는지를 알아야 앞으로 얼마를 더 증병해야 하는지 계산이 나오지 않겠는가?"

"폐하께 아뢰옵니다. 신의 수중에는 현재 구만 사천칠십삼 명의 병마가 있사옵니다. 병부에서 보고 올린 그대로이옵니다. 신은 폐하께서 직접 키워서 내보낸 문하이옵니다. 밖에 나갔다고 해서 행동거지를 엉망으로 하고 다닌 적은 맹세코 없사옵니다. 병사들 수를 부풀려 보고 올린 적은 더군다나 없사옵니다. 앞으로도 폐하의 체통에 먹칠을 하는 일은 결코 있을 수 없다는 것을 약속드리옵니다!"

연갱요가 옹정의 단호한 어조에도 전혀 주눅 들지 않은 채 큰소리로 대답했다. 옹정이 깊은 눈빛으로 그런 연갱요를 오래도록 바라보더니 고개를 끄덕였다.

"짐은 자네를 누구보다도 더 믿네. 그러나 나포장단증의 십만 철기병도 서북을 종횡무진하면서 그동안 세력을 많이 키워왔다고. 서북에서는 감히 대적할 상대도 없는 큰형 노릇을 해왔다고 할 수 있어. 게다가 기마술에 능하고 용맹하기가 야수 같은 몽고의 사내들이잖아. 기세를 진압하기가 여간 힘들지 않을 거네. 자신감은 가지되 방심은 금물이야!"

"예, 폐하! 성훈聖訓을 깊이 아로새기고 매사에 조심하겠사옵니다."

연갱요가 깊숙하게 고개를 숙이면서 대답했다. 그러자 옹정은 온돌마루에 너무 오래 앉아 있어 불편한 듯 자리에서 일어나더니 신발을 신고 바닥에 내려섰다. 그런 다음 뒷짐을 지고 한참 동안 왔다 갔다 하면서 무언가 생각에 잠겨 있더니 다시 연갱요를 향해 말했다.

"자네에게 증병을 해주겠네."

옹정이 이어 융과다에게 고개를 돌린 채 덧붙였다.

"산서성, 섬서성, 사천성, 운남성 네 곳에 있는 주둔군은 이제부터 전부 연갱요의 휘하에 편입된다는 내용의 조서를 작성해 보내게."

"예, 폐하!"

융과다가 황급히 대답했다. 옹정이 다시 뭔가 생각을 하더니 천천히 말을 이었다.

"그리고…… 유림楡林에 주둔하고 있는 평역장군平逆將軍 연신延信에게도 서찰을 보내게. 수중에 있는 오만 인마를 데리고 감숙성으로 들어가 연갱요의 명령을 기다리라고 하게. 필요한 군량미는 스스로 준비하라고 하고. 이제 이렇게 되면 연갱요의 실제 병력은 이십삼사만명은 될 거야. 한번 붙어볼 만하지!"

융과다가 다시 알겠다는 대답을 했다. 이어 몇 마디를 덧붙였다.

"원래 병마를 움직일 때는 병부의 감합勘合(발송할 공문서)의 한 끝을 원본 문서에 대고 그 위에 겹쳐 도장을 찍어야 하게끔 되어 있사옵니다. 그러나 이제 바로 비상시기에 돌입하는 만큼 밖에 나가 있는 장군들에게 허락된 병마를 마음대로 끌어다 쓸 수 있는 권리를 부여하는 것이 어떨까 하옵니다. 그러면 병부와 밀고 당기는 과정에서 발생하는 시간낭비를 줄일 수 있을 것 같사옵니다."

"그렇지! 그건 자네 생각대로 하게. 연갱요, 오느라 피곤했을 텐데 자네는 이제 그만 물러가 쉬도록 하게. 강희 오십칠 년에 육만 명의 병마가 전멸당한 치욕을 잊지 말라고 다시 한 번 부탁하고 싶네. 부디 용맹하게 싸워 짐의 체면을 살려줬으면 하는 바람이야. 조정에서는 신중에 신중을 기해 이번 출병을 어렵게 결정한 만큼 반드시 이기고 돌아와야 하네!"

"예, 폐하! 신은 반드시 승전고를 울려 폐하의 은혜에 보답하도록 하겠사옵니다."

연갱요가 자리에서 나와 길게 엎드린 채 옹정의 말을 듣더니 카랑카랑한 목소리로 대답했다. 머리도 세 번이나 조아렸다

"이제 그만 가보게. 열셋째가 집에서 주안상을 차려놓고 기다리나 본데, 병법에는 일가견이 있는 두 사람이 어디 한번 계획을 잘 짜보라고!"

연갱요는 옹정의 말이 끝나자 바로 물러갔다. 그제야 옹정은 꿔다 놓은 보릿자루처럼 서 있던 네 사람을 향해 웃음 띤 얼굴로 말했다.

"자네들과는 큰 관련이 없는 일이나 들어두어도 나쁠 것이 없을 것 같아서 말이야. 어때? 짐이 결정한 대로 하면 괜찮겠지?"

여덟째 윤사는 무슨 수를 써서라도 열넷째를 서부로 보내고 싶었다. 때문에 연갱요가 서부로 가게 되는 것은 그로서는 일말의 희망마저 산산조각 나는 것과 같았다. 그가 급기야 마지막 희망의 끈을 놓치지 않으려는 듯 먼저 아뢰었다.

"신은 폐하의 용단과 타당한 조치에 깊이 감복하는 바이옵니다. 하오나 신이 보기에는 연갱요가 재능은 있으나 완강한 적들과 대적하기에는 병사들을 지휘한 경험이 부족하지 않나 싶사옵니다. 이제 대군이 출병하게 되면 군량미가 동남쪽 여러 성에서 전달될 것이옵니다. 연갱요가 진두지휘를 하게 되면 군량미의 조달에 신경을 쓸 여유가 없지 않겠사옵니까? 만전을 기하기 위해서는 열넷째에게 군량미

의 안전하고 신속한 배송을 책임지게 하는 것이 어떨까 하옵니다. 선제께서는 누누이 서북의 전선은 결국 군량미의 대결이라고 강조하셨사옵니다. 이 점을 폐하께서는 신중하게 고려해 주셨으면 하옵니다!"

옹정은 척하면 삼천리라고 윤사의 속셈을 알고도 남았다. 그는 윤사 일당을 전혀 믿지 않았다. 그러나 곰곰이 생각해보면 윤사의 말에 상당히 일리가 있었다. 그는 경각심을 높여야겠다고 생각하면서도 미소를 지으면서 대답했다.

"그것은 그렇지 않아도 짐이 염두에 두고 있던 문제야. 그러나 열넷째뿐만 아니라 열셋째도 군사 분야에는 나름 일가견이 있는 전문가 아니겠나? 두 사람이 상의한 후에 결정짓도록 하지. 또 서부 전선은 결국 군량미 대결이라는 말은 언제라도 옳은 말이야. 다들 산서성 순무 낙민처럼 번고를 가득 채워놓은 채 기다려 준다면 걱정이 없겠는데 말이야."

옹정의 말이 떨어지자마자 윤사를 제외한 세 사람은 순간적으로 흠칫했다. 그러나 도리침이 낙민에 대한 탄핵안을 올린 줄을 모르는 윤사는 조심스럽게 웃어 보이면서 맞장구를 쳤다.

"과연 그렇사옵니다. 그러면 이번에 산서 번고에서 먼저 백만 냥을 꺼내 연갱요에게 줘서 보내는 것이 어떻겠사옵니까? 조정에서 대사를 앞두고 병사들을 위로하는 차원에서 말이옵니다. 그 조치는 이번 출병을 계기로 국채 환수 운동에 가속도가 붙도록 하는 역할도 톡톡히 해낼 것 같기도 하옵니다!"

"음, 그래! 그게 좋겠군!"

옹정의 두 눈이 갑자기 반짝거렸다. 윤사의 제안이 몹시 마음에 드는 모양이었다. 즉각 장정옥을 향해 지시를 내렸다.

"방금 말한 내용을 골자로 지의를 작성하도록 하게!"

세 명의 대신은 서로를 번갈아보면서 쳐다봤다. 얼굴에서 난감한 기색이 그대로 드러나고 있었다. 그러나 장정옥이 결심을 하는 데는 그렇게 오랜 시간이 걸리지 않았다. 얼마 후 그가 무릎을 꿇은 채 나지막이 입을 열었다.

"폐하……!"

11장
분기탱천한 옹정

　장정옥은 애써 마음을 다잡은 다음 숨을 골랐다. 그리고는 전문경이 산서성에서 낙민이 조정을 상대로 사기를 친 사실을 파헤친 경위를 아뢰고 상주문을 읽어 내려갔다. 그러면서도 틈틈이 옹정의 눈치를 보았다. 그는 옹정의 성격을 어느 정도는 알고 있었다. 평소에 겉으로 드러나 보이는 한결같이 차갑고 이성적인 모습은 옹정에 의해 의도적으로 만들어졌을 뿐만 아니라 스스로가 궁극적으로 추구하는 모습이라는 사실 역시 너무나도 잘 알고 있었다. 베일에 가려진 진짜 모습은 칠정육욕七情六欲이 확연히 구별되는 다혈질적인 성격이었다. 그는 이번 일이 옹정 그 자신의 체통에 관련된 사안일 뿐 아니라 정국의 안정에도 적잖은 영향을 미칠 것이라는 것을 아프게 느끼고 있었다. 손가감이 호부를 떠들썩하게 만든 사실과는 본질적으로 달랐다. 그뿐만이 아니었다. 이번 일은 제대로 마무리 짓지 못하면 전국

각지의 관리들을 혼란에 빠뜨릴 수 있었다. 나아가 사라질 줄 모르는 황자들의 암투와 맞물려 엄청난 파란을 몰고 올 가능성도 컸다.

그는 황제를 감싸고 보필해야 할 재상으로서 어떻게 이 난국을 타개해 나가야 할까? 하는 걱정을 하지 않을 수 없었다. 도리침의 상주문을 읽으면서도 그의 머릿속이 삼단 검불처럼 복잡했던 것은 다 까닭이 있었다. 그는 상주문을 다 읽은 다음 두 손으로 옹정에게 건네면서 한마디를 덧붙였다.

"폐하, 이 사건은 비록 큰일이기는 하나 서부 전선으로 병력을 파견하는 것에 비하면 급선무는 아니라고 생각되옵니다. 이 일은 시간을 가지고 여유 있게 처리하는 것이 바람직할 것 같사옵니다. 폐하께서 부디 현명한 판단을 내리시기를 바라마지 않사옵니다!"

"그래야지."

옹정이 장정옥의 제안에 천천히 고개를 끄덕였다. 그러나 표정은 뭐라 형언하기 어려울 만큼 복잡해 보였다. 분명히 귀를 기울이는 것 같았으나 어쩌면 아무 것도 듣지 않은 것 같기도 했다. 꽉 깨물었던 아랫입술에는 그래서인지 선명한 이빨자국까지 보였다. 심지어 상주문을 받으려고 내민 손이 가늘게 떨리기도 했다.

"다 읽었어? 낙…… 낙민이 결백을 주장하는 상주문은 없었나?"

옹정의 질문이 끝나자마자 장정옥이 고개를 돌려 마제와 융과다를 바라봤다. 두 사람 모두 고개를 저어보였다. 장정옥이 신속하게 대답했다.

"이번에는 없었사옵니다. 하루 이틀 안으로 도착하지 않을까 싶사옵니다. 그런데 전문경이 산서성 상인들로부터 확보한 차용증은 무려 사백칠십 장이나 된다고 하옵니다. 그러니 확증이 있는 것은 틀림없는 것 같사옵니다. 낙민이 자신의 결백을 주장하는 상주문을 올려봤자 별것 없을 것이옵니다. 고작해야 부하들이 자신을 속이고 한 짓이라고 발뺌을 하는 정도가 되지 않을까 싶사옵니다."

옹정이 장정옥의 말을 다 듣고 나더니 마른 침을 꿀꺽 삼켰다. 이어 고개를 돌려 윤사를 향해 물었다.

"여덟째, 자네 생각은 어떤가?"

사실 옹정은 윤사에게 의견을 물을 필요도 없었다. 옹정의 실패는 그에게는 환호작약할 일이었으니까 말이다. 사실 그는 기분이 날아갈 것 같았다. 낙민에게 '천하제일순무'라는 칭호를 내린 지 불과 며칠 만에 옹정이 수많은 관리들 앞에서 스스로 자신의 뺨을 때린 격이 됐으니 왜 그렇지 않겠는가! 더구나 낙민은 연갱요가 추천한 사람이었다. 그는 속으로 쾌재를 불렀다. 잘 하면 국채 환수 작업에 한껏 열을 올린 결과 황제까지도 빚에서 자유로울 수 없을 정도로 만들어버린 과거의 기상천외한 현실이 이번에도 재연될 수 있었기 때문이었다. 그러나 윤사는 겉으로는 전혀 내색하지 않았다.

"신은 장정옥의 말에 전적으로 공감하옵니다. 이것은 천하에서 제일가는 일대 사기극이 아닐 수 없사옵니다. 낙민은 온몸에 입이 다닥다닥 달렸다고 해도 '성은을 저버리고 황제 폐하를 기만하며 직무를 태만히 했다'는 죄명을 벗을 수는 없을 것이옵니다. 그러나 이 시점에서 가장 우려스러운 것은 다른 것이 아니옵니다. 연갱요가 적을 토벌하러 청해성으로 진군하는 일이옵니다. 또 이 일로 인해 군량미 조달에도 차질을 빚게 되었사옵니다. 또한 산서성의 국채 환수의 실태가 밝혀졌는데도 이 사실을 가볍게 처리하고 넘어간다면 다른 지역에서도 문제가 흐지부지될 것이 분명하옵니다. 결국에는 너 나 할 것 없이 일을 처리하지 않고 흐지부지 덮어버리게 될 것이옵니다. 그렇게 되면 군량미 보급에 심각한 문제가 생길 수밖에 없사옵니다. 그건 불 보듯 뻔한 일이옵니다. 그러므로 큰일과 급한 일은 달라 보이기는 하나 사실은 같은 것이옵니다."

융과다는 윤사의 말을 듣자마자 속으로 감탄을 했다. 당면한 과제에 대한 그의 탁월한 이해력과 분석력에 혀를 내두르지 않을 수 없었던 것이다. 사실 그는 옹성의 황제 등극에 일조했다는 이유로 오래전부터 '팔황자당'과 많이 멀어져 있었다. 게다가 연갱요와도 관계가 썩 좋다고 하기 어려웠다. 때문에 그가 서부 전선에서 승전고를 울린 다음 공로를 세우고 개선장군이 되어 돌아오는 결과가 대단히 부담스러울 수 있었다. 그것은 앞으로 유력한 정적이 한 명 더 생기는 것과도 같았기 때문이다. 그가 은근히 윤사가 낙민과 연갱요를 한데 엮어 웅덩이에 처넣고 매장해 버렸으면 하는 바람을 속으로 가졌던 것은 다 이유가 있었다.

하지만 윤사는 그런 융과다의 마음을 읽었는지 연갱요에 대해서는 일언반구도 언급하지 않았다. 융과다는 다시 한 번 윤사를 경외감이 가득한 눈으로 쳐다봤다. 순간 그와 윤사의 시선이 잠깐 동안이나마 마주쳤다. 그러나 둘은 마치 약속이나 한 듯 재빨리 서로를 외면했다.

"신의 생각에는 발등에 떨어진 불부터 끄는 것이 좋지 않나 싶사옵니다."

마제가 이해관계가 얽혀 있는 다른 사람의 생각에는 전혀 관심이 없는 듯 오랜 생각 끝에 천천히 입을 열었다. 이어 자신의 의견을 덧붙였다.

"아무래도 장정옥 대인의 말에 무게중심을 두는 것이 좋을 것 같사옵니다. 낙민의 사건은 버선목 뒤집듯 까밝히고 보면 여기에 연루되지 않는 산서성의 소신 있는 관리는 하나도 없을 수도 있사옵니다. 낙민이 전문경이라는 폭탄을 피해가기 위해 갖은 수법을 동원한 것도 결코 파면시키는 것으로만 덮을 수도 없는 것이옵니다. 몇 백만 냥에 달하는 은을 빌려서 조정의 조사를 피해놓고 부하들이 몰래 한 짓이라 전혀 몰랐다고 엉성한 거짓말을 꾸민다는 것은 애초부터 어불성설이 아니겠사옵니까? 그러나 당장은 이 벌집을 쑤셔서 득이 될 것이 없다고 생각하옵니다. 관가가 술렁이고 민심이 들뜨면 서부 전선을 지원하는데 차질이 우려될 것이 아니옵니까?"

옹정은 마제의 말이 끝나기 무섭게 차 한 모금을 마시고 자리로 돌아가 앉았다. 몇몇 신하들의 의견을 들으면서 다소 마음의 안정을 찾은 듯했다. 그가 한참 후 웃음 띤 얼굴로 말했다.

"자네들이 조심조심 비켜가면서 핵심을 언급하지 않고 있으나 짐은 다 알아. 낙민의 사건에는 짐의 체면도 얽혀 있다는 사실을 말이야. 그자가 천하제일의 순무라고 만천하에 칭찬한 지 불과 며칠 만에 '거꾸로 제일'이 돼 나타났으니 말이야!"

옹정의 얼굴에는 순간 웃음기가 깡그리 사라지고 눈빛이 날카롭게 빛났다. 그가 다시 천천히 덧붙였다.

"자네들의 생각대로라면 '부하들의 잘못을 미리 간파하지 못한 가벼운 독직죄' 정도로 낙민을 한편에 밀어놓아야 하지 않겠는가? 또 조정에서는 짐짓 모르는 척 덮어두자는 얘기 아닌가? 서부 전선의 일이 끝나는 대로 엄중하게 처벌하자는 생각이라고 할 수 있겠지?"

"예, 폐하! 폐하께서 성훈을 내려주시옵소서!"

좌중의 사람들이 일제히 무릎을 꿇으며 머리를 조아렸다. 더 이상 감히 서서 듣고 있을 수가 없다고 생각한 모양이었다. 하기야 살얼음이 떨어질 것 같은 옹정의 얼굴을 감히 바라볼 수도 없는 상황에서는 그럴 수밖에 없었다.

"둘 다 취할 바가 못 되네!"

옹정이 냉소를 흘리면서 말했다. 그리고는 유리 창문을 꿰뚫어 버리기라도 할 듯 비수 같은 눈빛으로 창밖을 노려봤다. 이어 다시 잘근잘근 씹어 내뱉듯 천천히 입을 열었다.

"누구든 짐의 체통에 먹물을 끼얹는 자는 용서 못해! 낙민이 이렇게까지 막 나올 줄은 정말 몰랐어. 이것은 단순히 '직무태만'이 아니야. 엄연히 군주를 기만한 죄에 해당이 돼. 살인은 경우에 따라 용서할 수 있을지 몰라. 그러나 배신은 절대 용서할 수 없어! 연갱요가 그자를 추천할 때는 강서성에서 양도糧道의 일을 잘하고 있을 때였어. 언제인가 성조께서 '낙민, 그자는 겉으로 보기에는 흠잡을 데 없어 보여. 그러나 자신의 약점을 적극적으로 덮어 감추려고 하는 사람이 분명해. 그럴수록 중용하지 말고 조심해야 해'라고 귀띔해 주신 적이 있었지. 그러나 짐은 한번 크게 믿어보기로 했어. 왜냐고? 사람이니까. 그래서 목마 태우듯 봉강대리 자리에 올려줬지. 그런데 결국 짐의 뒤통수를 쳐버렸어. 성조를 배신한 것에서도 모자라 짐을 기만하고 연갱요를 욕되게 했다고……."

옹정이 갈수록 흥분하면서 얼굴이 벌겋게 상기되더니 급기야 사레들린 듯 기침을 격렬하게 토했다. 이어 거친 숨을 몰아쉬면서 책상을 힘껏 두드리더니 말을 이었다.

"이런 배신자에게서는 개과천선을 기대할 수가 없어. 일벌백계를 위해서라도 가만 놔두지 않을 거야."

옹정의 말은 단호했다. 화가 단단히 난 것 같았다. 좌중의 사람들은 옹정이 목소리를 높일 때마다 깜짝깜짝 놀라면서 연신 머리를 조아렸다. 즉위한 이후 그토록 무섭게 화를 내기는 처음이었으니 그럴 만도 했다.

윤사 역시 적지 않게 놀랐다. 옹정이 자신의 체면을 구기지 않기 위해서라도 낙민을 가볍게 처벌하면서 산서성의 다른 관리들 중 몇 명을 희생양으로 만들 줄 알았으나 전혀 그렇지 않았던 것이다. 더구나 낙민을 엄벌에 처하겠다는 옹정의 결단은 조금 전 그의 주장과 일치하기도 했다. 그는 마음이 편치 못했다. 황제가 자신의 의견을 수렴했다는 쪽으로 소문이 나는 날에는 다른 사람들로부터 수많은 원한을 살 것이 분명했다. 그가 마른침을 삼킨 채 입을 열어 뭔가를 말하려 할 때였다. 갑자기 융과다가 머리를 조아리면서 아뢰었다.

"정말 지당하신 말씀이옵니다. 산서성 관리들 모두가 합세해 군주를 기만하지 않았더라면 어떻게 전문경이 증거 확보에 그렇게 어려움을 겪을 수가 있었겠사옵니까? 일벌백계는 반드시 필요하옵니다. 구중궁궐에 깊고 높이 계시면서 온 천하의 구석구석을 면면히 굽어보시는 폐하의 성명하심에 오체五體를 던져 경배하옵니다! 신의 어리석은 생각으로는 즉각 조서를 내려 산서성 현령 이상의 관리들을 전부 북경으로 압송하는 것이 좋을 것 같사옵니다. 그런 다음 형부에 넘겨 조사받게 하면 되지 않을까 싶사옵니다."

그러자 장정옥이 즉각 반대하고 나섰다.

"그건 조금 지나친 발상인 것 같네요. 그중에는 어쩔 수 없이 울며 겨자 먹기 식으로 낙민의 사기에 편승한 사람들도 있을 것이오. 또 작년 가을 산서성 북쪽 지역에 발생한 큰 가뭄으로 고생하는 이재민들도 그 사람들이 챙겨줘야 하는 실정이에요. 너무 많이 연행하면 그 공백이 우려돼요. 더군다나 다른 지역 관리들의 불안감을 조성할 경우에는 정국에 악영향을 미칠 수도 있어요."

그때 은근히 정국이 어수선하고 흙탕물이 됐으면 하고 바라는 윤사가 한마디 거들었다.

"지금이야말로 이치吏治를 정돈할 적기라고 생각하오. 장 대인의 말대로라면 이미 그 실력을 충분히 검증받은 탐관오리들에게 이재민들의 구제를 맡긴다는 것 아니겠소? 그건 고양이에게 생선가게를 맡기는 것과 다름이 없지 않겠소?"

윤사가 이어 옹정을 향해서도 머리를 조아리고는 말했다.

"관리들의 공백을 우려하실 것은 없다고 생각하옵니다. 그 옛날에 측천무후가 탐관들의 목을 마치 벼 베듯 했어도 어느 한 곳도 관리 부족 사태로 인한 문제가 발생한 경우는 없었다고 하옵니다. 신은 융과다가 상주한 내용에 공감하옵니다. 북경에는 대기발령 상태에 있는 사람들만 어림잡아 천 명이 넘사옵니다. 또 은과를 통해 배출한 이갑, 삼갑 진사들을 보내 일선에서 단련할 기회를 주는 것도 성은의 일환이 아닌가 싶사옵니다. 황제의 권위를 과시하지 않고서는 결코 고질이 돼 있는 산서성의 이치를 바로잡을 수 없다고 생각하옵니다."

좌중의 의견은 일치를 보지 못했다. 그러나 저마다 일리는 있었다. 또 서로 얼굴 붉힌 채 언쟁을 하지는 않았으나 어느 누구도 만만하게 보이지는 않았다.

"마제, 자네는 왜 말이 없는가?"

잠자코 듣고만 있던 옹정이 갑자기 마제 쪽으로 고개를 돌리며 물었다. 마제가 황급히 머리를 조아리면서 대답했다.

"솔직히 아뢰면 신은 모두의 말이 저마다 일리가 있어 보이옵니다. 잠시 혼돈스럽기도 하옵니다. 생각이 정리되지 않은 상태에서 감히 뭐라고 아뢸 수가 없사옵니다."

윤사가 마제의 답변에 피식 웃었다.

"콩밥을 먹고 나오더니 뭔가 마음에 느낀 바가 많은가 보오? 간사해진 것인지 아니면 노련해진 것인지 모르겠소?"

윤사의 비아냥에 마제가 그를 힐끗 쳐다보았다.

"폐하의 물음에 신하로서 속에 있는 그대로 성실히 아뢰었을 뿐입니다. '간사'니 '노련'이니 하는 그런 단어와는 무관합니다."

마제가 윤사의 말에 반박을 하더니 다시 머리를 조아리면서 상주했다.

"열셋째마마께서도 상서방에서 애쓰고 계십니다. 폐하께서는 열셋째마마의 의견도 한번 들어보시는 것이 어떨까 하옵니다."

"낙민 사건에 대해서는 짐이 이미 결론을 내렸네. 산서성의 관리들은 대체적으로 자질이 괜찮은 사람들이야. 낙민 그 자식이 죽일 놈이지! 산이 높으면 황제가 멀어지기 마련이라는 말이 있어. 그 자식은 그동안 북경에서 지리적으로 멀리 떨어진 사실을 악용해 지역의 황제 노릇을 톡톡히 해온 거야. 그 자식이 선제의 인정과 짐의 은총을 받아왔다는 사실을 모를 리 없는 산서성의 관리들은 아마도 '큰 나무 밑은 그늘도 클 것'이라는 생각하에 그 밑으로 기어 들어갔을 거야. 그걸 나쁘다고만 볼 수는 없어. 그렇다고 잘했다는 소리는 아니야. 그에 대해서는 여러분들도 잘 알 거야. 하지만 솔직히 지금 관리들 중에서 이위나 이불, 서문원徐文元, 육롱기陸隴其 같은 모범생들이 몇 명이나 되겠나? 그러니 머리 큰 자들만 처벌하고 주현州縣 이하에 소속돼 있는 관리들은 괴롭히지 말게."

옹정이 잔잔한 미소를 지으면서 말했다. 누가 봐도 지극히 바람직한 결정인 듯했다. 좌중의 대신들이 주장하는 틈새를 교묘하게 공략한 그만의 절묘한 결단인 것도 같았다. 그러나 장정옥은 그의 결정이 지나치게 관용을 베푸는 것이라는 생각이 들었다. 막 입을 열어 뭔가를 아뢰려고 했다. 그 순간 옹정이 먼저 입을 열었다.

"형신."

"예, 폐하!"

"일어나서 지의를 받게."

"예, 폐하!"

옹정이 찻잔을 들어 입가에 가져갔다. 이어 단호하게 지시했다.

"산서성에 나가 있는 흠차인 도리침에게 육백리 긴급 서찰을 보내도록 하게. 낙민은 선제와 짐의 총애를 받아온 만큼 남달리 마음을 정갈히 하고 티끌 하나 없는 충성으로 조정에 보은했어야 했어. 하지만 그는 비열하고 더러운 행각을 일삼아 군주를 기만했어. 또 백성들을 도탄에 빠지게도 했지. 그럼에도 지금까지 죄를 인정하는 아무런 움직임도 보이지 않아. 완고하고 멍청하게 무엇을 기다리고 있는지 모르겠어. 짐이 백번 양보해서 너그럽게 대해준다 해도 국법이 사람 가죽을 쓴 짐승을 가만히 놔두지는 않을 것이야!"

옹정은 생각할수록 화가 치미는 모양이었다. 찻잔을 잡은 손이 바르르 떨릴 정도였다. 또 안색은 무서울 정도로 창백했다. 그 와중에도 장정옥은 부지런히 붓을 날려 옹정의 말대로 지의를 작성했다. 그러면서도 수시로 눈, 코, 입이 갈 곳을 잃은 옹정의 표정을 조심스레 살피는 것을 잊지 않았다. 옹정이 잠시 후 갑자기 목청을 크게 끌어올렸다.

"도리침은 당장 그자의 관인官印과 노란 마고자를 박탈하고 정자를 떼어내도록 하라! 직무를 박탈하라는 얘기다. 이어 그자를 북경에 압송해 대리시에 넘기도록 하라. 철저하게 조사도 받게 하라. 짐은 요즘 지방에서 이상한 현상이 일어나고 있는 것을 너무나도 잘 알고 있어. 관리가 파면당하더라도 앞으로 그가 복직될 것에 철저하게 대비한다고 하더군. 미리 술을 사고 선물도 마련할 뿐 아니라 얼굴도장 찍으려고 치열하게 몸싸움을 벌인다고도 하고. 그런 현상이 새로운 관리가 부임해올 때보다 더하다고 해. 그러나 이번에는 그런 헛수고 할 필요 없다고 널리 알리게. 세상없어도 낙민에게는 더 이상 해 뜰 날이 없다고 말이야. 구족九族을 보전할 수 있을지 없을지도 장담할 수 없는 판인데, 누가 감히 어명을 어겨. 만약 그렇게 까불었다가는 산서성의 국채 환수 운동의 철퇴에 첫 번째로 맞을 줄 알라고 하게!"

옹정이 말을 마치고는 의자에 등을 기댔다. 잠시 쉬겠다는 뜻이었다. 마제는 그 순간을 놓치지 않고 입을 열었다.

"폐하! 낙민이 결코 용서받을 수 없는 대죄를 저지른 것은 사실이옵니다. 그러나 역시 조정의 봉강대리이옵니다. 그런 만큼 다른 관리들의 정서도 고려해 조금은 체면을 살려주는 것이 어떨까 하옵니다."

"차라리 단칼에 베어 버리고 굴욕은 주지 말자 이런 말인가? 자네가 뭘 몰라서 하는 소리 같군. 낙민은 아무리 점잖게 평가해 보려고 해도 개라고밖에 할 수 없어! 인증, 물증 다 있어. 짐이 어떤 굴욕을 안기나 구경이나 하고 있게. 주군의 걱정은 신하의 굴욕이고, 주군의 굴욕은 곧 신하의 죽음이라는 것은 천고불변의 진리야. 단순한 범죄의 경우에는 설사 인명 사고가 나더라도 용서할 수는 있어. 그러나 군주를 기만하고 배신한 죄는 결코 죽음을 면할 수 없네!"

옹정이 마제의 권유에 냉소를 흘리면서 대답했다. 단순히 목을 베는데 그치지 않고 인격까지 장화발로 짓이겨 버리겠다는 의지가 얼굴에서 결연히 담겨 있었다. 좌중의 사람들은 그 말에 독하고 칼날 같은 옹정의 성격을 비로소 몸소 느끼는 듯했다. 입을 다문 채 더 이상 토를 달지 못했다. 그것은 스스로 화를 자초하는 행위일 수 있었으니까.

옹정이 다시 천천히 입을 열었다.

"이번 사건에서 또 하나 용서할 수 없는 인간은 산서성 포정사 나경羅經이야. 나경도 직무를 박탈하도록 해. 그리고는 낙민과 함께 노란 항쇄項鎖(목에 채우는 쇠사슬)를 씌워 북경으로 압송하도록 하게. 어떤 처벌을 내릴지는 부의部議에서 결정이 날 것이네. 또 나머지 안찰사 이하 관리들은 관품을 두 등급 강등시켜 유임시키게. 녹봉 역시 이 년씩 지급을 정지시키고. 그 외에 각 아문의 여러 부처 주관主官들에 대해서는 관품을 한 등급씩 강등시키고 동시에 일 년 동안의 녹봉 지급을 정지시키는 벌을 내리도록 하게. 현령 이하는 내버려두게."

장정옥이 옹정의 말을 다 받아 적고 난 다음 물었다.

"이대로라면 산서성 순무와 번사藩司(포정사의 다른 이름)아문에 공백이 생깁니다. 그들을 대체할 관리는 누구를 염두에 두고 계시옵니까?"

그러자 옹정이 웃음을 띤 얼굴로 대답했다.

"뻔한 걸 왜 물어? 당연히 전문경이지! 사건이 완벽하게 마무리될 때까지 일단 산서성의 순무아문을 맡길 거야. 나중에 다시 조정하더라도."

좌중의 그 누구도 옹정의 결정에 토를 다는 사람은 없었다. 그러나 전문경을 파격적으로 발탁하는 옹정의 조치에 대해 누구 하나 속으로 찬성하지는 않았다. 물론 그렇다고 대놓고 반대 의사를 표할 수도 없는 상황이었다. 결국 그들이 할 수 있는 반항의 표시는 그저 침묵일 뿐이었다. 옹정은 대신들의 침묵은 또 다른 답변이라고 생각했다. 자신 역시 침묵으로 침묵을 대하기로 하고는 즉각 입을 다물어 버렸다.

순간 좌중의 대신들은 뼈와 골수에 스며드는 한기에 저도 모르게 몸을 웅크렸다. 넓디넓은 양심전이 숨이 막힐 정도로 조용해졌다. 그저 들리는 것이라고는 궁전 모퉁이에 세워진 병풍이 창문 사이로 들어온 바람에 유난히도 크게 떨리는 소리뿐이었다.

"할 말이 없으면 그만 물러들 가게."

옹정이 먼저 침묵을 깼다.

"폐하! 신은 전문경의 고속 승진이 우려스럽사옵니다."

지난번 옹정과 단 둘이 만난 자리에서 속 깊은 대화를 주고받은 적이 있는 장정옥이 굳은 얼굴을 한 채 입을 열었다. 목에 칼이 들어와도 할 말은 해야겠다는 눈치였다. 그러자 옹정이 음울한 표정으로 오래도록 장정옥을 바라봤다. 이어 차갑게 물었다.

"왜?"

마제 역시 그제야 용기를 내서 거들고 나섰다.

"그렇게 하시면 폐하께서 등극 초부터 관리들에게 벼슬에 대한 요행 심리를 자극하시는 것처럼 비칠 우려가 있사옵니다."

"요행을 부추긴다고? 물은 아래로 흐르게 돼 있고, 사람은 높은 곳으로 올라가야 하는 거야. 적당히 자극해서 열성을 불러일으키는 것이 뭐가 잘못됐다고 그러는가? 관직에 대한 욕심도 없고 현재에 만족한 채 더 이상 진취적인 의욕이 없는 앉은뱅이들만 데리고 짐이 어찌 이 나라를 다스려나갈 수 있겠는가?"

옹정이 기다렸다는 듯 즉각 되받아쳤다. 장정옥도 쉽게 물러서지 않았다. 옹정의 말에서 보이는 빈틈을 비집고 들어가야겠다는 듯 다시 입을 열었다.

"과거 조정의 대신들 중에서 명주나 고사기 같은 사람들은 모두 군주의 비위를 맞추는데 이골이 난 기회주의자들이었사옵니다. 하루아침에 높은 관직에도 올랐사옵니다. 그러나 그들은 정치를 어지럽혔사옵니다. 나라에 끼친 해악이 이루 말로 다 할 수 없사옵니다. 그 폐해 역시 고스란히 후세가 떠안게 만들었사옵니다. 간신의 전형이 아니겠사옵니까! 폐하께서는 먼 옛날도 아닌 가까운 사례의 전철을 밟아서는 절대 아니 되옵니다."

"그런 말을 하는 자네 역시 미관말직에 있다가 운 좋게 삼 개월 만에 상서방으로 들어오지 않았는가? 뿐만 아니라 전대의 명신들인 곽수나 주배공 역시 모두 선제께서 흙더미 속에서 발견해 낸 진주였어. 그 누구보다도 오래오래 빛을 발하고 있지 않은가? 왜 그런 말을 해서 괜히 자신까지도 한 구덩이에 빠시려고 그러나?"

옹정이 뚫어지게 장정옥을 바라보면서 엄하게 꾸짖었다. 얼굴에는 알 듯 말 듯 희미한 미소가 떠오르고 있었다. 장정옥은 잠시 할 말을 잃었다. 옹정의 말대로 과연 자신이 걸어온 길을 되돌아보면 진짜 벼슬길에서는 행운이 있었던 사람이라고 할 수 있었으니까 말이다. 그러나 그는 옹정이 전문경을 너무 높이 띄워 놓은 조치와 관련해서는 여전히 할 말이 많았다. 급기야 모이를 쪼아 먹는 닭처럼 연신 머리를 조아리면서 아뢰었다.

"신은 선제의 과분한 성총에 힘입어 염치없이 오늘날까지 이 자리에서 뭉개고 있을 뿐이옵니다. 결코 선대의 명신들에는 비할 바가 못 되옵니다. 그럼에도 신이 아뢰고 싶은 것은 있사옵니다. 전문경처럼 단순히 지의를 전달하러 밖으로 나가는 관리들이 해마다 수백 명은 되옵니다. 그런데 저마다 전문경을 본받아 지방의 정무에 감 놔라 배 놔라 한다고 생각해보시옵소서. 그러면 외관들이 어찌 마음을 잡고 일을 할 수가 있겠사옵니까. 물론 전문경은 이번에 우연히 낙민의 잘못된 행각을 발견했사옵니다. 그러나 설사 그랬더라도 자신이 직접 나서지 말았어야 했사옵니다. 즉각 상주를 해서 조정에서 사람을 파견해 조사를 하도록 했어야 옳았을 것이옵니다!"

장정옥이 마지막으로 한 말은 옹정이 듣기에도 대단히 일리가 있었다. 옹정도 잠시 주저하는 반응을 보였다. 그럼에도 얼굴 표정은 전문경을 잘 본 나머지 중용하고 싶어 하는 마음에 변함이 없는 것처럼 보였다. 장정옥이 그런 옹정의 마음을 헤아린 듯 다시 침착하게 덧붙였다.

"전문경이 일을 잘하고 성실한 것은 사실이옵니다. 이번에 조정의 담벼락을 갉아먹는 큰 도둑을 제거하기도 했사옵니다. 그럼으로써 조정의 우려를 덜어준 것에 대해서는 신 역시 찬사를 보내는 바이옵니다. 게다가 전문경처럼 진심으로 종묘사직을 위해 일하는 관리가 너무 적은 현실을 생각하면 귀한 인재인 것도 사실이옵니다. 그러나 폐하께서 그를 중용하시려면 단번에 목마를 태우기보다는 적당하게 수순을 밟는 것이 좋을 듯하옵니다. 속도를 좀 빨리 해서 폐하께서 원하시는 곳에 유용하게 기용하시는 것이 어떨까 하옵니다. 더구나 전문경은 경관으로만 있었기 때문에 지방 업무에 익숙하지 못한 단점이 있사옵니다. 그것을 단숨에 극복할 수는 없을 것이옵니다. 그런 그에게 성 하나를 통째로 맡긴다면 모르기는 해도 본인 역시 대단히 힘에 겨워할 것이옵니다."

마제와 융과다 역시 경쟁적으로 장정옥의 말에 힘을 실어줬다. 그래도 옹정은 별다른 말이 없었다. 전문경에 대한 미련이 여전한 것 같았다. 윤사는 말은 하지 않았으나 그런 옹정의 태도가 너무나도 못마땅했다. 이참에 자신의 문하들을 산서성 여기저기에 꽂아두고 싶었던 그로서는 당연할 수밖에 없었다. 옹정이 속으로 잔뜩 부어 있는 윤사의 마음을 아는지 모르는지 피곤한 어조로 말했다.

"짐은 오늘따라 많이 피곤하군."

사실 그럴 수밖에 없었다. 옹정은 연 며칠 지방에서 올라온 상주문을 일일이 처리하느라 장정옥보다도 더 잠을 못 잤던 것이다. 옹정은 말을 하고 나자 머리가 맑지 못해 판단을 내리면 오류가 생길지도 모른다는 생각이 드는 듯 자리에서 일어나 힘껏 기지개를 켰다.

"조정의 군사 문제와 관련한 큰일도 아니니 짐이 천천히 생각해보 겠네. 지금쯤 이친왕怡親王(열셋째 윤상을 일컬음)은 아마 연갱요와 서 부의 군사 문제에 대해 중요한 의견을 주고받고 있을 거야. 또 내일이 면 연갱요는 출발해야 하네. 조정으로서는 오로지 전진, 승리만 있어 야 하는 절박한 싸움인 만큼 매사에 신경을 써서 밀어줘야겠어. 행 운을 비는 의미에서 연갱요의 기분을 좋게 해 보내기도 해야겠네. 여 덟째, 자네는 셋째 형님과 열넷째를 데리고 연갱요를 찾아가 덕담을 많이 해주고 용기를 북돋아주도록 하게. 내일은 짐을 대신해 멀리 배 웅해주는 것도 잊지 말고. 이제 그만 물러가게!"

예부의 일을 주관하는 책임자인 마제가 옹정의 말이 떨어지기 무 섭게 황급히 아뢰었다.

"하오나 폐하, 내일 출발한다는 것은 너무 서두르는 것이 아닌가 하 옵니다. 신의 어리석은 의견으로는 흠천감欽天監에 의뢰해 길일을 택 하는 것이 어떨까 하옵니다. 그리고는 극진한 예를 갖춰 떠나보내는 것이 좋을 듯하옵니다."

옹정이 마제의 말에 고개를 숙인 채 한참을 생각하더니 말했다.

"그래, 우리에게는 선택은 없고 오로지 결투와 승리 외에는 필요 없는 싸움인 만큼 길일을 택해서 떠나는 것도 좋지. 연갱요에게 전하 게. 출사할 때 백관들이 배웅을 나가지 않을 것이라고 말이야. 또 성 대한 환송연 같은 것도 다음으로 미루기로 했다고 전해. 대신 승전 고를 울리고 돌아오는 날에는 짐이 친히 마중을 나갈 것이라고 하게. 만에 하나 패해서 병사들을 잃고 나라 망신을 시키는 날에는 악종기 에게 연갱요의 목을 따 들고 오라고 하게!"

장정옥은 옹정이 만에 하나 출정의 분위기가 해이해질 것을 우려 해 거창한 환송연을 베풀지 않으려 한다는 것을 알아차렸다. 즉각 고개를 숙였다.

"정말 지당하신 말씀이옵니다. 그러나 '병사들을 잃고 나라 망신을 시키는 날'이라는 말씀은 연갱요에게는 전하지 않는 것이 좋겠사옵니다. 그것이 사기가 고무돼 있는 사람의 정서를 배려하는 것이 아닌가 하옵니다. 특별환송연을 베풀 필요가 없다는 폐하의 뜻도 알 것 같사옵니다. 출병 조서는 연갱요가 북경에 오기 전에 미리 받았사옵니다. 또 북경에 온 명분은 술직이옵니다. 게다가 전선에는 폐하의 지시와 가르침을 받고 가는 것이기 때문에 백관들이 나서서 괜히 환송연입네 하고 돈을 허투루 쓸 필요가 없사옵니다. 그러기보다는 차라리 그 돈을 한 푼이라도 아껴 전비에 보태는 것이 상책이 아닐까 하옵니다. 폐하의 생각은 정말 지당하시옵니다."

"그래, 자네 의견대로 하지. 아무 걱정하지 말고 본연의 임무에만 최선을 다하라고 하게."

옹정이 미소를 머금은 채 머리를 끄덕였다. 그리고는 몇 발자국을 움직여 궁전 문가로 다가가더니 다시 고개를 돌리며 말했다.

"짐이 생각해봤는데 말이야. 전문경을 중경重慶의 부윤府尹으로 보내는 것이 적당할 것 같아. 이런 모든 결정에는 자네 의견도 많이 수렴했네!"

옹정이 말을 마치더니 천천히 걸음을 밖으로 옮겼다. 그리고는 곧바로 양심전으로 향했다.

그 시각 양심전 정전의 동쪽 복도에는 이덕전과 형년을 비롯한 태감들이 대기 중이었다. 이덕전은 매서운 날씨임에도 홑겹 비단두루마기만 입고 걸어오는 옹정을 발견하자 황급히 다가가 격식을 갖추어 인사를 올렸다.

"폐하, 오늘 추위가 장난이 아니옵니다. 서북풍이 매섭사옵니다. 처마 밑에 저 고드름 좀 보시옵소서. 가죽외투를 걸치시는 것이 어떻겠사옵니까?"

"그럴 것 없네."

옹정이 짤막하게 대답하고는 회중시계를 꺼내 봤다. 이어 고개를 들고는 우중충한 구름이 뒤덮인 하늘도 올려다봤다. 그리고는 시원하게 기지개를 켜려는 듯 두 팔을 벌리는가 싶더니 이내 다시 내리고는 앞으로 걸어가면서 말했다.

"짐은 산책을 좀 하고 들어갈 테니까 수레 부르고 수선을 떨 것 없네. 이렇게 많이 따라올 것도 없어. 자네 두 명만 있으면 되겠네."

옹정의 말에 이덕전과 형년이 조심조심 등 뒤에서 그를 따라갔다. 얼마 후 수화문을 지키고 서 있던 장오가가 옹정을 발견하고는 힘차게 무릎을 꿇었다.

"산책중이시옵니까, 폐하! 신이 시중을 들겠사옵니다."

옹정이 웃음을 머금은 얼굴로 말했다.

"별일이야 있겠는가? 궁중이 아닌가!"

"폐하! 그렇지 않사옵니다. 대내의 선박영과 우림군은 융과다 대인의 지시를 받고 있사옵니다. 또 시위들은 마제와 장정옥 두 대인의 명령에 따라 움직이라는 폐하의 지의가 계셨사옵니다. 그 이후로 마제와 장정옥 두 대인께서는 폐하께서 가시는 곳에는 반드시 장오가, 색륜索倫, 덕릉태와 유철성 등 네 명의 시위 가운데 적어도 한 사람은 따라가 지켜드려야 한다고 누누이 강조하셨사옵니다. 신은 그분들의 명령에 따라 임무를 수행할 따름이옵니다."

장오가가 몸을 일으키면서 진지한 표정으로 아뢰었다. 옹정은 그런 장오가를 잠자코 바라보더니 말없이 수화문을 나섰다.

마침 점심시간이라 그런지 영항永巷에는 인적 하나 없이 고요했다. 각 궁의 태감들이 각자 자신들이 섬기는 주인을 따라간 듯했다. 옹정은 다시 한 번 하늘을 올려다봤다. 희뿌연 얇은 구름 뒤로 선잠을 깬 듯 부스스한 모습으로 앉아 있는 태양이 희미하게 보였다. 또 그 아래 담벼락의 그늘진 곳에서는 뭔가를 쪼아 먹으면서 잠시 쉬고 있던 까마귀 떼들이 인기척을 느꼈는지 새카맣게 하늘로 날아올랐다. 그리고는 무질서하게 하늘을 선회하면서 숨 막힐 듯 고요한 심궁深宮에 일말의 생기를 불어 넣어주고 있었다. 그러나 옹정은 그 모든 것에 시선 한 번 주지 않고 천천히 걸어갔다. 이어 한참 후 심드렁한 표정으로 하늘을 바라보면서 말했다.

"장오가, 자네는 강희 사십육 년에 시위로 선발되어 들어왔지?"

"예, 폐하! 다른 사형수를 대신해 죄를 뒤집어쓰고 형장에 나왔다가 선제께서 구해주신 덕분에 겨우 목숨을 건질 수 있었사옵니다. 이어 강희 사십칠 년 선박영에서 위사衛士로 선발돼 대내로 들어왔사옵니다. 그러다 폐하께서 열하 순시를 떠나실 때 따라 나섰다가 운 좋게도 삼등시위로 진급했사옵니다. 새우에 지나지 않았사옵니다……."

장오가가 목이 메는 듯한 목소리로 대답했다. 순간적으로 생명의 은인인 강희를 떠올린 모양이었다. 그러자 옹정이 미소를 지으며 말했다.

"짐이 들으니……, 자네는 여자 복도 많은 것 같던데?"

"폐하……."

"누군가가 자네를 찔렀어. 자네가 감옥에 있으면서 노래를 파는 여자를 하나 데리고 있었다고 말일세."

장오가가 옹정의 말에 크게 흥분했다. 급기야 얼굴이 벌겋게 달아오르는가 싶더니 씩씩거리면서 입을 열었다.

"폐하, 돌을 던진 자가 누구이옵니까? 사내라면 떳떳하게 신분을 밝히고 폐하 앞에서 대질하자고 전해주시옵소서. 솔직히 감옥에서 한창 힘들고 어려울 때 노래를 하면서 날품 파는 여자 하나가 소인을 죽자고 따라다닌 적은 있었사옵니다. 그 여자가 바로 지금의 소인 집사람이옵니다. 어느 날이었사옵니다. 그녀가 소인이 전에 뭘 좀 도와줬다고 그 은혜를 갚겠다면서 감옥까지 찾아왔사옵니다. 그리고는 하룻밤만 같이 자자고 울면서 빌었사옵니다. 그때 그녀는 이제 곧 죽을 텐데 달리 은혜 갚을 방법은 없고 소인의 대를 이어주겠노라고 했사옵니다!"

"그렇게 흥분할 일은 아니군. 그러나 누구라는 것은 알려줄 수 없네. 사실은 짐은 먼저 자네의 열셋째마마에게 물어봤어. 그랬더니 자네가 방금 답변한 것과 똑같은 말을 하더군. 짐에게 일러바친 사람은 엉뚱한 주판알을 튕겼을 수도 있어. 우리 군신 사이를 이간질하려는 고약한 심보에서 그랬을 수도 있지. 자네 말이라면 짐은 믿을 수 있네. 자네, 지금 몇 품인가?"

옹정이 갑자기 발걸음을 멈추더니 그에게 물었다. 장오가가 황급히 대답했다.

"신은 일등시위이옵니다. 관품은 정삼품이옵니다."

장오가의 말이 끝나자마자 옹정이 웃으면서 형년을 향해 말했다.

"자네가 융과다에게 짐의 의사를 전달하도록 하게. 장오가도 십 몇 년 동안 조정을 위해 헌신적으로 일해 온 경력 있는 시위인데 관품이 이품은 돼야 하지 않겠느냐고 말이야!"

"예, 폐하!"

형년이 황급히 대답을 했다. 장오가는 너무나 황송해 감사의 말을 올리려고 했다. 그러나 옹정이 그러기도 전에 말을 이었다.

"내친김에 자네 집사람도 부인夫人으로 봉해주겠네. '부귀처영'夫貴妻榮이라고, 잘 나가는 바깥주인 덕에 안주인도 호강 한번 해봐야 할 것 아닌가! 툭하면 '우리 집사람' 어쩌고저쩌고 하는 것이 얼마나 듣기 거북한지 아는가? 체통도 영 말이 아니고!"

옹정은 이야기를 하면서도 내내 걸음을 멈추지 않았다. 장오가는 무릎을 꿇어 엎드릴 수도 없고 해서 옹정의 은혜에 어떻게 감사를 표해야 할지 알 수가 없었다. 결국 종종걸음으로 따라가면서 울먹일 수밖에 없었다.

"폐하……, 성은이…… 망극하옵니다. 이 은혜를 어찌 갚아야 할지 모르겠사옵니다. 다들……."

장오가가 말을 하다 말고 황급히 입을 다물었다.

"다들 나를 인정머리 없다고 손가락질을 한다 이거지?"

옹정이 어느새 기분이 한결 좋아졌는지 혼잣말처럼 중얼거리듯 말했다. 그리고는 덧붙였다.

"결코 듣기 좋은 소리는 아니지. 그러나 세상을 다 가진 짐이 너그럽고 여유 있게 베풀어 인정머리 없다는 딱지를 떼어버리는 것이 뭐가 그리 어렵겠어? 《좌전》左傳이라는 책 읽어봤나? 그 속에는 '작은 은혜일지라도 두루 베풀지 아니하면 백성들은 따르지 아니 한다'小惠未遍 民弗從也('弗'은 '不'와 동의어)라는 구절이 있어. 짐은 그 말에 진짜 공감해. 또 그렇게 하도록 노력할 것이고. 그러나 낙민 같은 자를 관대하게 용서해주는 건 곤란해. 그것은 곧 백성들에 대한 모독이야. 물은 배를 띄울 수도 있고 뒤집어엎을 수도 있어. 우리는 그 사실을 명심하고 백성들을 무서워 할 줄 알아야 해. 우리는 훈풍 같은 덕을 베풀어 민초들의 삶을 어루만져줘야 하는 거라고. 이번 낙민 사건을 백성들도 눈여겨 지켜보고 있을 테지. 부정부패와의 전쟁을 선언한 조정이 상하를 기만하고 조정을 우롱한 이 희대의 사건을 어떻게 처리하는지 대단히 궁금해할 거야. 솔직히 원리원칙을 엄격히 따지는 짐을 피곤해 하는 사람들도 많기는 할 거야. 그러나 집안 살림을 제대로 못해 국고에 차용증만 너풀대는 형국을 초래하는 것보다는 훨씬 낫지 않겠나?"

말을 마친 옹정이 한숨을 내쉬었다. 이덕전과 형년, 장오가 등은 종종걸음으로 따라 가다 서다를 반복하면서도 옹정의 말에 열심히 귀를 기울였다. 그들에게 옹정은 정말 오랜 세월 봐왔던 익숙한 사람이었다. 그가 친왕으로 봉해지면서부터 거의 매일같이 얼굴을 보면서 살아왔으니 그럴 만도 했다. 하지만 옹정은 볼 때마다 늘 얼굴이 차갑게 굳어 있었다. 따라서 언제나 멀게만 느껴지던 경원의 대상일 수밖에 없었다. 그런데 지금, 그들은 늦가을의 황량한 들녘에 휘몰아치는 소슬한 바람 같던 옹정에게도 자상한 부모처럼 따뜻한 마음이 존재한다는 사실을 확인하고 순간적으로 감격할 수밖에 없었다.

네 사람은 영향을 따라 북쪽으로 산책을 계속했다. 이어 어화원을 거쳐 숭경전崇敬殿을 끼고 다시 남으로 방향을 튼 다음 장춘궁, 체원전, 태극전 등을 일일이 들어가 둘러보고 나왔다.

일행이 좁다란 골목길을 나서자 갑자기 눈앞이 훤히 트였다. 길이 융종문으로 통해 있었던 것이다. 그곳은 외관들이 술직차 북경에 왔을 때 상서방의 접견을 기다리는 곳이었다. 이미 열 몇 명의 관리들이 여기저기에 자리를 잡고서는 보고 올릴 서류를 뒤적이면서 순서를 기다리고 있었다. 그중 주위를 두리번거리던 관리 하나가 옹정을 발견하고는 놀라움을 금치 못한 듯 큰소리로 마구 외쳤다.

"폐하! 폐하께서 납시었다!"

그러자 관리들은 옹정이 나오는 방향을 감히 쳐다보지도 못한 채 그 자리에 무릎을 꿇었다. 그리고는 문안을 올렸다.

"자네는 아마 악이태라고 하지? 재작년에 운남 포정사로 갔지? 얼마 전 운남 총독의 상주문을 받은 적이 있어. 자네가 병들었다고 하더라고. 그래서 짐이 따뜻할 때 올려 보내라고 했는데, 지의를 못 받았나? 그래 몸은 좀 어떤가?"

옹정이 미소 띤 얼굴로 좌중을 둘러보더니 얼굴이 흰 40대 사내에게 다가가 자상한 어조로 말했다. 악이태는 강희가 황제로 있을 때는 병부 원외랑으로 있었다. 그러다 강희 60년에 운남 포정사로 발령을 받아 내려갔다. 때문에 등극 이후의 옹정을 보는 것은 이번이 처음이었다. 그러나 옹정을 잘 알고는 있었다. 사연도 없지 않았다. 그가 병부에서 무기고를 담당하고 있을 때였다. 어느 날 옹정이 하인을 시켜 무기고에 가서 아들들에게 선물할 활을 가져오도록 했다. 황자로서는 지극히 당연한 권한이었다. 그러나 악이태는 심부름 온 하인에게 굳이 종인부宗人府의 신패信牌를 가져올 것을 고집했다. 그로서는 그때의 일을 옹정이 마음에 두고 자신을 난감하게 만들지 않을까 은근히 걱정이 되었다. 하지만 옹정은 뜻밖에도 그 많은 관리들 중에서 그를 향해 첫 번째로 말을 걸었다. 그는 황송한 마음에 황급히 머리를 조아렸다.

"신은 이십일 전에 출발했사옵니다. 그때까지는 폐하의 지의가 도착하지 않았을 수도 있사옵니다. 하지만 신의 병은 거의 완쾌되고 있사옵니다. 폐하께서 하찮은 신의 일거수일투족까지 심려해 주시니 황송하옵니다. 또 성은이 망극하심에 감격해마지 않사옵니다."

그러자 옹정이 크게 웃음을 터트렸다.

"폐하의 심려 운운 하는 말은 많이 한다고 배부른 것도 아니니 아껴 두게. 나중에 자네를 데리고 어약방御藥房에 가서 금계랍을 받아오도록 이덕전에게 조치를 해놓을 테니 그리 알게."

이덕전이 알겠노라고 황급히 대답했다. 옹정이 다시 악이태를 가리키면서 좌중의 사람들에게 말했다.

"자네들도 이 사람 알지? 악이태야. 짐이 옹친왕 시절에 무기고 담당이었지. 그때 짐이 자식들 활을 얻으러 사람을 보냈다가 한 번 된통당한 적이 있거든. 크게 대단한 위치에 있지도 않은 관리가 권력에 짓눌리지 않고 원리원칙을 지켜내는 배짱과 강단에 짐이 반했다는 것 아닌가! 다들 본받아야 할 모범적인 관리라고 할 수 있네."

악이태는 옹정의 말에 바로 눈에 눈물이 가득 찼다. 자신의 걱정을 완전히 뒤집은 옹정의 말에 너무나 감격한 것이다. 그가 눈물을 글썽인 채 뭐라고 말하려 할 때였다. 옹정은 그를 기다리지도 않고 벌써 다른 관리에게 다가가서는 물었다.

"자네 이름이 뭐였더라?"

"폐하께 아뢰옵니다. 신은 황립본黃立本이라고 하옵니다."

"황립본이라……. 대만부臺灣府로 발령이 났지?"

옹정이 고개를 든 채 잠시 생각을 하더니 말했다.

"예, 폐하!"

옹정이 잠시 생각한 후에 다시 입을 열었다.

"대만은 복건성과 바다 하나를 사이에 두고 있지. 그래서인지 민풍이 어지러워. 또 대만은 정씨 가문의 옛 터전이기 때문에 그 뿌리 깊은 잔여 세력이 해적들과 합세하고 있어. 여간 길들이기 힘들지 않을 텐데 괜찮겠나?"

"충성을 밑바탕으로 지혜가 고갈될 때까지 사력을 다하겠사옵니다."

황립본이 씩씩하게 대답했다.

"그럼, 그래야지! 짐은 바로 자네의 그런 강한 의지를 높이 산 것이네. 그런데 무슨 어려운 점은 없는가?"

옹정이 황립본의 어깨를 힘껏 두드려준 다음 치하의 말을 건넸다.

"다른 것은 없사옵니다. 그러나 군이 폐하께 아뢰올 것 같으면 하남성에 계시는 노모께서 마땅히 의지할 곳이 없으신 것이 마음에 걸리옵니다……."

황립본이 잠시 머뭇거리더니 옹정을 힐끗 쳐다보면서 조심스럽게 입을 열었다. 옹정이 그의 말에 활짝 웃었다.

"몸은 밖에 있어도 자나 깨나 고향에 있는 노모를 생각하는 자네의 그 효심이 갸륵하군! 그러나 지금 조정의 규정에 대만부 관리들은 가족을 데리고 갈 수 없다는 철칙이 있어. 때문에 자네 한 사람으로 인해 그 철칙을 깰 수는 없네. 대신 짐이 복건성 총독에게 지의를 내리지. 자네 모친을 복건성으로 모셔와 보살펴주도록 조치할 것이야. 최선은 아닐지라도 차선을 선택해 보자는 거지. 자네도 앞으로 복건성으로 술직을 위해 들어갈 기회가 많아질 테니 짬을 내서 효도를 할 수도 있고. 자네가 삼 년 임기가 끝날 때까지 대만에서 십만 무畝(1무는 약 200평)의 황무지만 개간해 낸다면 짐은 자네의 어머니를 고명부인誥命夫人으로 책봉할 것을 약속하네!"

황립본은 전혀 뜻하지 않았던 옹정의 커다란 배려에 숨 막힐 듯한 감동을 받았다. 즉시 연신 머리를 조아렸다.

"성은이 망극하옵니다. 신은 사력을 다해 대만이 하루라도 빨리 안정 국면에 접어들도록 하겠사옵니다. 또 삼 년 내에 십만 무의 황무지를 개간해 대만성이 식량을 자급자족할 수 있도록 하겠사옵니다. 기필코 폐하께 가시적인 성과를 보여드리겠사옵니다!"

"의지가 가상하군. 그러면 우리 약속을 하자고!"

옹정이 소탈하게 웃으면서 화답했다. 이어 좌중을 둘러보면서 다시 몇 마디를 덧붙였다.

"여기서는 일일이 배려를 못할 수는 있어. 그러나 어차피 한 번에 세 명씩 접견할 테니까 어려운 점이 있으면 그때 말하라고. 또 부당한 점이 있으면 서슴없이 말하도록 하게. 짐은 먼저 태후께 문안을 올리러 자녕궁을 다녀와야 하니 자네들은 일단 상서방 대신들을 만나도록 하게!"

옹정은 지시를 하자마자 바로 장오가 등을 데리고 자녕궁으로 향했다.

12장

풀리지 않는 모자간의 갈등

　자녕궁은 융종문에서 몇 발자국 떨어지지 않은 곳에 있었다. 태감들은 그 자녕궁의 문을 지키고 있다가 옹정을 발견했다. 그중의 한 명이 황급히 안으로 달려 들어가 태후 오아씨에게 부랴부랴 소식을 전했다. 나머지 태감들은 무릎을 꿇은 채 옹정을 영접했다.

　그러나 옹정은 조마조마한 마음으로 엎드려 있는 그들에게는 시선한 번 주지 않았다. 이어 이덕전과 형년을 밖에 떼어 놓고는 장오가만을 데리고 궁문으로 들어갔다. 곧 옹정의 눈에 저 멀리 후전後殿에서 일품 고명부인 모습을 한 여인 한 명이 나오는 광경이 들어왔다. 그는 어느 대신의 부인이 입궁해 태후에게 문안을 올리고 나오겠거니 생각하고는 별로 신경을 쓰지 않았다.

　그러나 여인은 그렇지 않았다. 문지기 태감에게서 황제가 납시었다는 소식을 듣고는 부랴부랴 자리를 뜨는 중인 것 같았다. 그럼에도 불구하고 공교롭게도 옹정과 마주치고 말았다. 그녀는 할 수 없다는 듯 황급히 한 걸음 물러서며 무릎을 꿇었다. 옹정이 가까이 오기를 기다린 다음 이마가 찢어지도록 머리를 조아렸다.

"신첩 윤유尹劉씨가 폐하께 문안 올리옵니다!"

"오, 윤유씨라고? 우리 내신들 중에 윤씨 성을 가진 이는 윤태尹泰 한 사람 뿐인데. 그렇다면 자네가 진짜 윤태 부인이라는 말인가?"

옹정이 발걸음을 멈추고 생각을 더듬으면서 말했다.

"예, 폐하! 폐하께서는 기억력도 출중하시옵니다."

윤유씨가 그제야 머리를 들었다. 옹정은 그녀를 천천히 쳐다봤다. 50살 정도는 되는 것 같은 그녀는 달걀형 얼굴에 이목구비가 그런대로 반듯해 보였다. 다만 가느다란 눈썹이 위로 약간 치켜 올라간 것이나 입가가 고집스레 두터운 것이 어딘가 거칠어 보였다. 하지만 그래도 역시 윤태가 특별히 '겁을 먹게' 생긴 인상은 아니었다. 그런데 왜 윤태는 '공처가'라는 별명을 떨치지 못하고 있는 것일까? 옹정이 잠시 그렇게 생각하더니 웃음 머금은 얼굴로 말했다.

"자네를 알아본다고 짐의 기억력이 출중한 것인가? 그건 아닌 것 같아. 윤태는 짐의 스승이었던 고팔대顧八代 선생의 문하였어. 짐이 옹친왕 시절부터 잘 알고 있던 사이였네. 바둑도 두고 하면서 자주 어울렸었지."

윤유씨 역시 배시시 웃으면서 화답했다.

"그런 줄도 모르고 신첩은…… 아이고 주책바가지! 그런데 폐하께서는 이제는 바빠서 바둑 둘 시간도 없으시겠사옵니다? 영감탱이가…… 아니 신첩의 그 사람이 폐하를 뵙고 싶어 하면서 자주 그 시절을 자랑삼아 우려먹고 있사옵니다!"

윤유씨는 보기보다는 영악한 여인이었다. 금세 틈새를 비집고 공략해오고 있었다. 그러자 옹정이 웃는 듯 마는 듯 묘한 표정을 지었다. 이어 입을 열었다.

"자네 말대로 짐은 눈코 뜰 새 없이 바빠 바둑판에 앉아본 기억조차 감감해. 윤태는 한림원에서 일하기 때문에 왔다 갔다 할 때 얼굴 볼 기회는 종종 있네. 옛날처럼 바둑을 못 둔다 뿐이지. 그런데 자네는 태후마마께 문안을 올리러 온 것인가?"

옹정은 지나가는 말을 하듯 입을 열면서 자리를 뜨려고 했다. 윤유씨는 그럼에도 더욱 열심히 머리를 조아리면서 아뢰었다.

"문안도 올릴 겸 겸사겸사해서 왔사옵니다. 하오나 태후마마께서는 넷째 공주님의 혼사와 종군從軍을 위해 출정하는 열일곱째 액부十七額駙의 공자 문제로 인해 바쁘셨사옵니다. 그래서 신첩은 들고 갔던 보따리도 못 풀고 나왔사옵니다. 다행히도 신첩이 복이 있어 대신 폐하를 뵈었사옵니다. 잠시 하소연 하나 해도 되겠사옵니까?"

그러자 옹정이 웃으면서 말했다

"자네 셋째 아들 윤계선尹繼善의 일 때문에 그러나? 그 일이라면 윤태한테 물어보면 잘 알 텐데? 아비가 남위南闈 시험을 주관하기 때문에 윤계선은 아비한테서는 시험을 볼 수가 없어. 아마 그 때문에 윤태가 상주문을 올려서 장정로가 주관하는 곳에서 시험을 보게 해달라고 하지 않았나 싶어. 짐이 이미 허락해줬네."

"외람되오나 신첩은 계선이 일 때문에 그러는 것이 아니옵니다. 계선의 둘째형 계영繼英이 때문이옵니다. 그 사람도 나이가 마흔이 이미 넘었는데, 머리가 어떻게 생겨먹었는지 시험을 봤다 하면 미역국을 먹어버립니다. 그래 궁여지책으로 폐하께서 은음恩蔭을 베풀어 주십사 하고 염치불구하고 부탁을 드리는 바이옵니다!"

옹정은 그녀의 말을 듣고서야 비로소 까맣게 잊고 있었던 사실 한

가지를 떠올렸다. 윤계선이 아닌 윤계영이 일품 고명부인인 그녀의 친아들이라는 사실을. 한마디로 그녀는 자신의 친아들을 위해 은혜를 구걸하러 왔다고 해도 좋았다. 옹정은 순간적으로 구역질이 났다. 그러나 그 옛날 윤태와 촛불 밑에서 머리 맞댄 채 시문을 논하고 화롯불 가에 둘러앉아 긴 밤을 지새우던 정분도 생각해야 했다. 급기야 그가 웃는 얼굴을 한 채 말했다.

"그래, 어미가 자식 생각을 하는 것은 인지상정 아니겠나. 짐이 윤태를 불러 얘기해본 다음 생각해보지. 그러니 그만 물러가게."

옹정은 말을 마치자마자 바로 태후의 침궁이 있는 후전으로 발길을 옮겼다.

"편안하십니까, 태후마마!"

옹정이 오아씨에게 격식을 갖춰 인사를 했다. 또 열일곱째 황고와 자신의 넷째 딸 옆에 윤상까지 무릎을 꿇고 있는 모습을 보고는 머리를 끄덕여 보였다. 그가 다시 입을 열었다.

"밖의 일이 하도 많아 오늘은 조금 늦어졌습니다. 어제 저녁 태의를 불러 물어봤더니, 마마의 기관지는 여전히 안심할 수 없다고 하더군요. 이 아들이 청해성에 있는 나장찰포羅藏扎布 라마에게 북경에 와서 마마를 위해 기도해달라는 지의를 내렸습니다. 날씨가 따뜻해지면 조금 좋아질 겁니다. 큰 병은 아니니 걱정하지 마십시오."

옹정이 말을 마치고는 궁녀가 건네주는 약사발을 받았다. 이어 오아씨가 누워 있던 온돌방 옆의 탁자 위에 올려놓았다. 그녀는 옹정이 들어서는 모습을 보고는 애써 일어나 앉았다.

"그만 일어나시게, 황제. 나는 그저 황제의 효심에 감격할 뿐이네. 십몇 년 동안 고질이 돼버린 병인데 좋았다 나빴다 변덕을 부리는 것도 이제는 신물이 나는군. 자네도 독실한 불교신자이니 잘 알겠지만 내 마음이 바로 부처가 아니겠나? 그저 부처님께서 부르시는 날에는 주저 없이 따라가면 돼. 그러니 라마니 뭐니 하는 그런 사람 부를 것 없어. 내 아들이 천하를 다스리는 군주가 돼 있는 것을 보고 나니 이 제는 선제를 따라가도 여한이 없겠어!"

말을 마친 오아씨는 갑자기 크게 기침을 연이어 터트렸다. 그러자 옹정이 황급히 다가가 그녀의 등을 가볍게 두드렸다. 윤상 역시 가래 침을 뱉는 그릇을 가져다 바쳤다.

"마마께서 벌써 그런 말씀을 하시니 아들로서는 마음이 편치가 않 습니다."

옹정이 가볍게 오아씨의 등을 두드려 주면서 부드러운 어조로 위로 의 말을 건넸다. 고개를 숙여 그녀를 들여다보기도 했다.

"오 선생을 알고 계시죠? 옹화궁 서화원西花園에서 십몇 년 동안 있 었던 그 오사도 말입니다.《역경》해석에 정통한 사람인데, 재작년에 이 아들이 금을 두둑하게 하사해 초야로 돌려보냈습니다. 그런데 이 번에 열셋째 아우가 그 사람을 찾아가 모친의 점괘를 봤습니다. 점괘 는 놀라웠습니다. 모친께서 자그마치 일백육 세까지 정정하실 것이라 고 말했다는 겁니다. 오 선생 그 사람은 책임감 없이 허튼소리나 하 고 다니는 사람이 절대 아닙니다. 믿으셔도 됩니다. 이제 나장찰포 라 마까지 불러 기도하고 나면 곧 좋아지실 겁니다."

윤상 역시 적극적으로 거들고 나섰다.

"폐하의 말씀이 맞습니다. 오 선생은 지금 산서성에 있습니다. 태후 마마께서 못 믿으시겠다면 제가 북경으로 불러오겠습니다."

옹정은 태후를 조심스레 자리에 뉘이다 산서성이라는 말에 문득 뭔가 생각난 듯했다. 즉각 윤상을 향해 입을 열었다.

"낙민한테서 온 상주문은 없었는가? 자신의 결백을 주장한다든가

하는 내용의 상주문 말이야."

"그런 상주문이 도착했다는 소리는 셋째 형님으로부터 들었사옵니다. 신은 연갱요를 보내느라 바빠서 아직 읽어볼 시간이 없었사옵니다. 그러나 셋째 형님의 말은 들어봤사옵니다. 낙민은 자신의 죄상을 무려 열일곱 가지나 열거해 올려 보냈사옵니다. 그러나 하나같이 부하들에게 책임을 떠넘기는 내용 일색이었다고 하옵니다. 반성의 기미는 전혀 없었사옵니다. 죄를 짓고도 그렇게 떳떳한 사람은 처음 본다고도 하더군요. 그뿐만이 아니었사옵니다. 도리어 한 술 더 떠서 큰소리를 치면서 조정에서 공정성을 지닌 관리를 파견해 산서성 국채환수 작업 상황을 재수사해줄 것도 요구했다고 하옵니다. 결국 낙민은 끝까지 구제받기를 거부한 선택을 한 것 같사옵니다. 정말 미련한 자가 아닐 수 없사옵니다. 어쨌거나 신도 고민이 많사옵니다. 지금 시점에서 산서성 문제를 그대로 방치한다면 다른 관리들이 들고 일어날 것이옵니다. 반면 팔 걷어붙이고 조사한다면 부정부패가 속속 밝혀질 가능성이 크옵니다. 마치 고구마 줄기처럼 줄줄이 딸려 나올 것이옵니다."

윤상이 미간을 좁히면서 기억을 더듬는 듯한 표정으로 대답했다. 그 말에 옹정이 이를 뿌드득 갈았다.

"조정이 사회 전반에 미칠 파장을 우려해 쉽게 손을 못 쓸 줄 알고 저렇게 배 째라 하고 나오는 거야! 아주 죽여 달라고 비는구먼! 이 일은 자네하고 상서방에서는 신경 쓰지 말게. 낙민이 올려 보냈다는 상주문을 노찰원 어사들에게 나눠주고 모든 깃을 이사들에게 맡겨 버리게. 그래, 연갱요 일은 어떻게 됐나?"

"폐하께 아뢰옵니다. 연갱요는 술자리에서 폐하의 은혜에 감사를 드린다는 말을 많이 했사옵니다. 또 호부와 병부에 명령을 내려 병사들의 봄 군복과 냄비나 솥을 비롯한 군수품을 빠른 시일 내에 대영大營으로 보내주실 것을 폐하께 주청해달라고 신에게 부탁했사옵니다. 이번에 가자마자 대영을 옮기겠다고도 했사옵니다. 그리고는 감주甘州에서 서녕西寧에 이르는 길에 병사들을 두 갈래로 풀어 한 갈래는 이당里塘, 파당巴塘, 황승관黃勝關을 지키도록 하겠다고 했사옵니다. 반군이 서장으로 잠입할 경로를 미리 차단하겠다는 것이죠. 또 다른 한 갈래인 악종기 부대는 나포장단증이 감숙성으로 도망을 가 진을 치는 것을 막기 위해 영창永昌과 포융기布隆基 강 일대에 주둔하게 할 것이라고 했사옵니다. 더불어 연갱요 자신은 중군을 거느리고 나포장단증을 기습하겠다고 했사옵니다. 나름 괜찮은 작전 같사옵니다."

윤상이 언제 기침을 심하게 했던가 싶게 피곤한 기색 하나 없이 묵묵히 옹정에게 시선을 두고 있는 태후를 일별하면서 아뢰었다. 군사 문제에 대해서는 완전 문외한인 옹정이 묵묵히 윤상의 말에 귀를 기울이더니 갑자기 웃으면서 입을 열었다.

"우리 형제들 중에서 가장 병법에 능통한 사람은 역시 자네야. 그래, 자네 생각에는 연갱요의 작전이 승산이 있을 것 같은가?"

윤상은 옹정의 말을 곧 이해할 수 있을 것 같았다. 원래 20여 명이 넘는 황실의 황자들 중 병사들을 이끌고 직접 전쟁터에 나갔다 온 사람은 열넷째 외에는 없었다. 따라서 실제로 이론과 현실을 결부시켜 볼 때 가장 '병법에 능통'한 사람은 역시 누가 뭐라고 해도 열넷째였다. 하지만 옹정은 그 사실을 알면서도 일부러 그렇게 말하지 않았다. 윤상은 그것이 태후를 의식했기 때문이라고 생각했다. 또 옹정의 속마음을 넘겨짚었던 탓에 바로 면전에서 아니라고 할 수도 없었다. 결국 어색한 웃음을 흘리면서 입을 열었다.

"신의 생각에는 연갱요의 작전이 괜찮은 것 같사옵니다. 하오나 서북 지역은 넓은 데다 광활한 대지가 많사옵니다. 도망가기에는 안성맞춤인 지세를 하고 있사옵니다. 바다가 가로막혀 도망에 어려움을 겪는 동남쪽과는 완전히 다르옵니다. 자칫하면 독 안에 든 쥐 신세가 된 나포장단증이 서북으로 도망가 준갈이에서 책망 아랍포탄과 손잡을 수도 있사옵니다. 만약 그렇게 되는 날에는 당장 큰 문제가 야기되는 것은 아닐지라도 호랑이를 옆방에 재우는 것 같은 우환이 생길 수 있사옵니다. 앞으로 큰 화를 불러올 우려가 있다는 말이옵니다. 따라서 신의 어리석은 생각으로는 연갱요가 나포장단증을 치기에 앞서 정역장군靖逆將軍 부녕안富寧安을 서부 토로번吐魯番(투루판)과 갈사구갈사口噶斯口에 보내 적군과 객이객 몽고의 통로를 미리 차단해 놓는 것이 가장 안전한 방책일 것 같사옵니다. 그런데 부녕안은 연갱요의 휘하에 있는 장군이 아니기 때문에 이 일은 폐하께서 직접 나서서 조율해 주셨으면 하옵니다."

"그러면 독 안에 든 쥐가 되겠지. 좋아, 때려주는 일 밖에는 남지 않았군! 이 일은 연갱요와 상의할 것도 없어. 자네, 지금 당장 상서방에 가서 호부에 이르게. 빠른 시간 내에 정미精米 이만 석과 돼지 이천 마리를 부녕안의 부대에 가져다주라고 말이야. 또 부녕안에게는 북경에 올 필요 없이 즉각 병사들을 거느리고 투루판을 사수하라는 내용의 지의를 작성해 내려 보내라고 하게. 그런데 신강新疆 지역의 이극소伊克昭에서 투루판까지는 시간이 얼마나 걸리지?"

옹정이 다소 흥분했는지 손뼉까지 치면서 말했다. 눈빛도 반짝거렸다. 윤상이 황급히 대답했다.

"이극소는 아직 엄동설한이옵니다. 온통 얼음과 눈으로 뒤덮여 있는 상황이옵니다. 지금 움직이려면 군량미와 마초馬草를 제때에 공급받을 수가 없사옵니다. 때문에 얼마나 걸릴지 장담하기 어렵사옵니다. 설사 봄이 되어 눈이 녹고 초원 전체가 마초인 국면을 맞는다고 해도 크게 달라질 것은 없사옵니다. 투루판까지 가려면 한 달은 족히 걸릴 것이옵니다. 그러지 말고 이렇게 하는 것이……."

윤상이 뭔가 제안을 하려는 듯했다. 옹정은 하지만 바로 그 대목에서 윤상의 말허리를 잘라버렸다.

"그래도 강행군을 하는 수밖에는 없을 것 같네! 군량미와 마초는 감숙성과 섬서성 두 성에서 순무가 직접 나서서 책임지라고 해. 무슨 수를 써서라도 사십 일 안에는 투루판에 도착해야 한다고 전하게. 기일을 어겼을 경우에는 군법에 따라 엄벌하겠어!"

윤상은 옹정의 말에 문제가 많다는 생각을 했다. 초원에서 행군을 해야 하는데 마초를 내지內地에서 운반한다는 것은 무리라는 판단이 들었던 것이다. 그래서 '연갱요가 아무리 빨리 서두른다고 해도 가을께는 돼야 나포장단증을 칠 것이옵니다. 그런데 서둘러 무리해 가면서까지 부녕안의 부대를 투루판으로 옮기게 할 이유는 없지 않사옵니까?'하는 말이 목구멍까지 올라온 것도 다 그 때문이라고 할 수 있었다. 또 옹정의 독단에 제동을 걸고 싶은 마음도 없지 않았다. 그러나 윤상은 그 욕구를 바로 눌러버렸다. 황제가 자신의 '군사적 재능'을 과시하려는 마당에 찬물을 끼얹었다가는 큰 코를 다칠 수도 있다는 생각이 들었던 것이다. 그러자 윤상은 등골이 오싹해지는 것 같았다. 이어 잠시 뭔가를 생각하더니 황급히 무릎을 꿇었다.

"신의 우매함을 용서해주시옵소서! 항상 적들보다 한 수 위에서 움직여야 한다는 것을 신이 깜빡했사옵니다. 신이 폐하의 성총聖聰을 따라가려면 아직 멀고도 멀었사옵니다. 지금 당장 상서방으로 가서 장정옥에게 폐하의 명령을 전하겠사옵니다."

윤상이 말을 마치자마자 바로 물러나려는 자세를 취했다.

"잠깐 기다려 보게. 이 일은 짐이 등극한 이후에 처음 결정하는 큰 일이네. 성조께서 남기신 미완의 숙원이기도 하고. 짐이 더더욱 혼신의 신경을 기울일 수밖에 없지 않겠는가? 아무래도 북경에 이번 군사 문제를 전담할 부서를 새로 만들어야겠어. 상서방은 말 그대로 문사文事를 처리하는 '서방'書房에 불과해. 자네와 장정옥, 융과다 셋이 상서방 일을 계속하면서 음……, 일명 군기대신軍機大臣이라는 직함도 겸하도록 하게! 양심전 밖의 천가天街에 시위들이 쓰던 방이 하나 있 잖아. 그곳을 자네들에게 비워주겠네. 주야로 이십사 시간 내내 군무를 처리하는 데 쓰라고. 일단 '군기처'軍機處라는 이름으로 출범했으면 하네. 자네들에게는 필요에 따라 마음대로 육부구경들을 불러 상의할 수 있는 권한과 자격을 부여할 것이네. 어떤가?"

옹정이 윤상을 불러 세우고 턱을 괸 채 잠깐 생각을 한 다음 말했다. 윤상으로서는 전혀 예상치 못한 발상이었다. 처음에는 다소 의아했지만 옹정의 입장에서 차분히 생각해보면 괜찮겠다는 생각도 들었다. 또 옹정의 진의를 헤아릴 수 있을 것도 같았다.

옹정의 의도는 분명했다. 자신이 방금 내세운 이유를 들어 군사지휘권을 한 손에 거머쥔 채 상서방 속의 작은 상서방을 별도로 만들겠다는 것이었다. 그럴 경우 손쉽게 셋째와 여덟째를 권력의 중심 밖으로 밀어내는 것이 가능할 터였다. 그러면서도 셋째와 여덟째를 비롯한 그 측근들은 자신들의 세력이 약화된 것을 감지하지 못할 만큼 충격은 약할 것이었다. 설사 눈치를 챘다고 하더라도 벙어리 냉가슴 앓듯 하는 수밖에는 없을 것이었다. 윤상은 옹정의 치밀한 계략에 한참 넋을 잃고 앉아 있다 말고 자신도 깜짝 놀랄 정도의 큰소리로 대답하고는 서둘러 자리에서 물러났다.

옹정은 윤상이 물러가자 그제야 자신이 태후에게 와 있었다는 사실을 깨달은 듯 실소를 터트렸다. 이어 공손하게 말했다.

"태후마마, 열셋째와 얘기를 나누는 데만 열중해 있다 보니 마마의 건강 상태도 미처 여쭤보지 못했습니다. 그래, 지금은 좀 어떻습니까?"

오아씨는 옹정의 말이 끝났는데도 바로 대답을 하지 못했다. 그저 4각형 채색 무늬의 천장만 뚫어지게 바라보고 있을 뿐이었다. 그러다 한참 후에야 가슴속 깊은 곳으로부터 끌어올린 듯한 길고 무거운 한숨을 토해내면서 중얼거리듯 말했다.

"아수阿秀, 즉 윤상의 생모가 출가하기 전에는 나와 둘도 없는 사이였는데……. 그해 내가 열넷째를 가졌을 때였지. 아수가 와서 재미 삼아 점괘를 보더니 아들이라고 단정을 지으면서 자기 일처럼 기뻐하더라고. 나중에 정말 아들을 낳으니까 선제께서 크게 기뻐하시면서 서둘러 이름부터 지으셨어. 처음엔 윤정胤禎이라고 지었는데, 자네 이름하고 모양과 음 등이 너무나도 비슷했어. 그래서 다시 윤제胤禵라고 고쳤던 것이네. 그런데 열넷째는 동복同腹인 자네보다 열셋째와 성격이나 생김새가 더 많이 닮은 것 같아……."

옹정은 열넷째에 대한 얘기를 하는 동안 오아씨의 눈빛에서 엄동설한도 녹일 만큼 따뜻하고 부드러운 기운이 감도는 것을 읽을 수 있었다. 윤제를 그리워한다는 사실을 깨닫지 못할 리가 없었다. 결국 그가 웃으면서 말했다.

"열넷째는 지금 북경에 있습니다. 원래 서부에서 군사를 거느리고 있었죠. 그러나 마마의 건강도 좋지 않으시고 열넷째가 이쪽저쪽 마음을 많이 쓸 것 같아 이번에는 보내지 않았습니다. 그동안 고생도 할 만큼 했으니 이제는 좀 쉬게 하는 것이 좋지 않나 하는 생각을 했습니다. 윤상도 그렇게 험한 곳에는 보내고 싶지 않고요! 어머니께서 열넷째를 보고 싶어 하시는 것 같으니 원하신다면 불러오도록 하겠습니다."

오아씨의 눈빛이 옹정의 말 한 마디에 순간적으로 심지를 돋운 등잔불처럼 크게 빛났다. 그러다 순식간에 다시 어두워졌다. 아마도 이제는 황제가 돼 있는 자신의 큰아들의 성격을 너무나도 잘 아는 듯했다. 사실 그녀의 판단은 크게 틀리지 않았다. 원래 열넷째는 속에 있는 말을 잘 감추지 못하는 직선적인 성격이었다. 그런 그가 자신의 앞에서 말 한마디 잘못 한다거나 하면 문제가 생길 수 있었다. 또 자신이 머리라도 쓰다듬어주면서 과잉친절을 베푸는 날에도 크게 다르지 않을 것이었다. 훗날 그것들을 두고두고 질시할 옹정에 의해 큰 불이익을 당하지 말라는 법이 없었던 것이다. 물론 그녀의 목숨이 붙어 있는 한은 옹정이 윤제를 대놓고 괴롭히지는 못할 터였다. 그녀는 순간 윤제를 보고 싶은 마음을 누른 채 다시 한 번 조용히 생각을 가다듬었다.

'어제 몸 상태를 알아보기 위해 태의를 조용히 불렀었어. 태의가 진찰을 하더니 이제 내가 이 세상에 살아있을 날도 얼마 남지 않았다고 했어. 그러니 여태까지도 생이별 아닌 생이별의 세월을 살아왔는데, 죽어가는 마당에 한 번을 더 본들 뭐하겠어. 사랑하는 막내를 힘들게 할 뿐 도움이 되는 일은 별로 없을 것 아닌가?'

오아씨가 생각을 다 정리했는지 소리 없이 한숨을 내쉬면서 다시 입을 열었다.

"자네들 스물네 명은 모두 선제의 핏줄이야. 비록 자네와 그 사람들이 이제는 군신 사이가 됐으나 앞으로 누구 하나 차별하지 않고 똑같이 위해주고 아껴줄 줄로 믿네. 나 역시 황제 아들을 둔 덕분에 태후 소리를 듣기는 하나 나머지 스물 몇 명 모두가 다 똑같은 내 아들들 같기만 해. 앞으로 열넷째가 오더라도 혼자 오지 말고 셋째 형이 여러 황자들을 인솔해 같이 올 때 따라오면 좋겠네. 여기 쫓아다니면서 시간을 허비할 것 없이 맡은 바 일에 최선을 다한다면 자네가 알아서 좀 잘해주겠나. 그렇지 않은가?"

오아씨가 말을 마치고는 조용히 옹정을 바라봤다. 눈빛은 간절한 기대와 부탁으로 가득 차 있었다. 마치 목마른 사람이 물을 찾는 듯 갈구하는 눈빛이었다. 아무리 둔감한 사람이라도 그 뜻을 읽고도 남을 수 있을 정도였다. 순간 옹정은 가슴 한구석이 은근히 아려왔다. 너무나도 간절한 어머니의 마음에 돌부처처럼 차가운 그의 마음도 풀어지는 듯했다.

"어머님의 성명하심에 아들은 창피해 몸 둘 바를 모르겠습니다. 아우들은 제가 잘 챙길 테니 어머님께서는 아무 걱정하지 마시고 몸조리나 잘 하십시오."

바로 그때였다. 열일곱째 황고十七皇姑(황제의 고모. 여기에서는 옹정의 누나로도 불리는 열일곱째 공주)가 웃음 띤 얼굴로 한마디 끼어들려고 했다. 그러나 옹정이 먼저 입을 열었다.

"누님, 인사가 늦어서 미안하오. 그런데 오늘은 무슨 바람이 불어서 여기까지 다 오시고?"

"무슨 바람이냐고요? 서북풍 타고 왔죠! 저는 태후마마께 문안을 올리러 줄기차게 다녔사옵니다. 그래도 폐하의 용안 한 번 뵙기란 여간 어렵지 않더군요. 번번이 실패했지 뭐예요! 오늘은 넷째 공주가 태후마마께 속상한 심사를 털어놓기에 옆에서 몇 마디 위로를 했사옵니다. 그러다 보니 이렇게 폐하를 뵐 행운이 돌아오네요. 그렇지 않아도 도움을 청할 일이 있어 만났으면 했다고요. 내친김에 발 한 번 구르면 천하가 요동칠 위력을 지닌 황제 아우를 둔 덕을 좀 볼 수 있을까 모르겠네요?"

열일곱째 황고가 무릎을 치면서 웃었다. 강희 황제는 생전에 아들 이상으로 많은 공주를 낳았다. 무려 35명이었다. 그러나 그들의 대부분이 단명했다. 그녀를 비롯한 몇 명만 겨우 살아남았을 뿐이었다. 또 그녀는 옹정의 유일한 누나이기도 했다. 물론 밀비密妃 왕王씨의 소생으로 열다섯째 황자와 동복일 뿐 옹정과는 어머니가 달랐다. 그러나 두 사람은 어릴 때부터 황태후가 후궁에서 거둬 함께 기른 인연이 있었다. 그것도 무려 5년이었다. 당연히 어린 시절을 같이 한 사이로서 유난히 친할 수밖에 없었다. 궁중의 규율이 허락하는 범위 내에서 마음껏 뛰놀았을 뿐만 아니라 심하게 장난을 치기도 했다. 심지어 두 사람은 민간의 아이들처럼 너는 아빠, 나는 엄마 하면서 소꿉놀이 하던 소중한 추억까지 공유하고 있었다. 궁중에서 살아가면서 공유하기에는 그리 흔치 않은 추억이었다. 때문에 옹정은 열일곱째 황고를 손위 누나로 거리를 두지 않았다. 그녀 역시 옹정을 감히 범접 못할 황제로 보는 경우가 드물었다. 옹정이 지극히 열일곱째 황고다운 솔직한 말에 너털웃음을 터트렸다.

"누님, 무슨 일인데 그리 뜸을 들이고 그래요? 짐이 누님 말이라면 껌뻑 죽는 줄 알면서!"

옹정이 다정한 어조로 다시 열일곱째 황고에게 대답을 재촉했다. 그러면서 노란 비단 방석에 앉은 채 일찍이 혼자가 되고 만 누이를 미소 띤 얼굴로 바라봤다. 이어 한 손으로 가볍게 태후의 다리를 주물렀다.

"그 말을 들으니 용기가 생기네요. 황제도 알다시피 내 남편인 열일곱째 액부는 지지리 복도 없는 인간이잖아요. 서부전선에서 죽었죠. 강희 오십칠 년에 큰아들 눌소리訥蘇里, 둘째 아들 눌소화訥蘇和를 다 데리고 아이태阿爾泰산에서 포위당해 자그마치 넉 달 동안이나 고생을 하다 끝내 책망 아랍포탄의 손에 굶어죽고 말았잖아요. 육만 명 중에 단 한 명도 살아오지 못했으니! 그때 나는 아무리 생각해도 시신을 내 손으로 직접 거둬야 그나마 앞으로 살아갈 수 있을 것 같았어요. 그래 책망 아랍포탄의 수하 장군 한 명을 돈으로 매수해서 전쟁터로 시신을 찾으러 갔지 않았겠어요? 시신을 찾았더니……, 그래도 가족이라고 셋이서 한데 부둥켜안고 있더라고요. 하체는 어디로 나가 떨어졌는지 없고 상체만……. 아무리 뜯어내려고 해도 얼마나 목을 꼭 끌어안았는지……."

열일곱째 황고가 웃음 반 한숨 반 섞어가면서 말을 늘어놓았다. 그러나 다시 과거의 비참한 상황을 떠올리는 것이 고통스러운지 말을 제대로 잇지 못했다. 순간 궁전 안에서 시중을 들던 태감과 궁녀들은 모두 고개를 떨어뜨린 채 훌쩍거리기 시작했다. 옹정의 표정도 갑자기 어두워졌다. 그가 한참 후 기나긴 한숨을 내쉬면서 말했다.

"그 당시 상서방에서는 안타깝게 전사한 이들의 죽음을 놓고 의견이 분분했었죠. 그러나 마지막까지 굴하지 않고 열심히 싸웠어도 결국에는 패망한 자의 굴레를 벗어나기에는 역부족이었던 것 같았어요. 그래서 가족들이 보상금도 많이 못 받았고……. 걱정하지 말아요, 누님. 내일 예부와 상의해서 좋은 소식 전해주도록 해볼게요."

열일곱째 황고가 옹정의 너그러운 어조에 눈물을 닦으면서 다시 입을 열었다.

"사람이 다 죽은 판에 그까짓 보상금을 더 받으려고 이러는 게 아니에요. 나는 하루가 다르게 늙어가고 있어요. 슬하에 겨우 하나 남은 막내 눌소운訥蘇雲만 바라보고 그나마 연명하는 거라고요. 그런데 그 아이가 악종기 장군 밑에서 유격遊擊으로 있다 보니 이번에 또 전쟁에 투입된다고 하더군요. 폐하……!"

열일곱째 황고가 더욱 목이 메는지 말을 잇지 못했다. 옹정도 누나의 사정을 모르지 않는지 힘없는 눈길로 발밑을 뚫어지게 바라봤다. 이어 한참 후에야 무표정한 얼굴을 들고 말했다.

"누님, 무슨 뜻인지는 알겠어요. 하지만 무슨 이유가 됐든 조정의 명령을 받고 이 나라를 지키기 위해 전방으로 투입된 군인들을 후방으로 불러들일 수는 없어요. 장군도 아니고 말단 장교에 불과한 유격을 마음대로 후방으로 불러들였다가 군심이 혼란을 겪으면 어떻게 하겠어요?"

"그러나 성조께서는 어떻게 해서든 눌소 가문의 대는 보전해야 한다고 강조하셨지 않사옵니까?"

열일곱째 황고가 애써 웃음을 지은 채 간절한 눈빛으로 옹정을 바라봤다. 이어 다시 덧붙였다.

"궁상맞은 늙은 과부의 체면 같은 것은 무시한다고 해도 성조의 유지는 받들어야 하지 않겠사옵니까?"

옹정이 열일곱째 황고의 말에 미간을 찌푸렸다.

"누님, 이 일은 짐이 완전히 대책을 강구할 때까지 시간적 여유를 좀 주었으면 해요. 아무튼 사람을 후방으로 빼올 수는 없어요. 그러나 무사히 돌아올 수 있게 하는 쪽으로 생각을 해보겠소. 어때요?"

옹정의 말은 누가 들어도 비현실적이었다. 또 무책임한 약속처럼 들렸다. 하기야 아무리 황제라도 살벌한 전쟁터로 떠난 병사들이 무사히 돌아올 것이라고 장담하기는 어려웠으니 말이다. 궁전 안은 갑자기 물 뿌린 듯 조용해졌다. 열일곱째 황고는 어떤 식으로든 끝을 봐야 직성이 풀리는 성격의 그녀답지 않게 고개를 푹 꺾은 채 실망감에 빠져들었다. 그러나 이내 단호한 표정을 지으면서 다시 입을 열었다.

"군주의 말에는 농담이 없다는 것을 모르지 않사옵니다. 청승맞은 늙은 과부가 황제의 말씀을 믿고 완전한 대책을 기다려 보죠. 그러나 하나 남은 막내아들까지 잘못되는 날에는 아무것도 필요 없어요……. 황제가 친히 독주 한 잔만 하사한다면 누이에 대한 마지막 배려인 줄로 알고 웃으면서 저 세상으로 갈 거예요! 이 일은 이 정도에서 그만 접죠. 이제는 넷째 공주 일이나 다 같이 고민해 보도록 해요."

옹정은 열일곱째 황고의 말에 그제야 한편에서 울상을 짓고 앉아 있는 넷째 딸 결명潔明에게 시선을 돌리면서 물었다.

"무슨 일이야? 표정이 왜 그래?"

애신각라 결명은 아버지의 말에 바로 대답을 하지 않았다. 그저 두려움 가득한 시선으로 옹정을 힐끗 쳐다볼 뿐이었다. 그럼에도 눈에 그득한 원망과 설움 같은 감정은 숨기지 못했다. 그녀는 한참 후에도 계속 입가를 실룩거리면서 태후에게 가엾은 눈빛만 보낼 뿐 끝내 입을 열지 않았다. 급기야 태후가 가벼운 한숨을 내쉬면서 말했다.

"열일곱째 황고, 자네가 황제에게 말씀 올리게. 나는 가슴이 떨려 말을 못 하겠네……."

열일곱째 황고가 "예!"하고 짤막하게 대답하고는 바로 결명을 가리키면서 입을 열었다.

"작년에 폐하께서 사윗감으로 점찍어둔 그 무탐화武探花(무과시험 삼등 합격자) 합경생哈慶生이라는 자식이 글쎄 징그럽게도 동성애자라지 뭐예요. 우리 사위가 그러는데, 그놈이 복건성에서 수비守備로 있을 때 젖비린내 폴폴 나는 어린 남자애들을 서너 명씩이나 데리고 그짓을 했다지 뭐예요. 아휴, 더러워! 내가 기절 일보직전까지 갔다가 정신을 차리고 뒷조사를 해봤더니, 글쎄 그 아비와 남동생…… 모두가 그 모양 그 꼴이래요. 그러니 금이야 옥이야 키운 우리 결명이를 어찌 그런 토끼(동성애자를 비하해 부르는 말) 집안으로 시집을 보낼 수 있겠어요? 양梁나라 무제武帝(남색男色으로 유명했던 황제)가 따로 없어요."

결명은 열일곱째 황고의 여과 없는 말이 너무 부끄러웠는지 그만 얼굴이 발갛게 상기되고 말았다. 그리고는 급기야 손수건으로 입을 막고 숨을 죽인 채 울음을 터트렸다.

순간 옹정이 충격을 받아 이마의 핏줄이 불끈 튀어나왔다. 애써 참고 있으나 폭발할 것 같은 분노를 자제하느라 입술을 깨문 채 한참이나 말이 없었다. 딸을 측은하게 바라보는 눈길이 애처로울 정도였다. 자신이 직접 사윗감으로 선택한 합경생은 만주족으로, 양황기鑲黃旗의 좌령佐領(만주족 중에서는 중간 계급에 해당) 출신인 합십례哈什禮의 아들이었다. 그는 비록 출신성분은 대단하지 않았으나 활쏘기에 능할 뿐 아니라 외모도 출중했다. 옹정은 척보고 완전히 마음에 들었다. 그런데 그런 합경생이 알고 보니 그토록 추잡한 인간일 줄이야! 옹정은 속으로 이를 갈지 않을 수 없었다. 곁에 있으면 요절을 내고 싶은 생각도 굴뚝같았다. 그러나 합경생은 연갱요의 휘하에서 병사들을 이끌고 출전 준비에 진력하고 있었다. 더구나 그를 사윗감으로 추천해준 사람은 다름 아닌 연갱요였다. 옹정으로서는 당장 성질나는 대로 행동하기가 어려웠다. 낙민 사건 때문에 알게 모르게 마음이 불편해져 있을 연갱요에게 대사를 앞두고 또 다른 부담을 안겨줄 수는 없다는 생각도 성질을 죽여야 한다고 말하고 있었다. 결국 옹정은 스스로 마음을 다지고 솟아오르는 분노를 꾹꾹 삭일 수밖에 없었다. 한참 후 그가 대략 생각을 정리한 표정을 짓더니 오아씨를 향해 입을 열었다.

"태후마마, 이 일은 연갱요의 체면과 관련된 일입니다. 당장 그를 불편하게 하는 것은 곤란하지 않을까 싶습니다. 하지만 역시 가문의 명예와 직결된 사안인 만큼 최종 결정은 마마께서 내려주십시오."

"아버지! 황제 폐하! 여자가 지켜야 할 삼종사덕三從四德 중에서 첫째가 바로 '집에서는 부친에게 복종해야 한다'이옵니다. 그런데 제 아버지이시면서 천하의 주인인 폐하께서 딸의 혼사문제를 두고 신하의 눈치를 보신다면 저의 인생은 어떻게 되는 것이옵니까? 연갱요의 체면을 고려하지 않을 수 없다는 말씀은 저를 똥통으로 내모는 것과 마찬가지 아니옵니까. 그런 상황에서 태후마마께 무슨 결정을 더 내리라는 것이옵니까?"

넷째 공주가 옹정의 말이 끝나자마자 바로 눈물범벅이 된 얼굴을 들고는 항의하듯 그를 노려보았다. 얼굴을 감싸 쥐고 어깨를 들썩이면서 울고 있던 넷째 공주답지 않은 태도였다. 실제로 그녀는 자신을 드러내려 하지 않는 소심한 행동 때문에 옹정의 열댓 명 딸들 중에서 그다지 돋보이지 않은 공주였다. 옹정은 그런 그녀가 그토록 강하게 나오자 적이 놀라지 않을 수 없었다. 그는 잠시 머뭇거리다가 생각을 정리한 듯 단호하게 말했다.

"우리 만주족들에게는 '삼종사덕'이라는 말이 없어. 짐이 황제답지 못하다면 자네는 더더욱 공주답지 못해! 정기精奇(황실 자녀들의 교육을 위해 일하던 여성들을 일컬음)와 마마嬤嬤(정기보다 낮은 직책의 여성들을 일컬음)들이 짐한테 그런 식으로 대들라고 가르쳤어?"

옹정은 호통을 치는 것만으로는 성이 차지 않았는지 다시 손가락으로 궁문을 가리키면서 고함을 질렀다.

"당장 짐 앞에서 사라져! 오늘부터 정순문貞順門 안에 있는 동편궁東偏宮에 들어가서 반성의 시간을 가지도록 해. 3년 동안 한 발자국도 밖으로 나와서는 안 돼!"

넷째 공주가 옹정의 추상같은 호령에 울음을 터트리면서 밖으로 뛰쳐나갔다. 이어 멀리서 그녀의 울음 섞인 넋두리가 들려왔다.

"그래요, 죽을 때까지 한 발자국도 나오지 않을 거예요……."

태후는 부녀간에 벌어진 언쟁에 충격을 받았는지 넷째 공주의 넋두리가 허공에서 채 사라지기도 전에 벌떡 몸을 일으켰다. 약간 부어오른 눈에서는 어느덧 눈물이 가득 고여 있었다. 고통을 주체할 길 없어 뛰쳐나가버린 손녀의 뒷모습을 바라보는 것이 너무나도 가슴이 아팠던 모양이었다. 그녀가 눈을 지그시 감은 채 잠시 거친 숨을 몰아쉬더니 급기야 옹정을 향해 홱 고개를 틀었다. 그리고는 추상같이 고함을 내질렀다.

"자네! 자네도 나가주게!"

"태후마마!"

옹정이 불에 덴 듯 흠칫 놀란 얼굴을 한 채 오아씨를 불렀다. 이어 갑자기 온몸의 피가 어딘가로 증발해 버린 듯 하얗게 질린 얼굴로 태후를 멍하니 바라봤다. 동시에 천천히 무릎을 꿇었다. 입에서 터져 나오는 목소리는 마치 저 멀리서 굴러오는 우렛소리처럼 낮고 무거웠다.

"태후마마, 고정하십시오. 건강에 좋지 않은 영향을 미칠 것이니 제발 화내시지 마십시오. 저의 입장도……, 이 아들의 입장도 헤아려 주셨으면 합니다……."

옹정은 말을 마치고는 고통으로 일그러진 얼굴을 다리 사이에 깊이 묻었다. 그러자 궁전의 태감과 시녀들이 모두 따라서 무릎을 꿇었다.

오아씨는 자신이 세상을 떠나기 전에 옹정과 윤제 둘을 불러 어떻게 해서든 형제간의 우애를 강조하려고 했다. 또 둘이 손잡도록 혼신의 힘을 다하려고 했다. 그뿐만이 아니었다. 그녀는 그동안 살아오면서 못 다한 모자간의 정을 나누고 옹정에게는 동생에게 양보하고 감싸주는 미덕을, 윤제에게는 황제인 형을 진심으로 존중하고 충성을 다하라는 신신당부를 하려던 참이었다. 그러나 아무리 봐도 지금 눈앞에 무릎을 꿇고 있는 황제 아들은 마냥 덤벙대고 대책 없어 보이는 윤제와는 너무나도 달랐다. 허심탄회하게 마음을 터놓은 채 울고 웃으면서 인간적인 정을 나누기에는 너무나도 삭막한 사람이었다. 오아씨는 급기야 반쯤 열리던 마음의 문을 닫기로 했다.

옹정은 천성적으로 독선과 아집을 타고 난 듯 친어머니와 마주한 자리에서도 툭하면 원리원칙만 내세웠으니 그녀의 생각도 사실 틀린 것은 아니었다. 게다가 조정의 규정과 규율을 내세워 웬만한 말은 꺼내지도 못하게 했으니 그녀로서는 숨이 막힐 수밖에 없었다. 한 치의 틈도 보이지 않는 완벽한 성격은 모자 사이조차도 멀어지게 하는 듯했다.

오아씨는 열일곱째 황고와 넷째 공주를 대하는 옹정의 모습을 잠자코 지켜보다 화를 폭발시켰으나 바로 후회했다. 내심으로는 자신의 따귀를 때리고 싶었다. 주변의 이목이 집중되는 가운데 자신이 마구 고함을 지르고 옹정이 무릎을 꿇었으니 그럴 만도 했다. 그런 생각은 아슬아슬하게 잘 참고 있던 기침을 다시 발작하게 만들었다. 오아씨는 바로 가래가 막혀 숨을 쉴 수 없게 되었다. 얼굴이 벌겋게 달아올랐다.

"태후마마!"

옹정과 열일곱째 황고가 크게 놀란 듯 이구동성으로 소리를 지르면서 벌떡 일어나 오아씨에게 달려갔다. 열일곱째 황고가 재빨리 가슴을 문질러줬다. 옹정 역시 가볍게 등을 두드려주었다. 오아씨는 한참 후에야 겨우 가래를 뱉어내고는 기진맥진한 듯 다시 자리에 털썩 드러누웠다. 이어 여전히 가래가 그렁그렁한 목소리로 힘겹게 말을 이었다.

"황제, 가까이 좀 와 보게……."

"무슨 분부가 계십니까, 마마."

옹정이 황급히 태후에게 다가가 공손하게 물었다.

"열일곱째 황고의 막내는 자네가 보호해 줘야 하네. 이것은 선제의 지시라 실수가 있어서는 절대로 안 되겠어. 넷째 공주 일은 집안 일이기 때문에 내가 내 주장대로 해야겠네. 결명이는 절대 그 집에 못 보내!"

태후가 오래 말하기가 쉽지 않은 듯 잠시 말을 멈추었다. 이어 다시 천천히 입을 열었다.

"자네는 아직 등극한 지 얼마 안 됐어. 천하의 일인자로서 굳게 자리를 잡았다고 말하기 어려워. 그렇지만 권위라는 것은 절대 가볍게 사용해서는 안 되네. 또 강하게 나간다고 권위가 세워지는 것이 아니네. 조상의 유언 역시 사사로이 어기고 고치는 것이 아니야. 또 '삼인 행필유아사'三人行必有我師(세 사람이 같이 길을 가면 그중에 반드시 내 스승이 있다)라는 말이 있듯, 한 사람의 지혜라도 더 빌려서 해가 되는 경우는 드무네. 그러니 혼자서 고민이 되는 일이 있으면 황자들을 불러 상의해. 결정도 그렇게 해서 내리고. 천하의 백성들이 안정된 삶을 영위하려면 천가天家의 혈육들이 화목하고 무사해야 해. 그래야만 나라도 평안하고 아무 일이 없게 되지. 나는 곧 선조님들을 뵈러 갈 거야. 그런데 내 체면 좀 살려서 아들 하나 잘 낳아줬다는 선제의 칭찬을 받도록 해주면 안 될까……?"

오아씨가 너무 오랫동안 말을 해서 힘든지 더는 입을 열지를 못했다. 기침도 계속 심하게 했다.

옹정은 태후의 뜻을 모르지 않았다. 무엇보다 그녀는 열일곱째 황고와 넷째 공주에 대한 자신의 야박한 결정이 불만인 듯했다. 또 여덟째를 포함한 다른 황자들에게도 잘해주지 않는다고 비난하는 것도 같았다. 옹정은 모자간에 이토록 믿음이 없고 갈수록 의심만 증폭된다고 생각하니 마음이 아팠다. 심란하기도 했다. 그가 잠시 생각을 하더니 무겁게 입을 열었다.

"마마의 훈계와 가르침은 정말 지당하십니다. 아들은 조상의 뜻을 고이 받들어 공적인 일 때문에 사적인 감정을 무시하거나, 사적인 것 때문에 공적인 일에 영향을 미치는 경우가 없도록 잘할 것을 약속드립니다. 후유! 세상의 일이라는 것이 사적인 감정에 휘둘려서 되는 것이 아닌데……."

오아씨가 옹정의 말에 옅은 한숨을 내쉬었다. 옹정으로부터 만족스러운 답변을 기대하는 것은 애초부터 어불성설이라는 생각을 하는 듯했다. 잠시 후 그녀가 열일곱째 황고를 향해 입을 열었다.

"자네, 선제 곁에서 시중을 들던 시녀 소마라고를 기억하나? 그 사람은 죽기 전에 고향 생각에 많이 힘들어 했지. 이제는 그 마음을 이해할 수 있을 것 같아. 내가 그러니까…… 어릴 때 나는 정말 꿈같은 나날을 보냈어. 과이심 초원에서 말을 타고 달리며 활을 쏘고는 했지. 어떨 때는 탁색도 왕을 따라 사냥도 다녔고. 그때는 그것이 먼 훗날 내게 이렇게 큰 추억으로 남을 줄 몰랐어…… 요즘 들어 부쩍 지난날이 그리워……."

오아씨의 흐릿한 두 눈에 갑자기 일말의 생기가 떠오르는 듯했다. 고향 생각만 해도 힘이 나는 모양이었다. 그녀가 다시 천천히 추억을 곱씹었다.

"봄이 되면 풍경이 완전히 한 폭의 그림이었어. 일망무제의 초원에 기름진 풀들이 산들바람에 살랑거리고 하얀 구름이 솜뭉치처럼 떠다니고는 했지. 소나 양, 말떼들이 뒤섞여 한가롭게 풀을 뜯는 풍경은 천국이 따로 없었지. 또 이른 아침에 갓 짜서 마시는 우유는 또 얼마나 고소했던지! ……그러나 이제 이런 얘기를 해서 뭘 하겠나! 다들 피곤할 텐데 그만 나가보지. 황제도 처리해야 할 일이 산적해 있는 것으로 아는데……"

옹정은 오아씨의 말이 끝나기 무섭게 자리를 털고 일어있다. 이어 가슴 가득 원망과 억울한 감정을 안은 채 자녕궁을 나섰다. 아무래도 기분이 좋을 까닭이 없었다. 뭐라고 형언할 수 없이 복잡했다. 발걸음이 흡사 납덩이를 매단 듯 무거웠다.

그가 황후가 있는 저수궁으로 돌아온 것은 괘종시계의 종이 네 번째 울리고 있을 때였다. 신시申時 정각이었다. 황후 오라나랍씨가 그다지 밝지 않은 그의 표정을 조심스럽게 뜯어보면서 입을 열었다.

"안색이 어두워 보이옵니다. 뭔가 좋지 않은 일이라도 있었사옵니까?"

"아니야. 태후마마의 병이 나을 기미를 보이지 않아서 조금 우울할 뿐이야."

옹정이 애써 웃음을 지었다. 그러자 황후가 궁녀가 가져온 인삼탕을 옹정에게 건네주면서 위로의 말을 건넸다.

"청해성에서 모셔온다는 활불活佛은 이제 곧 도착할 것이옵니다. 워낙 법력法力이 대단하다고 소문난 스님이라 효험을 기대해도 좋지 않을까 생각하옵니다."

옹정이 따끈따끈한 인삼탕을 마시면서 물었다.

"자네한테는 누구누구가 문안을 다녀갔는가?"

황후가 별것 아니라는 듯 대답했다.

"내무부에서 다녀갔사옵니다. 궁녀를 선발하는 문제와 소주蘇州 지역에서 극단을 모집하는 것에 대해 얘기하기에 제가 '궁녀 선발은 조정의 규정에 따르는 것이 좋겠다. 또 극단은 폐하께서 그리 필요성을 느끼시지 못하는 것 같다. 현재 창음각暢音閣에 있는 아이들이면 충분하다. 더 이상 모집할 필요가 없다'라고 말해서 돌려보냈사옵니다."

옹정이 만족스럽게 머리를 끄덕여보이면서 다시 물었다.

"또?"

황후가 다시 대답했다.

"그 다음에는 별로 다녀간 사람이 없었사옵니다. 아, 그 합경생이라는 사람이 복주福州에서 감귤 아홉 상자를 보내왔사옵니다. 너무 많아 처치 곤란할 것 같아 모양이 예쁜 것으로 골라 양심전에 올려 보내라고 이덕전에게 지시했사옵니다. 폐하께서 선물용으로 사용하도록 하라고 했사옵니다."

옹정은 합경생이라는 말에 바로 안색이 흐려졌다. 그러더니 천천히 발걸음을 옮겨 아직 동쪽 복도 앞에 있는 감귤을 가리키면서 소리쳤다.

"저거 꼴도 보기 싫어. 전부 금수하金水河에 처넣어버리라고 해!"

13장
부정으로 얼룩진 과거시험장

음력으로 3월 초하루는 흠천감에서 순천부의 은과恩科 회시會試 시험관인 장정로와 양명시에게 고사장에 들어가라고 특별하게 지정해준 길일吉日이었다. 그동안 양명시는 행동을 각별히 조심해야 했다. 때문에 북경에 자신의 집이 따로 없는 그는 지인들 집에서도 머물지 못했다. 북경성 밖 동쪽에 자그마한 방 한 칸을 얻어 그곳에서 지내야 했다. 그 역시 시험 전날 저녁 여느 수험생들 못지않게 긴장했다. 잠도 이루지 못했다. 나중에는 향로에 향을 피워 놓고 정좌한 채 묵묵히 길시吉時를 기다렸다. 그것은 그가 대사가 있을 때마다 몸과 마음을 정갈히 한 채 천지신명에게 존경과 충성을 표한 다음 무사하기를 기도하는 의식이었다. 아랫사람들은 그의 그런 성격을 모르지 않았다. 그래서 그들도 역시 눈을 붙이지 못하고 옆에서 계속 시중을 들었다. 얼마 후 자정이 됐다. 저 멀리 공진대拱辰臺(오포대)에서 둔중한 오포午砲 소리가 세 번 연이어 들려왔다. 양명시는 그제야 비로소 눈을 번쩍 뜨고는 천천히 자리에서 일어났다. 이어 조주와 의복을 꼼꼼하게 살폈다. 그리고는 따뜻한 수건으로 얼굴을 닦은 다음 명령을 내렸다.

"가마를 대기하라!"

순천부의 과거시험장인 공원貢院은 북경의 서남쪽 모퉁이에 자리를 잡고 있었다. 그곳은 전 왕조인 명나라 때부터 줄곧 인재 선발을 위한 조정의 각종 대전大典을 치른 요지要地였다. 그동안 몇 차례의 대대적인 수리를 거쳐서 이제는 규모나 외형 면에서 육부의 아문보다 더 웅장하고 위엄이 있어 보였다. 공원은 또 직경이 160장丈에 담벼락의 높이도 무려 4장이나 됐다. 주변을 둘러싼 성벽 위에는 대추나무가 빽빽이 자라고 있었다. 그로 인해 공원은 일명 '극성'棘城으로도 불렸다.

양명시는 여덟 명의 가마꾼이 드는 관교官轎에 앉은 채 정도正道를 따라 안으로 들어갔다. 좌측, 중간, 오른쪽 세 곳에 각각 패방牌坊이 보였다. 그중 왼쪽 패방에는 '우문'虞門, 오른쪽에는 '주준'周俊이라는 글이 적혀 있었다. 또 중간의 제일 큰 패방에는 '천하문명'天下文明이라는 도금된 글씨가 한눈에 확 안겨왔다. 양명시는 관교가 천천히 땅에 닿자 상체를 숙이고 조심스럽게 내려섰다. 아직 별들이 총총한 것을 보면 사경밖에 안 된 이른 시각임이 분명했다. 장정로는 아직 도착하지 않았을 것이라는 생각을 하면서 양명시는 천천히 용문龍門을 향해 걸어갔다.

때는 춘삼월이었다. 그래서 낮에는 따뜻한 봄 날씨였지만 밤낮으로는 일교차가 무척이나 컸고 새벽녘에는 꽤나 쌀쌀했다. 양명시는 별빛을 빌려 공원을 힐끗 일별했다. 대추나무들이 빼곡한 것이 마치 고성古城 위에 옅은 갈색 구름이 낮게 드리워져 있는 것 같았다. 무척

신비스러워 보이기까지 했다. 낮에는 유난히 화사하게만 보이던 담벼락 밑의 복숭아나무들도 미풍에 가지를 떨면서 새벽의 맑은 공기에 상큼함을 불어넣어 주는 듯했다.

그는 글씨가 새겨져 있는 돌비석들을 에돌아 걸어갔다. 건물 사이를 이어주는 복도 양측의 세 기둥 사이에 자그마한 상소가 마련돼 있는 것이 눈에 들어왔다. 공원을 드나들어본 경험이 있는 그는 즉각 그곳이 이른바 '의찰청'議察廳이라는 것을 알 수가 있었다. 하지만 듣기 좋아 '의찰청'이지 사실 그곳은 모든 과거 응시생들이 속옷까지 다 벗고 공원의 아역들에게 몸수색을 철저하게 받는 곳이었다. 혹시 부정을 저지를 도구를 가지고 들어가지는 않나 하고 조사를 받는 곳이라고 할 수 있었다. 아마도 체면을 지극히 중요하게 생각하는 효렴들에게는 돌아보기도 싫은 창피한 장소로 기억될 수밖에 없을 터였다. 양명시 역시 순간 그때의 기억이 떠오른 듯 미간을 살짝 찌푸렸다.

대단히 이른 시간임에도 대청 안은 등불이 환했다. 그가 누가 이렇게 일찍 나왔을까 생각하면서 다가가려 할 때였다. 갑자기 등 뒤에서 고함소리가 들려왔다.

"거기 누군가? 시험에 응시할 거인들은 밖에서 대기하라고 했잖아!"

"날세."

양명시가 건성으로 대답하면서 곧장 앞으로 걸어갔다.

"나가 누구야? 나가! 용문이 바로 코앞이니 더 이상 다가와서는 안 돼!"

아역인 듯한 사람이 짜증 섞인 목소리로 고함을 질렀다. 그리고는 뭐라고 중얼거리면서 양명시에게 다가왔다. 가까이 와서야 그는 상대가 양명시인 것을 알아보고는 황급히 예의를 갖춰 인사를 올렸다.

"죄송합니다, 양 대인도 몰라 뵙고! 거인들 중에 극성스런 자들이 들이닥친 줄 알았습니다."

양명시가 웃음 띤 얼굴로 의찰청으로 발걸음을 옮기면서 말했다.

"내가 제일 빠른 줄 알았더니, 더 빨리 나온 사람들도 있네? 의찰청에 누군가 있는 것 같은데?"

아역이 양명시의 말에 실눈을 뜨고 웃으면서 대답했다.

"동쪽 방에는 장 중당(장정옥을 일컬음)께서 장정로 대인에게 주시험관으로 들어가기에 앞서 이른 주안상을 차려놓고 덕담을 나누고 계신 것 같습니다. 서쪽 방에는 저희 아역들이 심심풀이로 종이인형을 접고 있습니다."

양명시가 가던 걸음을 잠시 멈추었다. 굳이 동쪽 방으로 가서 형제간의 대화를 방해할 수는 없는 일이었다. 그러니 마땅히 갈 곳은 불이 켜져 있는 서쪽 방뿐이었다. 그는 바로 발걸음을 서청西廳으로 옮겼다. 과연 그곳에서는 몇몇 아역들이 종이인형을 접느라 여념이 없었다. 너 나 할 것 없이 볏짚으로 귀신 모양을 만들고는 그 위에 파랑과 빨강 두 가지 색종이로 도배를 하고 있었다. 종이에는 각각 '은'恩과 '원'怨이라는 글자가 적혀 있었다. 아역들은 아직 먹물이 채 마르지 않은 듯 그것들을 조심스레 받쳐 들고 있었다. 양명시는 그 모습을 보고는 그만 참지 못하고 웃음을 터트리고 말았다.

"전부터 고사장에 이런 귀신들이 있다는 소문은 들었어. 그러나 직접 보기는 처음이네!"

아역들은 웃음소리를 듣고서야 비로소 양명시를 발견했다. 모두들 서둘러 하던 일을 멈추고 황급히 달려와서는 한 줄로 서서 인사를 올렸다. 그중 가장 나이가 들어 보이는 아역이 말했다.

"이런 건 고사장마다 거의 다 세워둡니다. 거인들로 하여금 평소에 선행을 많이 베풀라는 권유쯤으로 받아들이면 될 것입니다.”

양명시가 말없이 자리에 앉았다. 이어 아역들이 귀신놀이에 신명이 나 있는 모습을 보면서 간간히 고사장의 옛 풍속도에 대한 얘기도 주고받고 하면서 시간을 때웠다. 그러자 어느덧 닭이 세 번째로 홰를 치는 소리가 들려왔다. 그는 장정옥이 이 시간이면 자리를 폈을 것이라는 생각에 서청을 나서 동청으로 발걸음을 옮겼다. 그때 장정로가 형인 장정옥을 배웅하기 위해 밖에 나와 있는 모습이 보였다. 양명시는 그 자리에서 주춤거리면서 말없이 장정옥이 떠나가기만을 기다렸다. 곧이어 장정로의 목소리가 그의 귓전을 때렸다.

“형님은 이제 대내에 들어가 폐하의 시중을 들 시간이네요.”

장정옥은 계단을 내려서면서 동생의 말을 들은 듯 대답했다.

“백 번 귀 따갑게 당부해도 결코 지나치지 않은 것은 시험관으로서의 공정성을 잃어서는 안 된다는 거야. 폐하께서는 이치吏治의 쇄신을 성상聖上 정권의 기치로 내거셨어. 그런 만큼 관리들의 부정부패에 유난히 촉각을 곤두세우고 계신다고 해도 과언이 아니야. 어쩌면 이번 은과 회시에서 저절로 그물에 걸려드는 미련한 탐관오리가 있기를 바라고 계실지도 몰라. 누가 운 나쁘게 이 미끼를 무는 날에는 본보기 삼아 강하게 대처하실 거야. 그자의 인생은 그걸로 끝난다고 볼 수 있어. 우리 가문의 가풍은 조상대대로 ‘염’廉자를 중요시하는 것이었어. 맡은 바 직무에 최선을 다하고 훌륭한 관리로 자리매김을 해야 조상들 뵐 면목도 있고 안에서 일하는 나도 마음이 편할 것 아닌가. 아니! 그런데 저기 양명시 아닌가? 자네는 언제 왔는가?”

장정옥이 희미한 불빛을 빌려 양명시를 발견하고는 그를 불렀다. 동시에 그가 왔다는 사실을 미리 아뢰지 않았다면서 아역들을 마구 혼내기 시작했다. 순간 양명시는 깜짝 놀라 황급히 다가가서는 두 손을 맞잡아 들어 올리며 읍을 했다.

"저 사람들을 탓하지 마십시오. 중당 대인 형제분이 정답게 얘기를 나누시기에 후배인 제가 알아서 피했을 뿐입니다."

장정옥이 양명시의 말에 머리를 가볍게 끄덕였다.

"거인들이 초조한 나머지 용문으로 들어오려고 난리들을 치나 봐. 그러나 공원貢院의 중요한 곳에는 하관下官들도 마음대로 드나들지 못하게 돼 있어. 그 사실을 명심하고 엄하게 다스리도록 하게!"

장정옥이 말을 마치고는 손을 들어올렸다. 어둠 속에서 쏜살같이 가마 한 대가 나타났다. 장정옥이 양명시를 향해 가볍게 고개를 끄덕이더니 서둘러 가마에 올라탔다.

형이 떠나자 혼자 남게 된 장정로는 아침술을 좀 과하게 마신 듯했다. 불빛에 비친 눈빛이 몽롱해 보였다. 게다가 형님이 떠나고 긴장이 풀리면서 취기가 갑자기 몰려오는 모양이었다. 급기야 그가 머리를 힘껏 가로저으면서 웃는 얼굴로 말했다.

"양 대인, 밖에서 이러지 말고 들어갑시다."

그때 주변에서 불빛이 번쩍거렸다. 곧 저마다 손에 초롱불을 하나씩 든 거인들이 의찰청으로 우르르 몰려가고 있는 모습이 보였다. 양명시는 용문 입구에서 고개를 돌려 유심히 그 광경을 살펴봤다. 옷을 벗고 검사를 받기 위해 맨 앞에 선 거인 중에 조문치曹文治라는 안면 있는 사람이 눈에 들어왔다. 그 뒤로 언제인가 공원가貢院街의 '백륜불귀'라는 술집에서 술을 마시면서 우스갯소리를 잘하던 유묵림이라는 거인이 보였다.

양명시는 순간 그때를 떠올리면서 시무룩한 표정을 지었다. 이어 부지불식간에 그날 술집에서 돈 주고 산 시험문제를 넣은 안주머니 속에 손을 집어넣었다. 가슴속에 납덩이를 매단 듯 이내 마음이 무거워졌다. 그는 그런 기분을 떨쳐내기 위해 깊이 심호흡을 하고는 이미 공원의 용문에 들어선 장정로를 부랴부랴 따라갔다. 곧바로 이미 대기 중이던 열여덟 명의 시험 감독관들이 눈에 들어왔다. 그들뿐만이 아니었다. 예부와 이부에서 시험감독을 위해 나온 관리들과 시험지를 배부하고 거둬들인 다음 밀봉하고 수송할 전담 인원들이 일하고 있는 모습들이 보였다. 족히 200명은 되는 듯했다. 그들은 주시험관인 장정로와 양명시가 나타나자 일제히 무릎을 꿇고는 인사를 올렸다.

"그동안 오늘 일을 준비하느라 수고 많았네. 다들 일어나게!"

장정로가 동쪽 하늘의 계명성啓明星을 바라보면서 미소를 지었다. 좌중의 사람들은 그의 말을 듣자마자 바로 일어났다. 장정로와 양명시 두 사람은 시선으로 의사를 주고받으면서 공당公堂 앞으로 걸어 나갔다. 그리고는 '대성지성선사 공자'大成至聖先師孔子라고 쓰여 있는 위패位牌 앞에서 삼궤구고의 대례를 올렸다. 장정로는 나머지 사람들이 지위고하에 따라 차례로 대례를 올리기를 기다렸다가 향을 사르면서 선서를 하기 시작했다.

"우리는 종묘사직을 위해 공정한 인재 선발을 위임받았습니다. 그러므로 사적인 감정을 배제하고 청탁을 멀리하겠습니다. 또 뇌물을 절대 받지 않을 것을 맹세합니다. 혹시라도 이에 어긋나는 행실이 발견된다면 천지신명께서 내리시는 그 어떠한 죗값이라도 달게 치르겠습니다."

장정로가 한 말은 왕조를 불문하고 시험관들이 수백 년 동안이나 토씨 하나 바꾸지 않고 해온 소리였다. 심지어 어떤 이는 속으로 중얼거리면서 따라 외울 정도로 익숙한 말이었다. 아무려나 주시험관 두 사람이 물러나자 이번에는 공원의 집사와 아역들이 잡다한 의례적인 발언과 기념행사를 했다. 그러는 데만 꽤 긴 시간을 허비해야 했다.

장정로는 주시험관을 맡은 것이 두 번째였기 때문에 길고 긴 시간들을 묵묵히 인내하고 지켜볼 수 있었다. 하지만 양명시는 달랐다. 끝날 줄 모르는 귀신놀음에 그만 미간이 절로 찌푸려질 정도가 돼버렸다. 그가 참다못해 일을 집행하는 당관 한 명을 불러 물었다.

"여기가 공양 올리고 법회가 열리는 절이라도 되는가? 신성한 고사장이 이게 뭐야? 온통 귀신딱지 같은 것만 붙여 놓고 말이야! 공자 성현께서 이걸 보면 뭐라고 하시겠어?"

"양 대인! 맞는 말씀이기는 합니다. 그러나 높으신 분들께서 역대로 고사장의 큰 적인 전염병을 막기 위해 꼭 필요하다면서 지시하신 일입니다. 그래서 따르는 수밖에 없었습니다."

양명시의 호통에 당관이 황급히 무릎을 꿇은 채 대답했다. 양명시도 지지 않았다. 조소 어린 웃음을 지으며 말했다.

"이곳은 황제께서 직접 명하신 나라의 금지禁地야. 게다가 공자 성현의 위패까지 떡하니 모셔 놓고 있는 곳이기도 하지. 그런데 이런 말도 안 되는 짓들을 하고 있으면 어떻게 하는가? 여봐라!"

"예!"

"그 귀신딱지 허수아비를 끌고 와!"

"예……."

양명시의 호통에 아역들이 당황한 기색을 감추지 못하고 떨리는 목소리로 대답했다. 그러나 그러면서도 행여나 이 젊은 부시험관이 생각을 고쳐먹지는 않을까 잠시 머뭇거렸다. 그러나 양명시의 표정은 단호하기 그지없었다.

반면 장정로는 마치 그런 물건들이 있어도 없어도 그만인 듯 관심을 두지 않는 것 같았다. 사실 그는 그 순간 전혀 엉뚱한 생각을 하고 있었다. 옹정의 셋째 황자인 홍시가 특별히 신경을 써주라던 문제의 몇 사람을 어떻게 하면 이 철통같이 꽉 막힌 젊은이의 눈을 피해 그릇에 주워 담을 수 있을까 하는 생각에만 골몰해 있었던 것이다. 그러다 아역들이 부산스레 움직이는 소리에 비로소 제정신이 돌아온 듯했다.

장정로는 자그마한 꼴불견도 그냥 스쳐 지나가지 못하는 양명시를 힐끗 쳐다보면서 다시 생각에 잠겼다. 그때 아역들이 밤새도록 만든 허수아비 귀신을 공당公堂으로 올려놓았다. 양명시가 힘껏 탁자를 두드리면서 붉으락푸르락한 표정을 한 채 열여덟 명의 시험 감독관들을 매섭게 노려봤다. 그 순간 양명시의 눈빛을 당당하게 맞받아치는 시험 감독관은 단 한 명도 없었다. 하나같이 제사 음식을 훔쳐 먹다 들킨 며느리처럼 움찔거리면서 어쩔 줄을 몰라 했다. 양명시가 그 모습을 잠자코 바라보더니 기어코 냉소를 터트렸다.

"엉뚱한 귀신딱지 좋아하는 것들 치고 속에 '귀신'이 없는 인간들 없더군! 흥, 여기가 뭘 하는 장소인 줄이나 알고 감히 그런 잡동사니를 올려놔? 끌어내서 짓뭉개버려!"

양명시가 경멸에 찬 시선으로 종이귀신을 노려보면서 추상같은 명령을 내리자 아역 몇 명이 황급히 대답하고는 종이귀신을 끌어내려 했다. 바로 그때 공원에서 상주하는 집사가 울상을 지으면서 달려와 황급히 무릎을 꿇었다. 이어 하소연하듯 말했다.

"양 대인……, 이러시면 안 됩니다. 이러시면……."

그러나 집사는 얼음장처럼 차가운 양명시의 눈빛에 질린 나머지 뒷말을 채 잇지 못했다.

"이러면 왜 안 된다는 거야?"

"벌……, 벌을 받을 겁니다!"

양명시가 집사의 말에 기가 막힌 듯 뒤로 넘어지도록 고개를 한껏 젖힌 채 크게 웃어젖혔다.

"세상에, 내가 머리털 나고 처음 듣는 해괴망측한 소리네! 이걸 없 애버린다고 내가 벌을 받아? 어디 한번 확인해볼까? 그것 참 기대되 는데? 그렇다면 아예 짓이겨서 불태워 보자고. 내가 무슨 벌을 어떻 게 받나!"

아역들은 양명시의 서슬에 혼이 나간 듯 더 이상 망설이지 않았다. 종이귀신을 짓밟은 다음 바로 불을 질렀다. 장정로는 매캐한 연기를 내뿜으면서 활활 타는 종이귀신을 바라보다 말고 어깨를 움츠렸다. 그러면서 양명시를 힐끔힐끔 돌아보기도 했다. 그에게 뒷덜미를 잡히 는 것 같은 느낌이 들었던 것이다.

홍시는 얼마 전에 시험문제를 미리 빼내주면서 그에게 네 사람의 합격을 특별히 부탁한 적이 있었다. 자신 역시 은 7000냥을 넘게 뇌 물로 받은 탓에 대여섯 사람을 어떻게든 합격시켜야 했다. 그야말로 절박한 처지에 놓여 있다고 해도 좋았다. 그런데 처음부터 기세를 제 압해버리는 양명시의 만만찮은 모습에 덜컥 겁을 집어먹을 수밖에 없었다. 더불어 주시험관인 자신의 존재 따위는 철저히 무시하는 것 같은 양명시가 괘씸한 생각도 들었다. 급기야 그가 고함을 쳤다.

"용문을 열어라!"

"용문을 열라고 하신다!"

당관들이 장정로의 큰소리에 곧바로 합창하듯 우렁찬 고함을 질 렀다. 이어 빨간 칠을 한 커다란 대문이 빠끔히 틈을 보이기 시작했 다. 그러자 순식간에 한 손에 촛불을 들고 한 손에 바구니를 든 거 인들이 자신의 이름이 불리는 대로 물밀듯 밀려들었다. 그리고는 시 험 감독관의 안내하에 수십 줄로 이어진 판자로 칸막이를 한 자그마한 골방으로 들어가 자리를 잡기 시작했다. 한 사람이 겨우 들어가 앉을 수 있도록 다닥다닥 붙어 있는 독방들이었다. 독방의 책상마다에는 붓과 갓 갈아놓은 먹물이 준비돼 있었다. 거인들은 곧 순서대로 자리하고는 목을 빼든 채 긴장된 표정으로 시험지를 나눠주기만을 기다리고 있었다.

장정로와 양명시는 물이 담겨 있는 구리대야 쪽으로 다가가 손을 깨끗하게 씻었다. 이어 금쟁반에 고이 모셔져 있는 시험문제를 향해 상체를 깊숙이 숙였다. 장정로가 직접 그 겉봉을 뜯은 다음 양명시에게 건네줬다. 양명시는 자신이 얼마 전에 술집에서 사들인 시험문제와 한시바삐 비교해 보고 싶은 조급한 마음에 황급히 그것을 펴들었다. 그리고는 마치 얼음구멍에 빠진 것처럼 얼어붙고 말았다. 한눈에 들어온 작문 제목은 정말 기가 막혔다.

옳음으로 화합하는 것이 이득이다.

글자 하나 틀리지 않고 똑같았다. 양명시는 널뛰는 가슴을 애써 진정시키면서 장정로를 아래위로 훑어봤다. 동시에 시험지가 어떻게 유출됐을까를 황급히 생각해봤다. 급기야 관리 한 명이 앞으로 나와 시험문제를 받아가자 격분을 참지 못하고 나지막한 목소리로 장정로를 불렀다.

"장 대인!"

"왜 그러는 거요?"

"다음 시간에 볼 다른 두 문제는요?"

"오, 그거요? 그건 그때 가서 뜯어보지 뭐."

장정로가 대수롭지 않게 대답했다. 이어 피곤한 듯 의자에 기댄 채

긴 숨을 토해내고는 덧붙였다.

"공원에 있는 저 인간들이 어떤 것들인데요. 돈이라면 기름가마에 빠진 것도 손을 집어넣어 건져낼 것들이에요. 괜히 지금 뜯었다가는 큰일이 나요. 시험문제를 알아내고 밖으로 유출시키는 날에는 어떻게 되겠어요?"

양명시는 장정로의 말을 듣고 나서야 비로소 안도의 숨을 내쉴 수 있었다. 말하는 투를 봐서 시험지 유출사건의 장본인은 장정로가 아닌 것 같았던 것이다. 그가 잠시 생각하더니 말했다.

"장 대인은 주시험관이니 여기 앉아계십시오. 제가 고사장을 한번 둘러보고 오겠습니다."

양명시는 머릿속 가득 의혹을 품은 채 고개를 갸웃거리면서 밖으로 나갔다. 계속해서 의문이 뇌리를 떠나지 않고 있었다. 그는 첫 번째 시험문제는 그 문제의 도사가 우연히 찍어서 맞춘 문제일 뿐이라고 애써 생각하려 했다. 결코 시험문제 유출사건이 아니기를 간절히 빌고 또 빌었다. 하지만 그의 기대는 무참히 무너지고 말았다. 모두 세 번에 걸쳐 치러진 시험의 두 번째와 세 번째의 문제도 제목만 바뀌었을 뿐 토씨 하나 틀리지 않고 똑같았던 것이다.

양명시는 충격을 금하지 못하고 부랴부랴 장정로를 찾아갔다.

"장 대인, 문제가 생겼습니다."

"무슨 문제요?"

"이번 시험문제는 오래 전부터 시중에 고가로 거래되고 있었던 것입니다."

양명시의 얼굴은 창백했다. 순간 장정로의 손도 바르르 떨렸다. 손에 들고 있던 서류가 스르르 미끄러져 떨어졌다.

"그대가 어떻게 시험문제가 유출됐다고 단언할 수 있소이까? 그게 얼마나 많은 사람의 생명과 직결된 문제인데요. 절대 확인되지 않은 망언을 퍼뜨릴 수는 없는 일이오!"

장정로가 안색이 파리하게 질리더니 고함을 지르다시피 말했다. 그러자 양명시가 작심한 듯 주머니 속에서 바로 그날 백륜불귀 술집에서 구입한 시험문제를 꺼내 상성보에게 건네주었다.

"장 대인, 보세요!"

확실히 그것보다 명백한 증거는 없었다. 장정로는 바로 머릿속에서 폭탄이 터지는 듯한 충격에 휩싸였다. 넋 나간 듯 굳어진 시선을 비롯해 주체할 수 없이 경련을 일으키는 볼 근육, 위태롭게 후들거리는 두 다리 등은 분명히 그런 사실을 말해주고 있었다. 그는 이렇게 빨리 모든 것이 백일하에 낱낱이 드러날 줄은 진짜 몰랐다.

"장 대인."

양명시는 설마 장정로가 모든 상황을 다 알고 있으리라고는 생각조차 하지 못했다. 때문에 장정로의 과민한 반응은 눈치 채지 못하고 자신만의 생각에 잠긴 채 말했다.

"도대체 어디에서 새어나간 걸까요? 이번 과거의 시험문제는 폐하께서 직접 출제하셔서 손수 금궤에 밀봉하신 것입니다. 또 직접 상서방을 통해 공원에 전달됐어요. 이게 도대체 어떻게 된 일이라는 말입니까? 몇 개월 전부터 공공연하게 거래되고 있었다니까요. 그것도 술집에서 말입니다. 이게 무슨 기상천외한 일입니까? 대인, 혹시 짚이는 곳이라도 없으신가요?"

"글쎄…… 그러게 말입니다."

장정로의 온몸에서는 식은땀이 줄줄 흘러내렸다. 범인 색출에 몰두하고 있는 양명시와는 달리 대응책 마련이 시급했으니 그럴 만도 했다. 이제 범행이 탄로날 것은 기정사실이었다. 그는 셋째 황자 홍시가 주범인 것을 너무나도 잘 알고 있었다. 또 자신은 진실을 알면서도 모르는 척 덮어두고 있었다. 결코 범죄를 방조한 죄를 면하기 어려운 상황이었다.

장정로는 그런 생각이 들자 뭔가를 말하려는 듯 은밀한 시선으로 양명시를 힐끗 바라봤다. 그러나 이내 침을 꿀꺽 삼키고 말았다. 이 일이 너무나도 심각한 문제였던 탓이었다. 무엇보다 태자의 자리를 쟁탈하기 위한 홍시를 비롯한 홍력, 홍주 세 형제의 암투로도 이어지는 일이라고 할 수 있었다. 또 평소에 홍시와 왕래가 잦았던 융과다가 최근 들어 윤사에게도 추파를 던지는 것을 보면 거물급들이 고구마 줄기처럼 주렁주렁 연관된 사건일 수도 있었다. 한마디로 어느 누구도 그에게는 만만한 상대가 아니었다. 미운털이 박혀서는 절대로 안 됐던 것이다……. 그는 어쩔 수 없이 일단 모르는 척하는 수밖에 없다고 생각을 정리하고는 한숨을 내쉬면서 말했다.

"맹세코 나는 관계가 없어요. 다만 이 일은 들추기 시작하면 그 끝이 어디가 될지 아무도 장담할 수 없을 것 같네요. 황실의 자제가 연관된 사건일 가능성도 배제할 수 없어요. 양 대인, 우리가 사는 세상에는 우리와는 달리 천재적인 예측 능력을 자랑하고 있는 사람들이 많아요. 모르기는 해도 이런 사람들이 실패에 실패를 거듭하다가 운 좋게 어려운 문제들을 때려 맞춘 것일 수도 있지 않겠어요? 우연히 들어맞는 일이 너무 많아서 말이에요. 내 말은 눈 먼 고양이가 죽은 쥐 만나는 격이 될 수도 있다는 겁니다. 또 이 일은 들쑤셨다가는 엄청난 파장을 몰고 올 거예요. 그러니 충분한 증거를 확보하기 전에는 발설해서는 안 돼요! 게다가 시험문제를 제일 먼저 접한 우리 둘도 그 혐의에서 완전히 자유로울 수는 없을 거예요."

양명시는 장정로의 말을 듣는 내내 나름 일리가 있다는 듯 머리를 끄덕이고 있었다. 그러나 "우리 둘도 그 혐의에서 완전히 자유로울 수는 없다"는 대목에서 갑자기 경계 어린 시선을 던졌다. 그것은 완전히 말도 안 되는 소리였기 때문이었다. 무엇보다 몇 달 전부터 밖에서 도사 등 정체불명의 사람들이 술집에서 시험문제를 팔고 다니지 않았던가. 그런데 자신을 비롯한 두 시험관이 시험문제를 처음 접한 것은 불과 몇 시간 전이었다. 논리적으로도 맞지 않았을 뿐만 아니라 완전히 억지라고 해도 과하지 않았다.

순간 그는 장정로가 이 무거운 죄를 자신에게 덮어씌우려 하고 있을지도 모른다는 생각이 들었다. 그러고 보니 장정로에게 수상한 구석이 없지 않았다. 우선 장정로는 황제가 가장 믿는 측근이었다. 또 황제와 같이 하는 시간이 가장 긴 수석대신 장정옥이 그의 친형이었다. 조금 심하게 말하면 두 사람이 작당을 하지 않았다는 법도 없지 않은가? 자존심 강하고 오기가 발동하면 대책 없는 젊은 양명시의 얼굴은 곧 참을 수 없는 굴욕에 벌겋게 달아올랐다. 얼마 후 그가 껄껄 웃으면서 말했다.

"공원에 들어오는 날 우리 둘은 똑같이 천지신명께 맹세했습니다. 공정한 인재 등용을 하겠노라고 말입니다. 좋습니다. 이 일은 이 사람, 저 사람을 도마 위에 올려놓고 대책 없이 의심할 것이 아닌 것 같습니다. 하늘의 뜻에 맡기는 것이 낫겠습니다. 그리고 나는 즉각 폐하께 상주하겠습니다. 은과 시험을 잠시 중단하든지 아니면 시험문제를 다시 내든지 양자택일을 해야겠습니다. 이런 일을 처리함에 있어서 '혹시'라는 생각은 의미가 없어요. 혹시 하는 생각을 가지고 사실을 넘겨짚고 추측한다면 폐하의 주변에도 사악한 소인배가 존재하지 않는다고 단정할 수는 없습니다. 더불어 시험관들 중에도 검은 돈과 함께 외부의 청탁을 받고 나쁜 일을 방조한 간사한 도둑이 있을지 모릅니다. 솔직히 그걸 누가 알겠습니까?"

양명시의 말은 한마디 한마디가 폐부를 찌르는 비수였다. 구구절절이 상대를 무기력하게 만드는 치명적인 공격이라고도 할 수 있었다. 장정로는 그의 말에 수치스러움과 분노에 떨지 않을 수 없었다. 그러나 한 걸음씩 밀려나 벼랑 끝까지 가느니 아예 맞불작전을 펴는 것이 효과적인 방어일지도 모른다는 생각을 한 듯 곧 코웃음을 쳤다.

"나는 그래도 그대를 위해서 솔직하게 말을 해줬어요. 그런데 그대는 오히려 내 진심을 몰라주고 나를 의심하는 것 같군요. 상주문을 올리든 말든 마음대로 하시오. 나도 상주문을 올려 그대를 고발할 것이오!"

양명시가 순간 크게 노하면서 자리에서 벌떡 일어섰다. 이어 고함을 질렀다.

"뭐? 당신이 나를 고발해?"

"그래! 당신을 고발할 거야!"

"내가 뭘 잘못했는데?"

"당신 같은 사람과 긴 말 나눌 시간 없어. 나중에 내가 뭐라고 썼는지 읽어보면 알 것 아니야!"

두 사람의 목소리는 갈수록 높아갔다. 서로 공손하던 말투는 온데간데없이 사라졌다. 밖에서 시중을 들고 있던 사람들은 이게 무슨 일인가 하고 모두 놀라서 정신을 차리지 못했다. 그때 아역 한 명이 들어섰다. 양명시가 이때다 하는 표정을 한 채 고함을 내질렀다.

"당장 시험을 중단시키게! 공원의 아역들을 모두 출동시켜 공원가에 있는 백륜불귀 술집을 포위해. 그리고 그 집 일꾼들을 전부 붙잡아 순천부로 압송하도록!"

"이 사람 이거 미쳤나? 여기 주시험관은 나야 나! 이 장정로라고!

이 사람이 상사에게 대들고 대책 없이 일을 저지르기만 하는 인간인 줄은 진작 알았으나 이 정도로 경우 없는 줄은 내 몰랐어. 내 명령에 따라 시험을 중단하지 말고 계속해. 그리고 순천부에 출동 명령을 내려. 백륜불귀 술집에 가서 시험지를 유출한 작자를 붙잡아 오라고!"

장정로가 포효하듯 외쳤다. 이어 팔소매를 걷어붙인 채 직접 먹을 갈면서 양명시를 노려봤다. 동시에 차가운 음성으로 내뱉었다.

"언제가 됐든 나를 누르고 주시험관이 됐을 때 나에게 찾아와 이래라 저래라 명령을 하라고! 젊은이, 누울 자리를 보고 발을 뻗으라고 했어. 무작정 성질만 낸다고 될 줄 알아? 머리에 피도 덜 마른 것이!"

양명시는 장정로의 말을 듣는 순간 찬물을 뒤집어 쓴 것처럼 정신을 번쩍 차렸다. 자신은 주시험관이 아니기에 '즉각 시험을 중단'시킬 권한이 없었다. 또 공원은 사법기관이 아니기 때문에 순천부를 대신해 사람을 연행할 권한도 없었다. 자칫 잘못하면 홧김에 늑대 같은 장정로에게 '월권' 행위를 했다는 꼬투리를 잡히지 말라는 법도 없었다. 그는 그 생각이 들자 바로 자신의 무모함을 크게 후회했다. 또 발 없는 말이 천리를 간다는 말이 있지 않은가? 이미 기밀을 누설시킨 다음이니 백륜불귀 술집의 주모자들이 도망가도 열두 번은 더 도망 갔을 것이 아닌가? 그가 그런 생각을 하고 있을 때였다. 고사장에서 시험 감독을 하고 있던 서리書吏 한 명이 손바닥만한 책자 하나를 가져와 장정로에게 건네면서 아뢰었다.

"귀양貴陽에서 온 효렴, 수험번호 십이 번 곽광삼郭光森이 이런 걸 가지고 들어와 부정을 저지르다 발각됐습니다. 어떻게 처리할지 지시를 부탁드립니다."

양명시를 탄핵하는 상주문을 만들고 있던 장정로가 서리의 말에 고개도 들지 않은 채 차갑게 대답했다.

"이 바닥 밥 먹은 지가 몇 년째인데 아직 그런 일도 스스로 처리하지 못해? 주시험관이 할 일이 없어 그런 데까지 신경을 써야겠어?"

그러자 서리가 조심스럽게 말을 받았다.

"고사장에서 부정을 하다 발각됐으니 두말할 것 없이 쫓아내고 응시권리를 박탈하면 됩니다. 그러나 이번에 시험문제가 미리 유출된 사고가 발생했다고 해서 말입니다, 장 대인……."

"그런 일 없어! 어떤 미친놈이 주둥아리가 썩어 떨어지지 못해 아무렇게나 지껄이고 다니는 거야?"

장정로가 깊은 생각에 잠겨 있는 양명시를 악의에 찬 눈빛으로 노려보면서 말했다. 이어 다시 퉁명스럽게 명령을 내렸다.

"전혀 그런 일 없으니 가서 일이나 봐. 그자의 시험지를 빼앗은 다음 밖으로 내쫓게. 귀양에서 왔으니 귀주부貴州府에 사유를 설명하는 문서를 보내고 삼 년 동안 응시할 수 있는 권한을 박탈하는 것으로 끝내버려!"

양명시는 장정로의 말을 듣는 순간 옳거니 하고 무릎을 쳤다. '거인이 부정이 적발되면 고사장을 쫓겨나는 수가 있다. 마찬가지로 부시험관인 내가 밖으로 나가서는 안 된다는 규정도 없지 않은가?'라는 다소 엉뚱한 생각이 뇌리에 떠오른 것이다. 그는 서리가 물러가자 바로 자신의 문방사우를 챙겨들고 수행원을 불러 지시했다.

"가서 가마를 대기시키게!"

장정로가 양명시의 말에 상주문을 쓰느라 끙끙대고 있다가 냉소를 터트렸다.

"여기가 당신 안방인 줄 알아? 오고 싶으면 오고 가고 싶으면 가게?"

"거인도 밖으로 나갈 수 있는데, 내가 왜 못 나가겠소? 또 나는 더 이상 당신과 말싸움을 할 여유가 없소!"

양명시는 장정로와 말싸움을 벌이고 있을 시간이 없다고 생각했다. 백륜불귀 술집의 증거를 놓칠까 마음이 급했던 것이다. 그 생각이 들자 그는 바로 멍하니 서 있는 수행원을 향해 고함을 질렀다.

"뭘 하는 거야? 가마 대기시키라고 했잖아!"

양명시가 말을 마치고는 횡하니 밖으로 나가려고 했다.

"잠깐만! 그대도 알다시피 그 거인은 부정을 저질러 쫓겨나가는 거요."

장정로가 양명시를 황급히 불러 세우더니 다소 누그러진 목소리로 말했다. 양명시가 밖으로 나가 어디로 가려는지 잘 아는 모양이었다. 양명시도 순간 다소 어조를 누그러뜨렸다.

"나는 제 발로 걸어 나가려고 하는 거예요. 너무 더러워서 한 순간도 있을 수 없어요!"

"당신은 임무를 수행하기 위해 파견 나온 사람이야."

"나는 직함이고 관직이고 다 떨쳐버릴 각오가 돼 있는 사람이라고!"

다시 장정로와 양명시의 말이 험악해졌다. 이어 양명시가 고개도 돌리지 않고 껄껄 웃으면서 보석 박힌 정자를 벗어 쾅! 하고 땅바닥에 내던졌다. 그리고는 뒤도 돌아보지 않고 성큼성큼 어둠 속으로 사라졌다.

장정로는 눈을 크게 부릅뜬 채 어찌할 바를 몰랐다. 마음이 심란하고 덤불처럼 복잡한 듯했다. 그는 어정쩡한 표정을 한 채 책상으로 다시 돌아와서는 글을 쓰려고 했다. 그러나 손이 떨려 더 이상 글씨를 쓸 수가 없었다. 심지어 그는 너무 흥분한 나머지 먹물을 엎질러 겨우 써 놓은 상주문마저 망치고 말았다……. 급기야 그는 신경질적으로 상주문을 와락 움켜쥐고는 내던지고 말았다. 이어 쓰러지듯 의자에 걸터앉았다.

양명시가 바람을 일으키면서 공원을 나섰을 때는 오후 7시가 다 된 시각이었다. 주변은 이미 어둠의 장막이 짙게 드리워져 있었다. 그는 우중충한 공원을 둘러보면서 잠시 망설였다.

'이미 궁문이 닫힐 시간이다. 지금 패찰을 건넨다고 해도 황제를 만날 수는 없을 것이야. 육부 역시 모두들 퇴청해서 아무도 없을 것이 분명해. 순천부에 간다고 해도 관련 서류도 관방關防도 없을 거야. 또 증빙자료가 아무 것도 없는 것도 문제이기는 하나 최종 결재기관은 상서방이 아닌가. 장정옥이 공정하게 처리해준다는 보장도 없어!'

양명시는 어떻게 할까 망설이면서도 가만히 자신의 생각을 가다듬어 나갔다. 그랬다. 이미 사건은 터졌다. 물론 자신은 결백했다. 끝까지 자신의 그런 결백을 주장하고 진실을 파헤치려면 방법은 하나밖에 없었다. 서화문으로 가서 등문고登聞鼓를 두드리거나 경양종景陽鐘을 울려 한밤중이라도 옹정을 알현해 진실을 밝히는 것이었다. 그러나 모든 것을 떠나 자신이 결행한 식으로 고사장을 이탈한 자체는 죄를 지은 행위였다. 진실 여부를 떠나 3000리 밖으로 유배되는 벌을 받을 수 있었다. 그는 10년 동안 춥고 배고픈 선비 시절을 거쳤다. 무려 일곱 차례나 시험을 치른 끝에 어렵사리 지금의 자리에 오를 수 있었다. 그렇게 해서 젊은 나이에 성공한 사람의 전형으로 수많은 사람의 부러움을 살 수 있었다.

그는 평소 종묘사직을 위해 온몸 바쳐 공훈을 세우려는 노력을 게을리 하지 않았다. 앞으로 청사靑史에 길이길이 빛나는 인물이 되고자 실력을 갈고 닦은 것은 더 말할 나위가 없었다. 한마디로 그는 꿈도 야심도 많은 사람이었다. 그러나 이제는 모든 것이 일장춘몽으로 끝날 수 있었다. 그는 그런 생각이 들자 마음이 괴로웠다. 가마에 앉아 고민에 고민을 거듭했다. 그때 갑자기 기반가棋盤街의 역관 앞에 있는 여섯 개의 커다란 주홍색 초롱불이 그의 시선을 끌었다. 초롱불마다에는 '흠봉 양강포정사 이'欽奉兩江布政使李라는 글자가 적혀 있었다. 또 역관 문 앞에는 여섯 명의 건장한 사내들이 허리에 장검을 찬 보무당당한 모습으로 떡하니 지키고 서 있었다.

"이위다! 이위가 북경에 왔다!"

양명시는 눈앞의 광경을 보는 순간 가슴이 터질 듯한 흥분에 몸을 떨었다. '이 시각에 이곳에서 이 사람을 만나다니 이게 바로 하늘의 뜻이 아닌가!'라는 생각이 들었다.

이위李衛의 자字는 우개又玠였다. 들리는 소문에 의하면 이위의 선대는 명나라 홍무 연간에 혁혁한 전공을 세운 바 있는 명문가였다. 그 이름도 유명한 금의위錦衣衛에서 관직을 지낸 적도 있다고 했다. 그러나 진실과는 거리가 멀었다. 주변 사람들 중에는 그가 거지 출신이라는 사실을 모르는 사람이 없었다. 그저 그의 그럴싸한 거짓말에 속아 넘어가는 시늉을 했을 뿐이었다. 그럴 법도 했다. 그의 배경이 과거의 잘 나가는 옹친왕, 지금의 황제였기 때문이었다. 더구나 본인은 세상 겁나는 구석 없이 마구 저지르는 성격으로 거칠 것이 없었다.

양명시는 그가 운남성의 염도鹽道로 있던 시절에 우연히 만난 적이 있었다. 이후 의기투합해 무척 친하게 지냈다. 양명시는 불의를 보면 그냥 넘어가지 못하고 공로 세우는 것을 무척이나 좋아하는 열혈남아인 이위가 친구의 어려움을 못 본 척 외면할 리가 없다고 생각하고는 발을 힘껏 굴러 가마를 세웠다. 이어 천천히 가마에서 내린 다음 무표정하게 대문을 지키고 서 있는 수행원에게 다가가 명함을 내밀었다.

명함을 본 수행원은 즉각 양명시가 그리 가벼운 상대가 아니라는 사실을 간파했다. 곧바로 황급히 예의를 갖춰 인사를 한 다음 말했다.

"저의 이 대인께서는 지금 공문公文을 결재하시느라 여념이 없으십니다. 내일 아침 일찍 패찰을 건네고 폐하를 배알해야 하기 때문에 준비도 하셔야 합니다. 손님을 만날 여유가 없으시지 않을까 싶습니다. 또 손님이 오시면 명함을 받아놓으면 시간을 내서 찾아뵐 거라고 말씀하셨습니다."

　그러자 양명시가 웃으면서 말을 받았다.

"우리 둘은 친구 사이야. 급한 일이 있어 꼭 만나야겠어!"

　수행원은 여전히 안 되겠다는 표정을 지었다.

"대인께서는 상주문을 쓸 때 누군가 방해하는 것을 질색하십니다. 우리 대인의 그 성격은 세상 천하에 모르는 사람이 없을 겁니다. 죄송합니다!"

"천하의 이위가 상주문을 쓴다고? 몇 글자 아는 것이 없을 텐데? 이위! 나와 봐, 양명시야. 나도 만나지 않을 거야?"

　양명시가 안 되겠다고 생각했는지 한 걸음 물러나 크게 고함을 질렀다. 아니나 다를까, 이위는 양명시의 고함이 끝나자마자 신발을 꺾어 신고는 부랴부랴 역관을 나왔다. 이어 반색을 했다.

"이것들이 눈이 삐어서 귀한 손님을 못 알아봐서 그러니 개의치 말게. 지난번 내가 폐하께 올린 상주문 중에 오자가 자그마치 삼백칠십일 자나 됐다고 하네. 반도 넘었다고 하잖아. 내가 스스로 생각하기에도 한심해 죽겠더라고? 폐하께서는 일 잘한다고 칭찬은 하시면서 천어天語라고 한들 이 정도로 해독하기 어려울까 하시면서 한바탕 훈계를 하시지 뭐야. 그래서 이번에는 몰라보게 진전이 있다는 칭찬 좀 들어보려고 열심히 그리고 있는 중이었어. 잘 됐어. 폐하께서 하사하신 술이 있는데, 우리 멋지게 회포나 풀어보자고."

이위가 말을 마치고는 양명시를 잡아끌었다. 속이 바싹바싹 타 들어가는 양명시로서는 이위의 말이 귀에 들어올 턱이 없었다. 급기야 이위의 팔을 뿌리치고서 뜰에 선 채로 공원에서 있었던 자초지종을 간추려 들려줬다. 그리고는 덧붙였다.

"이 일은 상서방을 거쳐서 해결될 문제가 아니야. 순천부에도 보고할 수 없어. 게다가 폐하께 이 시간에 아뢸 방법도 없어. 내가 아주 속이 타 죽겠어. 그러니 어떻게 속 편하게 술잔을 기울이고 있겠어?"

양명시는 말을 마치자마자 바로 돈을 주고 산 시험문제를 이위에게 건네줬다.

"그런 일이 있었다는 말이지?"

이위가 시험문제가 적힌 종이를 이리 저리 훑어봤다. 그리고는 반 이상은 읽을 줄도 모르겠다는 듯 난감한 표정을 지었다. 양명시는 이위가 최소한 어느 정도의 시간을 가지고 자신과 대책마련을 할 줄 알았다. 그러나 읽지도 못하는 종이를 양명시에게 넘겨준 그가 실실 웃으면서 수행원에게 내린 명령은 그야말로 충격적이었다.

"애들 풀어서 공원가를 물 샐 틈 없이 봉해버려. 쥐새끼 한 마리라도 놓쳤다가는 경을 칠 줄 알라고!"

"예! 그런데 순천부에서 나와서 뭐하는 짓이냐고 물으면 뭐라고 대답하는 것이 좋겠습니까?"

"내 명함을 들고 갔다가 필요하면 써 먹어. 내일 그 새끼들 찾아간다고 그래."

지극히 이위다운 대답이었다. 이위가 대답을 마치고는 눈이 휘둥그레져 있는 양명시에게 다가가더니 대수롭지 않다는 듯 말했다.

"어때? 이쯤 하면 나중에 의리 없다는 소리는 안 듣겠지? 그런데 세상에 공짜는 없는 것 알지? 대어를 낚으면 반 토막 잘라 나눠줘야 해? 이제는 두 발 쭉 뻗고 자도 되니까 들어가서 술이나 마시자고!"

양명시와 이위 두 사람이 웃으면서 방으로 들어가려고 할 때였다. 100여 명에 이르는 이위의 친병들이 명령에 따라 일제히 말을 달려 어둠 속으로 사라지기 시작했다. 양명시는 역관으로 들어서는 순간 대청 안에 수십 벌도 더 되는 잡다한 옷가지들이 걸려 있는 광경을 목격했다. 아마도 이위가 수시로 변장을 하고 현장을 덮치는 수단인 듯했다. 양명시는 감복하지 않을 수 없었다. 그예 엄지를 내밀면서 탄복했다.

"자네야말로 정말 대단한 호걸이야! 나 같은 선비는 정작 일이 터지면 어찌할 줄을 몰라 이렇게 벌벌 떨기만 하는데 말이야. 정말 창피해 죽겠어!"

14장
낚싯줄에 걸려든 탁고대신託孤大臣

옹정이 즉위한 이후로 채 5개월도 되지 않은 기간은 그야말로 다사다난하기 이를 데 없었다. 돈을 주조하는 일부터 시작해 시끌벅적하더니 급기야 산서성의 낙민 사건에 이어 은과 시험 부정사건까지 터지고 말았다. 정국은 급물살을 타면서 심하게 출렁댔다. 조야朝野(조정과 민간을 통틀어 이르는 말)는 경악하지 않을 수 없었다. 세상은 시름에 잠겼고 죄를 지은 사람들은 불안에 떨었다.

이위가 공원가를 봉쇄한 다음 날 산서성 순무인 낙민은 형부의 대옥大獄에 갇히는 신세가 됐다. 또 장정로를 포함한 순천부의 열여덟 명 시험 감독관들 역시 모조리 옥신묘로 연행돼 재판 결과를 기다리는 신세로 전락했다.

사건을 고발한 장본인인 양명시 역시 무사하지 못했다. 우선 은과에서 손을 떼지 않으면 안 됐다. 나중에는 대질 심문을 받기 위해 문

밖 출입을 제한당한 채 집안에만 갇히고 말았다.

은과 시험은 직예학사直隷學使로 있는 이불을 주시험관으로 선임해 다시 치러지게 됐다. 문제는 당연히 새롭게 출제됐다. 때를 같이 해 상서방 영시위내대신이자 군기처 대신인 장정옥이 건강상의 이유를 들어 집에서 무기한 요양하기로 했다는 소식 등도 관보에 오른 다음 널리 퍼져나갔다. 장정옥 사건과 관련해서는 이유를 알 만한 사람들은 다 알 수밖에 없었다. 동생 장정로 사건과 연루된 혐의를 받자 정무에서 손을 떼고 집에서 근신하려고 한다는 사실을. 이처럼 북경의 관가는 하루가 멀다 하고 터지는 굵직굵직한 사건 때문에 걷잡을 수 없이 술렁거렸다.

이불은 은과의 주시험관을 맡으라는 성지를 받자마자 바로 이부로 달려갔다. 이어 원래의 직무를 인수인계한 다음 서둘러 조양문 밖에 있는 염친왕부로 향했다. 원래 그는 강희 56년에 대기발령 상태로 북경에 들어왔었다. 그리고 이후 5년 동안 소리 소문 없이 두문불출하고 책 읽는 데만 전념했다. 그 기간 동안 열넷째는 대장군왕으로 봉해져 병마를 이끌고 출정하기도 했다. 황자들의 제위 다툼은 치열해져 한 치 앞을 알 수 없었다. 그랬으니 조금이라도 지각이 있는 사람들이라면 그들의 불장난에 연루되지 않으려 한 것은 당연했다. 만약 연루되기라도 했다면 구족九族이 살아남기 힘든 상황이었으니 그럴 만도 했다.

이불 역시 그랬다. 가문이 멸족이 되는 불행을 만나기라도 할세라 문을 닫아걸고 조용히 살았다. 자신의 잇속에 눈이 밀어 패싸움에 이골이 나 있는 황자, 패륵들과의 왕래는 아예 하지 않았다. 하지만 이제 상황은 달라졌다. 염친왕은 장정옥 대신 상서방의 수석대신 자리에 앉는 조정의 손꼽히는 실력자가 됐다. 특히 예부, 이부, 호부, 공부를 동시에 주관하고 있었기 때문에 권력도 막강했다. 이불로서는 멀리 하고 싶어도 어쩔 수가 없었다. 더구나 순천부의 주시험관이라면 예부에서 첫째가는 중요한 자리 아니던가. 염친왕을 만나 훈시를 받지 않는다는 것은 스스로 자기 눈을 찔러 화를 부르는 격이라고 할 수 있었다.

이불은 여덟 명의 가마꾼이 메는 커다란 관교에 앉은 채 옛 제화문齊化門을 나섰다. 유리창 너머 저 멀리로 염친왕부의 우뚝 솟은 궁전이 눈에 들어왔다.

얼마 후 그의 가마는 한백옥漢白玉으로 된 팔층 돌계단 위의 세 개 기둥 사이에 있는 붉은 대문 앞에 도착했다. 그는 발을 굴러 가마를 세웠다. 이어 조심스럽게 내려서는 옷매무새를 단정히 하고 뵙기를 청하려 했다.

그때 멀리서 태감 한 명이 걸어오더니 물었다.

"어느 아문에서 온 누구십니까?"

"공부에서 왔소. 나는……."

"수본手本(명함의 일종)을 보여주세요."

이불은 수본을 보자는 딱딱한 표정의 젊은 태감을 보면서 실소하듯 웃었다.

"그러게 내 말을 다 들어봐야 할 것 아니오. 나는 공부 시랑으로 있었소. 그런데 강희 오십육 년부터 몇 년 동안 쉬다가 이제 다시 순천부의 주시험관으로 복직을 했소. 그래서 염친왕 전하를 뵙고 훈시를 들으려고 이렇게 찾아온 거요."

젊은 태감은 인사人事에 대해 전혀 아는 바가 없는 것처럼 보였다. 아마 태감 교육을 마친 지 얼마 되지 않은 모양이었다. 또 상대가 경관京官이라는 말에 무조건 주머니 사정이 그다지 좋지 않을 것이라고 지레짐작한 듯했다. 잘 보여 봤자 허사라는 생각을 한 듯 허세를 부리면서 거드름을 피우기 시작했다. 그가 한참을 거들먹거리더니 드디어 천천히 입을 열었다.

"안 됐지만 일단 갔다가 다른 날에 다시 와야겠네요. 오늘은 우리 대왕께서 아홉째, 열셋째, 열넷째 마마를 불러 서부전선 지원 문제에 대해 상의중이세요. 문무백관들은 일절 들여보내지 말라고 했다고요!"

이불이 애써 화를 가라앉히고는 껄껄 웃으면서 말했다.

"온 지 얼마 안 돼 잘 모르나 보오. 나는 새로 임명된 학정學政(과거 시험을 총책임지는 관직)이오!"

웬만한 태감이라면 아무리 머리가 나쁘다 해도 '학정'이라는 두 글자의 무게는 가늠할 수 있었을 터였다. 그러나 이놈의 태감은 여전히 요지부동이었다. 오히려 이쯤 하면 눈치 빠른 관리들처럼 주머니 들추는 시늉을 해야 하는데, 그럴 기미를 전혀 기미를 보이지 않는 이불에게 짜증이 나는 듯했다.

그가 그예 손사래를 치면서 내뱉었다.

"학정인지 뭔지 저는 모르겠습니다. 옹정만 아니라면 나는 상관할 바 없네요! 내일 다시 오세요."

찰싹!

태감의 말이 채 끝나기도 전이었다. 이불의 성난 손바닥이 사정없이 태감의 뺨을 후려갈겼다. 이불은 그 정도에서 그치지 않았다. 조금 전까지 사정하는 이조로 나오던 사람답지 않게 크게 화를 내면서 고함을 내질렀다.

"야, 이 자식아! 너는 국법도 무시하고 성훈도 지키지 않는 자식이야? 그럴 바에는 여기 뭐 하러 서 있어? 폐하의 제호帝號가 너 같은 자식이 그 더러운 주둥이로 함부로 나불대라고 있는 줄 알아? 꺼져, 염친왕 전하에게 가서 아뢰라고. 흠차대신, 순천부의 주시험관 이불이라는 사람이 왔다가 자네한테 쫓겨 간다고 말이야! 나는 내일이면 공원에 들어가야 하기 때문에 이제는 다시 와서 훈시 받을 시간도 없다고 아뢰거라!"

이불은 고함을 지르고 나자마자 바로 흥! 하고 콧방귀를 뀌면서 가마꾼들에게 명령을 내렸다.

"가마 돌려! 집으로 돌아가자."

이불은 가마에 다시 오르려고 했다. 그래도 태감은 어떻게 할 줄을 몰랐다. 그저 엉겁결에 한 대 얻어맞고는 정신을 차리지 못한 듯 얼얼한 뺨을 감싸 쥔 채 멍하니 서 있을 뿐이었다. 그때 의문儀門 저쪽에서 중년의 태감 한 명이 헐레벌떡 달려나오면서 거친 숨을 몰아쉬고는 소리를 내질렀다.

"이 대인이시죠? 잠깐만요!"

중년의 태감이 엎어질 듯 달려와서는 한쪽 무릎을 꿇었다. 이어 사정하는 듯한 표정을 잔뜩 지어보였다.

"죄송합니다, 흠차 대인! 태감 하주아가 머리 조아려 인사를 올립니다."

하주아가 몸을 일으켜 다시 허리를 깊숙이 굽힌 채 다시 한 번 깍듯이 예의를 갖추었다. 이어 젊은 태감을 향해 눈을 부라리면서 욕설을 퍼부었다.

"똥물에 빠졌다 나와 눈이 먼 거야? 기다려, 내가 아주 가죽을 벗겨버릴 테니! 어서 이 대인 수행원들을 안으로 모시지 못해?"

젊은 태감은 그제야 자신이 무슨 일을 저질렀는지 아는 듯했다. 갑자기 스스로 자신의 따귀를 정신없이 때렸다. 이불이 피식 냉소를 흘리면서 천천히 발걸음을 옮기더니 하주아에게 물었다.

"염친왕 전하께서는 내가 방문할 줄을 알고 계셨던 거요?"

하주아가 길 안내를 하며 시중드는 자세로 공손하게 따라가면서 연신 허리를 굽실거렸다. 그리고는 뭐라고 대답을 하려고 했다. 그러나 그가 입을 채 열기도 전에 윤상과 윤제 두 형제가 나란히 이문二門을 나서는 모습이 보였다. 이불과 하주아는 바로 발걸음을 멈추고 한편으로 물러섰다.

"아니, 신임 주시험관 이 대인이 아닌가! 오늘 아침 폐하께 문안을 올리러 갔었어. 그랬더니 마제 대인이 역대로 순천부에서 주관하는 시험은 모두 주시험관이 두 명씩이었다고 하더군. 그런데 이번에는 이불 대인 한 사람뿐이라고 하더라고. 관례에 어긋나는 것이 아니냐고 폐하께 아뢰는 것 같았어. 그러자 폐하께서는 '부정을 저지르려면 주시험관이 열 명이라도 자기들끼리 충분히 해먹고도 남는다. 이번에는 이불 한 사람만 믿을 것이다'라고 말씀하셨다고 하더군! 그리고 이불 대인에 대해서는 오래 전부터 알고 계신 듯해. 정직하고 제대로 된 알짜배기 학자로 문장과 인품 역시 흠잡을 데 없다고 하시면서 극찬을 아끼지 않으셨어. 폐하께서 그토록 큰 믿음을 주시는데 대인은 정신 바짝 차려야겠어!"

윤상이 이불을 발견하고는 반색을 하고 웃음 머금은 얼굴을 한 채 덕담을 했다. 더 이상의 극찬은 없다고 해도 좋을 말이었다. 이불은 갑자기 가슴이 뭉클해졌다. 눈물이 나오려고도 했다. 그러나 애써 진정하고 숙연한 몸가짐으로 두 황제皇弟 앞에 무릎을 꿇고는 머리를 조아렸다. 이어 몸을 일으켜 세운 다음 진지하게 말했다.

"이불은 분에 넘치는 폐하의 치하에 그저 황송할 따름입니다. 제가 어찌 감히 폐하의 두터운 신망에 어긋나는 짓을 할 수가 있겠습니까? 갖은 유혹 앞에 극기수신克己修身하고 신중에 신중을 기해 나라에 기여할 훌륭한 인재를 선발하는 것으로 미력이나마 성은에 보답하겠습니다."

이불의 말투와 몸가짐은 한 치의 흐트러짐도 없었다. 그 때문에 오히려 윤상의 친근한 태도가 다소 부자연스러워지고 말았다. 그러나 그것도 잠시였다. 그가 언제 어정쩡한 자세를 보였느냐는 듯 웃으면서 화답했다.

"그럼, 그럼. 그래야지! 이 대인이 선발해낸 장원의 진가를 알아볼 그날을 기대하겠어!"

엘넷째 윤제는 윤상과 이불을 잠자코 옆에서 지켜보며 둘의 대화를 듣기만 했다. 성격이 불같은 윤상과 꼭 닮았다는 평가를 듣는 사람답지 않았다. 그의 변화에는 이유가 있었다. 선제인 강희 말기에 한 차례 수난을 겪은 데다 새 황제 옹정의 등극 이후 여러 차례 폭풍우를 헤쳐 오다 보니 확실히 세상사와는 거리를 두게 된 것이다. 게다가 전보다 노련하고 기민해진 윤상에 비해 더 무게 있는 모습으로 바뀌게 됐다.

사실 옹정은 이불에 대해 평가하면서 "이불이 이번에 다시 전임자들의 전철을 밟는 날에는 역시 목이 달아나는 엄벌을 면하기 어려울 것이다"라고 덧붙인 바 있었다. 하지만 윤상은 그 부분은 자의적으로 생략했다. 그저 이불에게 옹정이 칭찬한 내용만 간단하게 들려줬을 뿐이었다.

윤제가 전과는 많이 달라진 윤상을 보면서 미소를 지으면서 조용히 말했다.

"우리 둘은 병부로 가봐야 하니까 자네는 그만 들어가 보게."

윤상과 윤제는 말을 마치자마자 횡하니 발길을 돌렸다. 이불은 그제야 하주아를 따라 월동문을 에돌아 서화청으로 들어섰다. 윤사가 평소에 휴식을 취하는 서화청은 아주 아담하고 세련되게 꾸며져 있었다.

이불은 하주아를 따라 천천히 발걸음을 옮기면서 주위를 두리번거렸다. 그러자 마치 그림 같은 정자들이 여기저기에 보였다. 창문에는 요조숙녀의 치맛자락 같은 발도 살포시 드리워져 있었다. 방 안의 신비감을 더해주는 광경이었다. 또 복도를 따라 서재에 이르는 구불구불한 모퉁이에는 머리에 빨강색과 파랑색 장식을 한 채 연지곤지를 어여쁘게 찍어 바른 묘령의 시녀들 사오십 명이 눈에 띄었다. 하나같이 절세미녀인 그들은 두 사람이 나타나자 황급히 한편으로 물러나 길을 터줬다. 그리고는 두 손을 공손히 드리운 채 고개를 숙여 인사를 올렸다.

그제야 하주아가 이불이 한참 전에 했던 질문에 대한 대답을 나지막이 했다.

"이 대인, 염친왕 전하께서는 어제 오후 늦은 시각에 예부에서 내려 보낸 임명장을 받아보셨습니다. 직접 이 대인을 찾아가 격려의 말씀을 전하려 한다고도 하셨습니다. 그런데 서부 전선에 군량미를 보내는 문제 때문에 열셋째마마와 열넷째마마께서 오셔서 상의하시는 바람에 발목이 잡혔지 뭡니까? 게다가 이위 대인까지 낙민 사건과 은과 부정사건 당사자들을 심문하라는 지의를 받고 훈시를 받으러 오셨습니다. 그래도 염친왕 전하께서 워낙 선견지명이 있으신 덕분에 일이 크게 벌어지지 않았습니다. 혹시나 하시면서 저에게 밖에 나가 보라고 하시지 뭡니까. 만약 그렇지 않았다면 저 빌어 처먹을 녀석한테 걸려서 그냥 돌아가실 뻔했습니다. 이쪽입니다, 다 왔네요. 오죽하면 성현 말씀 중에 '유독 여자와 소인배는 사람 만들기 힘들다'라는 말이 있겠습니까? 오물통 뒤집어 쓰셨다고 생각하고 그만 떨쳐버리십시오. 여깁니다. 대왕께서는 이 방에 계십니다."

이불이 하주아의 말에 머리를 들었다. 안내되어 온 곳은 긴긴 복도의 모퉁이었다. 문어귀에 매달린 조롱에 대여섯 마리의 새가 지저귀고 있는 곳이었다.

하얀색 목판에 까만 글자로 쓰인 '일지헌'逸志軒이란 편액이 한눈에 가득 안겨왔다. 연갱요의 아버지 연가영年假齡의 친필이었다. 혀를 내두를 정도의 명필은 아니었으나 마치 뱀이 꿈틀대는 것 같은 생동감이 있었다.

윤사의 서재는 네 면이 통유리로 돼 있었다. 또 새롭게 수정水亭을 개조해 만든 서재인 때문인지 책 읽는 곳이라기보다는 확 트인 느낌을 주었다. 방 안에 앉아 낚싯대를 드리울 수 있다는 게 특이했다. 서재라기보다는 휴식의 공간이라고 하는 편이 더 나을 듯했다. 순간 이불은 속으로 북경 도심 한가운데에 이런 무릉도원도 있었나 하는 생각을 할 정도로 찬탄을 금치 못했다.

'어느 누가 사람이 하늘 앞에서는 모두 다 평등하다고 했던가? 새빨간 거짓말이야. 어불성설의 극치지! 나는 춥고 배고픈 십여 년 동안 인내하며 자맥질을 거쳤고 피나는 공을 들인 끝에 칠전팔기했어. 그래서 오늘 이 자리에 오른 것에 대해 온 천하를 다 얻은 것처럼 대단히 만족하고 있었어. 그러나 황실 후손의 휴식처인 이곳은 진정으로 이 세상의 부귀와 영화라는 것이 무엇인가를 알려주고 있어. 안방도 아닌 가끔 들르는 휴식 공간을 이렇게 꾸며놓다니!'

이불은 생각이 깊어지면 질수록 절로 터지는 개탄을 어쩔 수 없었다. 왠지 마음이 허전하기도 했다. 모든 의욕이 갑자기 발밑으로 쑥 꺼지는 것 같은 허탈감에 휩싸였다. 그때 방 안에서 윤사의 목소리가 들려왔다.

"이 선생인가? 어서 들게."

"신 이불이 문안을 올립니다."

이불이 발을 사이에 둔 채 정중하게 말하고는 안으로 들어가 윤사에게 인사를 올렸다. 아홉째 윤당도 윤사 옆에 있는 태사의太師椅에 앉아 있었다. 그 밑의 작은 나무의자에도 똑바로 앉아 있는 사람이 있었다. 이불이 자세히 보니 바로 이위였다. 뿐만이 아니었다. 책꽂이 한편에는 의자에 벌렁 드러누운 채 두 다리를 앞 걸상에 떡하니 걸친 젊은이가 겉표지로 볼 때 내용이 단순할 것 같은 책 한 권을 들고 읽느라 여념이 없었다.

이불은 염친왕 앞에서 저런 안하무인의 자세를 취할 수 있는 사람이 과연 누가 있을까 하는 생각으로 그를 힐끔힐끔 눈여겨봤다. 그러나 아무리 생각해도 모르는 사람이었다. 그러자 윤사가 이불의 의문을 풀어주려는 듯 웃으면서 말했다.

"저기 저 부랑자 같은 녀석이 누구인지 궁금해하는 것 같은데, 우리 동생 열째네. 격식 갖추느라 할 것 없이 편하게 앉게. 이위와 하던 얘기를 마저 끝내고 보자고. 늦어지면 여기서 점심 먹고 가면 되니까."

윤사가 말을 마치더니 이위를 향해 고개를 돌린 채 말했다.

"어디까지 말했던가? 오, 그렇지. 나는 자네를 북경에 붙잡아두지 않으려고 했어. 그런데 산서성 전체가 술렁거릴 정도로 큰 사건을 낙민이 저질러버렸어. 게다가 엎친 데 덮친 격으로 은과 부정사건까지 터졌어. 그 탓에 장정옥마저 때 아닌 동면에 들어가 버렸잖아. 개국한 지 칠십구 년이나 되었지만 지금까지 이토록 큰 파장을 몰고 왔을 뿐만 아니라 여진이 걱정되는 사건은 없었어. 아무래도 마제 혼자

서 감당하기는 버거울 것 같아. 그래서 자네와 도리침을 염치불구하고 붙잡아 두기로 했네. 일이 끝나면 각자 원상복귀를 하더라도 당장은 어쩔 수 없어. 더 이상 도망가려 하지 말고 도둑 퇴치와 사건사고의 진상파악에 관한 한 당대 최고의 대가라는 명성에 걸맞게 한번 팔을 걷어붙여 보라고!"

이위가 윤사의 말이 끝나는 것과 동시에 시커멓게 그을린 얼굴에 거머리처럼 달라붙은 눈썹을 한 데 모았다. 그리고는 웃는 듯 마는 듯한 표정을 지은 채 말했다.

"그 일이라면 어제 폐하를 배알하는 자리에서 이미 충분히 거절의 사를 밝혔습니다. 염친왕 전하께서도 잘 아시다시피 산동성 역시 복잡하기 이를 데 없는 골치 아픈 곳입니다. 우성룡 대인이 있을 때 그쪽은 그야말로 태평성세였습니다. 그러나 지금은 완전히 강도들의 소굴로 변해버렸습니다. 도둑떼들이 창궐해 날뛰는 바람에 발붙일 곳을 잃고 고향을 등지는 양민들의 행렬이 길게 이어지고 있습니다. 그런 것을 보면 정말 가슴이 아픕니다. 그 때문에 동평호東平湖를 비롯해 미산호微山湖, 포독고抱犢峒 일대에 기아에 굶주린 백성들이 총궐기해 반란을 일으키기도 했습니다. 더구나 그에 편승한 불순세력들의 움직임도 예사롭지가 않습니다. 당연히 초창기에 짓뭉개버려야 합니다. 또 제가 듣기에는 이미 자칭 철관도인鐵冠道人이라는 자가 감봉지甘鳳池, 여사낭呂四娘 등 강호의 무림고수들과 어울려 다니면서 산동성 각 지역을 순회하는 무예시합을 벌인다고도 합니다. 무슨 검은 속셈을 품고 있지는 않은지 걱정하지 않을 수가 없습니다. 자고로 산동성은 불온세력들의 온상으로 유명한 곳이라……. 하지만 방금 말씀하신 사건들은 하루 이틀 지연된다고 해도 별 문제는 없습니다. 반면 저쪽 일은 그렇지가 않습니다. 어제 폐하께 소상히 아뢰고 윤허까지 받았습니다. 그런데 갑자기 돌변하시다니, 웬일인지 모르겠습니다. 다시 패찰을 건네고 폐하를 배알해야겠습니다."

윤사가 이위의 말에 그럴 줄 알았다는 표정을 지었다.

"이봐, 이위! 나한테 화내지마. 자네를 붙잡아 두려는 것은 내 의사가 아니야. 마제가 일손이 딸린다면서 폐하께 자네를 지명해 지원을 요청한 거야. 자네가 패찰을 건넨다면 나는 막을 권한은 없네. 하지만 그래봤자 허사일 거야. 그런데 굳이 번거로움을 자청할 것은 뭔가? 산동성 그쪽은 내가 이미 채정蔡珽을 파견해 기선을 제압하라고 했네. 자네 휘하에 있는 그 다리 저는 오鄔씨도 산동에 있다면서? 자네는 하나를 가르쳐주면 두 개, 세 개는 알아버리는 영악한 친구잖아. 좋은 북은 크게 두드릴 필요가 없다고. 자네는 마제가 왜 자네를 고집하는지 알고도 남지 않은가? 어떤 말은 서로가 적당한 선에서 끝내는 것이 좋아. 너무 까밝히면 도리어 역효과를 불러온다고. 안 그래?"

윤사가 제법 의미심장한 말을 던져놓고는 찻잔을 들었다. 이어 입가에 가져간 찻잔 사이로 이위를 힐끗 훔쳐봤다. 그러면서 입가에 이상야릇한 미소를 지었다.

이불은 옆에서 그들의 대화에 귀를 기울이고 있었으나 처음에는 머리를 갸웃거리기만 했다. 마제가 형부, 대리시, 도찰원 세 곳의 연합작전에 순천부와 보군통령아문의 협조까지 받아가면서 고작해야 두 가지밖에 안 되는 사건을 껴안은 채 우왕좌왕한다는 사실이 믿어지지가 않았던 것이다. 그러나 윤사의 말을 끝까지 다 듣고 난 순간 그는 짚이는 것이 있었다.

낙민은 원래 마제의 문하였다. 또 양명시는 형부상서인 조신교趙申喬의 문하에서 가르침을 받은 바 있었다. 또 마제와 장정옥은 오랜 동료 사이였다. 게다가 장정로는 하필이면 그런 장정옥의 친동생이었다.

한 마디로 어느 누구도 결과를 장담할 수 없는 사건의 소용돌이에서 마제는 한 명이라도 힘 있는 사람을 영입해 자신이 직접 나서기에는 난감한 사안들을 해결해주기를 원했던 것이다.

한참 후 이위가 고개를 숙인 채 한숨을 지으면서 말했다.

"이만하면 염친왕 전하께서 다 터놓고 말씀하신 것이나 다름없는 것 같은데……, 알겠습니다. 한번 해보겠습니다. 다만 일에 착수하기에 앞서 염친왕 전하께 드릴 말씀이 있습니다. 결코 가볍지 않은 사건을 떠맡은 이상 죽을 쑤든 밥을 짓든 제 마음대로 하고 싶습니다. 공정한 심사를 기치로 삼고 최선을 다하겠으나 빈부와 귀천, 얼굴과 체면을 따지지 않고 오로지 법에 따라 처리하겠습니다. 때문에 염친왕 전하의 입맛에 맞지 않는 결과가 나오지 말라는 법은 없습니다. 염친왕 전하께서 저의 이런 고충을 헤아려 주시고 너그럽게 이해해 주실 수 있다면 저는 더 이상 바랄 것이 없겠습니다."

이위는 윤사 앞에서도 아무 거리낌 없이 자기 하고 싶은 말을 당당하게 다 해버렸다.

그러자 책에만 정신이 팔려 있는 줄 알았던 윤아가 갑자기 다리를 의자에서 내리고 허리를 세우고 앉았다. 그러더니 욕을 해대기 시작했다.

"생긴 것처럼 *꼬장꼬장하기는!* 우리 대왕께서 자네를 해치기라도 할 것 같아서 그래? 어쩌고저쩌고 잘도 씨부렁대는데, 나는 꼬부랑 털 같은 말이라 통 알아들을 수가 없네."

이위는 윤아와 아주 편하게 지내는 사이인 것 같았다. 윤아의 욕설에도 전혀 주눅 들지 않았을 뿐만 아니라 얼굴에 야유 어린 웃음까지 지은 채 반격을 가했다.

"능구렁이 담 넘어가는 소리 좀 작작하십시오! 당사자가 아닌 바에야 발등에 불이 떨어진들 무슨 상관이 있겠습니까? 하지만 이런 사건은 자칫 잘못하면 기가 막히는 반전을 일으키는 경우도 종종 있다고요! 범인들이 심문관을 물고 늘어지는 것처럼 말이죠. 열째마마께서는 지금 제 꼬부랑 털을 뽑아 민둥산인 옆 사람의 콧수염으로 심어주라는 뜻으로 말씀하신 거죠?"

이위의 진한 농담에 사람들이 와하하하 웃음을 터트리고 말았다. 윤아 역시 배를 끌어안은 채 흐느적거렸다. 이위도 분위기가 좋다고 생각한 듯 웃으면서 차 한 모금을 마셨다. 이어 자기가 무슨 말을 했냐는 듯 시치미를 뚝 떼고는 정색을 한 채 근엄한 표정을 지었다. 그리고는 옆에 앉아 있는 이불에게 다가가서는 다짜고짜 그의 뒷덜미를 두드리면서 말했다.

"이봐, 종宗씨! 이번에는 우리 일가인 당신 차례요!"

"종씨라니요?"

이불은 세상에 둘도 없는 점잖은 도학가로 자처하고 있는 사람이었다. 때문에 막돼먹은 것처럼 음담패설을 서슴지 않는 거친 이위의 말을 마치 벌레 쳐다보듯 하면서 맞받아쳤다. 이위의 무례함에 화가 폭발할 것처럼 치밀었으나 애써 참았다. 얼마 후 그가 다시 앞가슴을 쭉 내밀면서 말을 이었다.

"나는 엄연한 강서江西 이씨, 그대는 강남江南 이씨 아닙니까. 그런데 우리가 어째서 '종씨'라는 말이오?"

그러나 이위는 이불의 힐난에도 대수롭지 않은 듯 히히 웃음 띤 얼굴을 한 채 말했다.

"이제 보니 턱 밑에 수염이 없는 것이 흠이로군. 정말 내 꼬부랑 털 몇 개 뽑아 심어줘야겠는데? 강서와 강남이면 엎어지면 코 닿을 곳 아니오. 그 옛날에는 한집 식구였다고요. 장헌충張獻忠이 장비張飛의

묘를 찾아가 제사를 지냈다는 일화도 모르는구먼? 책을 많이 있었다는 사람이 강서, 강남 따질 것이 뭐가 있소? 우리 그러지 말고 종씨가 되자고요! 내가 다시 거지로 전락하기라도 할 것 같아 망설여지는 거요?"

이위는 말을 마치자마자 바로 껄껄 웃으면서 밖으로 나가버렸다. 윤아는 멀어져가는 이위의 등 뒤에 대고 우스개 삼아 몇 마디 던지고는 다시 뒤로 벌렁 드러누워 책을 읽기 시작했다. 그러자 윤사가 이불을 향해 미소를 지으면서 말했다.

"이위의 저런 모습이 아직은 납득이 잘 되지 않나 보군?"

이불은 황제 바로 밑의 실력자가 자신에게 이위에 대한 의견을 묻자 순간 놀라는 표정을 지었다. 그리고는 상체를 숙인 채 대답했다.

"존귀유서尊貴有序와 군신지의君臣之義는 삼강三綱에 속해 있는 덕목입니다. 그런데 이위가 두 분 마마 앞에서 이런 식으로 마구잡이 행각을 벌이다니요? 이 사실 하나만으로 깃털보다 가벼운 그의 인격을 간파할 수 있을 것 같았습니다."

윤아가 이불의 말을 듣더니 갑자기 반쯤 누워 있던 몸을 벌떡 일으키면서 바로 앉았다. 이어 그를 뚫어지게 쳐다보더니 한숨을 내쉬었다.

"지금은 흑백이 전도되고 진정한 예의가 사라진 세상이야. 삼강은 무슨 얼어 죽을 삼강이야?"

"열째, 됐네."

윤사가 분위기가 어색하게 변할 것을 염려했는지 황급히 윤아에게 주의를 줬다. 그리고는 이불을 향해 말했다.

"이위는 폐하가 옹친왕으로 계시던 시절부터 쭉 시중을 들어온 가노家奴이지. 비록 걸인 출신이기는 하나 공부를 하지 않은 것에 비하면 천성적으로 머리가 똑똑하다고 할 수 있네. 어려서부터 우리 왕부를 자주 드나들었기 때문에 서로가 조금은 허물이 없는 편이기도 하네. 그 옛날 우리 왕부의 담벼락 모퉁이를 헐어 벽돌을 팔아먹으려 한 적까지 있었거든!"

윤사는 말을 마치고는 빙그레 미소를 지었다. 창밖을 바라보며 추억을 떠올린 듯 감개에 젖는 표정을 지었다. 그러다 한참 후에 다시 입을 열었다.

"그건 그렇고…… 자네, 내일은 짐 싸들고 공원에 들어가겠네?"

이불이 윤사의 질문에 상체를 약간 꺾으면서 대답했다.

"예, 그렇습니다. 신은 이미 집안사람들을 시켜 짐을 용문으로 들여보냈습니다. 오늘 저녁은 집에 들어가지 않고 공원 근처에서 하룻밤 묵고 내일 아침 일찍 들어갈 생각입니다. 그래서 오늘은 만사 제쳐두고 염친왕 전하의 훈시를 듣고자 찾아뵈었습니다."

윤사가 이불의 말에 즉각 대답을 했다.

"뭐 '훈시'라고 할 것까지는 없네. 어떤 이들은 우리 대청에 더 이상 청렴한 관리가 나오지 않는다고 하소연하는데, 내가 보기에는 그렇지도 않아. 더도 덜도 말고 자네 같은 사람이면 명실상부한 청백리 아니겠나? 듣자하니 자네는 외관들이 충성하느라 보내오는 빙경氷敬(뇌물 성격의 선물. 여름에 받는 것)이나 탄경炭敬(겨울에 받는 뇌물 성격의 선물)을 절대 받지 않는다면서?"

이불이 자신에 대해 염친왕이 너무나도 자세하게 알고 있다는 사실에 감명을 받은 듯 황급히 답했다.

"사실입니다. 어떨 때는 너무 독불장군으로 노는 것 같아서 눈치가 보일 때도 있기는 합니다. 그러나 조상 대대로 책 향기에만 취해 사는 집안에서 자라서 그런지 남의 물건에는 관심이 없습니다. 지금 받는 녹봉으로 넉넉하지는 않으나 그런대로 살 만합니다. 친구 만나러 다니지 않고 간단하게 먹는 것을 좋아하다 보니 말이죠."

"그러니 지금 세상에 자네 같은 사람은 골동품과 다를 바 없는 소중한 존재가 될 수밖에."

윤사가 한숨을 내쉬며 말했다. 그리고는 설명을 덧붙였다.

"그 옛날에는 운 좋게 우성룡, 곽수, 육롱기 등 명신들의 늠름한 풍채를 볼 수가 있었지. 이제 그들은 과거 속에 사는 사람들이 되었어. 정말 깨끗한 관리들이었는데 말이야. 자네가 돈을 좋아하지 않는다는 것은 주시험관으로서는 대단히 소중한 장점이야 그래서 폐하께서는 자네를 점지하지 않았나 싶네. 더 이상 말이 필요 없을 것 같군."

이불은 친구 대하듯 허물없이 대화하고 격려해주는 윤사의 말에 감격하지 않을 수 없었다. 가슴 깊은 곳에서는 존경심이 샘솟듯 했다. 염친왕이 '팔현왕'八賢王이라는 별칭을 괜히 얻은 것이 아니라는 생각도 바로 뇌리를 스쳤다. 그러다 문득 옹정이 사사건건 염친왕을 경계하고 의혹의 눈빛을 번뜩이고 있다는 사실을 떠올렸다. 순간 그는 가슴 벅찬 흥분이 마치 찬물을 맞은 듯 삽시간에 사라지는 것을 느꼈다.

잠시 후에 그가 자리에서 일어나 읍을 하면서 말했다.

"마마, 달리 왕명이 없으시다면 신은 그만 물러가겠습니다."

이불이 물러나려는 뜻을 비치자 윤사가 바로 그를 바라보면서 말했다.

"왜? 여기에서 점심을 먹기가 싫은가? 그래, 그러면 편한 대로 하게. 그런데 한 가지 문득 생각나는 것이 있어. 지금 효렴들은 고사장에 들어간 지 벌써 닷새째야. 챙겨 갔던 먹거리도 아마 다 떨어졌을 거야. 아침에 하주아가 예부에 갔었는데, 이미 배고픔을 견디다 못해 쓰러진 효렴들도 있다고 하지 뭔가. 이것은 조정에서 주시험관을 잘 못 선발해 빚어진 결과야. 따라서 모든 책임은 조정에 있어. 그래서 내가 호부에 명령을 내려 일인당 하루에 백미 열여덟 냥, 야채 한 근, 식용유 조금, 고기 한 덩어리씩을 내주라고 했어. 그러니 자네가 직접 집행 상황을 감시하도록 하게. 공원의 그 엉큼한 녀석들이 교묘한 수법으로 빼돌리지 않도록 말이야. 됐어, 그만 가보게."

이불이 물러가자 윤아가 손에 들었던 책을 던지듯 내려놓으면서 말했다.

"그 사람 학식도 있고 됨됨이도 괜찮아 보이던데요? 그런데 여덟째 형님은 그 사람하고 그다지 친하고 싶지 않으신가 봐요? 별로 가까이 두려하지 않으시니 말이에요."

윤아의 말이 끝나자 갑자기 열넷째가 밖에서 성큼 들어섰다. 윤당은 그래도 창가에 기대앉은 채 연못에 드리워 놓은 낚싯대만 계속 바라보고 있었다. 열넷째가 윤사와 윤아가 마주 앉아 있는 모습을 보고는 입을 열었다.

"이제야 끝났어요? 이불이 나가는 것 같던데, 그 사람 어때요?"

윤당은 열넷째의 말에도 반응을 보이지 않은 채 계속 침묵을 지켰다. 그러다 조심스럽게 낚싯줄을 잡아당기기 시작하더니 순간적으로 주위 사람들이 깜짝 놀랄 정도로 힘껏 낚아챘다. 이어 두 척은 족히 될 법한 청련어青鰱魚(붕어 비슷한 민물고기)가 푸드득대면서 그의 낚싯줄에 매달려 올라왔다.

순간 윤사가 바람에 밀려가는 하얀 구름을 뚫어지게 바라보면서 천천히 입을 열었다.

"이불은 우리 연못에 기를 만한 고기가 아니야. 외모가 지나치게 강해 보이는 사람은 내실이 부족하다고. 자네들이 눈 여겨 봤나 모르겠어. 나는 처음부터 그 사람을 저울에 올려놓고 유심히 살펴봤어. 알다시피 우리 서재에는 주옥같은 골동품이 얼마나 많은가! 일반인이 들어와 봤을 때는 눈이 뒤집힐 지경이지. 그런데도 이불은 처음에 한두 개 쳐다보면서 감탄하더니 그후로는 눈길 한 번 주지 않았어. 처음부터 끝까지 골동품이 있는 곳에는 시선을 안 주려고 목뼈가 위태로울 정도로 억지로 외면하고 있었지. 물욕에는 전혀 유혹당하지 않는 당당함을 보여주려는 것 같았어. 그러나 사실은 정반대였어. 너무나 마음이 갔기 때문에 불붙는 욕망을 자제하느라 힘들었던 거야. 이런 가짜 도학파를 데려다 내가 어느 짝에 써먹겠어?"

윤사가 깊은 한숨을 토해내더니 다시 말을 이어나갔다.

"용인술에서는 내가 넷째 형님한테 한참 뒤진다고 보는 게 맞아. 더도 덜도 말고 이위 한 사람만 봐도 알잖아. 저잣거리에서 이 빠진 사발 들고 빌어먹으러 다니던 거지를 불과 몇 년 만에 어느 대장군 부럽지 않은 큰 그릇으로 만들어놓은 걸 봐. 그런 위대한 발명이 또 있겠어? 반면 우리는 완전히 반대였지. 우리 사람이라고 보배처럼 여겨오던 것들이 어느 날 갑자기 적이 돼 창검을 겨냥하고 나타난 경우가 많았잖아. 또 온다 간다 소리도 없이 증발해 버리는 경우도 있었지. 진정 믿음을 줄 수 있는 녀석이 몇이나 되겠어? 더구나 기껏 공들여 놓고도 이제는 사람이 없어 새로 물색해야 하니 얼마나 억울해!"

윤당이 윤사의 말을 듣더니 갑자기 그답지 않게 태감 한 명을 불러 지시했다.

"이 생선을 가져가서 술안주로 만들어 가지고 와. 여덟째 형님, 걱정하지 마세요. 제가 저 대어에 못지않은 쓸 만한 인물을 한 명 모셨으니까!"

그 말에 윤아가 대뜸 반색하며 다그쳐 물었다.

"누구죠?"

"알아맞혀 봐. 알아맞히면 상을 줄 테니!"

윤당의 자신감 있는 말에 크게 고무된 윤사가 물었다.

"혹시 융과다?"

윤당이 말없이 웃었다. 순간 윤아가 깜짝 놀라 크게 소리를 질렀다.

"그게 사실이에요? 하늘이 우릴 도와주시려나 보네요. 융과다가 우리한테 오다니! 지금 어디 있어요? 제가 가서 미리 만나볼게요."

"뭘 그렇게 서둘러? 잠깐만 기다려 봐. 이제 막 미끼를 물었어. 우리는 이럴 때일수록 우왕좌왕하지 말고 침착하게 낚싯대를 움직여야 해. 고기가 어지러워 정신을 못 차리게 만들어야 하는 것이지. 자네와 여덟째 형님은 오늘 일단 자리를 피해. 나하고 열넷째가 먼저 만나는 것이 좋아!"

윤당이 껄껄 웃으며 말했다. 윤사 역시 자신감이 넘치는 윤당의 얼굴을 흐뭇하게 바라보면서 말했다.

"그래 알았어! 기대해도 좋겠지? 그런데 폐하께 궁녀를 선발해준다던 일은 어떻게 돼 가는 거야?"

윤아가 히죽 웃으면서 대답했다.

"걱정 붙들어 매세요. 제가 이래 봬도 온갖 세상풍파를 다 겪어봤잖아요. 열셋째가 궁녀 선발을 도맡으라고 하기에 제가 지금 열심히 물색하고 있는 중이에요. 넷째 형님의 이목을 확 뒤집어지게 만들 여자를 골라올 테니까요. 그런데 미리 격려하는 뜻에서 저에게 뭘 좀 해주셔야 하는데……?"

"알았어! 이 형이 일 잘하라는 격려의 차원에서 도금한 조총 한 자루를 선물로 줄게. 그런데 아홉째, 융과다가 모처럼 우리 집에 왔다는데 내가 나타나지 않는 것은 좀 그렇지 않나?"

윤사가 윤아의 자신만만한 말에 희색이 만면한 얼굴로 말했다. 융과다를 꼭 만나보고 싶은 눈치였다. 그러나 윤당은 웃으면서 머리를 절레절레 저었다.

"이제 막 미끼를 물었다니까 왜 그리 조급해 해요? 제 발로 찾아왔으니까 우리는 오히려 무게 있게 굴어야 해요. 또 우리가 한꺼번에 우르르 몰려들면 놀라서 도망갈지도 몰라요. 아까 얘기한 대로 저하고 열넷째가 먼저 만날게요. 팔자에 우리 사람이라면 우리 손아귀에서 벗어날 수 없을 거예요."

윤제가 윤당의 말이 끝나기 무섭게 허리띠를 고쳐 매고는 머리채를 뒤로 넘기면서 말했다.

"가요, 형님! 그 이름도 유명한 '탁고대신'託孤大臣(나라의 장래를 맡긴 대신)을 만나러 말입니다!"

윤당과 윤제 두 형제가 서재를 나와 자라가 있는 연못을 끼고 수양버드나무 길을 따라 북으로 얼마쯤 갔을 때였다. 장미꽃 만발한 울타리가 둘의 눈에 들어왔다. '와운거'臥雲居라고 이름이 붙여진 그곳은 윤사가 평소에 손님을 만나는 곳이었다. 깊은 산골짜기에서 한 방울씩 떨어지는 물소리같이 청아한 느낌이 드는 곳이었다. 얼마 후 그곳에서 콩 볶는 소리 같은 다급한 거문고소리가 들려왔다. 잇따라 젊은 여자의 노랫소리가 발걸음을 뚝 멈추게 만들었다.

꽃들이 앞을 다퉈 피어나 자태를 뽐내는 것은 서로를 질투하기 때문이라네. 거문고는 여전한데 주인이 바뀌었구나……. 금수錦水에 이르니 한궁漢宮에는 나무가 그대로구나. 사람에게는 너무나도 친근한 그 나무는 마치 세상 사람들을 한탄하는 듯하니, 음란한 생각을 깨닫지 못하는 어리석은 세인들을 비웃는 것인가! 붉은 거문고 줄이 끊어지니, 거울도 금이 갔네.

아침이슬이 마르고, 노랫소리도 지쳤네. 머리카락이 하얗게 변할 때까지 불러도 이별은 여전히 슬퍼라……. 첩을 그리워 말고 굽이치는 금수錦水와 더불어 떠나가세요…….

윤제는 노래를 거의 다 듣고는 성큼 서재로 들어섰다. 이어 박수를 치며 큰 소리로 말했다.

"'거문고는 여전한데 주인이 바뀌었다'니? 또 '음란한 생각을 깨닫지 못하는 어리석은 세인'이라고? 노래 가사가 정말 끝내주는군! 안 그런가, 융과다?"

융과다는 윤제의 말에 흠칫 놀라면서 고개를 번쩍 쳐들었다. 머릿속이 복잡한 눈치였다. 여자의 노래도 전혀 귀에 들어오지 않는 듯했다. 윤당은 그런 융과다를 보면서 그저 한가롭게 부채를 부치기만 할 뿐 아무 말이 없었다. 반면 윤제는 융과다의 대답을 기다린다는 듯 밝은 표정을 보였다.

아니나 다를까, 융과다가 곧 경황이 없던 정신을 차리고 한쪽 무릎을 꿇고 인사를 올렸다.

"두 분 마마께 문안을 올립니다."

"이러면 안 되지! 명색이 황제의 외삼촌이자 탁고대신이신데. 더구나 천자 앞에서도 장검을 내려놓지 않을 권한이 있는 사람이거늘 어찌 우리 앞에서……! 우리가 뭔데 황제의 외삼촌이 올리는 대례를 받을 수 있겠소이까? 어서 일어나 앉지!"

윤제가 다급히 융과다를 일으켜 세웠다 그 사이 가장 상석에 가서 앉아 있던 윤당은 융과다에게 시선 한 번 주지 않은 채 두 손을 내두르면서 가기歌妓들에게 명령을 내렸다.

"자네들은 모두 그만 나가보게!"

'일지헌'은 원래 구석의 커다란 자명종 외에는 골동품이나 장식품이 전혀 없는 곳이었다. 그저 책걸상만 덩그러니 놓여 있는 곳에 지나지 않았다. 가기들이 모두 빠져나가자 더욱 휑한 모습이었다. 융과다는 그런 분위기가 어색했는지 어떻게 행동해야 할지 갈피를 잡지 못하는 눈치였다. 아홉째의 종잡을 수 없는 표정과 자신을 향한 미지근한 태도, 점차 미소를 거둬들이는 열넷째를 번갈아보면서 안절부절못했다. 곧 윤제가 지정해준 자리에 앉은 그가 그런 어정쩡한 분위기를 깨보려는 듯 먼저 입을 열었다.

"여덟째마마께서는 아직 바쁘신가 봅니다?"

"……"

아무도 입을 열지 않았다. 장내에는 자명종 소리만 유난히 크게 들릴 뿐이었다. 얼마 후 열넷째가 옷자락 스치는 소리를 내면서 다리를 꼬았다 풀었다 하더니 차 한 모금을 마시고는 찻잔을 천천히 내려놓았다. 이어 갑자기 눈빛을 매섭게 하고는 융과다를 노려봤다.

"외삼촌, 외삼촌을 누가 왜 이리로 불렀는지 알겠소?"

"알 것 같습니다."

융과다가 즉각 대답을 하면서 몸을 흠칫 떨었다. 그 때문에 찻잔의 물이 사방으로 튀었다. 처음부터 이상한 분위기를 감지한 데다 윤제의 눈빛이 여간 매섭지 않은 탓이었다.

그러나 역시 나이나 경륜이 그다지 가볍지 않은 융과다는 재빨리 안정을 찾아갔다. 이어 몸을 의자 등받이에 천천히 기대면서 다시 입을 열었다.

"아홉째마마의 왕부에서 일하는 태감이 신에게 염친왕부로 오라고 전했습니다. 염친왕 전하께서 궁녀 선발에 대해 궁금해하신다고 들었습니다."

"내무부는 이제 열셋째마마가 주관하기 때문에 염친왕께서는 그런 자질구레한 일에는 신경조차 쓰지 않을 텐데? 사실은 아홉째마마와 내가 염친왕부라는 자리를 빌려 그대와 화해의 악수를 하려고 부른 거요!"

윤제의 어조는 차가웠다. 얼굴에서는 언제 그랬던가 싶게 살얼음이 떨어지고 있었다. 목소리도 한겨울의 나뭇가지처럼 깡말라 있었다. 융과다는 순간 머리가 한없이 팽창하는 느낌에 사로잡혔다. 잠시 공기가 응고되고 시간이 멎은 듯 아무런 생각도 나지 않았다. 그가 한참 후에야 꼿꼿하게 굳어진 시선을 윤제를 향해 돌리더니 갑자기 귀청을 찢을 듯 날카로운 웃음을 터트렸다.

"열넷째마마, 무슨 그런 농담을 하십니까? 우리 동씨 일가는 역대로 여덟째, 아홉째, 열째, 열넷째 마마와 친밀한 관계를 유지해왔습니다. 뿐만 아니라 언제 한 번 원수진 일도 없습니다. 서로를 미워해서 틀어진 적은 더 말할 필요도 없습니다. 그런데 난데없이 '화해'라니, 그게 무슨 말씀입니까?"

융과다가 말을 마치더니 갑자기 자리에서 벌떡 일어났다. 이어 읍을 하면서 덧붙였다.

"다른 일이 없으시면 신은 그만 물러가겠습니다!"

윤제는 눈치 빠른 융과다가 단도직입적인 말에 놀라 어색한 상황에서 빠져나가려 하자 바로 가로막고 나섰다. 윤당도 슬쩍 윤제를 쳐다본 다음 껄껄 웃으면서 말했다.

"열넷째, 속담 중에 '날씨는 곧 비를 쏟을 모양이나 어미는 시집을 가겠노라고 조르는구나. 외삼촌은 막지 말고 내버려 둬라'는 말이 있지. 외삼촌께서는 한시바삐 도리침을 만나 은과 부정사건에 연루된 누군가를 봐주십사 하고 사정 얘기를 하러 가려나 봐. 그러니 빨리 보내줘야지!"

융과다는 의연한 자세로 막 서재를 나서려다 말고 윤당의 그 한마디에 그만 소스라치게 놀라며 그 자리에 못 박힌 채 몸을 흠칫 떨었다. 윤당은 그러거나 말거나 성냥을 치익! 하고 긋더니 담뱃불은 붙이지 않고 그대로 불어 꺼버리면서 말을 이었다.

"외삼촌과 장정로 사이에는 어떤 거래가 오갔던 거지? 기억이 모호하면 내가 환기시켜줄까? 외삼촌은 일갑─甲에 들 세 명을 밀어 넣어줘야 하는 커다란 임무를 수행해야 하지 않았소? 열 명 중에서 말이오."

융과다는 윤당의 말을 듣자마자 바로 속옷이 흠뻑 젖어드는 기분을 느꼈다. 윤당이 어느새 자신과 장정로가 결탁해 뇌물을 수수하고 부정을 저지르려 했던 증거를 포착했다는 사실을 깨달은 것이다. 또 그 증거를 빌미로 자신을 흙탕물에 밀어 넣으려고 한다는 사실을 깨닫는 데도 그리 오랜 시간이 걸리지 않았다.

융과다는 잠시 후 자리로 되돌아가 앉았다. 이미 엎질러진 물이기는 하나 염친왕에게 끌려가 완전히 흙탕물에 들어가는 것보다는 나을 것이라는 생각이 들었던 것이다. 그가 담배에 불을 붙인 다음 연기를 길게 내뿜으면서 한숨을 내쉬었다.

"사실입니다. 그러나 아홉째마마께서는 한 가지 사실을 간과하신 것 같습니다. 제가 일갑에 밀어 넣으려 했던 세 명의 진사들 중 한 명은 열째마마의 청탁을 받은 사람입니다. 또 다른 한 명은 염친왕부의 태감 하주아, 다른 한 명은 연갱요의 부탁을 받은 사람들입니다. 청탁을 한 사람은 유유히 법망을 빠져나가고, 청탁을 받고 움직인 자만 괴롭힘을 당하라는 법은 없다고 생각합니다."

윤당이 융과다의 말을 듣고 나더니 묘한 웃음을 지어보였다.

"외삼촌, 너무 기상천외한 말을 하면 사람들에게 설득력이 없어요. 연갱요 그 거지 자식은 백번이고 그러고도 남을 인간이지. 그러나 여덟째 형님이나 열째마마처럼 황실의 자손이 그런 추접스런 일을 저질렀다는 사실을 떠벌리고 다녀봤자 누가 믿겠어? 또 우리를 따르는 문생들이 한자리 해먹고 싶다고 나서면 우리가 뭐가 부족해서 외삼촌한테 부탁하겠느냐 이거지! 또 외삼촌이 청렴결백하고 당당하다면 숨 한 번 잘못 내쉬어도 어떻게 내몰릴지 모르는 이 민감한 시기에 굳이 도리침 그 자식을 찾아가지 못해 안달할 필요가 있겠어? 그야말로 돼지 머리 들고 청진사淸眞寺(이슬람교 사원)를 찾아가는 격으로 절간을 잘못 찾은 것이지! 나는 그까짓 은과 부정사건만 가지고는 외삼촌 같은 탁고대신을 넘어뜨리기에는 역부족이라는 것을 너무나 잘 알아. 솔직히 그것보다는 누가 왜 마수를 뻗쳐 동국유를 죽였는지가 더 궁금해. 그걸 좀 알려줄 수 있겠소?"

튕기듯 일어나 장화소리를 크게 내면서 한 발자국씩 융과다에게 다가간 윤당의 목소리에는 마치 집채만 한 무게가 실려 있는 듯했다. 마른하늘에 날벼락이 친들 이것보다 사람을 더 혼비백산하게 만들까. 애써 버티고 있던 융과다는 결국 사색이 된 얼굴을 한 채 의자에 스르르 무너져 내리고 말았다. 줄줄 흘러내리는 식은땀을 닦을 생각도 하지 않은 채 중얼거리듯 말했다.

"여섯째 당숙六叔이 어떻게 돌아가셨는지 제가 어떻게 알겠습니까? 저에게는 한없이 소중한 당숙 아닙니까. 그런데 제가 어떻게 마수를 뻗칠 수가 있겠습니까?"

융과다가 말을 하다 말고 갑자기 주먹으로 자신의 입을 마구 틀어막았다. 그리고는 고개를 다리 사이에 깊이 파묻었다. 자신의 말실수를 뒤늦게 눈치 챈 듯했다.

"그래, 누가 뭐래도 당숙과 조카 사이지! 그런데 왜 죽였어? 모르기는 해도 두 사람은 뭔가 비밀리에 약법삼장約法三章(한나라의 개국군주 유방이 함양咸陽에 들어갔을 때 현지 백성들에게 한 세 가지 약속 같은 것)을 만든 것 같은데……. 예를 들면 우선 동국유가 여덟째 형님한테 빌붙고 외삼촌이 넷째 형님을 힘껏 밀기로 하지 않았을까? 그러다 나중에 둘 중 한 명이 제위에 오르면 동씨 일가가 이 강산을 날로 먹어버릴 모략을 꾸몄다든가……! 그런데 정작 넷째 형님이 제위에 오르자 그대는 아무래도 동국유가 함께 나눠 먹자고 숟가락 들고 달려들지 않을까 걱정이 됐어. 그래서 당신의 '여섯째 당숙'은 그때부터 '병'에 걸렸지. 그래서 '약'을 먹었어. 그런데 뭔가 잘못 됐어……. 뭐 이런 것 아닌가? 왜 그렇게 무시무시한 눈빛으로 쳐다보는 거지? 내가 너무 정곡을 찔렀는가?"

윤당이 숨 쉴 틈도 주지 않겠다는 듯 추궁하면서 융과다의 목을 조였다. 융과다는 말 한마디 한마디에 움찔하는 표정을 지어보였다. 윤당은 내친김에 계속 융과다를 몰아붙였다.

"동국유가 죽은 다음 그 집이 셋째 황자 홍시에게 넘어갈 줄은 몰랐겠지. 당황한 그대는 동국유가 어딘가에 숨겨 놓았을 검은 문서를 찾아내기 위해 홍시가 그 집을 자네에게 넘겨주기를 간절히 바랐어. 그런데 앞으로 홍력과 대권다툼을 벌여야 할 홍시로서는 그대가 자신의 '배'에 올라타야 그 집을 내준다고 말할 수밖에 없었겠지. 그래서 그대는 홍시가 시키는 것이면 뭐든지 해야 했어. 그리고는 밤낮으로 집안의 '보물'을 찾느라 정신을 차리지 못했지. 내가 그 사실을 안 뒤에 얼마나 배꼽을 잡고 웃었는지 알아? 그대는 동국유를 너무 가볍게 생각했어. 그 사람은 자신이 난데없이 죽어간다는 사실을 모르지 않았어. 또 혹시 암해暗害를 당하고 있지 않은가 하는 의심을 했어. 당연히 범인으로 자네를 지목했지. 그래서 그 비밀문서를 나에게 넘겼고! 증거물이 바로 여기 있잖아. 이 손바닥만한 종이를 사는 데는 한 푼도 들지 않겠으나…… 이 속의 내용물은 상서방대신, 태자태보, 영시위내대신, 군기대신, 구문제독인 그대의 피가 낭자한 머리와 바꾸고도 남지!"

윤당이 말을 다 마치고는 비아냥거리면서 득의양양한 표정을 지었다. 이어 황당한 기색을 감추지 못하는 열넷째에게 종이를 내밀면서 말했다.

"열넷째, 밖에서 악귀같이 달라붙는 몽고족들을 수도 없이 베어냈겠지? 그러나 자네보다 더 대단한 인물이 있었어. 창검도 필요 없이 쥐도 새도 모르게 사람을 죽여 버리는 사람 말이야. 바로 우리 앞에 넋을 잃고 있는 황제의 외삼촌이 그 주인공이야!"

"그만들 해요!"

윤당의 말이 끝나자마자 융과다가 갑자기 자신의 머리를 쥐어뜯기 시작했다. 완전히 광기 어린 반응이었다. 그러나 결국 천천히 고개를 들고는 암담한 눈빛을 한 채 간신히 문제의 그 계약서를 쳐다보더니 스르르 무릎을 꿇고 말았다.

"뭐, 뭘…… 원하십니까?"

윤당은 융과다의 애원에 아무런 대응도 하지 않았다. 그저 손뼉을 세 번 쳤을 뿐이었다. 그러자 두 줄로 늘어선 가기들이 안으로 걸어 들어오기 시작했다. 이어 악기를 연주하면서 노래를 불렀다.

윤당이 윤제를 힐끗 쳐다보고는 말했다.

"그저 눈앞의 음악을 즐기자고. 나는 외삼촌에게 아무것도 원하지 않소. 안심하라고. 여덟째 형님은 지금까지 사람들을 어려운 처지에 빠지게 한 적이 없어. 그렇지 않은가, 열넷째?"

윤제가 박수를 치면서 웃음 띤 얼굴로 맞장구를 쳤다.

"좋은 말이야."

그러나 융과다는 여전히 술 취한 사람처럼 정신을 차리지 못했다. 그저 바보처럼 하나같이 절색인 일단의 가기들을 쳐다만 볼 뿐이었다. 자신이 무슨 생각을 하는지조차 모르는 듯한 모습이었다.

〈6권에 계속〉